纸上城市

——文本细读与意义生成

张 娟 著

东南大学出版社
·南京·

图书在版编目(CIP)数据

纸上城市:文本细读与意义生成/张娟著. —南京:东南大学出版社,2020.12

ISBN 978-7-5641-9325-6

Ⅰ.①纸… Ⅱ.①张… Ⅲ.①鲁迅著作研究-文集 Ⅳ.①I210.97-53

中国版本图书馆CIP数据核字(2020)第257698号

纸上城市:文本细读与意义生成

Zhi Shang Chengshi : Wenben Xidu Yu Yiyi Shengcheng

著　　者:张　娟
出版发行:东南大学出版社
地　　址:南京市四牌楼2号　邮编:210096
出 版 人:江建中
网　　址:http://www.seupress.com
经　　销:全国各地新华书店
印　　刷:南京玉河印刷厂
开　　本:700 mm×1000 mm　1/16
印　　张:18
字　　数:343千字
版　　次:2020年12月第1版
印　　次:2020年12月第1次印刷
书　　号:ISBN 978-7-5641-9325-6
定　　价:68.00元

目 录

第一辑：鲁迅与城市

第二辑：当代文本中的城市

第三辑：民国书写中的城市

第一辑：鲁迅与城市

鲁迅上海书写中的现代市民意识初探

鲁迅一直被认为是一个善于表现乡土的作家。茅盾就曾经指出鲁迅小说“没有都市，没有都市中青年们的心的跳动”“《呐喊》是很遗憾地没曾反映出弹奏着‘五四’的基调的都市人生”[①]。这一看法基本上奠定了鲁迅研究的基调。研究者往往从鲁迅对乡土中国的洞察进一步解释他对国民性的洞见。但是，不容忽视的是，鲁迅很早就离开他在《故乡》中描写的乡土世界，辗转在南京、东京、北京、厦门、广州、上海等中外大城市，并且在现代化、都市化程度非常高的上海定居多年，而他也有大量作品是以城市为背景或表现对象的。从社会历史批评的角度来讲，一个作家是不可能脱离他所生活的社会环境而遗世独立的，虽然鲁迅将大量精力投入在乡土世界，但对其作品进行细读，我们依然可以发现在其都市书写特别是上海书写中已经浮现的现代市民意识。

从1927年末起，鲁迅就作为一个自由撰稿人定居上海。而此时的上海正经历着巨大的城市化变革，到二十世纪三十年代，上海已经是一个拥有中西移民，吸纳了明末清初士大夫文化与现代西方市民意识的一个新型现代化大都市。由于上海的移民性质，它不会如“乡土中国”那样受到几千年封建文化的负累，而是在一开始就显示出一种全新的文化品格。在这样的社会氛围中，具有鲜明商业文明色彩的以“人”为本、重义求利、物质理性、享乐主义等在传统文化价值观中被认为是负面的文化因素得以生存，而不是像在乡土中国那样受到无形的贬抑与挤压。

身处这样的都市文化语境，并且作为一个敏锐的社会观察者与思考者，鲁迅将自己对现代都市文明的深切体验也体现在了自己的创作中。简单来讲，鲁迅的上海书写可分为两类，一类是杂文中的上海，一类是《故事新编》中作为都市背景的上海。众所周知，鲁迅在上海时期，主要以杂文为迅捷反映社会

---

① 茅盾：《读倪焕之》，载《茅盾文艺杂论集·上集》，上海文艺出版社，1981年版，第279页。

的叙事方式，主要作品有《而已集》《三闲集》《二心集》《南腔北调集》《伪自由书》《准风月谈》《花边文学》《且介亭杂文》《且介亭杂文二集》《且介亭杂文末编》等十部杂文集，对上海都市生活的方方面面作出了及时且犀利的反应。而细致考察《故事新编》后五篇，我们可以发现这里有一个都市的背景。无论是一度生活在养老堂里的叔齐、伯夷，还是忙着攀爬城墙、意图出关的老子，还是回到京师的大禹，或者是走过宋国国界、穿行于楚国郢城的墨子，都生活在现代都市，具有现代人的典型意识。

在这些上海书写中，我们可以看到鲁迅一方面持续着国民性批判与沉默的国民灵魂的勾画，另一方面他深入到上海底层社会，关注现代市民日常生活形态，审视经济发展背景下的物质欲望，关注城市中被物化的女性。他以带有反思批判与理性审视的眼光，传达着上海现代化进程中世情百态的思考，同时，也透露出他逐渐形成的现代市民意识。

一、鲁迅上海书写中的现代市民意识表现

二十世纪三十年代的上海，以经济发展为基础，逐步形成了一种迥异于传统乡民价值观的现代市民价值观，并深刻影响了当时的文学秩序。其中，对"人"的关注，是现代市民精神的核心。它不同于"五四"时期以思想启蒙为目的的自觉性的人本追求，也不同于新式文人以反封建为旨归的个性解放，而是建立在工商业文明基础上的，由经济关系的改变带来生产方式的改变，进而在精神上追求个体独立性的一种自发的人性革命。1935年，鲁迅以阿金为题，写了一篇小说式的杂文《阿金》。阿金正具有这种赤裸裸的能量，她会大胆地主张："弗轧姘头，到上海来做啥呢?"大声地答复："你这老×没有人要！我可有人要呀!"这样一个粗野的女人，鲁迅竟自嘲说阿金摇动了他三十年来的信念，甚至认为像阿金这样的女人一旦有权势，一定会闹出大大的乱子来。卜立德认为："鲁迅自然用的是反话，实则他惊奇阿金的撒野，又敬佩她的胆量。但是他真的有点恨她。恨她在实际生活上比像他那样只善于打笔墨官司的文人强多了。"[①]让鲁迅这么重视的自然不是阿金本身，而是阿金身上所具有的典型的现代市民的物质人格。阿金圆滑，灵活，善变。当她的姘头因她的纠纷而被人追打，企图向她寻求"肘腋"时，她在"那男人刚要跑到的时候"干脆利

① 卜立德:《为豆腐西施翻案》，载《鲁迅研究月刊》，2002年版，第5期。

落地关上了“后门”，体现了一个极度自私、明哲自保的现代市侩的本色，功利原则成为她为人处事的唯一衡量标尺。善于趋利避害，并依据功利原则时刻调整自己的言行和处事态度，这可以说是得风气之先的上海市场经济的发展和商业精神的浸淫对上海人群体人格的渗透，是都市商业精神和功利原则长期浸淫和扩张的必然结果。这种人虽然粗俗，但却在现代社会中如鱼得水。

在工商业生产关系中，个体行为更多受到意识形态以外的物质世界的制约，从而形成物质至上、趋势求新的新型经济型人格。早在一九二五年的《伤逝》，鲁迅就以北京为背景，借涓生和子君的爱情故事探讨过漂在北京的新市民在城市中面临的物质问题、爱情问题和空间问题。其中最著名的论断为“第一，便是生活。人必生活着，爱才有所附丽”，这充分肯定了物质的重要性。三十年代鲁迅的《故事新编》，虽然写的是古事，但其中的物质环境却具有典型的现代都市特色：“禹爷走后，时光也过得真快，不知不觉间，京师的景况日见其繁盛了。首先是阔人们有些穿了茧绸袍，后来就看见大水果铺里卖着橘子和柚子，大绸缎店里挂着华丝葛；富翁的筵席上有了好酱油，清炖鱼翅，凉拌海参；再后来他们竟有熊皮褥子狐皮褂，那太太也戴上赤金耳环银手镯了。”[①]“楚国的郢城可是不比宋国：街道宽阔，房屋也整齐，大店铺里陈列着许多好东西，雪白的麻布，通红的辣椒，斑斓的鹿皮，肥大的莲子。”[②]这完全是繁荣的都市商业空间。

现代都市文明的物质语境不仅表现在对外部公共空间的描绘，更表现在对现代市民的物质意识的犀利揭示。鲁迅对现代市民形形色色的经济人格作了形象而准确的概括，如揩油、吃白相饭、势利、投机等。1933年，鲁迅在《申报·自由谈》上发表《“揩油”》一文，开篇鲁迅即写道：“‘揩油’，是说明着奴才的品行全部的。”[③]自我意识被金钱利欲蚕食掉，凸显的只是赤裸裸的物质欲望。由于经济能力匮乏且距离权门遥远，“揩油”便成为必然，“恰如从油水汪洋的处所，揩了一下，于人无损，于揩者却有益的，并且也不失为损富济贫的正道。”在鲁迅的笔下，“吃白相饭”是作为一种光明正大的职业，不以为奇地存

① 鲁迅：《故事新编·理水》，载《鲁迅全集》，第2卷，人民文学出版社，1981年版，第384页。

② 鲁迅：《故事新编·非攻》，载《鲁迅全集》，第2卷，人民文学出版社，1981年版，第457页。

③ 鲁迅：《准风月谈·揩油》，载《鲁迅全集》，第5卷，人民文学出版社，1981年版，第253页。

在于上海的，它是对利益的觊觎和不择手段的获取，与“揩油”有异曲同工之处。对于“时髦”这样的时尚文化的观察，鲁迅也是细致入微的。在《上海的少女》一文中，鲁迅还描写过上海的可笑的着装：“在上海生活，穿时髦衣服的比土气的便宜。如果一身旧衣服，公共电车的车掌会不照你的话停车，公园看守会格外认真的检查入门券，大宅子或大客寓的门丁会不许你走正门。所以，有些人宁可居斗室，喂臭虫，一条洋服裤子却每晚必须压在枕头下，使两面裤腿上的折痕天天有棱角。”[①]社会的商业性质，在文坛中同样有着各式各样的表现。鲁迅及时发现，并作了十分形象的刻画。譬如，鲁迅说创造社的一批“革命文学家”“忽翻筋斗”，不断“突变”“脚踏两只船”，嘲讽他们的投机性。鲁迅指出杨邨人为“革命场中的一位小贩”，讥讽施蛰存为“洋场恶少”，勾画出上海特有的租界文化所培植的“西崽相”，还有躲在黑幕中的文探、出没无常的文痞，等等，都带有上海商业化社会的特点。初到上海，鲁迅即致信廖立峨说：“这里的情形，我觉得比广州有趣一点，因为各式的人物较多，刊物也有多种，不像广州那么单调。……上海人惯于用商人眼光看人。”后又致信李霁野说：“上海到处都是商人气。”[②]鲁迅以他一贯的深刻，观察着孜孜求利于市场，在其中讨生活的上海人，概括出在过渡转型的半殖民地都市生活中造就的经济人格、商业人格和世俗人格，有着很强的典型性和较广的辐射面。

新感觉派小说中描写了大量西化的现代女性，如《红色的女猎神》中丰满、健美、朝气蓬勃的女郎形象，《流行性感冒》中“像一辆一九三三型的新车么……鳗一样的在人丛中滑动着”的时髦女性。鲁迅同样注意到了都市对女性的催熟作用，用白描的手法刻画了上海女性的现代形象。不同的是，新感觉派往往是从男性的角度物化女性，鲁迅小说则犀利地揭示出现代都市女性的自我物化。“多数是不自觉地在和娼妓竞争，——自然，她们就要竭力修饰自己的身体，修饰到拉得住男子的心的一切。”[③]“然而更便宜的是时髦的女人。这在商店里最看得出：挑选不完，决断不下，店员也还是很能忍耐的。不过时间太长，就须有一种必要的条件，是带着一点风骚，能受几句调笑。否则，也会

---

① 鲁迅：《南腔北调集·上海的少女》，载《鲁迅全集》，第4卷，人民文学出版社，1981年版，第563页。

② 鲁迅手稿全集编辑委员会：《鲁迅手稿全集·书信》，第2册，文物出版社，1979年版，第245页。

③ 鲁迅：《南腔北调集·关于女人》，载《鲁迅全集》，第4卷，人民文学出版社，1981年版，第517页。

终于引出普通的白眼来。惯在上海生活了的女性，早已分明地自觉着这种自己所具的光荣，同时也明白着这种光荣中所含的危险。所以凡有时髦女子所表现的神气，是在招摇，也在固守，在罗致，也在抵御，像一切异性的亲人，也像一切异性的敌人，她在喜欢，也正在恼怒。这神气也传染了未成年的少女，我们有时会看见她们在店铺里购买东西，侧着头，佯嗔薄怒，如临大敌。自然，店员们是能像对于成年的女性一样，加以调笑的，而她也早明白着这调笑的意义。总之：她们大抵早熟了。"[①]文中直接戳到都市女性虚荣的实质，是将自己也当作商品，参与到社会的竞争中去。

"生本位"是由市民的政治属性决定的。市场经济本质要求国家政治的干预减少，西方市民概念中对于市民自主政治权力的强调，就是基于国家政治权力的削弱。在中国，市民主要产生于官方政治势力相对薄弱的上海，普通市民摆脱了国家意识形态影响之后，更加专注于个体生活，以寻求俗世乐趣与关注日常生活为己任，从而形成了"生本位"的价值观念，解构家族和宗教权威，推崇现世的享乐主义，承认世俗生活的合法性。鲁迅的上海书写中有很大一部分是对以弄堂为中心的市民俗世生活的观察。1933年9月，鲁迅在《申报月刊》第二卷第九号发表《上海的儿童》，描摹了普通市民的日常生活："倘若走进住家的弄堂里去，就看见便溺器、吃食担，苍蝇成群的在飞，孩子成队的在闹，有剧烈的捣乱，有发达的骂詈，真是一个乱烘烘的小世界。"[②]在《弄堂生意古今谈》中则对一个闸北弄堂人叫卖零食的声音进行描写："薏米杏仁莲心粥！""玫瑰白糖伦教糕！""虾肉馄饨面！"五香茶叶蛋！"这是新鲜到连先前的梦里也没有想到的。但对于靠笔墨为生的人们，却有一点害处，假使你还没有练到"心如古井"，就可以被闹得整天整夜写不出什么东西来。""弄堂里的叫卖声，说也奇怪，竟也和古代判若天渊，卖零食的当然还有，但不过是橄榄或馄饨，却很少遇见那些'香艳肉感'的'艺术'的玩意了。嚷嚷呢，自然仍旧是嚷嚷的，只要上海市民存在一日，嚷嚷是大约决不会停止的。"[③]这种喧嚣、多元、逼仄、混乱正是典型的现代市民生活空间的反映。鲁迅笔下的阿金，上海

---

① 鲁迅:《南腔北调集·上海的少女》,载《鲁迅全集》,第4卷,人民文学出版社,1981年版,第563页。

② 鲁迅:《南腔北调集·上海的儿童》,载《鲁迅全集》,第4卷,人民文学出版社,1981年版,第565页。

③ 鲁迅:《且介亭杂文二集·弄堂生意古今谈》,载《鲁迅全集》,第6卷,人民文学出版社,1981年版,第309页。

的少女、吃白相饭的、西崽、红头阿三、小瘪三等都出入于这样的弄堂中。他们有点自私,有点忙碌,有点小奸小坏,有点自足,有点欲望,有点狡猾,虽嫌恶却真实,虽畸形却实在。

二、现代市民道德的观察与思考

三十年代上海都市书写有“海派文学”“左翼文学”等不同流派,鲁迅笔下的上海书写带着强烈的精英意识与启蒙精神,专注于文化批评与社会批评领域。不同于新感觉派热烈拥抱都市,表现他们的“震撼体验”,也不同于左翼文学从革命角度表达对都市性的贬抑,鲁迅坚持客观立场,重视现代市民的“生存需求”,肯定现代市民在都市化进程中的全新价值取向,但同时也揭示了他们身上的劣根性,引起疗救的重视。

一方面,鲁迅秉持一贯的“精神界斗士”的态度,以批判的眼光审视正在转型的现代都市。穆时英、刘呐鸥等新感觉派的现代市民小说表现出一种对现代都市生活的热烈拥抱。他们绝大部分文本表现出对近代都市文明的沉湎,塑造了个性独立、热情开放、物质理性、以生为本的中产阶级市民形象,强调了他们的物质化、欲望化的生存方式。但是,他们的市民想象同时又表现出来一种基于震撼体验的虚构性,他们对现代市民生活的乌托邦建构从某种意义来讲,是综合了国外生活经验、西方文学阅读经验、消费主义文学经验的一种想象性建构。鲁迅的上海现代市民写作则是建立在现实体验的基础上,通过对在殖民文化、封建文化、西方文化夹缝下生长起来的现代市民的观察,写出更具现实性、批判性的市民形象。

新感觉派等都市文学写作者对现代市民的物质理性往往保持暧昧的默认态度,甚至对其物质至上背后的自由竞争、平等契约等表现出认可和辩护的姿态。但鲁迅对现代市民自私自利、为达目的不择手段等物质至上的特性作出毫不留情的批判。在世人不以为意的“揩油”中,鲁迅隐忧地看到了这种贪小便宜以自利的恶果,它既是上海民风柔靡的来源,也是造就奴隶和奴才品行的现实基础。小小的利益满足充实着“揩油者”的整个世界,却以尊严、正义、诚实的流失为代价,造成了精神的畸变。而这些正与鲁迅所崇尚的个性自主、独立自尊,主张报仇血耻的思想严重冲突着,为鲁迅深恶。梁实秋认为在工业社会市场竞争机制下,“一个无产者假如他是有出息的,只消辛辛苦苦诚诚实实的工作一生，多少必定可以得到相当的资产"[①]，也就是只要努力往上"爬"，就可以爬到富翁的地位，天下也因此而太平。鲁迅却看到"爬"的另一面："爬的人那么多，而路只有一条，十分拥挤。老实的照着章程规规矩矩的爬，大都是爬不上去的。聪明人就会推，把别人推开，推倒，踏在脚底下，踹着他们的肩膀和头顶，爬上去了。大多数人却还只是爬，认定自己的冤家并不在上面，而只在旁边——是那些一同在爬的人。他们大都忍耐着一切，两脚两手都着地，一步步地挨上去又挤下来，挤下来又挨上去，没有休止的。"[②]在被梁实秋们认同与美化的资本主义自由竞争的背后，鲁迅看见的是血淋淋的倾轧和压榨。前面说到鲁迅在"北京的魅力"背后看到了"吃人肉的筵宴"；现在，鲁迅又在上海的"爬和撞"里，发现"吃人肉的筵宴"在资本的名义下继续排下去。

在茅盾和新感觉派的小说中，对于女性往往表现出物化的欣赏态度。鲁迅却对这种对女性的赏玩态度深恶痛绝。1933年6月，鲁迅在《申报月刊》上直接以《关于女人》为名，针对国难期间，一些正人君子责备女性爱奢侈、跳舞、肉感、不爱国货等言论，严厉地批驳他们一面维持风化，一面欣赏"肉感的大腿文化"的虚伪性，指出"奢侈和淫靡只是一种社会崩溃腐化的现象，决不是原因"[③]。正视在"私有制度的社会本来把女人也当做私产，当做商品的"，卖淫的恶名不应由女人独自承担，"然而买卖是双方的。没有买淫的嫖男，那里会有卖淫的娼女。所以问题还在买淫的社会根源。这根源存在一天，也就是主动的买者存在一天，那所谓女人的淫靡和奢侈就一天不会消灭。"[④]1933年11月，鲁迅撰写《关于妇女解放》一文，指出"在没有消灭'养'和'被养'的界限以前，这叹息和苦痛是永远不会消灭的"[⑤]，并明确提出："在真的解放之前，是战斗。但我并非说，女人应该和男人一样的拿枪，或者只给自己的孩子吸一只奶，而使男子去负担那一半。我只以为应该不自苟安于目前暂时的位置，而

---

① 梁实秋：《文学是有阶级性的吗？》，《新月》，第二卷，第六、七号合刊，1929年9月。

② 鲁迅：《准风月谈·爬和撞》，载《鲁迅全集》，第5卷，人民文学出版社，1981年版，第261页。

③ 鲁迅：《南腔北调集·关于女人》，载《鲁迅全集》，第4卷，人民文学出版社，1981年版，第516-517页。

④ 鲁迅：《南腔北调集·关于女人》，载《鲁迅全集》，第4卷，人民文学出版社，1981年版，第516-517页。

⑤ 鲁迅：《南腔北调集·关于妇女解放》，载《鲁迅全集》，第4卷，人民文学出版社，1981年版，，第598页。

不断的为解放思想、经济等而战斗。解放了社会，也就解放了自己。但自然，单为了现存的惟妇女所独有的桎梏而斗争，也还是必要的。”[①]

鲁迅对都市生活方式的思考正如他对都市之夜的态度：是警醒的观察与批判，而非一味地认可与接受。在农耕社会里，日出而作，日落而息，是没有夜生活的，夜生活是都市生活的特产。鲁迅在《夜颂》里提醒我们：观察上海，要有“听夜的耳朵和看夜的眼睛”[②]。鲁迅一语道破：“现在的光天化日，熙来攘往，就是这黑暗的装饰，是人肉酱缸上的金盖，是鬼脸上的雪花膏。”[③]这样的都市文明观对于许多人无疑是一副清醒剂。

另一方面，鲁迅观察的对象多是从农村到都市转型期的小市民，在他们身上带有浓重的宗法农村的传统道德特征。就像穆时英、刘呐鸥等人笔下的现代市民往往出入“舞场”“咖啡厅”一样，鲁迅笔下的市民往往是以弄堂作为他们的日常生活空间。“舞场”作为一个典型娱乐空间，往往反映着浮华的都市生活表象，是有钱有闲的现代市民日常消闲之所，而弄堂作为上海普通市民日常生活的典型生存空间，对于常态生活和真实人性有着更深入的展示。鲁迅在上海居住多年，有着丰富的弄堂生活经验。日常生活的恒常面和微妙的变动都不曾逸出鲁迅犀利的眼睛。作为转型期的小市民，他们本身既带有封建宗法礼教的影子，又受到现代上海殖民文化影响和都市价值理念的熏陶，身上带有鲜明的转型期印记。

最典型的横跨新旧两个时代，沐浴欧风美雨但又具有浓重封建宗法农村特征的形象，就是以阿金为代表的小市民们。阿金们从宗法制度、封建生产关系的农村一脚跨入都市，都市的自由使得她们的个性解放到了放纵的地步，而缺乏文化教育与现代都市文明的熏陶，又使得她们身上充满粗野恶俗的味道。在等级分化的殖民文化都市中，给洋人主子打工，这种身份的“优越感”强化了她的仗势欺人，得势的阿金更加泼辣有为，搅得四邻不安。其中最突出的表现就是阿金性观念的开放。她敢于在言语上公开宣称她的情欲主张：“弗轧姘头，到上海来做啥呢？”她在现实中更是积极地实施她的行动纲领，“好像颇有几个姘头”。在大庭广众之中公开谈论性，本身就是性道德的一个巨大变化，

---

① 鲁迅：《南腔北调集·关于妇女解放》，载《鲁迅全集》，第4卷，人民文学出版社，1981年版，，第598页。

② 鲁迅：《准风月谈·夜颂》《鲁迅全集》，第5卷，人民文学出版社，1981年版，第194页。

③ 鲁迅：《准风月谈·夜颂》《鲁迅全集》，第5卷，人民文学出版社，1981年版，第194页。

它体现了一种开放的两性交际原则。在同时期新感觉派的作品中，我们也可以看到这种性道德的开放，如刘呐鸥的《礼仪与卫生》，但是新感觉派的这种性开放更有个性解放的意味，表征着身体是自己的，自己有权处置自己的身体与爱情。而阿金的轧姘头却不过是偷偷摸摸的肉欲的结合，更无所谓性道德，当被人揭穿“偷汉”时，我们看不到阿金有丝毫的羞耻之心，她无比骄傲地答复“你这老×没有人要！我可有人要呀！”这种粗野里更多是缺乏教育带来的封建性质的愚昧，而她的宣言却得到了看客的同情，甚至阿金的替补者也能召集一群男男女女，听唱《十八摸》之类的民间猥亵小曲，正说明阿金这样的带着浓重封建宗法特征的愚昧无知的小市民在上海弄堂的普遍存在。

上海十年的文学活动和社会实践，都市与殖民体验，不断诱发着鲁迅对都市与市民的思考与书写。白话小说的老调子已经弹完，报章文字和迅捷反映日常生活的杂文成为鲁迅上海书写的主体，《故事新编》中都市背景的婉讽都表现着鲁迅与都市的日益亲和。虽然鲁迅一再在其日记和书信中叙述自己对都市的疏离与不适应，但同时，鲁迅也在《阿金》这篇简短的文字中反思具有现代市民特性的粗野女性在现实生活中的强大适应性和行动力。鲁迅并没有如茅盾、新感觉派等对现代都市采取热烈的拥抱态度，而是谨慎地思考、沉默地观察，揭示了既沿袭了传统中国堕落的封建余脉，又受到现代都市文明影响，同时受到殖民文化入侵的现代市民的灵魂。

（原文刊发于《鲁迅研究月刊》2012年第08期，获得江苏省哲学社会科学界第六届学术大会优秀论文二等奖）

知识、日常、身体的权力策略——鲁迅对早期中国市民社会知识女性命运的探讨

城市与女性息息相关，城市化的进程往往在女性问题上表现最为突出。古希腊时代，柏拉图在《理想国》中就指出了女性往往是非理性的，他认为“最具多样性的欲望、快乐和痛苦通常属于孩子、女人和奴隶，也属于大多数声望不高的自由人”[①]。亚里士多德也认为“女性总是提供物质材料，而男性总是塑造它”[②]。男性往往被认为是理性的，代表着家国观念和公共秩序，女性则是琐碎的、非理性的、情感性的、物质的。女性的性别本质与城市的走向有某种契合之处。城市是适合女性居住之所，城市也呼唤女性的重新发现。城市与女性具有天然的关联，考察城市的转型与流变，女性问题是一个典型的角度，或者说“从特定意义上说，女性就是城市的象征”[③]。城市与女性具有天然的亲和力，重体力的农业社会催生了男性的中心地位，但是到了更重视智力、交际、流通的现代城市社会，女性的生理优势开始凸显，城市的成长也伴随着女性的成长。“无论是西方还是中国妇女研究的历史经验告诉我们，城市空间是考察妇女‘性别空间’状态的重要窗口。因为无论是西方还是中国社会，作为历史存在（同样也是现实存在）的父权统治常将妇女行为规范于一定空间范围内（这种规范往往是理论上的）。而充当政治、经济、文化和社交中心的城镇，历来被视为妇女活动‘真空地带’。相应的，一旦属于妇女的‘性别空间’出现扩张

---

① 巴巴拉·阿内尔著，郭夏娟译：《政治学与女性主义》，东方出版社，2005年版，第17页。

② 巴巴拉·阿内尔著，郭夏娟译：《政治学与女性主义》，东方出版社，2005年版，第22页。

③ 朱德发：《城市意识觉醒与城市文学新生——五四文学研究另一视角》，《东岳论丛》，1994年，第5期，第65页。

趋势，其征兆往往首先出现在城市空间中。”[①]

中国的早期城市化进程，也伴随着女性命运的改变与转型。知识女性的性别解放从晚清就已经开始。熊月之曾指出：“妇女在晚清上海社会有五个特点：就业人数较多，出入社交场所较早较普遍，婚姻自由的酝酿，不缠足运动中心，女学普及与女报众多。”[②]夏晓虹在《晚清女性与近代中国》中以女性报刊为研究对象，论述了中国第一个华人自办女子学堂——中国女学堂和在上海出版的著名女性报刊《女子世界》[③]。钱南秀在晚清上海史研究中，也指出了知识女性、上层妇女的状况，她在《重塑贤媛：戊戌妇女的自我建构》一文中指出：1898年的妇女运动就有自身的机构和组织，女性可以获得受教育权。这些女性立足于魏晋以来的贤媛传统，近世的女性文学传统和长江三角洲地区17、18世纪以来的结社传统，早在维新变法前就开始思考“性别”和“国家”的关系，是“活跃的组织者”和“智慧的思想者”[④]。20世纪早期的中国，既是一个在物质文化语境中重组社会结构的时代，也是一个呼唤和发现“人”的时代，在城市化进程中，对“人”的发现，在某些层面上就突出表现为对“女人”的发现。女性，作为在传统封建文化体系中被长期压抑的“第二性”的存在，其被重新认识和重新发现的价值远远超过其他群体。

鲁迅在其创作中，描写过不同类型的女性，有传统的具有“地母”气质的长妈妈，有“迁移”到都市的流民阿金，有知识分子女性子君。其中着力最深的是作为知识分子女性的子君。子君在《伤逝》中的“失语”往往被之前的研究者认为是鲁迅的“大男子主义”，是男性性别话语对女性生存空间的挤压。本文试图从娜拉的中国化传播和早期中国的城市语境出发，分析鲁迅的《伤逝》实质是对《玩偶之家》开放式结尾的进一步思考。子君在《伤逝》中的“失语”从日常生活理论、性别语言、福柯的“权力”理论角度解读，可看到鲁迅借助女性问题，发现了中国早期城市社会中潜伏的身体与精神的矛盾，传统与启蒙的矛盾，个人追求与社会体制的矛盾，男性霸权与女性话语的矛盾，等等，成为鲁迅思考早期中国市民社会的一个重大契机。

---

① 姚霏：《空间、角色与权力——女性与上海城市空间研究（1843—1911）》，上海人民出版社，2010年版，第6页。

② 熊月之：《晚清上海女权主义实践与理论》，《学术月刊》，2003年，第11期，第45页。

③ 夏晓虹：《晚清女性与近代中国》，北京大学出版社，2004年版。

④ 钱南秀：《重塑贤媛：戊戌妇女的自我建构》，《书屋》，2007年4月，第11期，第45页。

一、娜拉的中国化传播与早期中国的城市语境

“娜拉”形象出自易卜生的《玩偶之家》，娜拉这个中产阶级女性形象以其出走家庭的符号性意义成为中国女性解放的代名词。五四时期的中国，娜拉出走的姿态，其对于父权夫权社会的反叛性姿态成为新女性的精神偶像，同时，娜拉的出走牵涉的也是城市语境中的女性命运问题。

1907年，鲁迅在《文化偏至论》中以“伊孛生”的译名，将著名的挪威话剧家易卜生及其话剧作品介绍到中国。1918年《新青年》以《易卜生专号》对《玩偶之家》进行了专门介绍，当时名为《娜拉》，由胡适和罗家伦合译，后来《娜拉》一剧又由欧阳予倩、沈邱等多人改译，各地剧社纷纷演出此剧。丹纳在《艺术哲学》中指出，任何一个文学现象的发生与它所处的环境密切相关，文学发展的三要素为种族、时代、环境，对于娜拉来说，她在中国的深度传播和当时的时代有密切关系。“殊不知我们所熟悉的易卜生早已不是那个原汁原味的挪威戏剧家了，而是被中国的文化逻辑和中国语境重新锻造出的易卜生。”[①]

《玩偶之家》最著名的结尾处理方式是女主人公愤然出走，门“砰”一声关上，故事戛然而止，也正是由于结尾的未完成，留下了无尽的思考与话题。正是这种开放式的问题小说，使得思考得以深入。当时出现不少妇女问题刊物参与讨论，如《妇女声》《新妇女》《女界钟》等。不少革命家、学者也加入了妇女问题的讨论，如陈独秀《孔子之道与现代生活》，胡适《贞操问题》，周作人《贞操论》，鲁迅《我之节烈观》。1923年，鲁迅做了一次著名的演讲《娜拉走后怎样》，对易卜生在《玩偶之家》的结尾留下的问题做出了自己的解答。他的解答颇富有现代市民意识，基于经济基础的考量，娜拉出走以后只有两条路，一条是回去，一条是堕落，因为她没有钱，也就没有赖以独立和生存的资本。在演讲中，鲁迅肯定了娜拉出走的启蒙意义，认为她已经认识到了个人的价值，但是有一件事比启蒙更加重要，就是要“立人”。妇女启蒙当然重要，但是没有经济基础，没有安身立命的根本，启蒙终将落空。他认为“一个娜拉的出走，或者也许不至于感到困难的，因为这人物很特别，举动也新鲜，能得到若干人们的同情，帮助着生活。生活在人们的同情之下，已经是不自由了，然而倘有一百个娜拉出走，便连同情也减少，有一千一万个出走，就得到厌恶了，断

---

① 万同新:《论“五四”对易卜生戏剧的误读》,《剧作家》,2011年,第4期,第91-97页。

不如自己握着经济权之为可靠”[①]。在鲁迅的演讲中，他抽离了娜拉的革命意义和启蒙语境，而是把娜拉放置在了一个残酷的现实的城市语境中，把娜拉从崇高的闪耀着精神光辉的抽象意义中拉回到柴米油盐的现实。

鲁迅的物质主义的立场和胡适等形成了鲜明的对比，胡适的《易卜生主义》中不遗余力地赞扬娜拉思想的觉醒，认为她摆脱了海尔茂的束缚，勇敢地从玩偶之家出走，是一条自我解放之路。他不但没有批判娜拉抛夫弃子，反而赞扬这是一种个人主义的胜利，认为娜拉的出走是她向内寻求自我的解放，为社会的变革准备了一个新社会的分子[②]。胡适对娜拉的认可与激赏是新时代启蒙的呼声，“由晚清最推崇女性的文人学者所构想的‘女子世界’，其根基明显与西方女权运动不同。欧美妇女的要求平等权，是根据天赋人权理论，为自身利益而抗争；诞生于中华大地的‘女子世界’理想，昭示着中国妇女的自由与独立，却只能从属于救国事业”[③]。茅盾对娜拉革命启蒙意义的解读也颇富代表性。茅盾曾说：“如果我们说，五四时代的妇女运动不外是‘娜拉主义’，也不算是怎样夸张的。”[④]茅盾在1942年7月写作的《〈娜拉〉的答案》中则把娜拉和中国的女革命家秋瑾并列，挖掘出了娜拉的革命性意义，从革命的角度认为中国女性应该像秋瑾一样从家庭生活中出走，参加革命。

“娜拉”走后怎样，并非一个简单的女性出走问题。娜拉的出走，不仅仅是背叛一场婚姻，背叛“男性与文化相关，女性与自然相关”的传统法则，同时也是城市女性知识分子探索在市民社会的生存可能性，在城市语境下探讨男女两性的相处方式与解放之路。在20世纪早期的中国，“娜拉出走”的命题成为革命启蒙、城市话语交锋之地。

二、物质的困惑：城市日常话语的觉醒

娜拉在革命的语境下，被胡适、茅盾等启蒙主义者塑造成为一个勇敢独立的战斗者，彰显其战斗的符号意义，但没有人从日常生活的层面为娜拉的出路担忧，也没有人从物质的层面为娜拉的生计盘算。鲁迅的《伤逝》就在这种革

---

① 鲁迅：《娜拉走后怎样》，载《鲁迅全集》，第1卷，人民文学出版社，1981年版，第169页。

② 胡适：《易卜生主义》，《新青年》，1918年，第4期，第6面。

③ 夏晓虹：《晚清女性与近代中国》，北京大学出版社，2004年版，第83页。

④ 茅盾：《从〈娜拉〉说起》，《珠江日报》，1938年4月29日作，收入茅盾《文艺论文集》，1942年，第71页。

命语境中，操持着截然不同的城市日常现代性话语，写出了在城市化进程刚刚开始，城市社会还没有发育成熟的情况下，一位被革命的热潮裹挟着冲出封建家庭的女性，会面对怎样的一种限度与可能。

首先，城市发育的不成熟导致早期市民社会面临多重生存困境。逼仄的家庭生活空间，陌生人之间日益复杂的人际关系和城市新移民的工作机会稀缺，正是城市生活出现的新问题，而涓生和子君都缺乏解决这些问题的经验和智慧。

涓生和子君遇到的最直接的困难就是居住空间的得之不易。寻住所便看了二十多处，才得到一个“暂且敷衍的处所”，但是由于是寄居官太太住所，便时时引起子君和官太太的暗斗，“人总该有一个独立的家庭。这样的处所，是不能居住的”。①

同时，在一个全新的陌生人社会中，涓生和子君所处的社会空间充满了无聊的看客与无声的封建势力的监管。“那鲇鱼须的老东西的脸”和“加厚的雪花膏”就是无处不在的“看客”；涓生和子君在路上同行时，也“时时遇到探索，讥笑，猥亵和轻蔑的眼光”；为了和子君同居，涓生“也陆续和几个自以为忠告，其实是替我胆怯，或者竟是嫉妒的朋友绝了交”。这些围观者的目光代表着一种无声的道德监督与审判，无形中形成了现代城市发展的阻力。

经济问题也是现代城市生活对新市民提出的新挑战。西美尔认为“对于婚姻来说，经济动机才是根本性的，这在任何时代、任何文明阶段都如此”。“出于其他原因而不是纯粹个人的内心偏爱来决定婚姻的选择，绝对是自然的、合乎目的的。”② 传统的农业社会可以靠天吃饭，依赖耕作自给自足。而涓生和子君都是城市的新移民，他们没有土地，必须靠自己的劳动获得生活资料。但是早期的城市社会并没有给他们提供合适的充足的工作岗位。子君读了书，却没有工作，只能在家做家庭妇女；涓生算是脱离了农耕生活的早期知识分子，也不再依靠传统科举考试赢取功名，而是利用自己的学识写稿件和抄文书。但是在局里抄文书的生活百无聊赖而且朝不保夕，译书与写作也无法形成固定的收入，连温饱问题都不能解决，这些都市新移民遇到的第一个大问题，其实不仅仅是启蒙，而是如何填饱肚子，如何有尊严地活下去。鲁迅在演

---

① 鲁迅：《伤逝》，载《鲁迅全集》，第2卷，人民文学出版社，1981年版，第110-131页。

② 西美尔著，刘小枫选编，顾仁明译：《金钱、性别、现代生活风格》，华东师范大学出版社，2010年版，第88-89页。

讲中说："所以为娜拉计，钱——高雅的说罢，就是经济，是最要紧的了。"[①]但是只有经济权的解放也是不够的，"在经济方面得到自由，就不是傀儡了么？也还是傀儡。无非被人所牵的事可以减少，而自己能牵的傀儡可以增多罢了。"[②]

在小说中，我们屡屡可以看到子君的日常生活话语与涓生的启蒙话语的错位。在小说中，涓生对于同居的认识是："这几句话很震动了我的灵魂，此后许多天还在耳中发响，而且说不出的狂喜，知道中国女性，并不如厌世家所说那样的无法可施，在不远的将来，便要看见辉煌的曙色的。"在同居之后，涓生继续保持了精英化的、启蒙的、革命的追求，而子君则逐渐转变成为一个沉溺在日常生活中的家庭主妇。她的视角是日常的、世俗的、具有实用主义的特点的。虽然在整篇小说中子君的声音被压制，被忽略，正如鲁迅所言"如果没有合理的社会制度，女性在社会上靠别人"养"，要别人"养"，就得听别人的唠叨，甚而至于耻辱，所以也常常会听到职业女性的痛苦呻吟。[③]"这个被忽略的日常生活需求顽强地与涓生的启蒙话语持续抗衡，直至小说结尾。这种紧张的对峙、持续的反思都显示了现代市民日常生活对精英主义的思想启蒙意识的根本性渗透。

"现代性的根本焦虑，一方面来自无法摆脱的社会结构和权力关系的制约，另一方面来自面对风险社会不确定性的恐惧和建构自我生存空间的困惑。"[④]涓生和子君作为城市中革命的先行者，表面上拥有可以选择未来的权力，但是当他们的生活被真正地抛入日常话语中时就会发现，早期城市虽然已经开始发育，但社会提供的就业机会较少，陌生人社会中的"看客"无处不在，现实生存空间逼仄，经济压力增大，爱情可以栖身的空间实质是逼仄而狭小的，涓生和子君的爱情悲剧实质是一种早期城市发育不完善的社会悲剧。

---

① 鲁迅：《娜拉走后怎样》，载《鲁迅全集》，第1卷，人民文学出版社，1981年版，第159页。

② 鲁迅：《娜拉走后怎样》，载《鲁迅全集》，第1卷，人民文学出版社，1981年版，第170页。

③ 鲁迅：《南腔北调集·关于妇女解放》，载《鲁迅全集》，第4卷，人民文学出版社，1981年版，第598页。

④ 吴小英：《回归日常生活：女性主义方法论与本土议题》，内蒙古大学出版社，2011年版，第286页。

三、失语的子君：分裂的女性价值

《伤逝》中子君是失语的，这种反常的“失语”可作为一种“症候”，成为研究早期中国市民社会性别结构和权力关系的逻辑起点。“不论是在易卜生时代的欧洲还是鲁迅时代的中国，都还没有一种观念、一种学说解释过‘女性’这个群体，女性的真相从未形成过概念——语言。这里无意中出现一个有趣的逻辑：一方面女人不是玩偶，女人不是社会规定的性别角色，但女人也不是她自己。因为所谓‘我自己’，所指的不过是‘同男人一样’的男人的复制品。另一方面，女儿若是否认同男人一样，承认自己是女人，则又会落回到历史的旧辙，成为妻子或女人味儿的女人。”[①]女性的真相到底是什么，这个女性主义命题的无解往往来自女性在男性话语霸权中的“失语”与性别认同的内在紧张。

马乔里·德沃尔特在她的《解放方法》著作中认为对语言的新关注应该成为女性主义研究计划的核心，反对把女性的谈话当作“闲话”或琐事的表达排斥在外[②]。她认为，“在男女混合的群体中，女人比男人更少被倾听，她们所说的东西也更少被相信或被别人采纳。她们比男人更多被打断，想要继续谈话也必须花费更大的努力。这些发现可视为男人和女人之间权力关系的结果，也证明了女人充分而自信地表达自己所面对的特殊障碍”[③]。在男权社会中，女性是一个“沉默的群体”。

在涓生和子君的相处中，我们看到子君大部分时间都是沉默的，她的意见并不被重视，她也没有表达意见的空间，甚至到涓生愿意倾听，希望和子君交流的时候，子君已经进入一种自我封闭的状态，不愿意把自己的痛苦与紧张、悲哀与焦虑表达出来。子君的“失语”在文中有两种表现：一是涓生的期待塑造了自觉沉默的子君，子君的悲剧是男女两性的一种根本意义的悲剧。现有

---

① 孟悦、戴锦华:《浮出历史地表——现代妇女文学研究》,中国人民大学出版社,2004年版,第32页。

② DeVault Majorie L, Liberating Method: Feminism and Social Reseach, 1999, p56-57. 转引自吴小英:《回归日常生活：女性主义方法论与本土议题》,内蒙古大学出版社,2011年版,第59页。

③ 孟悦、戴锦华:《浮出历史地表——现代妇女文学研究》,中国人民大学出版社,2004年版,第60页。

的社会研究将男性的经验和立场作为普遍知识的天然代表，女人被系统地排斥在整个知识体系之外而被迫保持沉默，反映了我们的文化和知识结构中存在着男性霸权主义的意识形态机制（ideological apparatus）[①]。涓生爱的正是幽静的子君。生活困窘的时候，涓生抱怨“可惜的是我没有一间静室，子君又没有先前那么幽静，善于体贴了”。这个抱怨的言外之意是之前幽静的失语的子君正是涓生所爱。而当他的构思被催促吃饭打断后，涓生毫不掩饰自己的怒色，他眼中的子君就像一个无知的农妇一样“总是不改变，仍然毫无感触似的大嚼起来”。二是子君的“失语”也表现出两性交流的无效。在有限的涓生和子君交流的话语中，我们看到子君所参与的交流是完全无效的。阿随被推到土坑里之后，子君生活中的唯一寄托也消失了，心情自是非常低落，但当涓生询问时，她却以沉默拒绝交流。从文中来看，子君之所以在交流中自我掩饰、答非所问，并不是子君没有表达的能力，而是“哀莫大于心死”，她认为和涓生交流已经没有意义，其实是内心绝望的一种表征。

在现代城市社会中，女性的性别悲剧与现代市民社会对女性的双重要求是密不可分的。女性主义者将女性在现代社会日常生活中时时体验到的性别认同的内在紧张表述为“分裂的意识”（bifurcated consciousness）[②]。也就是一方面，女性要向男性的标准看齐；另一方面，要回归女性角色，履行女性性别角色规范的要求。女性一方面生活在男人的经验世界和统治世界中，另一方面又必须回归到自己由家务、打扫、照看孩子等行为构成的日常生活世界中。子君在文中是以“阿随”的命运为隐喻的，“女人的爱，有时也表现为服从与被拥有”。最典型的表达就是“我跟着你”“一生也别离开我”“女人认为‘爱’就是‘勤快地照料他的日常生活’”“这正是近代家庭制度中的‘照料照顾’的角色”“女人的此种举动，反映出主妇沦落为下层资产阶级的无偿家务劳动者的历史现实。若是贵族或资产阶级的子弟，女人一旦做便当，便应视为侍女，而不配做妻子。”[③]子君在男性具有霸权的经验世界中没有话语权力，在自己的日常生活中又承受着涓生的不理解与鄙薄，造就了子君失语的悲剧。涓生

---

① 孟悦、戴锦华：《浮出历史地表——现代妇女文学研究》，中国人民大学出版社，2004年版，第70页。

② 杨宜音，王甘，陈午晴，王俊秀：《性别认同与建构的心理空间：性别社会心理学视角下的互联网》，载《转型社会中的中国妇女》，中国社会科学出版社，2004年版。

③ 上野千鹤子著，王兰译：《厌女：日本的女性嫌恶》，上海三联书店，2015年版，第223页。

心目中理想的子君要兼具现代女性和传统女性两种特质，但早期发育不完善的市民社会并没有提供这种可能性，涓生并没有办法提供良好的物质条件，让子君在婚后还可以不受累于物质生活，继续精神追求，现代女性"必须取得作为个人的成功和作为女人的成功，若没将两者都实现，决不能被视为一个完整的成人女性"[①]。

"今天的女性拥有名义上的机遇去追寻全部的可能性和机会；然而，在男性主义的文化中，许多这样的路径实际上仍是关闭着的。并且，为了赢得这些存在着的可能性和机会，女性不得不以一种比男人更为彻底的方式，抛弃其较陈旧的'固定化'认同。换言之，她们以一种更圆满的然而更为矛盾的方式体会着晚期现代性的开放性。"[②] 在《伤逝》中，涓生潜意识里要求子君能够一直做一个进步的知识女性，和他保持同步的精神追求。但是，子君又不得不回到传统女性的角色中，操劳家务。子君的行为从日常生活和性别分工角度来讲，都是有价值的，但在男性启蒙话语中，却是无意义的。传统的社会结构，固化的权力关系，沉淀在集体无意识中的性别定势……都成为女性的圈套，娜拉出走以后的路还很漫长。

四、娜拉的解放之路：知识、物质、身体的权力制衡

《伤逝》是一部早期市民社会知识分子精神追求的彷徨史，也是女性解放的失败史。但在这部失败史中鲁迅也同时提出了一些新的话语模式和新的路径，虽然在《伤逝》中子君并没有能力实践，但鲁迅实际在文中已经提出了这种新的话语模式的潜在可行性与社会必然性，这就是女性的经济话语、知识分子话语与身体话语的关系问题。而更有意味的是，在《伤逝》中前半部分子君充分的高昂的知识分子话语和后半部分完全被淹没的经济话语形成了显著的断裂。"话语"一词在福柯的意义上是指用来建构知识领域和社会实践领域的不同方式，它本身隐含着权力关系，规定了某种社会秩序，塑造着人们的身份和地位，"正是话语的这些社会作用才是话语分析关注的焦点"[③]。性别话语

---

① 上野千鹤子著，王兰译：《厌女：日本的女性嫌恶》，上海三联书店，2015年版，第181页。

② 安东尼·吉登斯著，赵旭东，方文译：《现代性与自我认同》，生活·读书·新知三联书店，1998年版，第120页。

③ 诺曼·费尔克拉夫，殷晓蓉译：《话语与社会变迁》，华夏出版社，2003年版，第3页。

的考察实质上就是研究社会性别结构是如何被社会和历史建构起来的。五四时期的中国，城市转型和日常生活语境下的性别话语与国家、经济发展还有传统文化影响息息相关。它们从不同的角度，以不同的力量共同规定了男女两性之间的权力关系。

《伤逝》前半部分女性的知识分子话语高昂。子君是活跃的、时尚的，也是具有话语主导权的，完全是一个早期市民社会朝气蓬勃的女性知识分子形象。这种形象不仅在外表上表征出来，也在子君的言行中流露出来。小说刚出场的时候，子君是以"皮鞋的高低尖触着砖路的清响"亮相的。高跟鞋对于中国的女性而言，具有革命的意义。正如鲁迅的妻子朱安就是裹小脚的，因为广大中国传统女性受压迫的一个最鲜明的表征就是裹脚，裹脚象征着女性无法走出家门，同时也象征着女性的"被物化"，只能被关在家中成为男人的赏玩之物。《伤逝》中描写到子君的出现，都是未见其人先闻其声。皮鞋的脆响既说明子君的着装时尚，又说明她解放天足；穿着从西方传入的皮鞋证明其个性解放，具有全新的思想观念。五四时期的中国正处于性别话语的转型期，古老的中国由于社会的变迁而呈现出一些新的姿态，女性生存境况发生了改变，国家、物质、文化等在性别关系上都扮演了微妙的角色，引起了不同程度的改变。

子君的知识分子话语如此坚决，可见启蒙的成功与思想革命的成果。但是小说的后半部分却通过物质话语的介入，质疑了单纯的知识分子话语是否能够带给妇女解放真正的希望。城市的发展带来的最大改变在于经济话语也成为影响性别关系的力量，并深刻冲击了原先传统文化话语一统天下的局面。它将性别关系改造为一种争夺经济权的物质关系，一旦女性获得经济权，就有机会在两性关系中获得主导地位。小说后半部分，涓生和子君遭遇到了种种经济危机。在两个人的经济关系上，子君从一种现代知识分子的话语角度，卖掉自己唯一的金戒指和耳环，加入新建立小家庭的股份，表现出女性思想启蒙的成果。但是现实是残酷的，作为在家里没有一点经济权的子君，她的道路只能和传统女性一样。凄惨而冰冷的子君，其现代女性的决断与见识已经全部被日常生活消磨殆尽。

知识分子话语和物质话语的纠缠与溃败，其背后还潜藏着女性身体话语的思考。这一身体话语的言说贯穿全文，前半部分是以爱欲的方式出现，后半部分则沦落于填饱肚子的基本生存需求。前期的子君形象强调了高跟鞋，也就是解放了"双脚"的女性，"脚"在鲁迅的女性身体话语中是一个重要意象，伶仃着双脚像个圆规的杨二嫂和舒展着天足、骄傲地穿着高跟鞋的子君是个鲜明的对比。身体的解放，也带来了爱欲的解放，前期的爱欲与启蒙纠缠在一起，涓生爱上子君，一方面具有革命的高尚意义，另一方面，在涓生等待子君到来前的焦虑与不安中充满了荷尔蒙的躁动，子君则对求婚过程的爱情的幻象式乌托邦充满无限的留恋与沉溺。后半部分爱欲的躁动由于已实现和已疏导而逐渐归于平静，身体的温饱问题却变得异常突出。"五四"新文化运动中，人格自由、个性独立等民主思想首先在性别问题上找到了突破口，"与封建礼教抗争、走出家门接受西式教育、投身社会寻求新生活的独立'新女性'成为当时的时尚标杆，恋爱自由、两性平等和女性解放成为当时追求文明、进步和现代化目标的中国知识分子的一面旗帜。"[①]但是，女性走出家门却发现，社会根本没有给她们留下生存的空间。从社会分工上讲，当时适合女性工作的机会非常少，女性无法通过自己的社会劳动换取独立生活的资本，没有工作权就没有经济权，没有经济权在婚姻关系中就依然要受制于男性；同时，整个社会对于走出家门的女性是嘲笑的、反对的、不认可的。在《伤逝》中，无所不在的看客们就扮演了这个社会的旁观者的角色：谈恋爱时的"擦雪花膏的小东西"和"鲇鱼须的老东西"代表了窥视的反动的眼光，同居时涓生的旧日好友都与他疏远，而子君更是和父亲、叔叔都断绝了联系。西方早期城市文学中多次塑造了茶花女、嘉莉妹妹等进入城市的女性角色，无法谋生之时只能出卖自己的身体，中国早期亦有《海上花列传》描写最早进入城市的普通妇女无奈中只能走上妓女道路，但是子君作为一个知识女性，身体不会成为她谋生的筹码，在城市社会中，只能从身体的贫困走向死亡。

娜拉走出家庭，依靠自己的力量在社会立足，到底应该如何立足？在《伤逝》中，鲁迅把男女两性放置在早期中国市民社会语境中，探讨了爱情（身体）、经济（物质）、知识（启蒙）在性别关系中的作用。知识话语强调的是一种性别平等和独立意识，把女性的性别特征遮蔽掉，要求女性作为一种现代的个体要在现代的城市生活中具备基本的知识素养和竞争能力。但是很明显，作为知识女性的子君的解放之路并未完成。

1923年鲁迅《娜拉走后怎样》的演讲可看作鲁迅对于"娜拉出走"这一命题的从城市语境角度作出的具有物质理性的现代质疑；1925年9月鲁迅创作

---

① 吴小英：《回归日常生活：女性主义方法论与本土议题》，内蒙古大学出版社，2011年版，第283页。

的《伤逝》，则可以看作鲁迅对走入城市的娜拉命运的逻辑推演。波伏娃指出认为女人是后天生成的，就是强调性别的社会文化建构性，“我们的社会性别身份也不是固定不变的，我们在自己履行的话语实践中占据了这些位置，如此我们作为个人的身份逐渐被建构出来。从这个观点来看，我们的自我感知也不是固定的，这是一个过程，一种‘话语效果’，因此也是可变的。”[①]中国的娜拉们实质是在不断成长的。子君已经接受了一定程度的思想启蒙，拥有女性知识话语，如果再能获得经济权，子君的命运就有改写的可能。

对早期市民社会知识分子女性的命运探讨，从五四开始，就裹挟在女性解放的大潮中，随着个性解放、启蒙革命、世俗转向等思想的推进逐步深入。鲁迅的《伤逝》以质疑的声音、审慎的态度提出了女性知识分子在城市语境中所遭遇的多重困境。这一颇具深度的反省具有时代的前瞻性，但是在中国的市民社会知识女性写作中，是孤独的绝响，直到四十年代才获得张爱玲来自日常启蒙思考的回应，而知识女性在城市行走中的解决之途，也成为直到当代依然在反复探讨的话题。

从鲁迅的其他女性写作可见，首先鲁迅并未在作品中直接给出女性解放之良方，而是持续从革命、物质、日常、知识等多角度探讨了女性解放之困境。鲁迅对革命女性的描写大多是从思想启蒙的意义赞扬她们的革命性，但仅此并不能为普通女性树立人生范本；对城市中沦落风尘的女子的写作，一方面有同情和叹惋，另一方面更为关注她们所处的城市世俗语境对于女性的性别歧视。《肥皂》中的四铭太太生活在城市，但她并没有女性独立的意识，和四铭舌战后，第二天也还是偷偷使用了肥皂；《幸福的家庭》中的太太，也是淹没在日常生活，麻木而泼辣的，她们偶尔的彪悍，只是长期被压抑的一种情绪发泄。

其次，在鲁迅笔下的女性命运探讨中，知识女性的“知识”，或者说思想启蒙并未给女性解放带来明显的推动作用，反而使得女性解放需要应对的困境更为复杂。《离婚》中的爱姑还是传统的女性形象，她不依不饶闹了三年，斗争的目的也只是为了继续生活在夫权的阴影下；《风波》中七斤嫂敢当面骂丈夫，但风波过后，对七斤还是“相当的尊敬”，还有祥林嫂、豆腐西施等，她们最大的生存困惑都来自夫权和父权。而相较具有“出走”母题的系列小说，如《幸

---

① 玛丽·塔尔博特，艾晓明译：《语言与社会性别导论》，华中师范大学出版社，2004年版，第156页。

福的家庭》(1924)和《奔月》(1926),《幸福的家庭》中终日忙碌的小主妇形象就是出走后的"子君"形象的预演,《奔月》中的嫦娥,虽然义无反顾地出走了,出走原因却是依靠男人而不得的愤然之举,日常、世俗、物质、性别……多重因素集合在一起,鲁迅一方面从动机到结果都消解了"出走"的革命性,另一方面也指出了她们所面临的来自社会、自我、性别等多方面的挑战。

把鲁迅对知识分子女性命运的探讨放在整个现代文学史中,我们会发现现代作家大多把女性解放寄希望于思想启蒙,或者把女性解放问题置换为革命问题,但鲁迅却在城市化早期就敏锐地意识到城市知识女性所面对的多重复杂语境。现代作家对于早期市民社会的知识女性的命运探讨大致可分为三个阶段:五四时期聚焦于思想启蒙,却极少考虑到"出走"以后怎样;三十年代的城市女性,身体与个性解放开始凸显,但是"革命"概念与"解放"概念却偷偷发生了置换,此时的写作往往把革命当作解决一切问题的良方,恰恰是一种简单化问题的倾向;四十年代的张爱玲、苏青等市民写作回到了鲁迅思考的老路上。正如张爱玲所言:"中国人从《娜拉》一剧中学会了'出走'。无疑地,这潇洒苍凉的手势给一般中国青年极深的印象。但如果因吃饭和经济的原因,便也只能折中为'走!走到楼上去!'"[①]

值得注意的是,鲁迅后期的《阿金》中,我们可以看到鲁迅的另一种探讨:非知识女性反而以毫无传统负累的昂扬姿态更快拥有了身体和经济的自主权。经济问题是伴随着市民社会产生的,现代两性无法依靠传统伦理和土地依附解决生存问题,现代城市爱情必然伴随着日常生活的挑战,三十年代许地山的《春桃》中开始出现了掌握自己经济命运,并挑战男性霸权的女性春桃形象,彰显了物质理性在城市语境中的重要意义。伴随着身体感觉的爱情本身强调女性作为身体和性的特殊价值,而且这种价值从家庭这种私人领域被推向两性的公共空间,强调女性要以传统性别角色规范的要求呈现自己,并更好地发挥消费文化中身体符号的作用。在丁玲的"莎菲"形象中我们可以看到女性开始有了身体的自主权,城市的觉醒伴随着欲望的彰显,虽然有革命话语的掩护,但我们依然可以看到女性身体独立带来的性别话语权力的重置。

在当代的城市知识女性话语中,我们依然可以看到知识、日常、身体话语这种互相压制又互相胶着的状态。经过漫长的书写历程,身体话语和日常话语日益成为女性写作重要的表现场域,而这种独立的性别意识一方面根源于

---

① 张爱玲:《走!走到楼上去》,载《张爱玲散文》,浙江文艺出版社,2000年版,第73页。

女性知识话语的不断扩大和深化；另一方面，来自这种知识话语的逐渐纯粹化。而在之前的城市女性写作中，这一知识话语是不断被启蒙、革命等名词替换并异化的。

鲁迅在《伤逝》里推演了得到部分的思想启蒙又没有经济独立的出走的娜拉的命运逻辑，其实也是提出了一种可能性的判断，指出知识话语、日常生活、身体话语在城市知识女性命运中具有同等的重要性。值得注意的是，鲁迅对城市的发展对于女性的生存与解放带来的挑战，在物质语境可能带来的身体狂欢、女性物化等问题上讨论较少，这和鲁迅身处早期市民社会，城市化的欲望表征还没有充分呈现有关。在中国新文化运动的初期就出现的这一作品，提出了激进但又深刻的世纪难题。这一题目能否得到解答，怎样成就真正独立自信的娜拉，需要整体社会文化的建构。从此意义上讲，鲁迅对早期中国市民社会知识女性命运的思考，尚有可待探讨的空间。

（原文刊发于《鲁迅研究月刊》，2015年第12期）

“川流不息”的日常生活到“中国人的生命圈”——从鲁迅文本的空间构建探究其市民意识的生成

鲁迅身处的二十世纪初期，正是中国早期市民社会发育的黄金时期。鲁迅自绍兴始，长居于都市，作品中绝大部分以市民为写作和批判对象，个人生活体验与职业选择与市民生活息息相关，鲁迅的思想，亦与早期市民意识之建构相关。鲁迅研究在国民性、民族性和乡土性上有深厚积累，但其极少被认为是市民作家。随着中国城市化进程和新时期鲁迅研究的深入，鲁迅的“早期”市民意识研究也逐步走向深入。鲁迅从北京私密个人生活空间逐渐走向上海公共开放空间和华洋混杂的异质空间，在空间的变动与行走中，鲁迅逐渐从前期启蒙意识转变为“早期”市民意识。

鲁迅的市民意识起源于早期畸形都市场域中艰难发育的中国市民社会。西学东渐，带来制度之转型与器物之改造，海洋文明特色的越文化形成内在动力；现代文学与都市文化的共生，东京生活经验和西方译著影响，城市公共空间逐渐形成和媒体环境的商业性转变成为其发酵的温床。在日常生活角度，鲁迅作为都市“中产的智识阶级分子”在交游、结盟、出版、写作、职业转变中逐步于三十年代知识分子的分化中开始了对市民社会的思考。值得注意的是鲁迅早期市民意识不是固态的，而是在不断发展变化的意识形态，竹内好也曾经谈到过鲁迅早年和晚年的区别，认为这是他的两个时期，两种状态，“与固执的自我意识这一点相比，他的社会意识越来越强，到了晚年则愈发变得平民化。”[①]从鲁迅文本中的空间表现来看，鲁迅逐步从自我私密空间转移到外

---

① 竹内好，靳丛林编译：《从“绝望”开始》，生活·读书·新知三联书店，2013年版，第39页。

在的公共空间，从形而上的灵魂探索，转移到具有“在地性”的市民生活批判。“空间不是自然性的，而是政治性的，空间乃是各种利益奋然角逐的产物。它被各种历史的、自然的元素浇铸而成。”[①]其主要特征是从私人空间到公共政治空间的转变。在《呐喊》《彷徨》和《野草》中，鲁迅更多表现出私人空间领域的情感，而在后期的杂文中，鲁迅的都市空间开始拓展向公共的政治空间。

一、《呐喊》《彷徨》中“川流不息”的日常生活

在《彷徨》中鲁迅两次提到“川流不息”，“加以每日的‘川流不息’的吃饭”[②]，“他觉得劈柴就要向床下‘川流不息’的进来”[③]。这种“川流不息”来的其实是无法抗拒的日常生活，这也是早期鲁迅市民意识思考的中心。早期的鲁迅主要关注的空间是以个人为中心的私密空间，在《呐喊》《彷徨》的写作中，个人在书房、客厅的交谈、恋爱、会客、日常生活往往成为言说的中心，以书房为中心的生活空间昭示了写作者的知识分子身份，以讲堂、报馆为中心的工作空间正是知识分子的日常生活行为的延展，酒店、茶馆、图书馆、银行、药店看似进入了公共空间，但这一公共空间也是以私人生活为中心的，在这些空间中活动的往往是孤独的现代市民，在这些空间中绘制出一个普通市民在早期城市中的生活轨迹，记录了其日常生活的行走路向。早期的鲁迅更注重从个人所处的位置出发，认识和探寻个体在正在变动中的城市社会中的焦虑和自我认同。

对鲁迅小说《呐喊》《彷徨》中常出现的都市空间作一列表统计（下页表）：

从表中可见，鲁迅二十年代小说中的都市空间和他在现实中行动的都市空间类似，主要以生活空间、工作空间和公共空间为主。生活空间一方面是会馆和书房，一方面是作为漂泊者经常会去的酒店和旅馆。

鲁迅小说中经常出现的生活空间是会馆和书房。通过对个人生活经验的书写表现出现代市民自我意识的确立。巴什拉认为“家”是私密空间的一种

---

① 汪民安：《身体空间与后现代性》，江苏人民出版社，2006年版，第102页。

② 鲁迅：《彷徨·伤逝》，载《鲁迅全集》，第2卷，人民文学出版社，1981年版，第119页。

③ 鲁迅：《彷徨·幸福的家庭》，载《鲁迅全集》，第2卷，人民文学出版社，1981年版，第39页。

空间性质	空间类型	出现次数
生活空间	客厅	3
	会馆	2
	书房	8
	公寓	2
工作空间	讲堂	2
	报馆	1
	办公室、阅报室	3
公共空间	警署	1
	银行	1
	图书馆	1
	酒店、旅馆、茶馆	6
	书铺	2
	药店	3
	大街	6

代表性隐喻。“家”并非一种单纯的物理场所，而是有亲密、孤独、热情的隐喻性意象，是感性的场所。在人类的空间构建中，“家”是最重要的一种空间建筑。《庄子·盗跖》中说：“古者禽兽多而人少，于是民皆巢居以避之。昼拾橡栗，暮栖木上，故命之曰有巢氏之民。”[①]从早期巢居式的山洞，到现在的形态各异、功能齐备的住宅，“家”成为我们生活中最重要的一个空间，不仅遮风挡雨，同时庇佑梦想。即使是最伟大的革命者，也需要一个温暖的家。其次，书房是密闭的空间，只要进入自己的私密空间，“生活便开始，在封闭中、受保护中开始，在家宅的温暖怀抱中开始”[②]。这种温暖的呵护是接近于母性的。正如在《伤逝》中，“我”和子君栖居在吉兆胡同充满希望的小屋里，虽然家具很简单，书桌上堆满了香油瓶子和碗碟，家里喂养了阿随和小油鸡，但因为有爱和对未来生活的憧憬，还是充满了幸福感。在个人生活中培养起来的自我意识确立了自我的中心位置，不仅仅是家国、民族塑造起来的政治自我，更是一个现代独立的城市生活中塑造而成的感性自我。

鲁迅早期的市民意识是与物质理性联系在一起的。“川流不息”的日常生活成为现代市民摆脱不掉的梦魇。二十世纪中国早期的市民社会中，一个

① 郭庆藩:《庄子集释》，中华书局，1982年版，第994-995页。

② 加斯东·巴什拉，张逸婧译:《空间的诗学》，上海译文出版社，2009年版，第5页。

普通市民的家庭，是否能安得下一张平静的书桌，却是令人彷徨的一个事实。《幸福的家庭》中这个作家想要描写一个幸福的中产之家，是一种典型的市民生活想象，但是这一幸福生活何处安置，却成为一个难题[①]。弗洛姆认为："幸福是生活艺术达到完美化的标志。"[②]但是在鲁迅笔下，没有一个空间是安稳的，没有一个空间是安全的，中产市民所梦想的幸福生活无处安置。"家宅庇佑着梦想，家宅保护着梦想者，家宅让我们能够在安详中做梦。并非只有思想和经验才能证明人的价值。有些代表人的内心深处的价值是属于梦想的。"[③]现实中作家居住的空间却是在书架旁边放置着白菜堆，床下面慵懒地躺着死蛇一般的稻草绳，耳边响着劈柴的声音。赫勒把"日常生活"定义为"使社会再生产成为可能的个体再生产要素的集合"[④]，也就是说"日常生活"首要的目的是维持个体的再生产。与这种存在目标伴生的是市民阶层的家庭"幸福观"。家庭是日常生活最重要的活动领域，市民阶层所追求的幸福生活，正是以家庭为指向的。从心理根源上讲，"家"并非是指简单的房屋和家庭，而是指"家"带给我们的温暖。"'回家'应当意味着：回归到我们所了解、我们所习惯的，我们在那里感到安全，我们的情感关系在那里最为强烈的坚实位置。"[⑤]但是在鲁迅小说中我们看到，早期市民社会的中国这种幸福的家庭却是一种无处安放的空想，短暂的幸福时光只出现在《伤逝》中恋爱的初期，随后在《端午节》《幸福的家庭》中强调的是日常生活的烦琐与悲哀。

鲁迅早期写作的社会公共空间主要是工作场所。虽然市民社会的工作空间必然意味着人与人之间的复杂关系的形成，但鲁迅的早期写作依然执着于自我的生成，这个自我往往是内敛的、反思的、彷徨的。在高老夫子、涓生、沛君等早期市民的身上都可以看到，他们的内在自我还没有发育完全，在与环境和"旧我"的矛盾中左冲右突。作为周树人的鲁迅，在北京谋生主要是在教育部做佥事、在北大当教授和为报社写稿，这正和小说中出现的工作空间相吻合。《高老夫子》中高老夫子到贤良女学校任教，这个学校依旧充满着传统封建的气息，教务长留着花白的胡子，充满道学气味，写作的是和女仙酬答的诗

① 鲁迅：《彷徨·幸福的家庭》，载《鲁迅全集》，第2卷，人民文学出版社，1981年版，第35-36页。

② 陈学明：《"西方马克思主义"命题辞典》，东方出版社，2004年版，第365页。

③ 加斯东·巴什拉，张逸婧译：《空间的诗学》，上海译文出版社，2009年版，第4-5页。

④ 阿格妮丝·赫勒，衣俊卿译：《日常生活》，重庆出版社，1990年版，第3页。

⑤ 阿格妮丝·赫勒，衣俊卿译：《日常生活》，重庆出版社，1990年版，第258页。

《仙坛酬唱集》；校役是似死非死的，没有一点活力；他们聘请高尔础的原因是因为他的“国粹义务论”。当然，新式的学堂也有新的变革，首要的就是女学生的出现。这些女学生的出现说明了城市日渐开放，女性也获得了受教育权，并拥有了出入公共空间、获得社交的机会。《端午节》中的城市知识分子方玄绰生活在不同的空间中，既在北京首善学校的讲堂上讲课，又到政府门口去索欠薪，还得和银行打交道，同时给上海的书铺子做文章，给报馆写稿，这是一个典型的城市知识分子的活动空间。《弟兄》中的沛君同样在公益局做事，同时也译一些书到文化书馆。

另一个在鲁迅小说中经常出现的工作空间就是办公室。办公室的工作单调、人际关系复杂、人浮于事等现代社会常见的问题，鲁迅小说中都有表现。现代的工业生产往往是专业化、集团化的，办公部门并不直接创造价值，官僚主义作风时有出现。《伤逝》中的涓生本来的职业也是在局里做一个小公务员，生活是单调乏味的，“在局里便坐在办公桌前钞，钞，钞些公文和信件”[①]，但他的工作就是由于局长儿子的赌友造谣生事而丢掉的。《兄弟》中“公益局一向无公可办，几个办事员在办公室里照例的谈家务”[②]。办公室行事散漫，局长长期不到，办公桌上的墨盒盖也都已经绿锈斑斓。

社会公共空间中则呈现出一个市民在都市生活中所需的各种职能，警署维持社会治安，银行提供经济安全，通俗图书馆则是涓生在绝望之时安放自己精神的地方。《伤逝》中的涓生在家庭生活日益走向绝望的时候，就把这里当作精神的栖息所。“天气的冷和神情的冷，逼迫我不能在家庭中安身。但是，往哪里去呢？大道上，公园里，虽然没有冰冷的神情，冷风究竟也刺得人皮肤欲裂。我终于在通俗图书馆里觅得了我的天堂。”[③]这个公共空间虽然比较简陋，但毕竟是一个公共的可以取暖的地方，更重要的是，这里没有熟人。城市社会最大的特点就是由大量的陌生人构成，公共空间提供了一个机会，让大量陌生人可以在家庭以外的地方获得另一个精神栖息之所。由于其公共性与陌生性，虽然由不少人构成，但人与人之间是疏离的，隔绝的。“另外时常还有几个人，多则十余人，都是单薄衣裳，正如我，各人看各人的书，作为取暖的口

---

① 鲁迅：《彷徨·伤逝》，载《鲁迅全集》，第2卷，人民文学出版社，2005年版，第119页。

② 鲁迅：《彷徨·弟兄》，载《鲁迅全集》，第2卷，人民文学出版社，2005年版，第135页。

③ 鲁迅：《彷徨·伤逝》，载《鲁迅全集》，第2卷，人民文学出版社，2005年版，第124页。

实。”[1]在由各色人等构成的公共空间里，反而可以形成一个看似热闹、实质孤独的个体空间，现代人的情绪焦虑在此得以缓解。

二、“中国人的生命圈”——后期杂文的公共空间

在鲁迅的作品中，都市空间早期的私人情感是伸向后期公共空间的必经之路。正是由于鲁迅早期回归私密空间，对自己心灵进行拷问与审视，在后期，当鲁迅来到上海，一下子面对一个打开的市场空间，面对形形色色的人物和社会空间，早期的内省构成的这个深沉而强大的自我才迸发出强大的生命力，从而促使私人生活资源转化成为公共议题。鲁迅在三十年代的杂文中，对以上海为代表的都市生活进行了全面的碎片式的揭示，他关注的公共议题涉及金钱、诚信、虚荣、慈善、生活环境、仆人、早熟、战争、人事纷争、出版传播等多方面，而他能以一种客观公正的民族良心的情怀去观察社会，正是对私人空间和公共空间理性、客观把握的结果。

张旭东把1925—1927年看作“鲁迅杂文写作走向‘自觉’的过渡时期，也是鲁迅杂文的特殊之地逐渐定性的时期”[2]。不同于跑马场、舞厅等快速释放激荡和情感的公共空间，鲁迅关注的城市空间更贴近于日常生活与精神空间。“那些标志着西方霸权的建筑有：银行和办公大楼、饭店、教堂、俱乐部、电影院、咖啡馆、餐馆、豪华公寓及跑马场，它们不仅在地理上是一种标记，而且也是西方物质文明的具体象征。”[3]鲁迅回避这些教堂、豪华公寓、跑马场等标有西方霸权和强烈的物质标签的的空间象征，某种程度上也是标志了鲁迅的文化选择与思想倾向。正如鲁迅所言：“我们活在这样的地方，我们活在这样的时代。”[4]鲁迅对公共空间的关注更多是一种“中国人的生命圈”[5]，关注在这块

---

① 鲁迅：《彷徨·伤逝》，载《鲁迅全集》，第2卷，人民文学出版社，2005年版，，第124页。

② 张旭东：《杂文的‘自觉’——鲁迅‘过渡期’写作的现代性与语言政治（上）》，《文艺理论与批评》，2009年，第1期。

③ 李欧梵：《上海摩登——一种新都市文化在中国1930—1945》，毛尖译，人民文学出版社，2010版，第5页。

④ 鲁迅：《且介亭杂文·附记》，载《鲁迅全集》，第6卷，人民文学出版社，1981年版，第213页。

⑤ 鲁迅：《中国人的生命圈》，载《鲁迅全集》，第5卷，人民文学出版社，1981年版，第98页。

土地上生活的民众的命运。

在鲁迅杂文中，经常涉及的公共空间具有典型的市民社会特征。在鲁迅作品里提到的公共空间有革命咖啡店、茶馆、租界和华界、弄堂、胡同、街道、四马路、教堂、亭子间、阁楼、内山书店、图书馆、电影院、书房、国货城、法院、拘留所、监狱、饭店、医院、药房、轮船、码头、马路边的洋货店、大公司、东单牌楼的东亚公司、青云阁、学堂、北京的中央公园、邮政局、教育部、火车车厢、船舱，等等。虽然鲁迅关注的依然是与市民日常生活息息相关的生活空间，但视角却从个人体验转移到了公共批判。上海的居住空间局促逼仄，《阿金》较为典型地写到了上海拥塞的居住空间。“其实，这也并非什么奇特的事情，在上海的弄堂里，租一间小房子住着的人，就时时可以体验到。他和周围的住户，是不一定见过面的，但只隔一层薄板壁，所以有些人家的眷属和客人的谈话，尤其是高声的谈话，都大略可以听到，久而久之，就知道那里有那些人，而且仿佛觉得那些人是怎样的人了。”[①] 租界和华界、穷人与富人形成具有对比性的异质空间。一方面是华人“街头巷尾，处处摆着桌子，上面有面食、西瓜；西瓜上面叮着苍蝇、青虫、蚊子之类，还有一桌和尚”[②]，租界是“走过租界的住宅区邻近的马路，三间门面的水果店，晶莹的玻璃窗里是鲜红的苹果，通黄的香蕉，还有不知名的热带的果物”[③]。干净整洁的租界和肮脏的华界行成鲜明对比，穷人和富人也处于不同的城市空间，“同时开了风扇，吃着冰淇淋，不但和‘水位大涨’‘旱象已成’之处毫不相干，就是和窗外流着油汗，整天在挣扎过活的人们的地方，也完全是两个世界。”[④]尽管只有一窗之隔，但形成了截然不同的两个空间。

鲁迅关注马路上的游荡者。二十年代北京街头的“求乞者”激发起他内心的荒凉与激愤，三十年代的上海街头，他看到的却是现代市民的精神匮乏。现代市民不再依赖土地为生，生活在以陌生人为主体的大都市，催生出很多新的职业和新的卑劣，如《“吃白相饭”》中，这种“不务正业，游荡为生”的职业反

① 鲁迅：《看书琐记》，载《鲁迅全集》，第5卷，人民文学出版社，1981年版，第503页。

② 鲁迅：《新秋杂识（二）》，载《鲁迅全集》，第5卷，人民文学出版社，1981年版，第280页。

③ 鲁迅：《关于翻译（下）》，载《鲁迅全集》，第5卷，人民文学出版社，1981年版，第298页。

④ 鲁迅：《知了世界》，载《鲁迅全集》，第5卷，人民文学出版社，1981年版，第512页。

而是上海“一种光明正大的职业”[①]。他们常用的谋生手段是：欺骗、威压和溜走。而这些下三烂的手段之所以能够成功，其实完全是因为现代都市流动人口增长，使这样的欺骗手段容易得手，而一旦失败，便马上溜走。更令人惊叹的是，吃白相饭的人，并不以耻，而以为荣。同时，这么多人游荡在马路上，为了争夺生存空间，便催生了“推”，“住在上海，想不遇到推与踏，是不能的，而且这推与踏也还要廓大开去。”[②]这种推与踏在今天的大都市节庆聚会之时、早高峰挤地铁之时也屡屡见到，“推得女人孩子都踉踉跄跄，跌倒了，他就从活人上踏过，跌死了，他就从死尸上踏过”[③]，而踩踏过去的目的是什么呢？不过是为了“白相”而已。都市亦常见有“揩油”者，现代社会专业分工更为精细，机构复杂，便生出揩油可能性。“因为所取的是豪家，富翁，阔人，洋商的东西，而且所取又不过一点点，恰如从油水汪洋的处所，揩了一下，于人无损，于揩者却有益的。”[④]现代都市提供了流动的可能性，便有了“爬”与“撞”，“不但穷人，奴隶也是要爬的，有了爬得上的机会，连奴隶也会觉得自己是神仙，天下自然太平了。”[⑤]都市亦是流言的温床，“洋场上原不少闲人，‘吃白相饭’尚且可以过活，更何况有时打几圈麻将。小妇人的嘁嘁喳喳，又何尝不可以消闲。”[⑥]连精神领域的文学亦与商业脱不了干系。“就大体而言，根子是在卖钱，所以上海的各式各样的文豪，由于‘商定’，是‘久已夫，已非一日矣’的了。”[⑦]商业语境下的物质追逐成为城市痼疾。

在现代城市中，由于是陌生人社会人情淡漠也成了常态。《牺牲谟——“鬼画符”失敬失敬章第十三》中指出社会环境恶劣，人民贫困不堪，追求物质：“社会还太势利，如果像你似的只剩一条破裤，谁肯来相信你呢？”“人们的眼睛只看见物质”“他们只知道物质，中了物质的毒了”“现在的社会还太胡涂……一经误解，社会恐怕要更加自私自利起来”。再次，随着城市的发展，社会分层严重，人与人之间关系冷漠：“对号房说：这是老爷叫我送来的，交给太太收下”“唉唉，近来讨饭的太多了，他们不去做工，不去读书，单知道要饭。

---

① 鲁迅：《“吃白相饭”》，载《鲁迅全集》，第5卷，人民文学出版社，1981年版，第208页。
② 鲁迅：《推》，载《鲁迅全集》，第5卷，人民文学出版社，2005年版，第206页。
③ 鲁迅：《推》，载《鲁迅全集》，第5卷，人民文学出版社，2005年版，第195页。
④ 鲁迅：《“揩油”》，载《鲁迅全集》，第5卷，人民文学出版社，1981年版，第253页。
⑤ 鲁迅：《爬和撞》，载《鲁迅全集》，第5卷，人民文学出版社，1981年版，第261页。
⑥ 鲁迅：《归厚》，载《鲁迅全集》，第5卷，人民文学出版社，1981年版，第369页。
⑦ 鲁迅：《“商定”文豪》，载《鲁迅全集》，第5卷，人民文学出版社，1981年版，第377页。

所以我的号房就借痛打这方法,给他们一个教训……”,“但千万不要忘记:交代清楚了就爬开,不要停在我的屋界内。你已经九天没有吃东西了,万一出了什么事故,免不了要给我许多麻烦……”市民之间人情淡漠,政府也是官僚成风,体制黑暗,《这个与那个》就揭示了这种政治黑暗:“民元革命时候,我在S城,来了一个提督。……可是自绅士以至于庶民,又用了祖传的捧法群起而捧之了。这个拜会,那个恭维,今天送衣料,明天送翅席,捧得他连自己也忘其所以,结果是渐渐变成老官僚一样,动手刮地皮。”这种人情淡漠也表现在政府的不作为,鲁迅的批判有显著的公民意识。譬如在《通讯》中关注城市居住环境的恶化,市政的不作为,土车每月收几吊钱把煤灰之类搬出去,就堆在街道上。在《为“俄国歌剧团”》中描写了犹如沙漠的北京,《上海的儿童》中关注弄堂这个乱哄哄的小世界,《阿金》则将视角对准华洋混杂的差异空间。

鲁迅关注的公共空间都是市民的主要生活场所,在这里,城市的矛盾尖锐而又突出地以一种杂糅的方式呈现出来。在包罗万象的都市空间中,他表达了对各种城市社会现象的关注。这些社会问题种类繁多,有城市环境、城市治安、城市商业环境、日常生活书写、城市阶层、城市移民、城市女性、城市知识分子、城市中的谣言与传播等多种问题,可看到鲁迅强烈的入世意识和社会责任感。

三、鲁迅的空间转向与市民意识的生成

鲁迅从私人空间向公共空间的转向是一种对自我的和解,亦是一种启蒙意识在社会范围内的升华。前期鲁迅企图以个人为样本,解剖自我的灵魂,以推进人性的洞察;晚年鲁迅逐渐从自我的黑暗中走出,以广大的市民社会为观察样本,或歌或哭,他不相信“黄金世界”,所以要寻出黄金世界的所有罪恶,为将来的人们建立理想世界扫清障碍。在杂文中,他多次表达了行动起来的革命意志。“世上如果还有真要活下去的人们,就先该敢说,敢笑,敢哭,敢怒,敢骂,敢打,在这可诅咒的地方击退了可诅咒的时代!”[①]“无论爱什么,——饭,异性,国,民族,人类,等等,——只有纠缠如毒蛇,执着如怨鬼。”[②]正是对这个时代和人民执着的爱,使得鲁迅对正在形成的早期市民社会也有

---

① 鲁迅:《忽然想到》,载《鲁迅全集》,第3卷,人民文学出版社,1981年版,第43页。

② 鲁迅:《杂感》,载《鲁迅全集》,第3卷,人民文学出版社,1981年版,第49页。

自己深刻的观察与批判。“这里有传统文化的延续，有西方文化和日本文化的介入，这些生活条件不断地塑造中国市民社会的精神形态。鲁迅的作品大量记载了当时市民社会的生活情况，也融入了他对市民社会的感受，这是一个认识当时中国市民社会生活状况以及精神形态的重要文本。”[①]

在鲁迅的早期市民社会观察中，建立起了以启蒙为中心的“立人”思想下市民社会的批判。他推崇自我意识的觉醒，提倡“任个人而排众数”[②]“沙聚之邦，由是转为人国”，并在此基础上建成现代民族国家和现代社会。马克思、恩格斯也认为“人总是从自己出发的”[③]“市民社会中的每一个人都以自我为目的，在这个意义上，都是‘利己’的。然而，这种以自我为目的的‘利己’，并不必然意味着‘己’之间的彼此对立。”“相反，它还在一定意义上拥有善的品质。因为，它所标识的是个人自我意识的觉醒，个体独立自主权利的存在。在历史的视域中，个人作为独立主体存在是一种社会进步现象。”[④]正是在这种“立人”的思想基础上，他提出了“为青年开路”“中间物”，这和传统的阶级论的观念差异是很大的。而这种对于身份感的追问“只有在均质化的空间里，以及市民社会中才可能存在”[⑤]。

鲁迅对市民社会的物质属性认识是非常清醒的。“倘若一定要问我青年应当向怎样的目标，那么，我只可以说出我为别人设计的话，就是：一要生存，二要温饱，三要发展。有敢来阻碍这三事者，无论是谁，我们都反抗他，扑灭他！”[⑥]“北京就是一天一天地百物昂贵起来。”[⑦]《马上日记》中通篇也都是“信札往来，银钱收付”[⑧]。黑格尔在讲到市民社会中认为：“整个市民社会是中介的基地”[⑨]所谓“中介的基地”指的就是基于平等身份的“普遍交换”之处。“‘中介’所表达的普遍交换，是以平等身份为前提的经济上的平等交换，这是

---

① 苏桂宁：《20世纪中国市民形象与市民文化》，中国社会科学出版社，2013年版，第82-83页。

② 鲁迅：《文化偏至论》，载《鲁迅全集》，第1卷，人民文学出版社，2005年版，第47页。

③ 马克思，恩格斯：《德意志意识形态》，人民出版社，1961年版，第504页。

④ 洪镰德：《黑格尔哲学之当代诠释》，人民出版社，2007年版，第232页。

⑤ 柄谷行人著，赵京华译：《日本现代文学的起源》，生活·读书·新知三联书店，2003年版，第53页。

⑥ 鲁迅：《北京通信》，载《鲁迅全集》，第3卷，人民文学出版社，1981年版，第51页。

⑦ 鲁迅：《有趣的消息》，载《鲁迅全集》，第3卷，人民文学出版社，1981年版，第197页。

⑧ 鲁迅：《马上日记》，载《鲁迅全集》，第3卷，人民文学出版社，1981年版，第308页。

⑨ 黑格尔著，范扬，张企泰译：《法哲学原理》，商务印书馆，1961年版，第197页。

普遍交往的物质基础。市民社会基础之上的普遍交往有两个方面的基本含义：一方面，这是一种客观交往关系。这种交往关系是由市场交换客观造成的普遍交往关系，每一个生活在市民社会中的人都无法摆脱这种相互依赖性的关系。另一方面，从事这种交往活动的主体对这种客观交往关系具有自觉意识。"[①]其在传统上看作是鲁迅的社会批判和文明批判，但其实也是市民社会催生的贪欲与"恶的无限"。黑格尔指出"市民社会在解放人的主观性的同时，又无限刺激人的无限贪欲，使人既没有了'节制'，又没有了'尺度'，陷入贪欲的'恶的无限'。"[②]市民社会在创造出巨大财富的同时，"既造就了'奢侈'，又不能消除社会的'匮乏和贫困'现象"[③]。鲁迅的社会批判和文明批判正是在此基点上进行的。

鲁迅的都市旅程从绍兴开始，通过东京、北京、厦门、广州和上海的洗礼，经历了二十年的公务员生涯，当过大学教师，历经几个不同的城市，最后来到上海。鲁迅对都市空间的了解日益深入，作品中的气象也日益开阔，从早期向内回望乡村，探索个体灵魂，到后期，更多关注都市公共空间。一方面描述自己身在其中的公共空间，揭示其作为一个公共领域所具有的议事与窗口功能，另一方面再通过传媒团体、政治党派等空间，利用杂文这一功能性、时效性极强的文体，揭示城市社会生活所存在的种种问题，以公共知识分子的身份参与到市民政治生活中。与鲁迅对比，新感觉派作家青年时代大多在东京的都市文化中浸淫，回国后的都市写作往往具有虚妄的现代都市幻想。鲁迅在其日常生活、思想与创作中有早期市民意识的萌芽和表现形态，虽未成熟，但具备城市精神，某种程度上，甚至比新感觉派、论语派等诸派更能符合早期中国市民社会的精神需求。

（原文刊发于《鲁迅研究月刊》，2017年第3期）

---

① 高兆明：《心灵秩序与生活秩序：黑格尔〈法哲学原理〉释义》，商务印书馆，2014年版，第270页。

② 黑格尔著，范扬，张企泰译：《法哲学原理》，商务印书馆，1961年版，第200页。

③ 黑格尔著，范扬，张企泰译：《法哲学原理》，商务印书馆，1961年版，第200、208页。

都市视角下的鲁迅——《野草》重释

《野草》是鲁迅的散文诗集，1927年由北京北新书局初版，收入1924—1926年所作的23篇散文诗，书前有题词一篇。自问世以来，这一瑰丽而又神秘的散文诗集就引起了研究者极大的兴趣。从出版至今，《野草》研究都是鲁迅研究中的重中之重。新时期以来，众多鲁迅研究大家对《野草》做出了丰富而深刻的阐释。如张梦阳、王吉鹏等的《野草》研究史整理，李希凡、钱理群、解志熙、李玉明、阎庆生等人的心理学分析，孙玉石、吴中杰、汪晖的哲学思辨，殷国明、孟瑞君等的美学阐释，吴小美的《野草》中外文学比较，张闳、郑家建的诗学探讨，等等。但迄今为止，几乎无人从都市角度认识这本散文诗集。《野草》写作的1924年到1927年，北京已经是较为现代的城市，当时鲁迅身在北京，不可避免地卷入都市进程中的种种人事纠纷。“有了小感触，就写些短文，夸大点说，就是散文诗，以后印成一本，谓之《野草》。”[①]相对应的是1926—1927年间，鲁迅写作了《朝花夕拾》，躲到故乡的回忆里去表达对都市的不满。作为对应，作于《朝花夕拾》前的《野草》实质是鲁迅借用散文诗这种手段描述自己在北京的城市生活感受。

北京这座城市对鲁迅来说有特别重要的意义。1912年，鲁迅作为教育部成员随部北迁，一住十四年，北京成为他在国内居留时间最长的一座城市。他在这里发出自己的第一声“呐喊”，随后又陷入“彷徨”；他在这里介入青年学生运动，并结识革命伴侣许广平，也得罪当时的文化圈大批英美学者。《野草》写作已是他在北京居住的最后几年，在散文诗中我们可以看到鲁迅对北京城市生活的观感与体验。

① 鲁迅：《野草·题辞》，载《鲁迅全集》，第4卷，人民文学出版社，1981年版，第456页。

一、都市漫游者的思考

在研究波特莱尔的诗作时，本雅明认为波特莱尔充当了巴黎这座城市的游荡者：他漫步在巴黎的拱廊街上，“张望”和“震惊”成为他沉思的姿态和方式，他收集都市人群在城市迷宫中转瞬即逝的意象。继而，本雅明把游荡者的概念引入其他的城市文学研究中。在中国，最适合用都市漫游者概念研究的莫过于二十世纪三十年代的新感觉派作家，学者李欧梵就曾在其《上海摩登》中用漫游者的概念来解析文学作品中的上海形象。用城市的眼光打量《野草》，我们会惊异地发现，在《野草》中同样有一个都市漫游者的形象，只不过，波特莱尔笔下是“巴黎的忧郁”，而鲁迅的笔下则是“北京的苦闷”。鲁迅以一个知识分子的身份观察着都市，在街道漫步。正如本雅明所讲，文人、乞丐和妓女是街道上的三个经典形象，在鲁迅的《野草》中，我们也可以看到这三类人群，最突出的就是文人和乞丐的形象。

正如新感觉派一样，“文人”往往就是行走着的作家本人。“城市的发展造就了新型的市民生活书写者，改变了他们的思维方式与价值观念。同时这些漫游于城市，迷失在自己思绪中的书写者也以他们文字的力量传达着对城市的理解。”[①]《野草》中的文人正是行走着的鲁迅，他观察着、思考着，在他的视角下，北京是座灰暗的城市。在京期间，鲁迅的情绪十分低沉，他除了上班，终日抄古碑、读佛经、整理古籍，北京给予他的也是灰暗、寂寞、阴沉，在《野草》中我们便能看到这种都市印象。《风筝》开头：“北京的冬季，地上还有积雪，灰黑色的秃树枝丫叉于晴朗的天空中，而远处有一二风筝浮动，在我是一种惊异和悲哀”，就暗示了鲁迅对北京这个前现代的古城的悲观体认。在《求乞者》中，首先逼入眼帘的就是无处不在的“灰土”。“灰土”在这篇小短文中出现了八次，但且并非简单重复，而是具有由弱渐强的节奏和韵律，成为烘托情绪、呼应内容的一个重要手段。鲁迅笔下的风沙超越了现实的与自然的真实层面，成为现代社会的干燥寒冷与现代人的寂寞悲凉的象征。这样的“灰土”与“剥落的高墙”和街上“各自走路”的行人一起，立体地呈现了社会现实的寒冷与人际关系的冷漠。这种灰土中的沙城可以看作是鲁迅笔下对生命体

---

① 张娟：《三四十年代上海现代市民小说中的“都市漫游者”叙事研究》，《南京师范大学文学院学报》，2012年，第3期。

验和思想困境的一个典型隐喻。当时的北京，虽然已经是具有众多人口的移民城市，但生活方式、价值观念中还有很多老中国的影子，充满前现代的色彩。

乞丐是现代都市的寄生品，是本雅明“都市漫游者”中被讨论的重要人群。乞丐也是在鲁迅笔下经常出现的形象。《求乞者》中“我顺着剥落的高墙走路，踏着松的灰土。另外有几个人，各自走路。微风起来，露在墙头的高树的枝条带着还未干枯的叶子在我头上摇动”。鲁迅正是在行走与观察中发现了这个城市的痼疾，而《狗的驳诘》中“我梦见自己在隘巷中行走，衣履破碎，像乞食者”，则发生视角置换，将自己置于求乞者的位置。“城市生活的一个极大特征就是，各种各样的人互相见面又互相混杂在一起，但却从未互相了解。”[①]现代城市流动性大，密度高，已不再是传统的“熟人社会”，而变成了“陌生人社会”，这使得人与人之间的诚信客观上更难维持，“瞒和骗”更容易得逞，这正是鲁迅极度痛恨的。《求乞者》的故事发生在秋天。“微风起来，露在墙头的高树的枝条带着还未干枯的叶子在我头上摇动”。天气可见并不十分寒冷，“我”穿着夹衣，“一个孩子向我求乞，也穿着夹衣，也不见得悲戚……近于儿戏；我烦厌他这追着哀呼”“一个孩子向我求乞，也穿着夹衣，也不见得悲戚，但是哑的，摊开手，装着手势”。从求乞者的穿着“夹衣”和表情“不见得悲戚”，说明求乞者的身份是可疑的，他们并不需要“我”的任何施舍，因为“我”也穿着“夹衣”。“我”厌恶他们装腔作势，厌恶他们使用“求乞的法子”。人虽是难免有穷困无助之时，但一个有尊严的人哪怕做无奈的行乞之举时，也会有难堪和悲哀之色。孩子“不见得悲戚”，实质在提醒我们这是借用现代市民社会的陌生化和流动性在欺骗他人。其中一个孩子还用欺骗的手段，装哑作伪，更是虚伪至极。鲁迅表面写的是对作为“求乞者”的孩子的憎恶，内心深处却是在为现代社会诚信缺失而悲哀和愤怒。

经过细读文本，还会发现有个细节反复出现了四次，那就是“另外有几个人各自走路”。这一细节和当时的自然环境“微风起来，四面都是灰土”相得益彰。无论是小孩子追着哀呼求乞，还是我在沉思中将要求乞，几个行路人对此都毫无反应，依然在赶路，这正是现代都市行色匆匆的陌生人的真实写照，揭示了社会的灰暗冷漠。在这个互不关心的社会里，人们没有真正的关心和同情。他设想的求乞也只能这样：“我将得到自居于布施之上者的烦腻、疑心、

---

① R. E. 帕克，E. N. 伯吉斯，R. D. 麦肯齐著，宋俊岭，吴建华，王登斌译：《城市社会学》，华夏出版社，1987年版，第42页。

憎恶”。所以,从城市语境的角度出发,《求乞者》正是表现了城市化进程中不断出现的城市流民,他们离开土地,不务生产,也不愿意以自己的劳动养活自己,而是用欺骗性的乞讨与油滑来获得金钱。传统中国人的礼义廉耻、自我尊严在他们身上都消失殆尽。正像徘徊在城市边缘的阿Q们,他们是城市化进程中出现的怪胎,所以“我”以“不布施”的极端方式表达自己对于商业社会中“寄生虫”的不妥协。

二、市民社会的揭露

现代城市与市民阶层有着极密切的联系,城市社会从本质上说就是市民社会。城市是工业发展和商业文明的产物,一方面它提供了我们物质生活的需要,创造了更为舒适的环境与更丰富的文明,但另一方面,它也催生了很多文明的副产品,比如物欲横流、道德沦丧、人性扭曲等。鲁迅在绍兴居住16年,在东京居住5年,在北京居住14年,城市的居住体验使他对城市生活中的人的生活方式、生存状态与精神选择有更为深入的观察。《聪明人和傻子和奴才》中的聪明人和奴才,《这样的战士》里的“慈善家,学者,文士,长者,青年,雅人,君子”,《狗的驳诘》里的主与奴,《立论》里的圆滑之人,等等,构成了一个充满世俗味道和功利气息的市民社会。

《聪明人和傻子和奴才》中揭示了几种不同类型的市民生存哲学。聪明人体现了一种市侩哲学。他善于用一副伪善的面孔取得旁人的信任,知道如何用最恰当的方式去安抚受苦受难的奴才,以防止奴才有任何反抗念头和行为,他是一个圆滑世故的具有犬儒主义和市侩气息的人物。奴才代表的是一种奴才哲学或诉苦哲学。他从诉苦中求得片刻的慰藉,并将这种空洞的“同情和慰安”视为未灭绝的天理。他最大的特点在于自觉地受压迫,并在压迫中反过来维护统治者的统治。他终究只是个奴才,也只能是个奴才。不同的只在于是高等奴才还是可怜的低等奴才。高等奴才正是文中奴才的生活目标,他的言行从未脱离过奴才的既定范围,尤其是赶走傻子一事,更是表现出万劫不复的奴才特性。傻子是市民社会中的清醒者、反抗者,也是有社会良心的知识分子的象征,他象征一种行动哲学、反抗哲学。他不惧怕任何强权统治,只是遵照内心的真实需求来办事,从人本位出发,想到即做,即使失败也不后悔。在与奴才和聪明人的鲜明对比中,立刻彰显出这种反抗哲学的宝贵,他的身上更能体现出人之所以为人的价值。但这种反抗在整个充满市侩气息的市民社会中，却显得无助，充满悲剧气息。

《这样的战士》同样把不屈的战士放在一个鱼龙混杂的市民社会背景之中，他们由“学者、文士、长者”构成，戴着“学问、道德、国粹”的画皮，他们是充满市侩气的文化圈，是油滑的所谓都市“上流社会”。他们一律张着学者、公理等大旗，板起君子、导师的面孔，外表十分的冠冕堂皇。不但如此，他们还对战士谦恭有礼，“一式点头”，具有典型的现代市民的伪善特征。他们千方百计地企图向人们表明自己是“正人君子”，“他们的心都在胸膛的中央，和别的偏心的人类两样”。他们不但这样说，而且还有“证据”，妄图用胸前放着护心镜来证明他们的心在胸膛的中央。可是，富有斗争经验的战士不理睬敌人的这一套嚷嚷，“举起了投枪”，“一切都颓然倒地”，似乎战士得胜了，但事实却正相反，倒地的“只有一件外套，其中无物”，敌人耍了“金蝉脱壳”计。这个用服饰来伪装自己的冠冕堂皇的形象，极像张爱玲在四十年代描写过的“装在套子里的人”，通过服饰、化妆把自己真实的内心世界掩盖起来，而这些人在现代社会极具普遍性，他们是在社会上有一定地位的“慈善家，学者，文士，长者，青年，雅人，君子”，他们代表了“学问，道德，国粹，民意，逻辑，公义，东方文明”，正是鱼龙混杂、实利主义、充满伪善的市民上流社会。

在四十年代上海市民小说家予且的《如意珠》等市民小说里，描写过很多具有虚荣心、只重外表不重内心、对富人下跪对穷人蔑视的小市民，鲁迅的《狗的驳诘》《立论》写于二十年代，对现代市民社会世态人心的揭露却有异曲同工之妙。在普通人的眼里，狗总是根据人们穿的衣服的豪华与破旧，来辨别人的地位，然后决定它的吠与不吠。所以，中国的老百姓大都习惯地说，狗是最势利眼的。鲁迅运用这个习惯思维，反将过来，进行翻新，揭示市民社会中的“势利眼”病，鲁迅讥讽地认为，这种人见着富人就摇尾，见着穷人就狂吠。他们在这一点上，真的是“愧不如狗”！对流行于城市社会中的市侩主义哲学进行了批判。《立论》中同样：“说要死的必然，说富贵的许谎。但说谎的得好报，说必然的遭打。”现实的市民社会就是在自欺欺人中维持虚假的繁荣，人人都有圆滑的生存智慧，却忽视了内心的真实。这种市侩主义的人生哲学在初步城市化的二十年代社会中，像毒菌一样，支配着也侵蚀着人们的思想。鲁迅在自身生活的经历中，深深感受到这一点，他以梦境的形式，将之熔铸在散文诗中，在城市表现中坚持着“社会批判和文明批评”的立场。

三、现代城市的物质理性

早在二十世纪初，鲁迅在《文化偏至论》中就对西方物质至上的文化偏至做出了深刻的总结：“诸凡事物，无不质化，灵明日以亏蚀，旨趣流于平庸，人惟客观之物质世界是趋，而主观之内面精神，乃舍置不之一省。重其外，放其内，取其质，遗其神，林林众生，物欲来蔽，社会憔悴，进步以停，于是一切诈伪罪恶，蔑弗乘之而萌，使性灵之光，愈益就于黯淡：十九世纪文明一面之通弊，盖如此矣。”[①]商业化导致的小市民习气，城市进程中的金钱至上，物质时代的道德沦丧，都成为《野草》中批判讽刺的对象。

《我的失恋》是一篇非常典型的城市书写，无厘头的“戏仿”写法颇似当下的后现代写作，而其主题又直指城市婚姻爱情中的实利主义与物质至上。“我”的所爱“在山腰”“在闹市”“在河滨”，中间有“山太高”“人拥挤”“河水深”，这重重的障碍阻隔着“我”和所爱的人。“我”只有“低头泪沾袍”“仰头泪沾耳”“歪头泪沾襟”，这是怎样无比的沮丧。失恋使“我”颓唐、绝望，可最后才发现，这重重的天然屏障都是微不足道的，根本原因在于“她在豪家”，是养尊处优的权贵小姐，而“我”没有汽车，只是个贫苦没有地位的青年，那山腰、闹市、河滨正是这些富豪家小姐的居所，双方地位悬殊，障碍也必然出现。而“我”的所爱面对“我”赠予的心爱之物，当然也是不屑的，因为无论“我”的“爱”怎样的诚心实意，在“她”眼里那只是丑陋、不祥、可怕的贱物，全然不如“我”这般珍惜。而“她”的“百蝶巾”“双燕图”“金表索”“玫瑰花”又是那样的富丽堂皇，相形之下“我”的就更加龌龊了，这一切也就注定了“我的失恋”。这层层的步步升级的失恋后，“我”近乎崩溃了。鲁迅貌似豁达地指出——“由她去罢”，但事实上，我们在《伤逝》《上海的少女》《关于女人》等作品中，可以看到鲁迅对于现代城市物质性的思考一直没有停止。鲁迅笔下，田园牧歌式的爱情在现代都市已经绝迹，婚姻爱情往往与商品经济、消费主义相联系，从而造成了情感的物化与爱情的商品化。

在商业化的都市环境中，实用主义与金钱至上的观念成为最显著的城市病。《死后》就对现代出版业的商业运作与铜臭气息做了不留情面的嘲讽。文中的死者已是“运动神经的废灭，而知觉还在”——作为物质的身体已经死

① 鲁迅：《文化偏至论》，载《鲁迅全集》，第1卷，人民文学出版社，1981年版，第53页。

亡，但是作为精神的知觉还在，这种超现实的处理方法使得“死者”可以一窥商业社会真相。他已经连蚂蚁、苍蝇的骚扰都毫无办法，而勃古斋旧书铺的跑外的小伙计，非要送他“明版《公羊传》，嘉靖黑口本”。他没有对一个“死者”的人道主义同情，只是关注如何把其转化成商业对象和消费动力。鲁迅在55年的生命历程中，创办过未名社、朝花社、三闲书屋、野草书屋等8个出版社，编辑出版过20种报刊、87种图书，可以说是现代出版的践行者，对出版运作中的商业因素可谓是了然于心。在这红尘万丈中，鲁迅借用死者的知觉神经，讽刺商业社会的文化也沾染了铜臭味，就算是死人也不放过，要榨干其身上的所有利用价值，发掘出全部商业属性。

鲁迅对女性命运一直怀有同情之心，在《娜拉走后怎样》的公开演讲中他说明没有获得真正独立的经济地位之前，女性的自由和独立是无从谈起的。在《颓败线的颤动》中，他进一步指出了女性以身体作为金钱交换的条件，同时进一步推演出现代市民社会的道德难题。“只有在人格等同于富有和购买力的社会语境中，缺乏金钱才会对人格造成如此之大的威胁。”[①]对于没有经济权的女性而言，除了自己的身份，她们没有其他谋生手段。鲁迅在散文诗里描写了一个瘦弱渺小的妇人为了小女孩的饥饿也为了自己的饥饿，在做着每一个有羞耻心的人都不愿意做的事情。她在出卖自己的肉体，以此换来生存的资本。在这样一个过程中，她充满了羞辱和痛苦，这痛苦不仅来自她的精神上的，也来自她的肉体上的。这种赤裸裸的交易是都市社会里常见的悲剧，而真正的悲剧在于她为了女儿出卖自己的肉体与尊严，但长大后的女儿、女婿、外孙却无一人感念她的付出，反而以此为耻。现代社会的人情淡漠、利己主义被深刻地揭示出来，传统道德中舍己为人、知恩图报等一切美好的品德在冷漠的城市现实中溃不成军，无处遁形。

四、西方表现手法下的都市现代性

《野草》中还有相当重要的一部分作品，如《过客》《影的告别》《希望》《墓碣文》《死火》等，它们的时间背景和人物生活处所的描写并没有十分明确和可靠的现实根据和现实指涉，很难看出其写作背景与意义指涉是都市还

---

① 史书美著，何恬译：《现代的诱惑：书写半殖民地中国的现代主义（1917—1937）》，江苏人民出版社，2007年版，第400页。

是乡村。但如果我们对这些作品的主题哲思、写作技巧与精神滋养仔细辨认，就会发现这些抽象的作品背后有一个城市的背影。也正是城市文明的影响，鲁迅才能写出这种和传统散文截然不同的，具有极其强烈的现代性与异质性的作品。

“鲁迅在对人的现实性即生命存在进行物质／生存层面的审视的同时，也进行了情感等内在的生命意象的考察。”[①]《野草》的这种情感体验与现代城市带给市民的孤独、怀疑、探索等种种现代性体验息息相关。现代主义作品，往往带有某种不确定性，有些神秘、朦胧，甚至艰深晦涩，具有深厚的内涵。《野草》时期鲁迅受到西方现代派创作的影响，文本中多次出现无边的“旷野”和“荒原”，看似并非城市意象，但其精神内核却是现代的、都市的。散文诗《雪》中写道：“在无边的旷野上，在凛冽的天宇下，闪闪地旋转升腾着的是雨的精魂。”在《颓败线的颤动》中，再次出现了“旷野”的意象，“她于是抬起眼睛向着天空”。在这里，旷野和荒原，成为承载和释放心灵痛苦最合适的场所，而在传统的乡土写作中，旷野和荒原其实并非一个常见的意象，反而在都市逼仄的精神世界与被挤压的心灵场域中，荒原和旷野成为缓解压力的最佳意象。在《过客》中，我们几乎无法判决“多么荒诞无意义，即使走向的仍是死亡，生命总得走去”[②]的过客的确切的未来目标和未来世界是什么，所谓“有声音常在前面催促我，叫唤我，使我息不下”，正是鲁迅对乡土世界里关于努力追求与最终获得圆满结果这一和谐局面的一个质疑。如《影的告别》中他说：“有我所不乐意的在天堂里，我不愿去；有我所不乐意的在地狱里，我不愿去；有我所不乐意的在你们将来的黄金世界里，我不愿去。”质疑传统的未来与光明、爱与同情、追求与结果等看似神圣的事物价值。他打破了古典的秩序和传统的圆满观，体现出现代人生命体验中常有的悲剧感。鲁迅对未来的光明持有深刻的质疑，这和“神本位”的传统农业文明影响下的价值观截然不同，而他对自我生存价值的最终质疑，也是我们在传统农耕社会很少见到的，这种价值观直指现代都市。

《野草》的表现手法是非中国的、非传统的，具有强烈的西方现代性。鲁迅《野草》的写作受到波特莱尔等人的影响，他们都是西方城市兴起后，表现城市的出色文学家、思想家。众所周知，波特莱尔的文学成就与城市密不可分，

---

① 王学谦：《存在的焦虑与危机》，安徽文艺出版社，2013年版，第207页。

② 李欧梵：《铁屋中的呐喊》，岳麓书社，1999年版，第117页。

本雅明正是从波特莱尔在巴黎的游荡与创作中得到启发，把他称为“发达资本主义时代的抒情诗人”。波特莱尔的《恶之花》在“忧郁与理想”中剖析自己的双重灵魂，表现出自己为摆脱精神与肉体的双重痛苦所做的努力，在“巴黎即景”部分写了一幅赤裸裸的工业社会大都市的写真画。《野草》也非常类似，一方面关注自己的心灵磨难和精神搏斗，一方面又关注城市的外部物质世界。在《野草》中，死火发言、鬼魂叫喊、影的告别、狗的驳诘、死尸起坐等恐怖怪诞的景象形成了人造的天堂和现实的地狱，这个盛开着鲜花又充满着罪恶的地方正是波特莱尔的巴黎和鲁迅的北京。同时，《野草》与萨特《禁闭》、索尔贝娄《挂起来的人》在存在主义思考上有很多异曲同工之妙，如《过客》就非常类似《等待戈多》。随着工业文明的进步、城市的发展，虽然人们拥有了前所未有的权利、科技、文明，但也同时发现自己的无家可归。与西方现代主义文学中的萨特《禁闭》、瑞典作家斯特林堡《鬼魂奏鸣曲》、法国荒诞派作家尤奈斯库《秃头歌女》等的人物塑造一样，《野草》也注重揭示现代人共有的隔膜与孤独主题。这一主题在《墓碣文》《颓败线的颤动》中体现得最为强烈，鲁迅借此去关注与思考西方哲学家也同样关切的人的存在方式与存在价值、生存环境、内心分裂等抽象而深邃的问题。“《野草》将鲁迅在‘五四’时期苦闷激荡的心理真实，含蓄而形象地化为外在表现形式，在悖论、反讽中，作品形成纠缠冲突而非整合、流动不居而非静态的文学张力空间。正是在这个空间中，鲁迅富有独创性地通过‘悖反’营造出一种新的时代美感，它超乎日常语言的‘陌生化’而生成，让读者在真切的阅读体验中获得灵魂的淬炼与美的享受。”[①]正如波特莱尔一样，城市文明、社会风气、商业图景等都在他们的作品中得到了反映，但他们并非客观、机械地反映现实，而是通过自己的主观想象和幻化，把它们折射出来，而这种词语悖反、母题悖论和隐喻象征表现方式本身，就具有城市文化的特点。

“现代人在社会、知识和艺术上的困境，有种种历史条件的多重决定，但现代人又渴望超越困境，现代人的生存境遇就在这一语境下展开。”[②]《野草》的部分篇章是都市境遇的直接描写，还有部分篇章是鲁迅在这种都市经验与人

---

① 杨剑龙、陈卫炉：《论鲁迅〈野草〉的词语悖反、母题悖论及其艺术张力》，《学术月刊》，2010年，第4期。

② 张旭东：《上海的意象：城市偶像批判与现代神话的消解》，《文学评论》，2002年，第5期。

的物化的困惑中展开的存在之思。随着现代工业文明的到来、城市的发展，现代人的日常生活与性格形成日益异化，现代人的境遇问题也成为鲁迅思考的中心。《野草》期间，他身处都市，一方面写出了市民社会的世态人心、物质境遇下的都市疾患，另一方面也以抽象化的情感、存在主义的思考立场昭示着背后城市文化的影响与推动。一般研究者认为鲁迅与城市的关系到了三十年代的上海生涯才出现胶着状态，但通过对《野草》的分析，我们有理由认为鲁迅早在二十年代就已经对城市生活有了深刻而持久的关注，并借鉴西方城市文学的表现方式，将这种现代人的困惑与思考展示出来。

（原文刊发于《南京师大学报》，2014年4期）

以空间为中心的文学史的生成
——从《八道湾十一号》谈起

八道湾十一号，坐落在北京西城。这里在清末时是正红旗所辖地，据史料记载，这里原来是宫廷的仓库，有的认为是宫衣库，有记载认为是银库。鲁迅、周作人把这里写作"新街口八道湾"，有时写作"西直门内公用库八道湾"。这所三进的四合院，中国现代著名作家鲁迅、周作人和社会活动家周建人曾在这里居住，这使得它已经不是一个普通的庭院，绝不仅仅是一个地点，而是一个文学生产的现场，并且由于著名的"兄弟失和"事件，改变了周氏兄弟的文学人生，并进一步由建筑意义而获得了重要的文学身份。八道湾十一号像是一个隐喻，暗示着故事情节的发展和走向，也在周氏兄弟的文本中以各种不同的面貌反复出现。黄乔生先生曾出版《鲁迅与胡风》《鲁迅像传》《鲁迅：战士与文人》《渡尽劫波——周氏三兄弟》等著作，对周氏兄弟的文学生产和生平状况有非常详尽的了解，2009年撰写长文《八道湾十一号剪影》，表达了对这座居住过周氏兄弟二人的大宅院命运的担忧。现又经过五年的准备完成了《八道湾十一号》，熔历史、文学、传记、建筑史为一炉，体现了跨界成熟的写作风格。

《八道湾十一号》出版以后，引发了众多文史学者的关注。肖严指出此书的重要意义是对八道湾十一号的私人历史做出了完整细致的梳理："知识分子的公共角色，向左还是向右，其实跟他们的私人生活有密切关系。"[①]黄开发认为"作者之所以取得成功的一个关键是，在面对兄弟失和等问题时较好地保持了平正公允的态度"。[②]李春林更是将八道湾十一号这个宅院称作丰碑，

① 肖严：《八道湾十一号：知识分子的私人生活与人格悲剧》，《博览群书》，2015年10月。

② 黄开发：《八道湾十一号的"家务事"与回忆录——从黄乔生〈八道湾十一号〉谈起》，《现代中文学刊》，2016年，第3期。

认为这本书“以历史主义的态度、洞察细微的眼光、严酷与温暖并存的叙述，准确地揭示和书写了这座宅院的丰盈内涵”。[①]姬学友认为《八道湾十一号》“是一部以学问做根基，以史料为依据，兼具思想深度、文化内涵和现实关怀的学术专著。书中摄取的家族影像，传递的历史信息，涉及的现实话题，耐人寻味，发人深思”[②]。王小惠指出“全书的优长在于采用了‘微观史学’的研究方法，而叙述则具有‘复调’的特点，为传记写作提供了另一种写作方式”[③]。

研究者们从传记写作、知识分子私人史、写作笔法、史料运用等多种角度指出了该书的独特价值，但是从空间写作角度探讨该书以空间为中心结构全文的写作方式尚为空缺。该书名为《八道湾十一号》，以空间为中心，表面为建筑立传，实际以一个院落的兴衰为线索，通过居住者的人事变迁写出一段建筑史、文学史、社会史、知识分子心灵史、周氏兄弟文学接受史，兼顾日常生活叙事风格和史料运用，为传记写作提供了新的进入途径，同时也为我们认识周氏兄弟的文学生产，评估其文学成就提供了全新视角。

一、八道湾十一号与周氏兄弟文学生产

传统研究者认为空间仅仅是一个物理容器，或者是一种地理概念，而忽略了空间与社会的相互作用。事实上，空间构成与社会关系具有不可分割的关系，索亚（Edward Soja）认为空间是一种“社会产品”，空间是社会过程的一种再现，社会是不能离开空间而独立存在的，空间生产会带来社会生产。列斐伏尔认为空间是不断参与到社会生产之中并被社会所生产的，不同的社会会生产出不同的空间。[④]八道湾十一号，作为周氏三兄弟的住宅，在其七十年变迁中，实质上已经有意无意地参与到了周氏兄弟的文学生产中，八道湾十一号的建筑变迁和中国现代文学史也是紧密相关。

从鲁迅的文学地图来看，鲁迅在国内居住过的地方有绍兴、北京、广州、厦

---

① 李春林:《为一座宅院树碑立传——读〈八道湾十一号〉》,《鲁迅研究月刊》,2016年,第5期。

② 姬学友:《八道湾十一号:一处房子,一个家族,一段文学史》,《中华读书报》,2015年11月18日。

③ 王小惠:《“微观史学”与“复调”叙事——读黄乔生著〈八道湾十一号〉》,《中国现代文学研究丛刊》,2016年,第07期。

④ Lefebvre H.: *The Production of the City* .Athens: University of Georgia Press, 2010, P27.

门、南京和上海，而鲁迅在北京住过的地方就有四个：玄武门外绍兴会馆、八道湾十一号、西四砖塔胡同六十一号和阜成门内宫门口西三条二十一号。其中居住时间最长的是绍兴会馆，《伤逝》就是以此为背景写作的，砖塔胡同只是借住。新中国成立后，宫门口西三条二十一号被辟为鲁迅故居和博物馆，但事实上，八道湾十一号在周氏兄弟的文学生命中具有非常重要的意义：或者是周氏兄弟重要作品的写作地点，或者直接就出现在周氏兄弟的文学活动和文本中。

八道湾十一号是周氏兄弟文学生产的重要空间，黄乔生在《八道湾十一号》中对此进行了详尽的梳理，特别在"文学合作社""《阿Q正传》""自己的园地""苦雨·苦茶"等章节中进行了集中描写。鲁迅在八道湾十一号最重要的文学生产是《阿Q正传》，八道湾十一号前罩房靠里的三间，窗外两株丁香，这是鲁迅创作《阿Q正传》的地方。小说《弟兄》则从侧面可以看到大家庭生活的矛盾与烦恼，求学和就医是日常矛盾的中心，小说中的兄弟同样是聚居，不得不面对经济的纠纷和亲情的限度。八道湾十一号也参与了鲁迅的文学创作。鲁迅的小说《故乡》就是以回乡接母亲、家眷和三弟一家到八道湾十一号为题材的。《故乡》中写道："我这次是专为了别他而来的，我们多年聚族而居的劳务，已经公同卖给别姓了，交屋的期限，只在本年，所以必须赶在正月初一以前，永别了熟识的老屋，而且远离了熟识的故乡，搬家到我在谋食的异地去。"虽然小说并非写实，但黄乔生指出小说中涉及的宏儿、闰土都是有现实基础而经过了艺术虚构的人物。小说中写道"他们应该有新的生活，为我们所未经生活过的。""其实地上本没有路，走的人多了，也便成了路。"此处，绍兴老屋和北京新买的八道湾十一号构成了一种互为"他者"的关系，而八道湾十一号则象征着希望和未来，充满创建新生活的憧憬和勇气。

鲁迅在《示众》的开头写道："在首善之区的西城的一条马路上"，就是他居住的八道湾地区。1922年，鲁迅和周作人的合作成果《现代小说译丛》第一辑出版，收入小说30篇，其中鲁迅译9篇，周作人译18篇，周建人译3篇，封面署周建人名字。还合作编译了《现代日本小说集》，周作人在北京大学讲授欧洲文学史的教材《欧洲文学史》（作为"北京大学丛书"之三，由商务印书馆出版），鲁迅在北大的中国小说史讲稿《中国小说史略》初版在此编成。周作人在《新青年》六卷二期上发表新诗《小河》，被胡适称为"新诗中的第一首杰作"。1922年初，周作人在《晨报副刊》上开了一个专栏，叫《自己的园地》，这个题目取自法国作家伏尔泰笔下老实人的名言：我们还不如去耕种自己的园地。周作人“自己的园地”里面种的是文艺之花，“依了自己的心的倾向，去种蔷薇地丁，这是尊重个性的正当办法，即使如别人所说各人果真应报社会的恩，我也相信已经报答了，因为社会不但需要果蔬药材，却也一样迫切地需要蔷薇和地丁”[①]。

对于周作人而言，八道湾十一号更是他文学生产的重要来源。作为三兄弟的大宅，周建人在八道湾只住了一年零八个月，于1921年离开赴上海，鲁迅则于1923年“兄弟失和”事件后搬走。八道湾中院西厢房在鲁迅搬走后，成为周作人书房，周作人的《雨天的书》《苦茶随笔》《药堂语录》《药堂杂文》都写于此。在这个清雅的书斋里，周作人逐渐形成了自己冲淡天然的写作风格。1932年，周作人将自己的斋号改为“知堂”，宣称不管世事，闭门读书，形成了“文抄公”式的笔记体式散文风格。

八道湾十一号，在文学史上还有一个重要的意义，就是这里是日本新村北京支部所在地，《新青年》第7卷第4号发表了《新村北京支部启事》：“本支部已于本年二月成立，由周作人君主持一切，凡有关于新村的各种事务，均请直接通信接洽。又有欲往日向，实地考察村中情形者，本支部极愿介绍，并代办旅行的手续。”新村是一种空想社会主义的实验单位，法国思想家傅立叶在美国首创，武者小路实笃在1918年创办《新村》杂志，提出新村计划。鲁迅和周作人都深受其影响，鲁迅还翻译了武者小路实笃的戏剧《一个青年的梦》。新村的观念与实践和中国宗法大家庭有类似之处，从基于血缘关系的共同体到社会化的团体组织，相爱互助，实现既要对人类尽义务，又能够充分发挥人的个性的理想生活。新村理论在当时的中国引起了强烈反响，周作人和李大钊等人发起“工读互助团”，毛泽东也曾经来拜访周作人了解新村计划，并和志同道合的青年人共同起草过建设新村的倡议书。

八道湾是周氏兄弟从绍兴搬到北京的第一个稳定的空间居所，从四处游学漂泊到终于安定下来，他们的文学生产也进入了稳定时期，鲁迅最重要的作品《阿Q正传》就写成于这个时期，周作人的文学创作更是与这个四合院的居所休戚相关。这种以空间为中心的立传方式，把文学的产生放在建筑、经济、交游等实证性话语编制成的社会网络中，力图展现历史更完整的面貌。通过这种空间化的梳理和表述，我们对周氏兄弟的文学生产有了更进一步的认识。

---

① 周作人:《自己的园地》,《晨报副刊》,1922年1月22日。

二、八道湾的空间权力关系与文学表征

八道湾十一号是周氏三兄弟将绍兴的老屋卖掉后筹款购买的在北京的第一套住所，1921年周建人离开，1923年，鲁迅和周作人决裂后搬到西城区阜成门内宫门口西三条胡同，也就是今天的北京鲁迅博物馆。八道湾住宅后来留给了周作人一家及周建人的前妻和女儿使用。大宅院的人员入住、住所安排、房产归属等都不仅仅是家庭琐事，而且具有重要的空间政治意味。福柯对空间的思考就尤为注重知识、权力、话语等内在的微观层面与空间的关系。“在任何情况下，我相信我们时代的忧虑就本质而言与空间有关，毫无疑问，这种关系甚于同时间的关系。”[①]“空间在任何形式的公共生活中都极为重要，空间在任何权力的运作中也非常重要。”[②]八道湾的居住格局中周作人占有的重要地位，鲁迅作为长子的谦让与妥协，周作人为朱安和羽太芳子争取房产权，莫不表现出八道湾归属关系的权力演变，无不暗示着这所宅院的权力归属和人性博弈，这一权力差异也在他们的文学生产上留下了烙印。

《八道湾十一号》特地考察了周氏兄弟在这个大宅院的居住情况。从八道湾的居住安排来看，鲁迅是“以幼为尊”的，而且永远把他人放在首位，自己甘当“看门人”。按照中国的居住传统，四合院中的后院是整个住宅中最隐蔽的地方，应该由重要人员居住，但鲁迅将这一居所让给了自己的两个弟弟和客人。鲁迅居住之地在倒座房靠近大门的三间，这里紧靠会客室，人来人往，而且前临前公用库胡同，非常嘈杂。八道湾的后罩房共有房屋九间，三间一室，共三室；周作人一家住西头三间，周建人一家住中间三间，东头三间为会客室。客房里主要住日本来的亲戚，舅舅羽太重九就在这里住了好几年。书中大量描述了在八道湾十一号的交游与宴请，从来访和居住人士来看，同样是以周作人为中心。院子西北的小跨院曾经为鲁迅的同乡章岛川一家所住，后来成为民俗学家江绍原一家的住宅。书中讲到当年在清华大学的梁实秋来拜访周作人，就是由鲁迅传话引见。八道湾有过很多客人，1922年乌克兰诗人爱罗先珂来北京时，就住在八道湾，还有李大钊的儿子李葆华，清党时的一位刘姓女士、绍兴同乡、日本朋友等。北大教授沈尹默回忆道：“‘五四’前后，有一个相

---

① Michel Foucault：*Texts/Contexts of Other Space*，Diacritics，ibid，p23.

② 汪民安：《身体、空间与后现代性》，江苏人民出版社，2007年版，第110页。

当长的时期，每逢元日，八道湾周宅必定有一封信来，邀我去宴集，座中大部分是北大同人，每年必到的是：马二、马四、马九弟兄，以及玄同、柏年、逷先、半农诸人。”[①]胡适、钱玄同、刘半农等都是经常出入周宅的老朋友，学生辈中废名、俞平伯等则是常客，“宴集常常由周作人出面邀请，拜年的明信片也以周作人的名义寄送。对比两兄弟的日记，读者或可体会到，周作人比鲁迅更多主人的感觉”[②]。而从家宴上的日本风格和羽太信子作为女主人操持的习惯上，周作人更像是周宅的主人。

从八道湾的修建和装修，可见鲁迅作为长子对家人具有的责任感和希望大家庭其乐融融生活在一起的家族理想。人最多的时候，八道湾十一号聚集了周家三代十二人：母亲、鲁迅和朱安、周作人夫妻和三个孩子（丰一、静子、若子），周建人夫妻和两个孩子（马理、丰二）。1920年春节，鲁迅在日记中记录了周宅的祭祖活动：“休假。旧历除夕也，晚祭祖先。夜添菜饮酒，放花爆。”在文学道路上，鲁迅也一再提携兄弟二人。周作人在北京大学讲授“欧洲文学史”时，就得到鲁迅的不少帮助。周作人1919年2月作长诗《小河》，发表在《新青年》六卷二期上，作为早期新诗的代表，获得胡适的赞誉，文学史上有重要意义，这首诗原稿上还保留着鲁迅八十多处修改笔迹。周建人的西方小说翻译，也得到鲁迅的帮助、校阅和附记。

“空间的命运取决于权力，在某种意义上，权力反过来总是在空间的竞技场中流通和表现，空间是权力的逞能场所，是权力的流通媒介。”[③]当这种空间权力表征在文学中，就可能因不平衡而产生关系的裂变。鲁迅的小说《弟兄》描写的就是兄弟们聚居在大家庭生活的烦恼，因求学和就医两个日常生活琐事而产生了情感上的隔膜，虽然主要记录的是绍兴会馆的生活场景，但也融合了鲁迅在八道湾居住期间的经验。鲁迅对这个大家庭尽心竭力，牺牲却无回报，周作人理所当然接受照顾，沉浸在自己的文学世界中，凡此种种都成为二人精神世界裂变的导火索。鲁迅在“兄弟失和”之后，在《颓败线的颤动》《铸剑》等文章中频频描写被背叛者的愤怒，可看出这个大宅院原本的主人被误解的痛苦，而周作人1923年11月为自己翻译的武者小路实笃的小说《某夫

---

① 沈尹默：《鲁迅生活中的一节》，原载1956年10月《文艺杂志》，见《鲁迅回忆录散篇（上）》，鲁迅博物馆等编，北京出版社，1999年版。

② 黄乔生：《八道湾十一号》，生活·读书·新知三联书店，2015年版，第56页。

③ 汪民安：《身体、空间与后现代性》，江苏人民出版社，2007年版，第110页。

妇》写的译后记和1925年2月的《抱犊谷通信》中，却仿佛在影射鲁迅的“性”的过失。八道湾十一号的产业，在当初立房契时，拆分为四份，兄弟三人和母亲均分，但是在鲁迅去世半年后，周作人主持重订了八道湾房产协议，保护了家中两位被休的媳妇：朱安和羽太芳子。从此房产持有关系的重新修订上，也可以看到周作人在家庭关系变化的境况中对弱者的同情和维护。

三、八道湾十一号的精神分析和空间诗学

在巴什拉的《空间的诗学》中，外在空间主要指物质体的客观存在。巴什拉用精神分析法来分析场所，他指出：“精神分析学更多的是让存在运动而不是静止。它让存在生活在无意识的住所之外，让它进入生活的冒险，让它离开自身。”[①]精神分析法使巴什拉将路、小径看作是“行走的人的梦想”，“路途上的梦想”。“如果我们赋予事物它们所暗藏的一切运动，我们就会发现在实在和象征之间有无数的中介”[②]。正如巴什拉对空间的情感意义的解读一样，人类生存的物理空间往往会被赋予情感意义，“八道湾十一号”就由于文学史上有名的“兄弟失和”事件，在鲁迅后期的创作中成为一个情感的死结。而周作人书斋从“苦雨斋”到“药堂”到“苦茶庵”，又到“苦住庵”的名称变化，可以看出书房这个外在空间和情感的内在空间并置的空间诗学。八道湾十一号，正是被周氏兄弟赋予了情感想象后呈现出更为丰富的意义。

从八道湾的空间格局也可以看出，鲁迅和朱安长年处于分居状态，中院北房三间，一边住母亲鲁瑞，一边住着大儿媳朱安。朱安的确只是母亲的儿媳，却不是鲁迅的妻子，即使两人同住八道湾，朱安也没有享受过婚姻生活的幸福。鲁迅则因为缺乏爱情的滋润和世俗生活的幸福，沉溺于学术研究和文学创作，他在给许寿裳的信中说自己在公务之余“翻类书，荟集古逸书数种，此非求学，以代醇酒妇人者也”[③]。这个时期他完成了《古小说钩沉》，成为后来从事中国小说史研究的基础。但同时，缺失的婚姻生活也使得他陷入了深刻的绝望与孤独，后来才有了穿越黑暗灵魂隧道的《伤逝》和《野草》。

---

① 加斯东·巴什拉著，张逸婧译：《空间的诗学》，上海译文出版社，2013年版，第10页。

② 加斯东·巴什拉著，张逸婧译：《空间的诗学》，上海译文出版社，2013年版，第12页。

③ 鲁迅：《书信·101115致许寿裳》，载《鲁迅全集》，第11卷，人民文学出版社，1981年版，第321页。

八道湾十一号后期空间离散与变迁，是周氏兄弟文学道路和文学理想渐行渐远的一种情感隐喻。八道湾大家庭是鲁迅建构的家族理想，但是这种大团圆的理想在现实中不堪一击。住进八道湾的第二年，周建人就到了上海，1923年7月18日，发生了文学史上重要的"兄弟失和"事件。关于兄弟失和的原因，众说纷纭，甚至有周作人的儿子周丰一写给鲍耀明的信作为佐证，通过羽太信子的弟弟羽太重九的所谓目击证词力证鲁迅犯下的错误。但是这一所谓证词也被很多研究者驳斥。历史的真相到底是什么，我们不得而知，但有一点可以确定的是，这次"兄弟失和"事件对鲁迅的文学创作影响颇大，就观念而言，其一是经济意识。本书中摘录了许广平后来记录的鲁迅对她所讲的情节："当天搬书时，鲁迅向周作人说，你们说我有许多不是，在日本的时候，我因为你们每月只靠留学的一点费用不够开支，便回国做事来帮助你们，及以后的生活，这总算不错了吧？但是周作人当时把手一挥说（鲁迅学做手势）：'以前的事不算！'"[①] 可见经济问题是产生误解和隔阂的一个根本性问题。兄弟失和后不久，鲁迅做了《娜拉走后怎样》的演讲，后来的小说《伤逝》同样认为在爱情和婚姻中最大的隐忧是经济问题。其二是复仇心理。鲁迅在失和过后写过一篇散文诗《颓败线的颤动》，文中的母亲为了养活女儿出卖身体，长大以后，女儿全家却忘恩负义，指责她、嫌弃她。鲁迅后来在《〈俟堂专文杂集〉题记》中自称"宴之敖者"，并且自己解释为"被家里的日本女人驱逐出来的人"。鲁迅在历史小说《铸剑》中也为负有复仇使命的黑衣侠客取名为宴之敖。相反周作人在失和之后，关注的问题多是性过失，可见在兄弟之间有某种误解，使得两人从此渐行渐远，误会难消。黄乔生先生在立传时，仿佛是将目光"凝聚"在这一处空间，冷静客观，大多不做评论，在很多问题上不发表态度，而是陈述事实。在众说纷纭的"兄弟失和"事件中，他从鲁迅、周作人、羽太重九、许广平、羽太信子等不同当事人的角度进行了冷静的描述，最后以"人生不相见，动如参与商"，将鲁迅和周作人比作长庚和启明，一东一西，永不相见。言语平淡，却意味深长。

随着周作人的附逆，八道湾十一号变成了周公馆，和空间的升级形成鲜明对比的却是八道湾十一号逐渐没有了其乐融融的气息，变得苦不堪言。随着周作人职务的升高，周宅装修升级，住宅面积扩大，打通了左邻右舍，成了当之

---

① 许广平：《所谓兄弟》，载《八道湾十一号》，生活·读书·新知三联书店，2015年版，第150页。

无愧的高门大户。周作人投日事件众说纷纭、观念驳杂，对此黄乔生先生引用了周作人与郭沫若、李大钊女儿李星华、胡适等人对此问题的交流与看法。及在周作人被刺事件中，引用了多方观点，包括参与刺杀的卢品飞所著《黑暗的地下》和周作人自述《知堂回想录·元旦的刺客》，对不同讲述者的细节差异都进行了恰如其分的引述。关于周作人投伪附逆事件，同样采用了大量材料。有周作人后来写给鲍耀明的信，周作人的日记和打油诗，和已与日伪政府合作的钱稻孙的交游记录，林语堂的回忆，周作人公开发表的训词和公诉时的答辩词，日本记者的回忆，同事的回忆，等等，既写出了周作人的冷漠与自私，也指出在日占时期，周作人并没有离开书斋，还在继续写文章思考中国文化问题。同时也指出他为家庭所累，不能丢下一家老小逃离北京的困境。黄乔生在书中写出了外表堂皇的“周公馆”，实质却是苦不堪言的“药堂”。藤井省三曾说到北京文化中的“四合院共同体”，认为北京知识分子生活在以大家庭或者地缘、血缘关系为连接的四合院中，这种基于共通的方言与习俗的共同体式的生活空间，使他们不愿意“大踏步地走出传统的规范”[①]。这种空间意识形态造成了知识分子和青年学生的“偏狭的共同体意识”，八道湾十一号就是一个典型的四合院，长期居住于此的周作人仿佛也受困于此。

现代化进程中的情感体验，正如西美尔所言：“都会性格的心理基础包含在强烈刺激的紧张之中，这种紧张产生于内部和外部刺激快速而持续的变化。”[②]“居处所在，环境熏陶，会引起人的思想性格的变化，正所谓居移气，养移体。周作人在八道湾的安居，与鲁迅在厦门、广州、上海的游动、租房居住及周建人在上海等地打工的生活状态，其中的异同是很明显的。”[③]可以说，周作人一生基本安居八道湾，而鲁迅则被迫走进了城市公共空间。哈贝马斯在界定公共领域和私人领域时做出了对比，他指出：“如果说生的欲望和生活必需品的获得发生在私人领域（Oikos）范围内，那么，公共领域（Polis）则为个性提供了广阔的表现空间；如果说前者还使人有些羞涩，那么后者则让人引以为

---

① 藤井省三著，董炳月译：《鲁迅〈故乡〉阅读史——现代中国的文学空间》，南京大学出版社，2013年版，第24页。

② 齐奥尔格·西美尔著，费勇等译：《时尚的哲学》，北京文化艺术出版社，2001年版，第186页。

③ 黄乔生：《八道湾十一号》，生活·读书·新知三联书店，2015年版，第322页。

豪。公民(homoioi)之间平等交往,但每个人都力图突出自己。"[1]周作人长久地居住在八道湾这样一个私人空间,在他的身后又有羽太芳子、羽太信子、老母亲等一群人等待抚养,这种生存状态无疑对周作人的性情和写作都产生了巨大影响。而走出八道湾的鲁迅则逐渐投入了上海公共空间的生活,用杂文作为社会批判和文明批判的武器。不能不说,他们生存的空间是不同文学选择的一个重要影响因素。

四、八道湾十一号空间改造和书写的时代意义

随着日常生活的发展和时代的变迁,八道湾十一号已经日益分离出本能的居住意义,反而在纪念性质和文化再生产上具有了更强烈的城市文化的意义。列斐伏尔指出:"空间的生产"概念中的"空间"包括三个层面,这里的空间是三位一体的空间,也就是说,它既是一种空间实践(spatial practices):一种扩展的、物质的环境;一种空间表征(representation of space):用以指导实践的概念符号语义系统,同时也是表征的空间(representational space):实践者与环境之间的活生生的关系,即物质和精神、感觉、想象的融合。"这种空间的'特征',就在于形式和内容的结合。"[2]八道湾十一号在当代城市文化建设中被保留并重建,就是一种空间概念意义上的符号表征,通过历史信息、文化寻根和当下的教育纪念意义,这个院落成为一个复合的形式和内容相结合,外在物质空间和内在的精神情感空间相融合的新的空间表现。

黄乔生先生本人即是北京鲁迅博物馆馆长,对北京的鲁迅故居有极深的感情,也有更多的机会可以接触到相关文献。八道湾十一号的保存和改造工作,他曾亲身参与其中。对故居改造的景观设计、院落命名也都深度参与,并作出了很大的贡献。"八道湾十一号"的空间改造,体现了周氏兄弟文化资源的当代开发和文化价值。

《八道湾十一号》开始写作的时候,全国的第三次文物普查正在进行,在以往的两次文物普查中,这所院落并没有被登记,甚至在1992年险些被拆毁。事实上,这座院落的命运跌宕起伏。新中国成立后,八道湾十一号的房间少了

---

① 哈贝马斯著,曹卫东、王晓珏、刘北城等译:《公共领域的结构转型》,学林出版社,1999年版,第4页。

② 亨利·列斐伏尔著,李春译:《空间与政治》,上海人民出版社,2008年版,第35页。

很多，国军入住占用了部分房产，随后被没收，包括周作人的“苦雨斋”也被没收，周作人的藏书被交到北京大学图书馆和国家图书馆保管。八道湾十一号不断变卖家具、书籍。常因“苦雨”修缮，还用着保姆，八道湾十一号开销较大。羽太信子病逝后不久，周作人为了缩减开支，不得不辞退保姆张淑珍。后来八道湾十一号被房管部门接管，陆续搬来许多住户，周作人一家也和其他住户一样，每月交纳住房租金。周作人去世以后，周丰一在此居住，后被挤走，周家已无后人在此入住。五十年代，大宅门逐渐变成大宅院。“文革”以后，这座院子里的丁香、松树、槐树、海棠等树种都被砍掉，池塘也被填上，上面加盖了住房。唐山大地震后，又搭起很多地震棚，有些住着人，有些成为储放杂物的仓库。最终，2009年6月底，八道湾胡同开始拆迁，但八道湾十一号院最终作为文物保留。

在城市拆迁的背景下，重建的三十五中新校址和八道湾十一号通过改造成为城市一处文化景观。正如居伊·德波所说，“作为当今物品生产不可缺少的背景，作为制度基本原理的陈述，作为一个直接塑造不断增长的影响对象（d' images-objects）的发达经济部门，景观成为当今社会的主要生产”[①]。这种规划方式体现了文物空间保护的新思路。北京市规划部门文件对八道湾十一号院的处理是将“八道湾周氏旧居规划到三十五中新校址内”。政协委员的提案对此提出一些修补性建议：“此处原为胡同区，如盖大体量高楼势必与周围环境格格不入，破坏历史形成的胡同格局与风貌；新建中学清一色若是高大的教学楼，毫无建筑特色。如将……三十五中学建设为低层的仿四合院式的建筑群落，将不仅保护原有的胡同格局而且与周氏旧居相得益彰，凸显出西城区的人文色彩。”[②]在此方针指导下，“根据历史资料对鲁迅家族旧居以尽可能地保护复原；对前公用胡同41号、43号、45号三处文物普查院落予以保留；为尽可能地保护前公用胡同肌里，将前公用胡同沿线平房进行了修正和复建；并通过过廊、铺装等方式对八道湾胡同肌理、走向和区域历史记忆予以保留和标识；同时，通过对建筑退台、色调、坡屋顶等细部处理，使教学楼与鲁迅家族旧居更好地协调和过渡。”[③]

八道湾十一号的空间改造在新的城市化背景下也逐渐由纪念功能向文化

---

① 居伊·德波著，王昭凤译：《景观社会》，南京大学出版社，2006年版，第5页。

② 黄乔生：《八道湾十一号》，生活·读书·新知三联书店，2015年版，第324页。

③ 黄乔生：《八道湾十一号》，生活·读书·新知三联书店，2015年版，第325页。

功能过渡。八道湾十一号改造完毕后，将“布置各种设施，制作展览，展示鲁迅兄弟三人的生平特别是他们在此地生活时期的业绩，既尊重史实，又贴近观众，设计一些互动项目，还可以播放与三兄弟相关的影视资料，对学生进行历史文化教育。这个学校的学生（扩大到西城区乃至全市的学生）可以在旧居旁边的鲁迅书院（学校图书馆）里阅读和讨论三兄弟的著作，还可以针对中学生编辑三兄弟作品读本，请专家来做深度讲解……”[①]英国学者斯图尔特·霍尔《表征：文化表象与意指实践》认为表征（representation）就是：“指把各种概念、观念和情感在一个可被传达和阐释的符号形式中具体化。”[②]经过改造后的八道湾十一号已经和原来周氏兄弟居住过的大宅院截然不同。今天的参观者到达这个地点的时候，也许会因为看到整齐划一的青砖、过新的窗框门棂感觉失望，但事实上，这一空间在新的时代已经不再仅仅是对当年建筑的还原，而被赋予了象征、想象、叙事、隐喻的空间内涵。八道湾十一号风雨沧桑的九十余年，正是历史赋予这个空间以意义的漫长过程，整个八道湾十一号的购买、居住、离散、重建过程都参与到了这个空间的生产，形成了具有意识形态意味的，充满了真实与想象的空间。

从空间写作来讲，孙郁曾写作《周作人和他的苦雨斋》，以苦雨斋为线索，对周作人和进出苦雨斋的周作人的朋友们进行了群体的梳理，开八道湾空间写作之先河。黄乔生本人是鲁迅研究专家，又是北京鲁迅博物馆馆长，在史料的收集和使用上有自己独到的优势。作为一个物质空间，八道湾十一号是客观的，正如历史的本质属性一样。为空间立传，需要的是罗兰·巴尔特式的“零度”情感的事实还原。历史是复杂的，无法用一种意识形态概括，必须从不同角度进行多向度的考察。罗兰·巴尔特在《写作的零度》中通过对文学观念和制度的历史的考察，提出了“零度写作”的写作观念：写作的语法秩序和语法结构极易在权力关系中沦为意识形态的编码，“零度的写作根本上是一种直陈式写作，或者说，非语式的写作。可以正确地说，这就是一种新闻式写作”[③]。黄乔生在《八道湾十一号》里的写作正是这样一种客观而冷静的中性写作，既不服从于意识形态的制约，也不流露自己的主观的内在情绪导向。

---

① 黄乔生：《八道湾十一号》，生活·读书·新知三联书店，2015年版，第328页。

② 斯图尔特·霍尔著，周宪，许钧主编：《表征：文化表象与意指实践》，商务印书馆，2003年版，第10页。

③ 罗兰·巴尔特著，李幼蒸译：《写作的零度》，中国人民大学出版社，2008年版，第48页。

《八道湾十一号》改变了人物传记以传主为中心的常规写法，而与空间相关的文学生产、家庭关系、交游情况、房产变动等问题被凸显出来，也正是这种关注重心的位移，使原本无法进入大文学史的日常生活成为叙述的中心，从而也使很多被宏大文学史观遮蔽的问题被重新审视。事实上，“日常生活”作为一个研究范畴，在马克思、恩格斯的理论中就已经获得了重视。马克思认为“物质生活的生产方式制约着整个社会生活、政治生活和精神生活的过程。不是人们的意识决定人们的存在，相反，是人们的社会存在决定人们的意识……”[①]之前我们过分关注政治运动等大的命题，但是由吃喝、生殖、居住、修饰等组成的日常生活，在马克思理论中是支撑和实现其他社会活动的基础，“现实日常生活”在哲学领域具有自己的主体性地位。周氏兄弟在文学史上留下了很多莫衷一时的文学事件，以客观纪实的方式回到日常生活，在历史现场中重新分辨当时的选择，是这本书的一个重要文学史意义。而通过对空间生产、空间权力、空间情感等的再解读，我们可以看到一个被正史忽略的以周氏兄弟日常生活为中心的私人文学史的生成，这也正是《八道湾十一号》写作的文学史意义。同时，为空间立传，也开辟了史传叙事的新传统，其在叙事学上也是令人惊喜的尝试。

（《鲁迅研究月刊》，2017年第11期）

① 马克思，恩格斯：《马克思恩格斯选集》，第2卷，人民出版社，1972年版，第82-83页。

《野草》中的“陌生人”世界和城市批判

近年来,除了“乡土鲁迅”“政治鲁迅”之外,“城市鲁迅”也成为一个重要的研究维度,但现有城市鲁迅研究多集中在海派研究和城市社会学研究。事实上,鲁迅对城市物质表象关注度并不高,他更注重对现代市民精神的探索和追问。细究鲁迅之创作生涯,他身处二十世纪初期,正是中国早期城市社会发育的黄金时期。鲁迅离开绍兴后,长期居住于城市,个人的生活方式和职业选择与市民生活息息相关,他的作品绝大部分以都市知识分子的社会批判为立场。诡异的是,身处正在发育的都市社会,除了鸳鸯蝴蝶派、新感觉派文学以外,新文化圈的知识分子更多表现出对都市的拒斥和不理解。他们或者难于挣脱乡土的惯性,或者充满对陌生城市的疏离和殖民屈辱、民族仇恨。鲁迅同样很少被认为是城市作家,但是基于鲁迅对现实社会深刻的“介入机制”和“反思立场”,鲁迅在深入理解中国社会现实的基础上,对早期的城市社会也记录下了自己的观察和反思,在文本表现、文体选择、市民价值思考等层面都给我们留下了重要的城市思想文化资源。

早期鲁迅与城市的研究,只有一些简单的论断。初期主要侧重在题材的区分,如茅盾认为《彷徨》中有两篇都市人生的描写,但并不能使人感到满足;也有研究者开始认识到鲁迅的都市生活场域,如曹聚仁说“鲁迅可以说是道地的现代文人,他并不是追求隐逸生活,他住在都市之中,天天和世俗相接,而能相望于江湖”[①]。胡风认为:“鲁迅生于封建势力支配着一切的中国社会,但却抓住了由市民社会发生期到没落期所到达的正确的思想结论,坚决地用这来取得祖国的进步和解放。”[②]二十世纪八九十年代,鲁迅与都市的关系开始得到重视,侧重于马克思主义影响下的社会历史角度影响研究和关系研究。

---

① 曹聚仁:《鲁迅评传》,东方出版中心,1999年版,第161页。

② 胡风:《关于鲁迅精神的二三基点》,载《鲁迅研究学术论著资料汇编》,第4卷,中国文联出版公司,1987年版,第336页。

21世纪以来，在西方现代城市理论影响下鲁迅创作与城市文化研究取得了长足进展，有的从海派文化角度切入，分析市民公共领域和鲁迅个体文化气质之间的关系；有的从城市空间、日常生活理论切入，重新辨析鲁迅与城市的关系；还有研究者进一步在鲁迅的市民精神层面做出探索。但是关注到《野草》写作的城市空间和都市批判的并不是很多。本文主要从《野草》中的城市"陌生人"形象出发，对《野草》中涉及城市现实空间的篇章进行市民形象和城市伦理分析，探讨身处早期城市社会的鲁迅对市民底层空间的观察和反思。

《野草》中的陌生人社会是相对于熟人社会存在的。传统的乡村是熟人社会，城市则是陌生人社会，城市摆脱了土地的束缚，通过交换和商业关系将人群联系在一起，容纳并召唤来自不同地域的人以不同的身份共处一个空间，形成一个极具差异性的陌生人空间。陌生人研究是社会心理学中的重要领域，齐美尔、桑内特和鲍曼等都从不同角度、不同层面对陌生人问题和陌生人社会做出过界定和论述。在城市生活中，互不相识的陌生人是城市的本质特征，他们是城市交往的基本要素。费孝通在《乡土中国》中谈到，中国传统社会是依靠血缘和地缘为纽带组织起来的共同体，"他们活动范围有地域上的限制，在区域间接触少，生活隔离，各自保持着孤立的社会圈子。乡土社会在地方性的限制下成了生于斯、死于斯的社会，常态的生活是终老是乡。假如在一个村子里的人都是这样的话，在人和人的关系上也就发生了一种特色，每个孩子都是在人家眼中看着长大的，在孩子眼里周围的人也是从小就看惯的。这是一个'熟悉'的社会，没有陌生人的社会。"[①]鲁迅的《呐喊》《彷徨》中的大部分小说描写的都是熟人社会，祥林嫂、魏连殳、爱姑、七斤老太等形象都和"我"在地缘、血缘、宗法上有千丝万缕的联系，而到了《野草》，除了《风筝》这篇回忆童年的往事中写到自己的弟弟以外，其余的作品中都有一种挥之不去的孤独感，在文本中出现的都是与"我"在都市空间中相遇，却无法构成熟人社会情感牵连的"陌生人"群体。

从空间角度来看，《野草》的写作主要包括两个空间，一个是想象空间，另一个是现实空间。这个现实空间，从鲁迅写作《野草》的地点来看，他当时居住在北京；从文本空间来看，也是一个以北京城市为原型的一个典型的都市空间，如《秋夜》中的书房，《求乞者》中的高墙，《死后》中我躺着的大街……在这样一个城市空间里，《野草》中大量出现了"陌生人"形象，他们有的是都

① 费孝通:《乡土中国》，中华书局，2013年版，第5页。

市中"穿着夹衣,也不见得悲戚"的求乞者,有的是围观的"路人们",有的是行走的"过客",有的是施暴者,有的是高谈阔论者。他们都不是主角,但是他们却以一种强大的"悖论"式的力量成为一种和"这样的战士""死火""叛逆的猛士们"相对应的日常生活的存在。这些"陌生人"们具有怎样的群体特征?鲁迅为何如此关注这个群体?对"陌生人"群体诸多批判和鲁迅早期的"立人"思想有怎样的关联?是本文试图解决的问题。

一、日常生活的主体:《野草》中的"陌生人"

鲁迅在《野草》中的灵魂紧张已经成为不言而喻的事实。而对"精神界战士"的鲁迅构成牵制、拉扯和制约的力量是什么呢?研究者已从各个向度进行过分析,本文主要想讨论一下日常生活的世俗力量。首先就是无处不在的"陌生人","陌生人(stranger)"是现代社会的产物,我们首先注意到的是鲁迅写作的空间不是典型的传统文人书斋,他关注的灵魂问题亦是现代人才遭遇的精神困境。中国最早从社会学视角研究陌生人问题的是费孝通,他认为乡土中国是"熟人社会",而"现代社会是个陌生人组成的社会"[①],随着社会结构的变化,陌生人不断进入我们的生活。西美尔认为,"陌生人"概念的意义随着现代性的到来而发生了变化。孤立的个体是无法构成人生的,"陌生人"是现代性的主体建构的重要部分。

在木山英雄看来,《野草》是"主体建构的逻辑及其方法",也就是作为文学家,作为知识分子的鲁迅是怎样成为鲁迅的。《野草》作为一部独白的散文诗集,在一系列散文中有一个作为主体的知识分子形象,这一形象以各种变体出现,有时是灯下思考或路上行走的知识分子,有时是徘徊于明暗之间的影,有时是向路人复仇的裸体男女,有时是被背叛的"神之子",有时是以行走为悬置的目标的过客,有时是奔驰在冰山间的死火,有时是复仇的母亲,有时是举着投枪的战士……这些变体都可以说是鲁迅"理想自我"的建构和想象。与这一精神主体相对应的就是作为群体的"陌生人"形象,他们是《野草》中的另一个群体性主角。这些看客和路人无处不在,他们以围观的姿态消解了意义,嘲笑着英雄,解构着启蒙的悲剧。鲁迅在《野草》中通过死亡和梦境建构起来了一个精神界战士的形象,但这个精神界战士生活在无处不在的"陌生

① 费孝通:《乡土中国》,中华书局,2013年版,第6页。

人”中间，他们才是日常生活的常态。

《复仇》中出现了看客和路人的形象，“路人们从四面奔来，密密层层地，如槐蚕爬上墙壁，如马蚁要扛鲞头。衣服都漂亮，手倒空的。然而从四面奔来，而且拼命地伸长颈子，要赏鉴这拥抱或杀戮。他们已经豫觉着事后的自己的舌上的汗或血的鲜味。”[①]“路人们于是乎无聊；觉得有无聊钻进他们的毛孔，觉得有无聊从他们自己的心中由毛孔钻出，爬满旷野，又钻进别人的毛孔中。他们于是觉得喉舌干燥，脖子也乏了；终至于面面相觑，慢慢走散；甚而至于居然觉得干枯到失了生趣。”[②]《复仇》（其二）中兵丁们戏弄、打、吐、钉杀以色列的王，路人辱骂，祭司长和文士戏弄，就连同钉的强盗也讥诮他；《希望》中他把希望寄托于身外的青春，然而世上的青年多衰老，就连身外的青春也逝去了，只能由他自己来肉搏这空虚中的暗夜了。《死后》中则描写了死后的看客们，而他们的议论并没有自己的观点，归纳起来都是毫无意义的感叹词，一个陌生人的死对这个社会毫无意义。巡警在看到尸体的时候，第一反应不是侦破死因，而是抱怨为什么要死在这里。在都市社会里，普通人没有任意生存的权力，也并没有任意死亡的权力。这些群体看客的形象重要的特征就是“自觉个性的消失”，“集合成群的人的思想感情全部朝向统一的方向，丧失了自觉的个性成了一种集体心理”[③]。

《求乞者》中“我顺着剥落的高墙走路，踏着松的灰土。另外有几个人，各自走路”[④]，类似于《秋夜》“一株是枣树，还有一株也是枣树”的开头，具有一种强烈的孤独感。而“我”和同样在走路的几个人，虽然行为类似，却互不相识，彼此也没有相识的欲望，这是齐美尔所讲的“陌生人”概念里最核心的内涵，“同时包含着近和远的关系的方式”[⑤]，这些陌生人虽身处同一空间，身体距离很近，却彼此毫无了解，并且没有了解的欲望，彼此之间有一种深刻的隔膜感。而求乞的孩子也是一个陌生人，因为陌生，所以不会产生“熟人社会”的“共情”感。假如此刻是在熟人社会，求乞者是“我”认识的人，“我”大概也

---

① 鲁迅：《野草·复仇》，载《鲁迅全集》，第2卷，人民文学出版社，1981年版，第172页。

② 鲁迅：《野草·复仇》，载《鲁迅全集》，第2卷，人民文学出版社，1981年版，第173页。

③ 古斯塔夫·勒庞著，冯克利译：《乌合之众：大众心理研究》，中央编译出版社，2011年版。

④ 鲁迅：《野草·求乞者》，载《鲁迅全集》，第2卷，人民文学出版社，1981年版，第167页。

⑤ 齐美尔著，林荣远译：《社会是如何可能的——齐美尔社会学文选》，广西师范大学出版社，2002年版，第345-346页。

会像面对祥林嫂一样，踌躇自己应该怎么回答，并给出一个对方期待的答案，这是典型的“熟人社会”的人与人之间相处的模式，但是此刻在这样一个互相不必负责的“陌生人社会”，“我”也表现出惊人的冷漠和不信任，“我憎恶他并不悲哀，近于儿戏；我烦厌他这追着哀呼”[①]。这种根据求乞者的外表和神情推测他们缺乏自尊的弄虚作假，正是陌生人社会中人与人初次相遇的典型交往方式。这种判断不免会草率而带有明显的个人感情色彩，但同时“陌生人的相遇是一件没有过去的事情，而且多半也没有未来的事情”[②]，正因为不必要负责，所以“我”可以界定“陌生人”，并且无需担心自己的判断失误。鲁迅在《求乞者》里强烈的道德自信和他在《祝福》《我要骗人》中面对熟人社会的祥林嫂、母亲等表现出的犹疑不决形成了鲜明的对比，这也是一种对陌生人社会和熟人社会的不同道德情感。

《野草》中大量出现的“陌生人”形象，其实在鲁迅的小说中并不陌生。和《野草》写作于几乎同期，也同样发表在《语丝》的小说《示众》，虽然后来被收入《彷徨》，但也有着强烈的《野草》风格。小说以漫画特写的方式描写了一群看客，这些看客彼此都是陌生人，对于自己所看之物，也是陌生人，他们对于他人的悲苦是冷漠的，无知的，毫无同情心的。这群看客也同样出现在《孤独者》魏连殳祖母的葬礼上，《阿Q正传》中处决阿Q的刑场上，《铸剑》中出殡的队伍里……社会分化加剧，人与人之间彼此陌生，道德义务日益薄弱。鲁迅作品中无处不在的“陌生人”形象，其实正是抓住了早期中国城市从熟人社会向陌生人社会变迁的本质特征，刻画失落了地缘、血缘的灵魂。

二、“立论”与“闲谈”：“陌生人”的日常生活策略

陌生的现代人之间的关系带有先天的心理上的隔膜和疏离。吉登斯认为，在现代生活中，当人们遇到陌生人时，往往会以仪式性的客套和寒暄，表现出礼貌的疏远（polite estrangenent）的刻意控制[③]。霍夫曼的“世俗的不经意”（civil inattention）范式，往往是陌生人相遇时当面承诺的基本类型[④]。这种“转

---

① 鲁迅：《野草·求乞者》，载《鲁迅全集》，第2卷，人民文学出版社，1981年版，第167页。

② 齐格蒙特·鲍曼著，欧阳景根译：《流动的现代性》，上海三联书店，2002年版，第147-148页。

③ 安东尼·吉登斯著，田禾译：《现代性的后果》，译林出版社，2000年版，第70页。

④ 安东尼·吉登斯著，田禾译：《现代性的后果》，译林出版社，2000年版，第71页。

瞬即逝的交往形式”[1]显示出陌生关系所特有的暂时性和公正性。由于陌生人社会缺乏熟人社会的信任基础，会导致对陌生人的有意无意的忽视，甚至会导致对陌生人的困境冷漠旁观。这正是陌生关系本身的“短暂、瞬间即逝和偶然”等现代特质造成的。

鲁迅的《立论》描写了普通市民日常生活中的闲谈。在《野草》的神鬼气氛中，这篇的平实显得非常特别。对《立论》的理解也往往放在对中庸之道的批判，对孔孟虚伪的市侩主义哲学的讽刺，等等。但是从日常生活理论角度重读这篇小文，却会有不同的理解。

《立论》里祝贺满月的市民空间构筑了一个充满世俗味道和功利气息的市民社会其描述了中国一个常见的世俗场景，一群看客前去参加满月贺喜，说会死的是必然，说会富贵的是谎话，但说谎的大家都开心，说必然的遭致痛打。这种市民相处逻辑实质就是海德格尔谈到的“闲谈”。在海德格尔看来，所谓“闲谈”，是指日常生活中的“常人”的言谈方式，这种言谈方式看重的是言谈行为本身而非言谈的实质内容，“只要是说过了，只要是名言警句，现在都可以为言谈的真实性和合乎事理担保，都可以为对真实性和合乎事理的领悟担保。因为言谈丧失了或从未获得对所谈及的存在者的首要的存在联系，所以它不是以原始地把这种存在者的据为已有的方式传达自身，而是以人云亦云、鹦鹉学舌的方式传达自身”[2]。在常人的社交领域中，不但精确的语言可以传情达意，不表明态度人云亦云也可以成为一种成功的社会策略，这不得不说是一种城市社会中真实而特殊的社交常态。

在鲁迅的梦境中，

> 一户人家生了一个男孩，全家都很高兴，很多宾客前来贺喜。
>
> “一个说：‘这孩子将来要发财的。’他于是得到一番感谢。
>
> “一个说：‘这孩子将来是要死的。’他于是得到一顿大家合力的痛打。
>
> “说要死的必然，说富贵的许谎。但说谎的得好报，说必然的遭打。你……”

---

① 安东尼·吉登斯著，田禾译：《现代性的后果》，译林出版社，2000年版，第70页。

② 海德格尔著，陈嘉映、王庆节译：《存在与时间》，生活·读书·新知三联书店，1987年版，第204-205页。

“我愿意既不说谎,也不遭打。那么,老师,我得怎么说呢?”

“那么,你得说:‘啊呀!这孩子呵!您瞧!那么……。阿唷!哈哈!Hehe! he,he he he he!’”[1]

这些宾客的贺词就是一种无意义的“闲谈”。“闲谈”的建构意义就在于“在说出自身之际所说出的语言已经包含有一种平均的可领会性”[2]。这种只限于皮毛的“常人”身份的闲谈,“保护人们不致遭受在据事情为己有的活动中失败的危险。谁都可以振振闲谈。它不仅使人免于真实领会的任务,而且还培养了一种漫无差别的理解力;对这种理解力来说,再没有任何东西是深深锁闭的”[3]。通过闲谈,“我”与“他人”得以成为常人,并寄寓在这个世界中,也就是说,这种闲谈就是刻意通过无意义,而构成一种安全的社交,就是“此在日常藉以在‘此’,藉以开展出在世的方式的特性”[4]。《立论》中交谈的都是常人,他们都是按照日常生活的逻辑在进行交流,只有通过这些“常人”,我们才能有更效、更直接地认识“此在”的实质——原初性的日常生活,揭示常人在日常生活中行为逻辑与言语逻辑。正如西美尔在研究“人际交往”的时尚哲学时指出,现代社会中有效的人际交往有一些约定俗成的规则,比如说不将性格、情绪、命运、幽默、激动、沮丧等个人情绪带入社会场合等[5]。“常人”在闲谈中获得的不是对惊奇的赞叹,而是对好奇的满足:惊奇是对事物内涵的把握和欣赏,好奇却仅仅针对事物的外表,是单纯的“看”而非领会,因而止步于对新奇现象的认知,缺乏对事物灵魂的认知和把握。“闲谈”和“好奇”把“常人”带入了两可的境地。“一起看上去都似乎被真正地领会到了、把捉到了、说出来了;而其实却不是如此,或者一切看上去都不是如此而其实却是如

---

① 鲁迅:《野草·立论》,载《鲁迅全集》,第2卷,1981年版,第207页。

② 海德格尔著,陈嘉映,王庆节译:《存在与时间》,生活·读书·新知三联书店,1987年版,第204页。

③ 海德格尔著,陈嘉映,王庆节译:《存在与时间》,生活·读书·新知三联书店,1987年版,第205页。

④ 海德格尔著,陈嘉映,王庆节译:《存在与时间》,生活·读书·新知三联书店,1987年版,第213页。

⑤ 张贞:《“日常生活”与中国大众文化研究》,华中师范大学出版社,2008年版,第186页。

此。”[①]所以，“常人”只有不甚了了，没有创新，没有洞见。常人只能停留在“非本真状态”也就是“沉沦状态”之中。这种“闲谈”是一种“此在”的建构方式。鲁迅的《立论》真实描绘了这种处于平庸状态的“常人”的无意义的社交，而这种无意义维持了日常生活的有序进展，对于普通市民来说又是有意义的。

另一篇“闲谈”的作品是《聪明人和傻子和奴才》，这篇散文关注聪明人和奴才所在的生活空间。奴才诉苦的时候，聪明人只是随意地附和，配合诉苦的情境做出自己相应的反应、当奴才诉苦自己过的不是人的生活时，聪明人说这着实令人同情：当奴才诉苦做工昼夜无休息时，聪明人叹息着，甚至眼圈要发红到掉泪，但这其实具有某种表演的成分，聪明人安慰一切都会好起来的，而这空洞的安慰正是鲁迅所讲的“虚妄”，指向正是无意义。在海德格尔看来，“此在”的日常生活以“常人”为主体，他们以闲谈、好奇和模棱两可为主要存在方式，这种特征被海德格尔界定为“沉沦”着的非本真状态。海德格尔认为“常人”就是日常生活中的大众或众人，在日常生活中，每一个个体都既是常人又被常人所左右：“常人怎样享乐，我们就怎样享乐；常人对文学艺术怎样阅读怎样判断，我们就怎样阅读怎样判断；竟至常人怎样从‘大众’中抽身，我们就怎样抽身；常人对什么东西愤怒，我们就对什么东西‘愤怒’。这个常人不是任何确定的人，而一切人（却不是作为总和）都是这个常人，就是这个常人指定着日常生活的存在方式。”[②]在这种常人的生活状态中，聪明人和奴才都是圆熟而自洽的，而一旦有“傻子”出现，对奴才说的话当真，要帮助奴才改变自己的生活时，首先反抗的不是主人，而正是一直在抱怨的“奴才”，但聪明人绝不参与其中。聪明人总是在恰当的时候前来慰问，通过无意义的附和获得人际关系的顺畅。正是这种常人的生活状态决定着日常生活的存在方式，作为勇敢者、叛逆者和行动者的傻子，却成为被整个社会排斥的对象。这种假面式的生活方式竟成为常态，正如笛卡尔所说：“我戴着面具前行”，面具的基本力量在于“可以同时变化和固化身份，而且能够维持世界的秩序[③]”。

这里的“闲谈”“沉沦”“两可”等描述，“并不应用于位卑一等的含义之

---

① 海德格尔著，陈嘉映，王庆节译：《存在与时间》，生活·读书·新知三联书店，1987年版，第210页。

② 海德格尔著，陈嘉映，王庆节译：《存在与时间》，生活·读书·新知三联书店，1987年版，第156页。

③ 约翰·马克著，杨洋译：《面具：人类的自我伪装与救赎》，南方日报出版社，2011年版，第239页。

下”，反而“意味着一种正面的现象，这种现象组建着日常此在进行领会和解释的存在样式”[①]。海德格尔在存在的本真状态/非本真状态中，给予了本真状态正面的意义。他认为杂然共在的日常生活是“存在”的源始性领域，认为与本真状态相比，作为非本真状态的“日常生活”是“此在”最切近的存在方式，万事万物都不能脱离“此在”这个根源，从这个角度来看，日常生活具有建构性的肯定意义。鲁迅在写作《立论》和《聪明人和傻子和奴才》中并没有表现出对这种普通市民社交策略的认同，反而对此有一种反讽和批判。在市民的日常生活中，鲁迅表现出对日常生活形态和应对日常生活策略的深刻观察。在散文中，他对庸人的生活方式、生存状态与精神选择有更为深入的描绘和反思。之前对于这两篇作品的解读过于拘泥于历史背景，仅仅把“立论”和“闲谈”的常人看作二十年代革命时期的产物，大大削弱了这两篇散文的思考深度和批判价值。事实上，对于城市日常生活中普通人的生活策略与交际手段，鲁迅有着极为深刻的观察，并且在启蒙主义视角下，对这种交际策略有一种反思和批判。

三、“我的失恋”：被金钱异化的“陌生人”

在陌生人社会中，由于个体之间的差异和隔膜，人与人之间的关联有时必须通过“物”来连接，这种“物”的作用的不断放大，也就导致了被金钱异化的“陌生人”群体。列斐伏尔提出，“马克思那里，异化的‘多面性和无所不在性’，表现在生产力上，生产关系上，也在意识形态上，而且还更深刻地，在于人和自然以及人和他自己本性的关系上”[②]。在现代人那里，金钱的需要成了唯一的真正需要，以致金钱的数量日益成为人的唯一主要的品质。这实际已经是城市社会中市民必须要面对的一种金钱困境。在《聪明人和傻子和奴才》中奴才的诉苦也有对金钱的不满足，抱怨“伺候主人要钱；头钱从来没分”[③]。《死后》中就算是死去了，商业社会的金钱交易依然无处不在，勃古斋旧书铺跑外

---

① 海德格尔著，陈嘉映，王庆节译：《存在与时间》，生活·读书·新知三联书店，1987年版，第203页。

② 陈学民等编：《让日常生活成为艺术品——列斐伏尔、赫勒论日常生活》，云南人民出版社，1998年版，第11页。

③ 鲁迅：《野草·聪明人和傻子和奴才》，载《鲁迅全集》，第2卷，人民文学出版社，1981年版，第216页。

的小伙计依然在推销明版的《公羊传》。在城市社会中最可怕的也是最难以避免的就是人的需求的异化："现代人把追求金钱作为人生的目的，从而使人的需求严重异化了。在现代人那里，金钱的需要成了唯一的真正需要，以致金钱的数量日益成为人的唯一主要的品质。"[①]

发表于1924年12月8日《语丝》周刊第四期的《我的失恋》，是典型的批判现代市民功利主义精神哲学的作品。这首拟古的新打油诗用了反讽和悖论的手法，在传统的拟古的格式中，用戏仿的表现方式呈现出一种富有现代感的新诗格局。"我的所爱在山腰；想去寻她山太高。"[②]"山腰"怎会"山太高"？这种悖论的形式形成了反讽，嘲弄的是不能去寻找所爱，并非障碍太大，而是并非心甘情愿从而找的一种借口。爱人赠我的百蝶巾和我回赠的猫头鹰，也形成一种悖论。百蝶巾、双燕图、金表索、玫瑰花都是传统表达爱情的物质方式，现代爱情从某种意义上说并不是纯粹情感体验，而是一种物质的表征，需要用物质的数量和质量来证明爱情的深度。"我"回赠的却是猫头鹰、冰糖壶卢、发汗药和赤练蛇。了解鲁迅的人都知道，这都是鲁迅所爱之物。爱人赠予世俗表达爱情之物，爱情是流俗而面目不清的，"我"回赠灵魂挚爱之物，是对世俗物质爱情的抵抗，也是不同爱情观的冲撞。姑娘"从此翻脸不理我"，这场物质和灵魂之爱如此脆弱，但"我"会为此难过吗？诗歌的另一重反讽出现在"我"身上，"低头无法泪沾袍""仰头无法泪沾耳""歪头无法泪沾襟""摇头无法泪如麻"，这四句话形成结构反讽。如果真的流泪的话，低头是肯定会泪沾袍的，仰头也是肯定会泪沾耳的，而这个情况并没有发生，说明"我"也并非是真的伤心。我对姑娘的回应也并非是出自真心的求爱，而是自己的爱情姿态的一种表白，"不知何故兮——由她去罢"，最后的语义反讽既有对物质爱情的讽刺，又有对自己灵魂坚守的自嘲。

《野草》还非常敏锐地关注到了城市社会空间的分层问题。中国传统社会阶层结构中，"治人与治于人的二分观念，是儒家的社会与政治的基本思想"[③]。五四以来的现代城市社会，突破了家族和地域伦理模式的限制，"城市居住者之间的阶层划分越来越复杂，个体与个体之间的生存竞争也越来越激

---

① 陈学民等编：《让日常生活成为艺术品——列斐伏尔、赫勒论日常生活》，云南人民出版社，1998年版，第7页。

② 鲁迅：《野草·我的失恋》，载《鲁迅全集》，第2卷，人民文学出版社，1981年版，第169页。

③ 金耀基：《从传统到现代》，中国人民大学出版社，1999年版，第29页。

烈”[1]。《这样的战士》里的“慈善家，学者，文士，长者，青年，雅人，君子”构成复杂的市民空间，“这样的战士”面对的斗争对象也格外复杂，就如“无物之阵”。《狗的驳诘》里的主与奴的生存空间，“我”衣履破碎，像一个乞食者，遇到一只势利的狗，它却说自己在势利上愧不如人，言外之意，人才会分别铜和银、布和绸、官和民、主和奴，人的势利才是一种真正的等级和阶层分别。随着社会阶层的不断分化，思考道德伦理的异质性，在不同阶层的差异中思考市民道德的差异性和复杂性，是《野草》值得重视的社会伦理思考的突破。

鲁迅在《野草》中不仅塑造了不同阶层的市民形象，而且对于现代市民人性也更多展示了其丰富性和复杂性。“五四”时期虽然激烈批判中国传统道德模式，但在一个不断分化的城市社会中如何更加丰富深入地把握不同社会阶层的道德感受与道德伦理，是建立城市道德伦理的关键。如《野草》中《颓败线的颤动》就是发生在一处私宅，母亲为了活命也为了女儿付出自己的肉体，但是鲁迅在描写这种肉体交易的时候，用的形容词是非常复杂的，这个母亲不仅感受到一般人都会想象到的“饥饿，苦痛，惊异，羞辱”，同时还有“欢欣”“弛缓，然而尚且丰腴的皮肤光润了；青白的两颊泛出轻红，如铅上涂了胭脂水”[2]。这不是简单地为了金钱出卖肉体的故事，这个女子也在身体的交易中获得了快感，这种表现已经有着现代人性的光辉，对于人的身体和伦理复杂性的呈现。《颓败线的颤动》描述了“女性以身体作为金钱交换的条件，同时进一步推演出现代市民社会的道德难题”[3]。母亲用卖身得来的钱养大女儿，很多年以后，依然在私宅中，物质的困境已经暂时缓解，“屋的内外已经这样整齐”[4]，当饥饿不再是一个迫切的生存难题时，道德的脆弱性就出现，青年夫妻——她的女儿女婿，一群小孩子——她的孙子，都怨恨鄙夷地指责她，此时的母亲不是委曲求全、默默忍受，而是“在深夜中尽走，一直走到无边的荒野”“她赤身露体地，石像似的站在荒野的中央，于一刹那间照见过往的一

---

① 杜素娟:《市民之路——文学中的中国城市伦理》,北京大学出版社,2014年版,第96页。

② 鲁迅:《野草·颓败线的颤动》,载《鲁迅全集》,第2卷,人民文学出版社,1981年版,第204页。

③ 张娟:《都市视角下的鲁迅〈野草〉重释》,《南京师大学报(社会科学版)》,2014年,第4期。

④ 鲁迅:《野草·颓败线的颤动》,载《鲁迅全集》,第2卷,人民文学出版社,1981年版,第205页。

切”，“她于是举两手尽量向天，口唇间漏出人与兽的，非人间所有，所以无词的言语”[①]。这种决绝的反抗使得天地动容，也隐喻着现代的自我反抗的桀骜的灵魂的诞生。

四、“陌生人”批判与“立人”思想

中国的现代化转型和国民启蒙是裹挟在世界性的城市化潮流之中的。中国的知识分子在城市社会还处于动荡和未成形的状态中，就已经以启蒙的姿态介入对社会的观察和批判中。他们在写作的时候并未清晰地意识到产生国民灵魂裂变的多向度的原因，但已经用文学的方式记录下了人性的动荡与裂变的样本。本文试图从城市的视角分析《野草》中转型期中国底层市民的精神标本。对鲁迅的城市写作，研究者普遍关注鲁迅和城市空间的关系，比如鲁迅在不同城市文学活动中的史料搜集考辨，诸如鲁迅与北京、鲁迅与上海、鲁迅与南京的资料收集整理；还有通过文本探讨鲁迅与城市之关系；或者研究北京、上海等城市语境对鲁迅思想和创作的多方位影响……但事实上，鲁迅和中国现代都市作家，特别是以新感觉派等为代表的都市写作者不同的地方在于，鲁迅对都市空间并没有表现出太多的关注，反而更加重视在精神层面上对都市生活中“人”的思考和发现，从而也形成了以“立人”为核心的市民批判，鲁迅的写作专注的是“城”与“人”的关系，更注重表现早期市民精神的形态与裂变。

“陌生人”这一个体是在城市化进程中城市文明的必然产物，也是城市公共空间的要素。在农业文明向现代城市文明转型的过程中，个体逐渐走出家庭和宗族制度，在公共空间寻找自己的位置。德国哲学家西美尔《大都会与精神生活》中指出：“街道纵横，经济、职业和社会生活发展的速度与多样性，表明了城市在精神生活的感性基础上与小镇、乡村生活有着深刻的对比。城市要求人们作为敏锐的生物应当具有多种多样的不同意识，而乡村生活没有如此的要求。在乡村，生活的节奏与感性的精神形象更缓慢地、更惯常地、更平坦地流溢而出。正是在这种关系中，都市精神生活的世故特点变得可以理

① 鲁迅：《野草·颓败线的颤动》，载《鲁迅全集》，第2卷，人民文学出版社，1981年版，第205-206页。

解——这正好与更深地立足于感觉与情感关系的城镇生活形成对比。”[①]鲁迅深刻认识到“物质”背后的现代人“精神”世界的变化，并且敏锐地把这种精神世界的变动诉之笔端，通过对国民性的批判思考什么才是我们需要的“现代人”。而这个精神召唤的对象，并不是传统的国民，而是在城市化转型过程中的正在诞生的一代新人。他关注“在现代中国社会日渐加速的都市化进程中，在建构中国的市民社会的历史过程中，现代文人如何调整与都会生活的关系，反省传统文化里精神资源的不足，创造出所需的新的精神资源”[②]。

鲁迅的写作有很大一部分是以城市为背景，他关注正在变化着的城市空间和底层市民的精神状态。所谓早期市民意识是指乡村向城市转型过程中的不成熟市民的意识形态和精神状态，二十世纪二十年代，人口流动频繁，知识分子逐渐脱离政府机构，人和土地的关系日益松散，经济成为日常生活重要轴心，用哲学语言来说，这是一个“在者膨胀的世界”，原有的社会和精神秩序正在重组，个体如何在这个变动的社会中重塑道德，落实自我的伦理价值，中国人应该建构怎样的国民性格，如何成长成为“新人”，这也是鲁迅国民性批判的一个维度。“批判也是城市文明的一个特性和内涵，‘左倾’也是，传统的乡村文明的那种均贫富的意识是不能算‘左倾’的，‘左倾’只有在文化和文明发达到一定程度之后，才可能出现的，批判也是如此。”[③]鲁迅对于“陌生人”世界的揭示和批判，和现代西方哲学对于“陌生人”社会的同情和认同是截然不同的，这体现了鲁迅在早期市民社会，作为知识分子的反思精神和精英意识。事实上，现代的知识分子也是与城市伴生的，爱罗先珂在中国做过《智识阶级的使命》的演讲，鲁迅也曾指出：“中国并没有俄国之所谓智识阶级。”[④]但他弃医从文，决心唤醒国人魂灵，立志改造国民性，都具有知识分子的启蒙情怀和改造社会的自觉。鲁迅的“立人”意识，就是市民意识的根源，这里的人，首先是现代人，要建立人国，在民族国家发展的过程中，让中国人纳入整个世界语境，促进从传统农耕文明向现代城市文明的转型，建构现代人的精神转型，必

---

① 西美尔，费勇等译：《大都会与精神生活》，文化艺术出版社，2001年版，第187页。

② 张克：《都市精神生活的世故——鲁迅的一个面相》，《江汉大学学报》，2016年，第6期。

③ 曾子炳：《鲁迅在上海——一种现代性的知识分子自觉和实践》，载《纪念鲁迅诞辰一百三十五周年，逝世八十周年学术研讨会论文集》，2016年，10月。

④ 鲁迅：《华盖集·通讯（二）》，载《鲁迅全集》，第3卷，人民文学出版社，1981年版，第26页。

须“立人”。鲁迅从老中国的国民劣根性出发，通过批判的方式指出只有否定种种意识，建构起新型的“人”的意识，才能和世界同步，拥有和世界对话的能力。

有学者把“铁屋子”和柏拉图的“洞穴”相类比，发现“两个人的目标都是为了让‘城邦/国家’从混乱和堕落中恢复过来，建立理想的社会秩序”，“都是面对生活在混乱中的堕落了的‘群众’”[①]。鲁迅身处中西城乡交叉之处，对市民生活投入却不沉湎，对乡村批判而不留恋，其蕴含着的现代性的早期市民意识形成了重要的精神资源，他在《野草》中的“精神界战士”的形象，实际是对庸常生活的抗议，是国民性改造在城市语境下的一种表现，试图把民族从日常的深潭中拉出，走向新的精神复兴。在城市化进程已经相当深入的今天，鲁迅精神依然是当下市民身份认同和解决精神危机的重要思想资源。

（原文刊于《南京师大学报》，2018年第6期）

① 段从学：《启蒙中的明与暗：柏拉图的洞穴和鲁迅的铁屋子》，《文艺争鸣》，2015年，第11期。

异质空间视角下鲁迅杂文的文学性

鲁迅的杂文创作在其一生的文学活动中占有重要位置，创作时间横跨二十世纪二三十年代，篇目共有九百余篇，占到总创作量的百分之八十，但如何评价和认识鲁迅杂文却一直是鲁迅研究学界的一个难题。对鲁迅的杂文研究史做一概览，会发现大家关注的问题主要集中在以下几个层面：一是"杂文"的概念问题研究，其中王献永在《鲁迅杂文艺术论》中认为鲁迅杂文的本质是文学、艺术，是"独特形式的诗"[①]，认可杂文的文学价值。王向远则提出"杂文成为中国现代文学中的一种重要的文体"[②]。二是杂文的思想性、革命性研究，代表性研究成果如孙郁先生对鲁迅杂文中改造国民性思想的研究，竹潜民提出鲁迅杂文国民性思想中"自欺欺人"是"原点"和"密码"[③]。三是杂文的文学性特征研究。很多研究者质疑鲁迅杂文的文学性，正如张旭东所言："《华盖集》和《华盖集续编》里的文章不太好看，甚至有些枯燥：似乎文学性不高，个人意气太重，陷于具体的人事矛盾。"但他也认为，这正是"一种独特的、难以规范的写作样式"[④]。刘春勇则认为鲁迅杂文是"非文学的"[⑤]。一些研究者提出了鲁迅杂文的独特的文学特质，林非先生认为鲁迅杂文具有"移人情"的激情[⑥]；袁良骏先生探讨了鲁迅杂文的文体美，认为鲁迅在杂文上不愧为"修

---

① 王献永：《鲁迅杂文艺术论》，知识出版社，1986年版，第5页。

② 王向远：《鲁迅杂文观念的形成演进与日本文学》，《鲁迅研究月刊》，1996年，第2期。

③ 竹潜民：《让鲁迅回归民间——国民性弊端的"原点"和"密码"价值刍议》，《鲁迅研究月刊》，2002年，第5期。

④ 张旭东：《杂文的"自觉"（上）——鲁迅"过渡期"写作的现代性与语言政治（上）》《文艺理论与批评》，2009年，第1期。

⑤ 刘春勇：《非文学的文学家鲁迅及其转变》，《东岳论丛》，2014年，第9期。

⑥ 林非：《关于散文、游记和杂文的思考》，《中国社会科学院研究生院学报》，2000年，第1期。

辞专家”[1]。总体来讲,对杂文文学性的研究更多集中在杂文文体特色的把握。近年来对杂文文学性的研究更为深入,如汪卫东指出:“放弃虚构、直面现实的杂感,所指摘的一人一事,并不局限于人、事本身,无不上升到精神的反思,一篇篇杂感,就是一个个精神现场,这些杂感合在一起——杂文,更是以整体的方式,展现了20世纪中国的精神生态。”[2]进一步展现了杂文中精神存在的文学性内核。李怡认为:“我们的文学观应该根据鲁迅创作的‘异质’性自我调整和不断完善。”[3]李国华则从“生产者的诗学”[4]角度解释鲁迅杂文的文学性,体现出了更广阔的研究视野。本文试图从空间角度分析鲁迅杂文的异质空间的表现,通过探讨鲁迅描写异质空间的话语方式分析鲁迅杂文中的文学性的生成。

“空间”概念的提出在20世纪有重要的意义,意味着“空间”不再是黑格尔时代平面的、空洞的物理概念,而成为现代社会重要的理论基点,对现代社会学、人类学和文学研究都有重要的启迪意义。近现代西方思想家如列斐伏尔、福柯、索亚等人都对空间问题予以辩证的、多元化的阐释,其中以福柯为代表提出的“异质空间”理论将研究视线聚焦于凝聚着众多极具差异性空间的现代都市,为我们重新观照华洋混杂、国民政府与西方势力并存的二十世纪二三十年代的中国都市提供了一个更深入的视角。而对于鲁迅这一代知识分子,其生活方式最明显和深刻的变动就是现代城市的兴起。鲁迅从绍兴开始,就辗转在东京、杭州、广州、北京、上海等不同的都市空间。在鲁迅笔下,生活空间的改变远远超过了线性时间对他的影响。鲁迅一生创作了大量杂文,这些不同城市空间的意象大量出现在鲁迅杂文中。对鲁迅杂文的空间意象进行统计和分析,会发现鲁迅在其杂文创作中敏锐地表现了这个“异质”的都市空间。这种异质空间的体验不仅仅具体标志了鲁迅文学活动的空间地域,同时也体现了鲁迅的文化立场,进一步表现出基于这种文化身份的话语形式,特别是鲁迅迥异于他人的悖论性的话语形式和风格杂糅的诗学特征。

---

① 袁良骏:《论鲁迅杂文的文体美》,《江淮论坛》,1995年,第4期。

② 汪卫东:《鲁迅杂文:何种“文学性”》,《文学评论》,2012年,第5期。

③ 李怡:《大文学视野下的鲁迅杂文》,《鲁迅研究月刊》,2014年,第9期。

④ 李国华:《生产者的诗学——鲁迅杂文一解》,《中国现代文学研究丛刊》,2015年,第1期。

一、鲁迅杂文中的"异质空间"

综观空间视角下的鲁迅杂文创作研究,涉及"空间"概念的不少,但对"空间"含义的理解侧重点各不相同。一是从哈贝马斯的"公共空间"入手,以俱乐部、咖啡馆、报纸、沙龙等为例,探讨在国家和社会之间的公共空间,市民们的自由言论与民主空间。鲁迅在上海写作发表的报刊媒介,和友人聚会的咖啡馆都属于此种公共空间。二是在叙事学意义上,把空间看作符号,探讨空间的出现对文本叙事方式的影响和对作家思维的揭示。其主要受到列菲伏尔(H. Lefebvre)、爱德华·索亚等空间理论的影响,把空间抽象成一种隐喻,比如《阿Q正传》中的未庄,可看作是当时中国的一个缩影,也是封建农业伦理关系、西方帝国主义势力等权力关系集中的场所;《伤逝》中的"吉兆胡同"可看作涓生在城市蜗居状况的一种隐喻等。研究者并由此进一步探讨这一空间意象在文本中的叙事意义。

在阅读鲁迅杂文的过程中,我们会发现鲁迅的杂文大多是针对城市生活空间的,里面涉及很多地理性的客观空间。这些空间所具有的差异性、移置性具有明显的福柯的"异质空间"特征。"异质空间"也即"第三空间",该概念的理论资源主要来自福柯(M. Foucault)。福柯1967年在巴黎发表的演讲《关于异类空间》(*Of Other Spaces*)中阐述了"异质空间"(heterotopia)的概念。在福柯看来,异质空间首先是"差异地点"①。在"具有差异性的地点"的字面意思之外,异质空间的含义还有一层,即"遗忘"与"移置"②。由此,异质空间关注的往往是非主流的、另类的、被有意无意遗忘和忽视的空间景观和社会关系。鲁迅杂文中凸显出来的那些被社会主流秩序所压抑、排挤和损害的人群的空间,如以阿金为代表的流民群体所在的空间;教堂、咖啡厅等在都市生活中产生异化的空间;租界和华界的并置空间都具有典型的空间异质性。

福柯对"异质空间"的形象描述的基本语境是"权力"。"权力首先是多重的力量关系,存在于它们运作的领域并构成自己的组织;权力是通过无休止的斗争和较量而转化、增强或倒退着的过程;权力是这些力量关系相互之间的依靠,它们结成一个连锁或体系,或者正相反,分裂和矛盾使它们彼此孤立;

① 包亚明:《后现代性与地理学的政治》,上海教育出版社,2001年版,第18页。

② Peter Billingham, *Sensing The City Through Television*, Intellect Books, 2004, 119.

最后，权力如同它们居以实施的策略，它的一般构思或在组织机构上的具体化体现在国家机器、法律条文和各种社会领导权中。”[①]在现代城市，社会空间的建构，背后实质都是权力和斗争。城市空间的异质性和失衡性，往往表明了背后权力运作的不均衡。鲁迅写作杂文的二三十年代，正是中国社会极端不稳定的时期。在多种权力关系的作用下，特定社会中的实质空间，如教堂、旅馆、医院、学校、茶馆等都会在空间意义的转换和移置中表现出背后的主流权力秩序。但弱势者同样可以采用某种话语策略，通过空间实践构建出自己的空间断裂带。比如杂文《阿金》中阿金式的游民群体，他们在社会最底层，但同样可以在主流权力机制和话语秩序中，寻求自身的空间，在此自身的话语可以得到一定程度的舒展和表述。

二、教堂、咖啡厅、客栈：异质空间的位移与文学的反讽

现有研究者往往更为关注鲁迅杂文写作的现实主义和政治立场，而忽视了杂文的本体艺术价值，甚至认为鲁迅杂文缺乏文学性。研究鲁迅杂文中的空间的异质和移置，可有助于我们探讨鲁迅的思想机制和思维特征，从而对鲁迅杂文的文学品质有进一步的认识。从异质空间角度考察，我们会发现鲁迅的杂文写作实质延续了二十年代小说鼎盛期和《野草》时期的反讽式话语方式，表现出鲁迅的现代性思维特征。所谓反讽，按照布鲁克斯的经典定义，就是“语境对于一个陈述语的明显的歪曲。”[②]在鲁迅的笔下，对于异质空间的观照往往形成两个视点，在不同语境中会形成位移和扭曲。鲁迅小说与散文中的反讽式话语方式在杂文写作中并未减弱，而是得到了进一步凝聚和突出。

在鲁迅的杂文中，教堂和咖啡厅形成了这种有意味的异质空间。每个异质空间都具有精确而特定的功能和价值，这种功能和价值将随它所在的文化的变迁而发生这种或那种变化。关于这一特征，福柯举出了墓园作为例证。墓园作为一个特殊的空间在欧洲文化史上具有特殊意义：墓地与城市之间地理位置关系的变化昭示了城市在现代化进程中的扩张发展，同时也承载着一代又一代城市人的文化记忆。这一原则凸显的是异质空间的移置性，两重空

---

① 米歇尔·福柯著，张廷深等译：《性史》，上海科学技术文献出版社，1989年版，第90页。

② 赵毅衡编选：《“新批评”文集》，百花文艺出版社，2001年版，第379页。

间秩序之间发生复杂的对话与对抗。鲁迅的杂文中也偏爱关注这一类异质空间,比较典型的有教堂、咖啡厅、客栈等。移置与被移置的空间都处在不断的流动状。在这种位移和变动中,形成了具有反讽意味的文学特征。

教堂是一个宗教空间,同时也是一种精神家园。教堂空间作为一种主题非常鲜明的空间类型,它首先要为人们的宗教活动提供一个满足活动内容的空间形式。教堂在空间形态上的主要价值是给人们提供祈祷、聚会、分享的场所,体现人们精神上的需求与价值,借以抚慰人心。但是在鲁迅杂文中的教堂空间却异化成为一种避难的场所。在《灯下漫笔》中,鲁迅写道:"百姓是一遇到莫名其妙的战争,稍富的迁进租界,妇孺则避入教堂里去了……"[①]教堂原有祈祷、聚会的功能被弱化、移置。教堂在华洋混杂的半殖民地的中国具有一种微妙的地位。由于教堂是强势的殖民者所建,在二三十年代的中国,教堂空间并不是和跳舞场、咖啡厅等中国人活动空间平行的城市公共空间,而是凌驾于一般空间之上的。当战争爆发的时候,中国或异国的军队无权进入教堂,教堂本身的神圣性与西方国家的强势地位使得教堂在某种程度上异化成为一种避难场所,为流离失所的中国人提供了某种政治庇护。在写作中形成微妙的语义反讽,成为对那个时代的有力控诉。

咖啡店、茶馆也是鲁迅杂文中经常出现的异质空间。这一类公共领域作为现代都市空间,有两个主要功能:一是娱乐休闲,二是民主话语功能。但是,在鲁迅杂文中,我们会发现咖啡店、茶馆等出现了空间的权力移置。它们娱乐休闲功能往往与不平等的权力关系结合在一起,咖啡店、茶馆等成为只有所谓的上流社会才能进入的特权场所,而其民主话语功能也随之发生异化,成为有钱人的一种民主的"做戏"。在鲁迅杂文中,我们看到三十年代中国的革命咖啡店中:"遥想洋楼高耸,前临阔街,门口是精光闪灼的玻璃招牌,楼上是'我们今日文艺界上的名人',或则高谈,或则沉思,面前是一大杯热气蒸腾的无产阶级咖啡,远处是许许多多'龌龊的农工大众',他们喝着,想着,谈着,指导着,获得着,那是,倒也实在是'理想的乐园'。"[②]在跳舞场中"大多数的所谓革命的作家,听说,常常在上海的大跳舞场,拉斐花园里,可以遇见他们伴着娇美的爱侣,一面喝香槟,一面吃朱古力,兴高采烈地跳着狐步舞,倦舞意懒,乘

① 鲁迅:《坟·灯下漫笔》,载《鲁迅全集》,第1卷,人民文学出版社,1981年版,第218页。

② 鲁迅:《三闲集·革命咖啡店》,载《鲁迅全集》,第4卷,人民文学出版社,1981年版,第115页。

着雪亮的汽车，奔赴预定的香巢，度他们真个消魂的生活"[①]。很明显，在权力结构和阶级分化的影响下，跳舞场、咖啡店成为有钱阶级炫富和游乐的场所，并没有实现让普通人放松娱乐、自由进出并发表意见的功能。而在具有中国特色的茶馆中，情况又是如何呢？《偶成》中提到"上海又有名公要来整顿茶馆了……'愚民'的到茶馆来，是打听新闻，闲谈心曲之外，也来听听《包公案》一类东西的，时代已远，真伪难明，那边妄言，这边妄听，所以他坐得下去"[②]。茶馆是中国式小人物的政治舞台，也是具有中国特色的公共领域，但在鲁迅笔下，这个公共领域是被压制和管束的，"愚民"想到茶馆来轻松娱乐一下，反而会遭致"整顿"。语调反讽，展现出复调的叙事风格。

鲁迅杂文类似的异质空间概念还有客栈、教育会、羊肉铺、车站等。这些异质空间的共同特点是它们的日常使用功能在特殊的政治语境下被异化，茶馆里喝茶的被审查，客栈成为国家机器制造恐怖和抓捕进步人士的场所，教堂成为避难之地……普通市民在现实生活中被国民党反动势力压制，被日本侵略者驱赶，被上流社会鄙视，普通人的日常生活被挤压，形成一种非常态的社会关系。在空间的异化中，我们能在其中体会到浓厚的反讽意味。鲁迅善用冷静的、嘲讽的笔调揭示出看似正常的现实生活中的滑稽性与非常态。鲁迅的写作不是简单的一元化文化立场，而是用移动的观点多元审视自身，从而在时空中建构意义，于反讽中表达出更丰富的潜在话语，形成复调性的叙事体验。

三、租界和华界：异质空间的杂糅与悖论话语

租界作为异质空间的表现，有一个重要的特点是共时杂糅性。异质空间可以在同一地点中并列数个彼此矛盾的空间与地点。异质空间经常造成不同空间的彼此撞击，衍生出复杂而多元的生活内容与文化形态。以都市为例，新与旧、先锋与复古等一系列的相对立乃至相矛盾的倾向体现在同一个都市空间之中。不同社会阶段的诸种风格都可能在现代都市中并列杂陈，共时性

---

① 鲁迅：《伪自由书·不通两种》，载《鲁迅全集》，第5卷，人民文学出版社，1981年版，第23页。

② 鲁迅：《准风月谈·偶成》，载《鲁迅全集》，第5卷，人民文学出版社，1981年版，第201页。

地呈现出来。在文学上，就表现为一种悖论式的对比性的话语方式，所谓“悖论”，“是一种表现上自相矛盾的或荒谬的，但结果证明是有意义的陈述”[①]。鲁迅杂文中的租界就是一个典型的异质空间，除了具有既有空间的法则之外，本身都带有多重的可能性，能够容许相互冲突的异质存在，具有典型的悖论式话语特征。

租界是个特殊的区域，由华人、洋人、普通民众、巡捕等不同阶层的人共同构成。租界中的华人一方面受制于民国政府，另一方面又受压迫于洋人，而华人之间因为自身生存理念的差异性，也具有多重异质性。他们遭受主流社会打压，同时又存在内在自虐、互相监视、互相责难的状况。而上海滩的“巡捕、门丁、西崽”，他们“移徙华洋之间，往来主奴之界”，是帝国主义、资本主义在具体执行“治理”功能的时候，处在权力结构中间的中介性结构。如《阿金》就是一个典型的表现租界空间的异质性的文本。阿金是一个女仆，她的主人是外国人，作为一个乡下来上海讨生活的娘姨，在外国人家里当差，她的存在串联起了不同的空间：传统乡村空间、生活着底层游民的弄堂、具有权力意味的洋人公寓空间和知识分子所在的公寓空间。在这些空间中，充满了错综复杂的多元性与差异性和等级性。乡村空间和弄堂空间的这些人具有连续性和冲突性，阿金被辞退之后，替补空缺的是另一个乡村来的娘姨，可见其连续性；而在弄堂里发生巷战的，是同为游民、同样身处底层的“老女人”和阿金，可见其冲突性；“我”和阿金之间是知识分子和市井小民的紧张关系，而阿金和洋人主子之间的关系是权力关系，这种权力关系彰显着半殖民中国的华洋差异，“我”对阿金“大声会议”的侵扰无可奈何，但洋人奔出来一阵乱踢，会议便马上收场，可见洋人所代表的殖民势力是凌驾于其他空间之上的。

异质空间的另一种表现是不同阶段和风格都可能在现代都市中并列杂陈，共时性地呈现出来。同时，异质空间有时必须经由特定的文化仪式或具备群体的共识才能进入。三十年代的中国，租界和华界以共时态的方式同时存在于一个都市空间中。繁华的租界代表着先进的西方工业文明，华界则依然保留着传统中国的某些乡土传统。在鲁迅的《新秋杂识（二）》（旅隼）中曾经描述过这样的城市社会环境：“再前几天，夜里也很热闹。街头巷尾，处处摆着桌子，上面有面食，西瓜；西瓜上面叮着苍蝇，青虫，蚊子之类，还有一桌和尚，口中念念有词：‘回猪猡普米呀吽！’这是在放焰口，施饿鬼。到了孟兰盆

① 王先霈著，王又平主编：《文学批评术语词典》，上海文艺出版社，1999年版。

节了，饿鬼和非饿鬼，都从阴间跑出，来看上海这大世面，善男信女们就在这时尽地主之谊……”[①]在这种充满杂糅感、违和感的城市环境中，租界和华界经常有某种程度的越界，市民、军队等可以在两种空间中穿行，但真正地进入必须具有某种资格，比如租界基本是由洋人和上层华人构成的，普通民众很难真正进入租界空间。

在这种特征中，福柯认为相应空间的两个极端是：一方面它们可以创造一个幻想空间，以揭露所有的真实空间是更具幻觉性的（如妓院）；另一方面它们要创造另一个完美的真实空间，以显现我们的空间是污秽的、病态的和混乱的（如殖民地）。贫富差距、华洋差异在鲁迅笔下是触目惊心的："相宜的是高等华人或无等洋人住处的门外，宽大的马路，碧绿的树，淡色的窗幔，凉风，月光，然而也有狗子叫"[②]，形成了一种"乌托邦"（utopia）的理想。但真实的生活是怎么样的呢？鲁迅在杂文中略带嘲讽地写道："这种地方，中国人是很少进去的，买不起。大家只能略站一下，大抵只能到同胞摆的水果摊上去，化几文钱买一个烂苹果。"租界以国际化的建筑空间、优美的生活环境、平安的日常生活塑造了一个完美的真实空间，但是真正普通中国市民生活的空间却是藏污纳垢的，文中以"烂苹果"作为隐喻。在日常生活中，越界时时发生，两种空间的相互张望、彼此进入，不仅仅意味着对原有的疆域（界限）和相应时空的破除和越过，也意味着一种反思和观照。

鲁迅杂文中不断出现的租界空间，通过和华界的对比，呈现出一个具有并置性的、悖论性的异化空间，鲁迅正是借用这种文学的悖论性描写了社会权力控制下的底层民众的悲惨命运。他们身处病态的、混乱的社会关系之中，可以看到高等华人或无等洋人的奢华生活，却只能在平行空间中过着缺乏物质和安全保障的生活。鲁迅对于这种异质空间的展示并非简单对比，而是通过并置与嘲讽，形成具有深刻意义的悖论结构，增加了文本的异质性，表现出一种深沉的文学性和思想性。

---

① 鲁迅：《准风月谈·新秋杂识（二）》，载《鲁迅全集》，第5卷，人民文学出版社，1981年版，第286页。

② 鲁迅：《准风月谈·秋夜纪游》，载《鲁迅全集》，第5卷，人民文学出版社，1981年版，第257页。

四、异质空间体验下的鲁迅杂文的文学性

将鲁迅杂文中的空间表现与同时期的现代都市写作者新感觉派作比较，会发现鲁迅对空间的复杂性、异质性和移置性的兴趣远远大于新感觉派等都市书写者。鲁迅笔下的空间很少是独立的、纯粹的、单一的，往往具有矛盾和转化的特性。这种异质空间的写作一方面反映了现实空间中的异常秩序和权力机制，另一方面，异质空间本身也成为一种权力机制和思维方式的隐喻，凸显鲁迅写作时候的思维特征。这种反讽与悖论的表现风格体现了鲁迅的文化立场，形成鲁迅迥异于他人的悖论性的话语形式和风格杂糅的诗学特征。

首先，在中国与西方、传统与现代的交汇中，鲁迅产生了激烈的自我否定与自我肯定，他在城市文化与公共空间中寻求现代性的出路，他在异质空间的越界与思想空间的左右互搏中体会着思想的局限。具有异质性的空间使得鲁迅更强烈地感受到个人意识，于不同空间的对比中生长起独立精神，对于传统空间的异化更使得思想者具有强烈的批判意识。当时的上海华界有两种主要居住方式：石库门和公寓。这两种建筑空间都和中国传统具有家族性、私密性、伦理性的设计方式不同，往往以不同人群混居为主要模式，这和三十年代中国特别是上海城市化进程加快，大量异乡人来到上海“淘金”有关。上海的建筑空间也逐渐形成了和“陌生人社会”相匹配的群居式现代居住方式。在杂文《阿金》中，“我”就居住在一个现代公寓，周围的居民全是陌生人，而且三六九等各不相同。既有洋人这一权力阶层，也有阿金、老女人、姘头这些都市游民，又有以“我”为代表的知识分子。这种居住方式蚕食了传统伦理关系的生存空间，扩大了个体自由伦理体验，也深刻影响着作者的生活和心理状况。“处于‘边缘’者最常有的一种生存状态恐怕是‘越界’，处于‘边缘’，往往对自己现在的立足点有很强的挑战意识，又会有向边界两边沟通的强烈意识，于是‘越界’而出。在这种越界中，越界者会获得新的视角，而他把视线投向边界一边时，会看到边界另一边的问题，那时因为‘边缘’者敏感于跨越不同边界的东西。”[①]这种复杂的空间体验也带来难以名状的内心焦灼，鲁迅的写作不再固守排他性的自我中心的文化立场，而是借用异质的西方文化来反观自身，在外向援引和内向自求的探索中重建自我。杂糅和越界体验使得鲁迅在创作

---

① 黄万华：《中国和海外：20世纪汉语文学史论》，百花文艺出版社，2004年版，第16页。

中更具有开阔的视野。

其次，对于现实空间的异常性与异质性的敏锐发现，可以凸显社会生活中的矛盾"症结"所在，形成一种可供注意、可资探讨的"症候"式存在，从而让读者留意艺术文本所呈现的社会空间和场景的社会和文化意义，形成一种"反思性"叙事。从当时的城市空间现状来看，三十年代的上海本身就是异质化的。上海租界由四个"标志性空间"——外滩、霞飞路、南京路和北四川路构成，而普通市民则基本蜗居于石库门。在《中国人的生命圈》中，鲁迅就已经用"蚁民"来形容这些生活在社会底层的普通民众："然而，房租是一定要贵起来了。这在'蚁民'，也是一个大打击……"[①]租界和华界相互对照，互相指涉，有时还会产生越界，形成了一种碎裂和拼接的城市空间。不同的空间和功能叠加在一起，形成纵深复杂的社会现实。在当时半殖民地化的中国，鲁迅对于这种华界和洋界的异化和越界的反复书写，其实是在不断提示我们关注严酷的社会现实以及背后的权力关系。相较新感觉派作家在都市小说中对"舞厅""跑马场"等公共空间的符号化、欲望化描写，鲁迅的异质性揭示更具有深度。

总体来看，鲁迅在描述异质空间时形成了独特的充满矛盾和张力的话语方式。在鲁迅的杂文中，我们可以看到大量的有关异质空间的悖论与反讽："后来，北伐成功了，北京属于党国，学生们就都到了进研究室的时代，五四式是不对了。……为了矫正这种坏脾气，我们的政府，军人，学者，文豪，警察，侦探，实在费了不少的苦心。用诰谕，用刀枪，用书报，用锻炼，用逮捕，用拷问，直到去年请愿之徒，死的都是'自行失足落水'，连追悼会也不开的时候为止，这才显出了新教育的效果。"[②]学校本为教育的场所，所行教育之职，但是在混乱的时代，"五四式"是不对了，但又是谁让学生们产生了放弃安稳的书桌的"坏脾气"呢？又是为何学生们要经历这样的"苦心"，直至"显出了新教育的效果"呢？鲁迅的表达中充满反讽与讥诮，文中表达出来的悲愤、痛苦、激昂、无奈等是无法用单线条、平面化的思维去理解的，充分显示出反讽与悖论的张力。《颂萧》也体现了是鲁迅一贯的对比和悖论："阔人们会搬财产进外国银行，坐飞机离开中国地面，或者是想到明天的罢；'政如飘风，民如野鹿'，穷人

---

① 鲁迅：《伪自由书·中国人的生命圈》，载《鲁迅全集》，第5卷，人民文学出版社，1981年版，第100页。

② 鲁迅：《南腔北调集·论"赴难"和"逃难"》，载《鲁迅全集》，第4卷，人民文学出版社，1981年版，第469页。

们可简直连明天也不能想了，况且也不准想，不能想。"[①]我们在这些表述中，可以看到一个显著的特征，就是总是存在相反的两极相互否定、相互矛盾、相互论证，形成一种特殊的张力。这种悖论式的表达特征不同于新感觉派对都市空间先锋性、时尚型的一元论表现，也不同于五四启蒙思想家们贵族与平民、殿堂与民间的二元论思想。鲁迅杂文中的异质空间反映了这种现实社会的紧张与混乱，表现出了二元之间的暧昧与混乱、晦涩与复杂。就像鲁迅在杂文中讲道："因此我们在目前，还可以亲见各式各样的筵宴，有烧烤，有翅席，有便饭，有西餐。但茅檐下也有淡饭，路傍也有残羹，野上也有饿殍；有吃烧烤的身价不资的阔人，也有饿得垂死的每斤八文的孩子。"[②]在《小杂感》中，"楼下一个男人病得要死，那间壁的一家唱着留声机；对面是弄孩子。楼上有两人狂笑；还有打牌声。河中的船上有女人哭着她死去的母亲"[③]。这两段话既是一个普通市民的生存空间的描写，也充分表现了当时中国城市环境的杂糅与多元。一边是痛苦地死去，一边是无聊地活着，一边是孩子的哭闹，一边是悲伤的告别。鲁迅在他的杂文中呈现出来的悖论和反讽，与鲁迅所体验的空间和主题的多元性、复杂性、杂糅性有极大的关系。鲁迅忠实记录下了城市空间的变动与现实生活的夹缠不清、模棱两可。

从异质空间的角度出发重新审视鲁迅的杂文写作，会发现鲁迅杂文的文学性并未削弱，而是在《野草》的基础上进一步把悖论反讽的现代思维方式带到了杂文写作中，通过具有现代性的话语方式记录了二三十年代都市异质空间的失序与混乱。"我们生活在一个异质空间的世界上，这个世界有着无数不同而又经常冲突的空间。认识到这一点往往会导致身份危机（crisis of identity）。"[④]作为认识主体的鲁迅在对这种空间的质疑和反思中，必然导致身份危机（crisis of identity），从而在写作中通过思想越界形成"反思性"叙事和现代性的话语特征，实现了异质空间视角下鲁迅杂文的文学性生成。

（原文刊发于《新疆大学学报》，2017年第2期）

---

① 鲁迅：《伪自由书·颂萧》，载《鲁迅全集》，第5卷，人民文学出版社，1981年版，第36页。

② 鲁迅：《坟·灯下漫笔（二）》，载《鲁迅全集》，第1卷，人民文学出版社，1981年版，第221页。

③ 鲁迅：《而已集·小杂感》，载《鲁迅全集》，第3卷，人民文学出版社，1981年版，第538页。

④ 丹纳赫等著，刘瑾译：《理解福柯》，百花文艺出版社，2002年版，第129页。

都市文化语境下的学衡派生存悖论

都市作为一种理论话语和研究角度，早在十九世纪中叶欧洲城市飞速发展期就已经膨胀，中世纪欧洲城市已经具有了独立、自治且具有压倒性影响力的社会政治、经济、文化功能，孕育了早期的城市居民的公民意识和近代意义上的人文观念。十九、二十世纪之交的德国哲学家、社会学家乔治·西美尔和二十世纪三十年代的美国社会学"芝加哥学派"的学者路易斯·沃思等人的城市社会学理论，因涉及城市社会的精神生活及城市人的个性、理性、心理诸问题而引起国内人文学者较为广泛的关注。中国二十世纪二十年代的学衡派与新青年思潮之争，看似是一个文化现象，实质却是非常典型的都市文化研究样本。新青年和学衡派两种思想流派的不同发展流向正是当时的都市语境下经济发展和意识形态要求造成的。

城市文化语境研究必然涉及两方面：一方面是都市带来的物质层面的改变；另一方面是在经济的发展和市场的推进下产生的"新的意识形态，新的心理结构，新的价值观念，新的人际关系，新的人文系统"[①]等价值观念的转型。城市的发展和转型也带来了种种矛盾，如社会学意义上的人与人之间的矛盾，政治经济学意义上的权力与资本市场之间的矛盾，人文学意义上的工具理性和价值理性之间的冲突。

学衡派活跃于二十世纪二三十年代，以《学衡》杂志为主体，广义上的学衡派持续的时间更长。主要特点有三：一是知识背景深厚，该派主体是大学体制内的知识阶层，并且团体中骨干力量多为欧美留学归来的精英，在美国接受了白璧德的人文主义思想。白璧德的人文主义是对当时风行美国的实用主义和行为主义的反叛，他强调要从传统中寻找精神资源和文化规范，反对一切激进的文化与思想上的革命。学衡派的主要人物都受到了白璧德的影响。学

---

① 叶中强:《从想像到现场——都市文化的社会生态研究》,学林出版社,2005年版,第4页。

衡派骨干力量胡先骕是中国译介白璧德人文主义思想的第一人。二是目标明确，他们在《学衡》上进行新人文主义的译介，强调融化新知、贯穿中西。三是针对性强，他们是作为以陈独秀、胡适、鲁迅为代表的新文化新文学的激进主义思潮的反对者出现的，《学衡》杂志中批判新文化新文学运动的论文占了很大的比重，以文化保守主义的姿态对当时新文化的话语霸权进行批判。这样一个具有现代文明思想，知识背景深厚，战斗力强的队伍为何很快就退出了历史舞台？在城市文化语境下他们的生存悖论是如何展开的？学衡派产生于中国城市社会初期，当时市民社会刚开始发育。学衡派活动时期正是中国社会的转型期，突出的特征是意识形态减弱、市民社会兴起，城市文学与媒体舆论、大众传播、经济制度、学校教育、出版机构、流行生活等公共社会领域都在悄然崛起，这些都对学衡派这一团体产生了或明或暗的影响。

一、杂志运营：学衡派经营过程中经济理性的缺失

十八世纪英国的经济学家亚当·斯密在《国富论》中第一次系统提出了“经济人”的思想，他肯定了现代市民具有谋求个人利益的动机合理性，强调了现代市民的物质理性。不同于农业文明背景下的“宗法人”，也不同于国家意志下的“政治人”，“经济人”追求个人的付出与报酬相等，不再是以伦理纲常的“义”作为社会关系的唯一纽带，肯定对于个人利益的认同，新的群体规范是在强调每个人个人利益的基础上被建立起来的。西美尔认为大都市始终是货币经济的重心。货币经济是一种金钱理性，是大都市理性及其智力活动的来源和表达。

传播和沟通的需要催生了现代出版业、报刊业的繁荣和发达。大众传媒的崛起，改变了传统文人的写作方式和传播手段。而现代报刊业和出版业主要遵循的就是市场规律，把文人推向市场，由市场决定销量。现代知识分子也可以借助市场的杠杆调节作用更加自由地表达意见，削弱了国家意识形态的压力和知识分子对政府部门的依赖。

以“新文化运动”阵营为例，他们在中国市民社会早期敏感地把握到了现代都市社会的契约话语特征，积极参与到现代传媒系统的构建中来。早期“新文化运动”的阵营《新青年》，后期鲁迅创办的《莽原》等，都是在掌握现代文化市场运营规律的基础上，在编辑、出版的各个层面充分关注到受众心理，对书籍的装帧设计、出版运营精心统筹，起到了非常好的传播效果，也使得启蒙

思想更迅捷地影响民众心理，让新文化运动更加深入人心。同时，新青年派的知识分子对于自身“经济人”的定位有着清醒的认识，很快地接受了自己在市场传播中的经济角色，这也使得他们在经济上得到了丰厚回报，从而在拥有独立经济权的同时也巩固了自己的话语权。

反观学衡派，学衡派的主体是《学衡》杂志。1922年1月，梅光迪、吴宓、胡先骕、刘伯明、柳诒徵等七人在国立东南大学发起创办了《学衡》杂志。《学衡》从1922年1月至1926年12月，以月刊刊行了60期；1927年停刊一年；复刊后以双月刊刊行了10期；1930年再次停刊一年；而后又不定期地刊出了7期，1933年7月终刊。《学衡》历时十余年，一直没有遵循市场经济出版传媒界的利益原则，企图依靠文人情怀和“熟人社会”的人情关系维系杂志运作，导致最后惨败，无法达到预期的传播效果，在当时知识界的影响力也颇为有限。

学衡派的中坚力量吴宓在日记里这样写道：“中国近今新派学者，不特获盛名，且享巨金。如周树人《呐喊》一书，稿费得万元以上。而张资平、郁达夫等，亦月致不菲：所作小说，每千字二十余元。”[①]然而《学衡》杂志一直无视城市化变迁和现代传媒的革命。早在哈佛留学期间，吴宓就劝慰自己以不求利、不谋致用之心而习报业，梅光迪甚至主张杂志不需要立社长、总编等名目，社员也不必确定，大家来去自如，完全以理想主义情怀代替现代管理制度，以传统文人的自由放达与自命清高作为办刊宗旨，导致整个《学衡》杂志管理混乱，暗留隐患。《学衡》杂志出版一段时间之后，还在为总编职位频起争端。吴宓等人以学术至上、追求自觉的道德伦理，希望建构健康人性，无视现代刊物“营业图利”的经济属性，导致杂志运营混乱。主要表现在一是所有稿件均无稿费，这样只凭“熟人社会”的人情稿件和理想主义情怀，无法形成有效的稿件供求链条，使得整个杂志缺乏凝聚力和吸引力。二是缺乏现代出版业管理经验。学衡派成员并没有《学衡》和《大公报·文学副刊》的印刷和发行权，只能受制于中华书局和《大公报》社，而缺乏经济主动权的学衡派只能逐渐被沈从文主持的《文艺副刊》所取代。与鲁迅、郁达夫、张资平等新派作家大受出版商欢迎的情况迥异。1924年7月和1926年11月16日，中华书局先后两次提出不再续办印刷《学衡》，理由是“《学衡》5年来销数平均只数百份，赔累不堪”。吴宓竭力挽回，并转而求助于商务、泰东、大东等书局，却均未谈妥。

① 吴宓：《吴宓日记（1928—1929）》第4册，生活·读书·新知三联书店，1998年生版，第17页。

1933年,《学衡》杂志社与中华书局解约并终刊。三是经费没有固定来源。创刊之初,《学衡》主要成员所在的东南大学并未提供经费。创刊以后,学衡同仁又保持文人风骨,不愿意接受来自官方的补贴。起初的印刷费用全由骨干成员共同支付,在后期出版经费紧张时,吴宓个人每期贴付百元,并采用传统"熟人社会"的人情战术,四处筹集捐助。1928年复刊后,由月刊改为双月刊,此时的《学衡》杂志已经到了艰难支撑的地步,吴宓为此殚精竭虑。

在世界工业革命兴趣的背景,近代都市崛起,逐渐形成了现代都市的生存方式。在经济推动下,近代社会的格局和文化生产的机制也有改变,由自然意志推动的古代礼俗社会逐渐向以理性意志推动的现代法理社会推进。也即在人们的市场活动和社会交往中,以法律形式出现的契约制度将代替唯精神的道德承诺,理性的交往代替单一的情感维系。1933年《学衡》杂志停刊之时,吴学昭指出,父亲吴宓伤感于"言论阵地几被全部占领;所得师友诗文佳作,再不能随时刊登、与世同赏"[①]。尽管吴宓等人始终坚持自己的文化选择和出版理想,但保守的思想决定了《学衡》的命运。杂志并未收到预期的传播效果,最初提出的"昌明国学"和"融化新知"目标也远未实现。

二、人事纷争:"陌生人社会"道德义务的局限

首创"陌生人社会"概念的是美国著名法学家劳伦斯·弗里德曼。陌生人社会的特点是在大工业生产背景下,专业化分工更加精细,每个人都无法独立自给自足,必须不断地同陌生人打交道才能维持生活的正常运转。"工业社会以及它的市场经济,把完整的个体的人的存在抽象化为'经济人',使人只认识金钱和利益得失,时时处于计算与算计的行为谋划中,这对农业社会的'亲情'是一个极大的冲击。"[②]

和"陌生人社会"相对应的是"熟人社会",中国的传统社会就是熟人社会,这是著名社会学家费孝通在《乡土中国》中提出来的。在《乡土中国》中,费孝通指出"他们的活动范围有地域上的限制,在区域间接触少,生活隔离,

---

① 吴学昭:《清华文丛之一:吴宓与陈寅恪——弟子季羡林敬署》,清华大学出版社,1992年版,第79页。

② 张康之:《"熟人"与"陌生人"的人际关系比较》,《江苏行政学院学报》,2008年版,第2期,第59页。

各自保持着孤立的社会圈子。乡土社会在地方性的限制下成了生于斯、死于斯的社会"[①]。这是典型的由血缘和地缘构成的关系圈子。熟人社会的道德原则是"重义轻利"，但是陌生人社会则更要求以"重利轻义"的新型人际关系作为交往准则。由于交往的匿名性和人际网络的扩大化，陌生人社会的交往关系日益理性化和功利化，传统熟人社会的道德义务则越来越弱。

在"陌生人社会"，人与人之间的关系不再仅仅由血缘和地缘来定义。西美尔的城市社会学理论指出了城市带来的现代性因素："在前现代的生活形式中，人与人之间的相互依赖关系是明确、固定、人身化的；在货币经济生活中，人们很少依赖确定的人，每个人只依赖自身。"在乡村社会的小群体中，社会关系基本是直接性的，这就增加了相互关系的紧密度和依赖性。但在都市社会这种大规模群体社会中，每个成员都会越来越多地受制于那些超个人情感的机构的运作，个人对他人所承担的道德义务相对减弱，情感纽带越来越脆弱。《学衡》杂志的编辑工作主要在南京、沈阳、北京完成，出版、印刷、发行在比较保守的上海中华书局。三个外围刊物主要活动地点在南京高师—东南大学，后者的活动地点在湖南长沙的明德中学。学衡派人员联系分散，关系薄弱，主要依靠以大学为主的人缘和地缘关系。

《学衡》杂志从兴办起，就没有建立起现代的杂志管理制度，基本依靠大学场域下的学缘关系和道德自律来维持杂志运转。杂志没有固定编辑班底，没有管理层和监督层，出现问题很容易指向个人，当时连社员聚会吃饭的费用和杂志运营费用都混为一谈。同时，从1922年3月《学衡》第3期开始，吴宓未与他人商量，竟然擅自在《学衡杂志简章》中加入"本杂志总编辑兼干事吴宓撰述员，人多，不具录"一语，有居功为己有之嫌。社员便有人指责"学衡杂志竟成为宓个人之事业"[②]。但同时，《学衡》所有的稿件都是没有稿费的，运营所需的费用却是由所有撰稿人公摊，道德义务与所得回报严重割裂，必然引起同仁不满。次年起，学衡派重要成员梅光迪便拒绝撰稿。由于杂志社并无完善的管理层和规章制度，一旦出现人事纷争，问题无法以契约方式解决时，必然会导致道德指控。1923年9月15日，因吴宓拒登邵祖平稿件，本可以公事公办之事，却由于管理层和规章制度的缺失，使得客观矛盾进一步冲突升级转为个人恩怨。和吴宓具有相似的古典人文主义追求的一些学者也曾对《学

---

① 费孝通：《乡土中国》，中华书局，2013年版，第5页。

② 吴宓：《吴宓自编年谱》，生活·读书·新知三联书店，1995年版，第235页。

衡》提供过一些帮助，但都是杯水车薪，难挽大厦将倾之命运。比如陈寅恪不仅在经济上给予支持，还给《学衡》杂志提供了不少作品。“一九二八年三月二十八日，前留美同学汪懋祖汇来五十元，还寅恪伯父借款。寅恪伯父用于捐助《学衡》杂志经费。”[①]前六十期，陈寅恪仅在《学衡》发表一篇作品，随后的十几期中，他陆续发表了四篇作品。但是，这些支持也是杯水车薪。1928年2月10日的《雨僧日记》中陈寅恪委婉地表达了对吴宓一意孤行的批评，他劝吴宓“谢绝人事，努力为学读书，以成一己之专著。不特为朋托及学校团体之事，不必费时费力；即《学衡》及《大公报》，亦力求经济，以支持出版为度，不必过耗精神时间。然后乃能有读书之暇，而有进步之望”。

西美尔认为现代分工的作用最显著地表现在大都市中，就是个人同社会总体结构的关系呈现疏离状态。如果是在一个小规模和简单分工的社会中，成员和社会的联系往往呈现同心圆的状态，个人最终融入整个社会，但是在都市生活中，个人除了特定的社会圈外，和其他社会圈的关联都可能是部分的或者暂时的。《学衡》不仅是以大学的学缘关系为中心形成的学术圈，同时需要和出版圈、印刷圈都保持良好畅通的合作关系，单靠“熟人社会”的人情和道德理想，是无法适应现代城市社会复杂的社会分工的。

三、应战乏力与固守文言：学衡派在公共传媒领域的失语

在城市公共空间话语系统中，学衡派所处的被动地位与其无法适应现代都市文化工业生产特征有很大关系。所谓公共空间，在社会学意义中，主要是指民主政治生活中的“公共领域”（public sphere）和民间社会，它不受制国家官僚机构的法律规章，向所有人开放，又不约束任何人。在近代中国，社团、报刊等构成了早期的公共空间。

首先，当鲁迅掀起论战的时候，《学衡》却回应乏力，没有把握现代公共空间的言说规律，使得他们在历史中很快被一边倒的声音盖棺定论。正如巴赫金所言，思想不是独白，而是多种声音的对话交流。但是《学衡》杂志在运作的过程中却反对大众主流话语，用理想主义的文人话语故步自封，使其很难达

---

① 吴学昭：《清华文丛之一：吴宓与陈寅恪——弟子季羡林敬署》，清华大学出版社，1992年版，第67-68页。

到自己预期的传播效果。

《学衡》第一期中刘伯明的《学者之精神》、梅光迪的《评提倡新文化者》、萧纯棉的《中国提倡社会主义之商榷》都不同程度地对"新文化运动"进行了批评。胡先骕的《评〈尝试集〉》更是将攻击矛头指向胡适个人，以至于当时胡适将该杂志看作一本"学骂"，认为《学衡》创办的目的就是来骂自己的。如果《学衡》能够把握住论争阵地，将这场骂战升级，把讨论推向深入，也许可以在百家争鸣的氛围中，使自己的人文主义追求更为众人所理解。但遗憾是，新青年派很快做出了回应，吴宓等学衡派主将却应战乏力。

作为回应，"新文化运动"主将之一的鲁迅先后以笔名"风声"在《晨报副刊》上发表《估〈学衡〉》《一是之学说》《对于批评家的希望》《反对"含泪"的批评家》等文章，对学衡派的复古倾向、文字不通等问题做出了批评。1922年2月9日，鲁迅在《估〈学衡〉》一文中，认为所谓《学衡》不过是"聚在'聚宝之门'左近的几个假古董所放的假毫光"[①]，并对《学衡》第一期中的《弁言》《中国提倡社会主义之商榷》《国学摭谭》《记白鹿洞谈虎》《渔丈人行》《浙江采集植物游记》等文章中文字不通、自相矛盾的地方进行了批评，而对鲁迅的批评，《学衡》却没有专门回应。多年以后，吴宓的自编年谱中有这样的文字："鲁迅先生于1922年2月9日作《估〈学衡〉》一文，甚短，专就第一期立论，谓：'《学衡》"文苑"门，所登录之古文、诗、词，皆邵祖平一人所作，实甚陋劣，不足为全中国文士、诗人以及学子之模范者也！'——按，鲁迅先生此言，实甚公允。"[②]吴宓并未对鲁迅所提出的，诸如：采用文言文写作出现语法错误，主张"国学"以此文对新文化思潮等问题做出正面回应，而是把问题推到邵祖平等人身上，缺乏理性解决问题的态度，难以服众。

其次，学衡派和新青年在话语言说方式上最大的区别就是文言与白话之争，在城市语境下观照这一文化选择，实质就是现代城市文化传播的媒介之争，而显然白话是顺应历史潮流的。

时代的发展与转型，必然带来生活方式的转变和思维方式的更新，新的社会环境往往要求相匹配的话语范式。城市生活对交流的需要更为迫切，传统艰深晦涩的文言文和手工作坊式的个人刊刻的出版方式已经不适应现代市民

---

① 鲁迅：《热风·估〈学衡〉》，载《鲁迅全集》，第1卷，人民文学出版社，1981年版，第379页。

② 吴宓：《吴宓自编年谱》，生活·读书·新知三联书店，1995年版，第234-236页。

生活节奏。可以说，使用白话文是当时城市转型期时代的内在呼唤。无论从文学角度还是从文化学、传播学角度，“白话”比文言更能够承担思想启蒙、教育普及的任务。而晦涩陈腐的文言，早已脱离了现实生活语境，难以在阅读和传播中引起共鸣。白话文的推行也获得了政府的支持和经济上的成功。1920年北洋政府教育部下令小学一、二年级学生改学白话文，1930年2月教育部又受中央政府之命通令全国学校学习国语。同时，商务印书馆等也看到了白话文出版业所蕴藏着的巨大商业利益。白话文借助新的政治社会基础和现代出版业的经济支持，通过教育体制的强制推行和商业的利益刺激，逐渐使得文学语言和大众语言趋向统一，这种文学平民化、世俗化的改革适应城市发展需要，也符合工业大生产的客观历史需求。所以新人文主义的追随者梁实秋对此也深刻反思，认为“白璧德的思想主张，我在《学衡》杂志所刊吴宓、梅光迪几位介绍文字中已略为知其一二，只是《学衡》固执地使用文言，对于一般受了五四洗礼的青年很难引起共鸣”。其实文言代表的不仅是一种语言形式，也是一种思维方式和生活态度。具有讽刺意义的是，《学衡》的发起人梅光迪在与自己女儿通信时，“总是用生动的白话文来表达自己的父女之情”[①]，他的女儿梅仪慈后来走向了研究中国白话新文学的道路。

现代城市的公共传媒空间，是现代市民交流信息、传播思想的重要通道。传统文言在交流上的曲高和寡，思想上的传统复古都和现代市民的交流需求有较大差异。古典诗词与现代白话分属于两个不同的时代，也代表着不同的时代的民族文化精神。“学衡派”，特别是吴宓、胡先、陈寅恪等人，坚持写旧体诗词，其实是以一种绝望的文化姿态，明知是不合潮流，明知是逆势而动，却像是从开始就不指望获胜的悲情一样，以这样的一种方式来殉教。

四、现代市民价值观转型：学衡派与新青年的意识形态之争

布尔迪厄的“文学场”理论认为，文化资本、经济资本和权力资本存在着转化关系，获得文化资本的人，可以通过一系列复杂的机制将自身所拥有的文化资本转化为经济的、政治的资本。十九世纪二三十年代的中国，国家权力转弱，统治阶级意识形态监控减弱，各种新思想的传播具有更为宽容、自由的接

① 胡建雄：《浙大逸事》，辽海出版社，1998年版，第46页。

纳环境。书报杂志的繁盛，知识分子的聚集和文化思潮的盛行，形成了百家争鸣的话语场域。此时的学术不拘囿于学术本身，学衡派和新青年的纷争，表面是学术之争，但实质上，更是对文化知识话语权的争夺，也就是意识形态之争。

西方马克思主义者葛兰西曾在其"文化霸权"的理论中指出意识形态的重要性。对于人民群众的统治并非单凭暴力，还更多依赖于人民群众这一未觉醒的资源。利用报纸、刊物等媒体把世界观灌输给人民群众，通过意识形态的渗透实现经济基础和国家权力的统一。近代都市的发展孕育了与传统宗法社会截然不同的价值观念和新的人格范型。现代市民价值观是在"经济基础上自发形成的全新的价值观念"[①]。从本质上看，学衡派和新文化运动阵营最大的差异是他们的价值观的差异。新文化运动阵营要求的价值取向与现代城市的理念内涵是一致的，注重理性法规，强调自我，具有工商业文明背景下的物质理性特征，形成"人本位"意识。学衡派则忽视了当时中国市民社会发育初期的客观物质情境，一方面强调人与人、人与自然的和谐共处，人性的淳朴和价值观念的稳定，这是和传统农业文明价值观相呼应的；另一方面，又在现代市民的"人性"建立之前，就急于关心如何约束和节制泛滥的"人性"。在学术的空灵之界走得太远，而脱离了当时客观历史语境，这是学衡派失败最根本的原因。

白璧德的人文主义观念产生于西方都市社会已经经历了一个相对成熟且相对完整的发展过程之后，而被学衡派植入中国，试图在现实语境中融通，多少有点水土不服。哈佛大学教授白璧德是学衡派的精神领袖，学衡派多次翻译白璧德的文章，作为总编辑的吴宓在按语中也极尽赞扬之能事，称其为"美国文学批评家之山斗"[②]，并且特别指出白璧德和中国的缘分，以确立白璧德人文主义思想对中国文化的指导意义。白璧德是反对现代性的著名学者，他提出恢复古典文化，匡正现代性弊端的思想之时，西方的城市化进程已经走过了萌芽、发展、成熟的阶段，工业化发展，城市扩张，经济增长，物质至上带来了城市环境的污染，现代市民自我意识膨胀，个人欲望泛滥，科学主义戕害人道情怀，新人文主义是针对现代性弊端而提出的一种古典道德的再回归。

---

① 张娟：《三四十年代上海现代市民小说价值重构》，安徽大学出版社，2013年版，第15页。

② 孙尚扬、郭兰芳：《国故新知论——学衡派文化论著辑要》，中国广播电视出版社，1995年版，第39页。

学衡派兴起之时的，社会历史语境与西方截然不同。中国此时没有经历过西方城市化的一切历程，上海、北京等新兴都市还残留着农业文明的色彩，二十年代的北京大街上时常有驴车缓缓走过，“老中国儿女们”保留着大量农业社会的价值观念和生活习性。此时的中国，需要的是新青年派革命式的热情和现代化的冲动，只有大刀阔斧地批判传统文化，改造国民性，引进“科学”与“民主”，让早期的中国市民沐浴到新文化、新道德、新思想的洗礼，才能更好地推动城市化进程，引导国民思想的转型。在城市化转型和早期思想启蒙运动中，陈独秀、胡适、鲁迅等人是比较接地气、了解中国的实际情况的，他们清醒地认识到了中国传统文化强大的惯性，他们知道要打破这种保守和因循守旧，非激烈的革命手段不能为，所以采取了非理性的激进主义手段，摒弃一切中国传统文化思想，重建文明，改造国民性。

学衡派“昌明国粹，融化新知”的主张同样也是要求建立新文化，只是深受白璧德人文主义和复古主义思想的影响。他们试图直接绕过西方城市社会多年的发展与探索，从古典文化内部寻找精神资源。他们主张渐进式的改良，认为应该建立有秩序有纪律的社会，奉行中庸平和的人生哲学，倡导典雅保守的文学观，这和当时整个市民价值观的发展是逆向而行的。现代城市社会的经济属性是以现代工商业为基础的经济关系，必然形成物质理性的价值观。现代市民社会要求建立契约社会，要依靠法律制度来制约和规范人的行为，而不能单单依靠伦理道德的内在约束。现代工商业的发展，城市规模的扩大，“陌生人社会”的形成使得生存竞争日益激烈，个体选择逐渐增多，机会成本增大，传统农业社会体系下的中庸平和的人生哲学已经无法适应时代的发展，而典雅保守的文学观，更是无法反映瞬息百变的社会现实。

简而言之，学衡派在早期中国城市化进程中扮演了一个尴尬的角色：从物质层面来说，学衡派表现出对全新媒体环境的无所适从和对公共空间的反应迟钝，是一个传统文化和行为方式的固守者；从思想层面来说，学衡派在中国城市现代性还没有真正开始的二十年代早期就提倡西方城市发展晚期的“反思现代性”的人文主义思潮，远远超越了自己所处的历史语境。正是这种尴尬，使得拥有傲人学历、满腹经纶、学术根基扎实的学衡派群体在二三十年代的中国遭受集体冷遇。当下，中国城市化进程已经走过了近百年，中国现代市民也日益感受到科学主义精神对人的精神价值的忽视，城市发展带来的物质欲望对市民群体心灵的腐蚀。传统古典文化中所蕴含的道德和文学的精华部分又重新焕发出迷人魅力，学衡派终于走到了适合自己的时代。重新发现学衡派的当代价值，把学衡派在哲学、政治、文学等领域中的成就重新发掘和整理出来，将为当代城市化进程中的道德建设起到重要的意义。

（原文刊于《社会科学辑刊》，2015年第6期）

第二辑：当代文本中的城市

海外华人如何书写“中国故事”——以陈河《甲骨时光》为例

海外华文写作从19世纪末期开始出现，主要是指“中国本土之外作家用汉语创作的文学作品（包括双语写作的华人作家用非汉语写作又被翻译成汉语的作品）”[①]。迄今为止，海外华文文学发展已逾百年，值得注意的是，近三十年来北美新移民文学在海外华文文学版图中强势崛起，与中国当代文学的关系极为密切，创作成就也较大。这批作家往往具有“国内/国外”的双重生活经验，从初出国门裹挟在母族文化中寻求自我定位的早期写作，到摆脱传统因袭在中西文化语境中反省自身，再到从世界眼光回望中国，在“他者”的眼光下重新书写“中国故事”，构筑“中国想象”。海外华文写作以“他者”的眼光回望“中国”，呈现出和中国当代文学不同的异质创作图景。在写作策略上，海外华文写作早期以异国题材取胜，现实主义创作为主体，近年来逐渐形成异质文化背景下多种叙事策略的重构与裂变，创作实绩有长足进步，日益摆脱了“盲肠”[②]之隐喻。可以说，海外华文文学把中国当代文学的视野扩展到了世界范围，并在近几年严歌苓、张翎、陈河、薛忆沩等作家的努力下，给中国现当代文学叙事建构带来了新的质素，在题材和内容上也给中国当代文学带来了新的启示。

在近期的海外华文写作中，陈河的小说创作颇引人注目。2016年11月，加拿大华文作家陈河《甲骨时光》在华侨华人“中山文学奖”中斩获唯一大奖。作为海外华文作家，陈河之前的作品题材很多都与他的海外生活经历和空间转移有关，如《黑白电影里的城市》中的阿尔巴尼亚，《女孩与三文鱼》

---

① 黄万华：《百年海外华文文学的整体性研究》，《山西大学学报》，2012年，第5期。

② 朱大可：《唐人街作家及其盲肠话语——关于海外汉语文学的历史纪要》，《花城》，1996年，第5期。

《我是一只小小鸟》中的加拿大。但陈河在创作的历练中,很快跨出了经验主义的桎梏,不再依靠海外经历的传奇性来吸引读者,而是自觉地将海外生活经历带来的国际化视野内化为写作的内在视角,开始虚构写作的探索。在他的创作中很少看到海外华文写作常见的“乡愁”主题,反而有一种博大的世界主义胸怀,如《西尼罗症》描写了一个移居到加拿大的中国家庭,左邻右舍来自不同国家,充满了世界移民的新鲜感和交流的喜悦感。最近几年的创作《甲骨时光》《义乌之囚》《外苏河之战》更是将目光转投国内,重新在世界语境下思考中国问题。《义乌之囚》以全球化时代的小商品市场义乌为中心,勾连起了地方的商品集散中心与世界经济的关系,深刻洞察了经济发展与历史上的世界革命的关系,在世界性视野下具有指向未来的批判性反思;《外苏河之战》则是以抗美援越为题材的战争小说,在人类主义的广阔视野下,把整个故事放在世界红色革命背景下进行哲理反思;近年来反响最大的《甲骨时光》则回到历史,依据真实的殷商甲骨考察史写出了一部穿越千年时光的,具有理性精神和诗性幻想的恢宏作品。以河南安阳和殷商王朝为背景的《甲骨时光》是一部典型的“中国故事”,但这个故事出自一位在海外闯荡多年的华裔作家之手,在表达的中国经验上,在故事的讲述方式上都传达出了独特的经验和气质,对于当下文坛也具有启发意义。

一、何种身份,怎样突围?

陈河的《甲骨时光》处理的是国内题材,但随着多年海外生活经验的内在视角转化,对故事和人物的处理更具有世界眼光。在《沙捞越战事》《外苏河之战》等历史小说中陈河就非常注重从多元化的国际性角度看待历史事件,凸显文化碰撞带来的身份认同问题。他在《甲骨时光》中对加拿大人明义士、日本人青木、怀特主教的寻宝动机处理和叙述者的叙述立场的描写都颇富有意味。作为在海外生活多年的华裔写作者,陈河在叙述中的身份意识彰显出其生活经验和价值观念的丰富、客观和理性。小说全面展示了不同民族、不同文化的群体对甲骨文化的态度,也体现了从一元的“中国性”向多元的“世界性”叙事维度的转换。

海外华文写作首先要面对的就是身份问题。白先勇的《纽约客》系列中,在居住空间和心灵空间上,中国留学生与西方文化都存在不容忽视的鸿沟;

於梨华的《又见棕榈，又见棕榈》的主人公牟天磊穿梭于美国和中国台湾、大陆不同的地域，就像无根的浮萍，在哪里都找不到自己的位置；查建英的《丛林下的冰河》构建出的则是徘徊于两种文化边缘的“悬浮者”形象。可以说基于差异体验的身份焦虑成为海外华文写作反复书写的主题。不少研究者系统运用“身份”理论探讨华文文学中焦虑的表达、成因及其潜在的文化意义。在具有异域色彩的历史事件和族裔叙事中，又往往会强调东方的神秘与超自然，满足西方读者的“窥视”欲与东方想象。谭恩美的《沉没之鱼》中，描写了原始部落的神秘和桂林古拙的异国风韵，黄哲伦的《金童》则让金童阿安以鬼魂的身份督促儿子传宗接代，具有自我东方化色彩。近年来，随着中西差异和隔膜的逐渐弱化，海外华文文学不再只是简单的“怀旧”“思乡”“自我东方化”，“中国故事”也开始在更广阔的世界语境中进行。

陈河的《甲骨时光》在身份认知上具有更加客观理性的态度，不是简单把来自加拿大和日本的考古者看作觊觎民族瑰宝的强盗，而是站在民族视角上，致力于普遍人性的探寻，重新审视历史和自身，甚至把“他族”也纳入自己的文化体系中探讨。在二十世纪二十年代的历史现场中，不同国家、不同族裔的研究者们为发掘和保护甲骨文而付出了努力。小说描写了以杨鸣条为首的一批民族知识分子，他们在动荡的民国时期，怀抱着科学救国的理想，在战火中坚持考察研究甲骨文化。坚持科考的中央史语所考古组，带着天文仪器奔赴安阳的陈遵妫，清醒冷静具有科学头脑的哈佛大学毕业生李济……在他们身上，都可以看到一代知识分子的民族情怀。在陈河笔下，这些民国学者在与国外淘金者交往甚至交手的过程都具有一种从容的态度与民族气节。正是由于杨鸣条对甲骨文的深刻研究，他写作的《殷商贞人名录猜想》具有非常重要的参考价值，才获得了加拿大人明义士的认可和尊敬。明义士说“我相信正是甲骨文让我能够凝视到中国古老的灵魂和思考方法及方式”①。他不仅在战火纷飞中四处收集刻字的甲骨，帮助中国人抢救了很多珍贵的文化遗产，而且在杨鸣条的考察陷入绝境的时候，邀请他到北戴河的教会医院去疗养，给杨鸣条的研究提供了重要的线索，并且在离开中国之前，把自己所有的甲骨收藏都通过各种途径捐赠给国家。描写日本人青木泽雄时，一方面揭露了他隐蔽的掠夺意图，一方面也描写了他的中华文化情怀。同时小说既揭示了怀特主教等不断从中国掠夺文物的行为，也指出正是由于中国传统文人只知道在书斋里

① 陈河：《甲骨时光》，北京十月文艺出版社，2016年版，第111页。

把玩古董，不会到田野发掘，才使得外国侵略者乘虚而入。意识到自己国家的不足，受过西方教育的学术界领导人傅斯年才会大胆启用杨鸣条开启考古之路。民国的考古学者在国内外淘金者面前，既没有妄自尊大，亦没有妄自菲薄，而是表现出实事求是的科学精神。对这些不同国籍和身份的考古者恰如其分的描写，体现出作者站在民族立场上的更为宽容和理性的世界眼光。

王德威在《想象中国的方法》中讲道："由涕泪飘零到嬉笑怒骂，小说的流变与'中国之命运'看似无甚攸关，却每有若合符节之处。在泪与笑之间，小说曾负载着革命与建国等使命，也绝不轻忽风华雪月、饮食男女的重要。小说的天地兼容并蓄，众生喧哗。比起历史政治论述中的中国，小说所反映的中国或许更真切实在些。"[①]海外华文作家与"中国形象"之间的关系往往是基于回忆、经验和传说的"虚构与想象"，而且这一中国形象往往在他们"去国"之后才更加清晰起来。如严歌苓小说中的"中国形象"就是在旅美之后才逐渐建构起来的，《人寰》就是严歌苓在美国的文化语境中写一个中国女博士对心理医生诉说自己在中国的回忆，以此来疗伤，从而使自己走出历史和人性的阴影，开始新生活。加华作家张翎在《余震》中描写一个女性在异国生活遭遇危机时，求助于心理医院，通过对唐山大地震时被遗弃的经历的回忆，在人性的道路上重新救赎了自己。这些作品都是在对自我的寻找中重新建构起了自己世界观中的"中国形象"，在沟通过去与现在、重审自我成长的过程中，获得心灵的疗愈。陈河的《甲骨时光》立意更为宏阔，他的"中国想象"是通过"去国"之后的中西文化对比建立起来的，超越了自我的苦难与个体心灵困境，描写了一个民族的记忆与现实，在历史和现实的交织中建构起了一个恢宏的"中国形象"。

在中西文化对比的语境下，中国不但不再是在世界战争语境中弱势的一方，反而充满了文化的魅惑与骄傲。小说中各国寻宝者目光聚焦的中心是山西侯马古庙的三折画，这张画上是商朝的史诗，画上好多人在荒原上跋涉，抬着一个和摩西的约柜一样的东西，向远方走去，就像犹太人的流浪历史。在明义士心中，侯马的古庙坐落在高地，就像《圣经·旧约》巴勒斯坦平原某个地方的感觉。作者讲到山西侯马古庙中打坐的和尚，谈到和尚坐化后在他们的尸体上贴上黄金，这种死法在意大利那不勒斯某些小城市的教堂里也流行过。

---

① 王德威：《想象中国的方法：历史·小说·叙事》，生活·读书·新知三联书店，1998年版，第1页。

怀特主教看到三折壁画的时候，觉得其精美程度和巨大的尺寸可以与文艺复兴时期佛罗伦萨的壁画相媲美，但年代却比意大利要早一千多年。在推算三折画上的星座密码时，奥匈帝国的奥泊尔兹的《交食图表》和迦拉底周期、牛考慕周期等成为重要的参照系统，通过计算，杨鸣条的殷历谱在儒勒历和格里高利历的时间参照上找到坐标。陈河把中国的甲骨文明放在中西文化对比中，更富有历史的纵深感和中华文明的自豪感。

这种站在中西文化语境视角下，以平等的姿态看待民族文明的倾向在陈河的《沙捞越战事》和《米罗山营地》中就已出现。他极少在自己的作品中塑造弱势族群的“他者”形象，即使在《沙捞越战事》中描写马来西亚沙捞越丛林的原始与残酷，也并没有将宗教仪式、长屋、猎头族等这些东方奇观元素当作“西方”对“东方”的“窥视”与“猎奇”，而是用客观的叙述语体穿插编织起来，写作态度理性而客观。《甲骨时光》对不同国籍的寻宝者的描写，同样展示出了人性的复杂性和历史的丰富性，表现出了一种坦荡包容的民族自信。故事发生在“一战”和抗战时期，但是对日本考古者和加拿大传教士不是简单脸谱化，而是客观地描写他们在战争背景下对考古的痴迷，对人类文明的热爱，同时揭示他们在文物保护外衣下深层的文物掠夺和侵略意图。日本人青木泽雄是日本东方文化研究所所员，他一方面崇拜遣隋使小野妹子，热爱如交响乐一般神奇美丽的云冈石窟，但另一方面也是京都博物馆收集文物的重要人物，担负着掠夺中国文物的罪恶使命。他一方面希望从考古学的角度保护人类文化遗产，另一方面也利用当时日本在中国的优势地位阻挠杨鸣条的甲骨发掘，多维度的人性探索揭示了当时真实的历史语境。和青木泽雄形成鲜明对比的是加拿大人明义士，他在中国收集大量甲骨，帮助杨鸣条找到“藏宝图”，目的只是为了在安阳建一个博物馆，把所有发掘出的甲骨和青铜、陶器等古物都收藏在这个博物馆里，自己只要当个研究员或者讲解员，甚至看门人，这是发自内心的对于人类文明的热爱。这种客观理性的人物定位，超越了中西的不平等关系，显示出作为“边缘人”的海外华人作家群体，新世纪以来在写作中逐渐超越自己的“边缘”文化身份，以更为宽广的胸怀在“自我”和“他者”的互动中，逐渐构筑“自我”的独立身份，并寻求更为从容和自信的看待世界的视角。

陈河近几年的《甲骨时光》《义乌之囚》《外苏河之战》等书写的场景都从异域转回了中国，他致力于书写跨文化语境中的“中国故事”。作者丰富的跨国生活经验，使他能够在全球化语境下平等地进行文化比较与对话，进一步在国际视野下探讨民族文化问题和人类的精神处境。这种价值立场体现了新一代华人作家的文化自信和民族情怀。在海外华人写作中“自我东方化”倾向是比较常见的，正如爱德华·W.萨义德指出，自我都是在他者（the other）的参照下建构起来的，任何一种文化的认知和成长，都有赖于另一种“异己”（alter ego）存在。海外华人作家很容易在题材选择和价值判断上形成自我的东方主义立场。事实上，“在相对孤立、繁荣和稳定的环境里，通常不会产生文化身份的问题。身份要成为问题，需要有个动荡和危机的时期，既有的方式受到威胁”“只要不同文化的碰撞中存在着冲突和不对称，文化身份的问题就会出现”[①]。回望历史，从“五四”时期盛成旅欧创作《归一集》开始，海外华文文学就追求“天下归一”，也即人性的相通、文化的平等。之后的百年创作实践中，海外华文作家经过了平等的追求，也有过身份的焦虑和痛苦的反思。21世纪以来，中国在世界格局中的位置发生了巨大的变化，全球化背景下海外华文文学写作“中国故事”的方式也在发生变化。正如霍米·巴巴在《文化的定位》一书中指出，从某种意义上说，所有的文化都是不纯粹和混杂的，在新的历史时空下，拆解东西方、自我和他者之间简单的二元对立，成就全新的“第三空间”很有必要[②]。近年来严歌苓、张翎、陈河等华文作家，都逐渐把写作题材从海外华人生活转向本土中国故事，并且屡屡在国内外斩获大奖，华文文学的空间格局和身份认知正在发生巨大的转变，他们的“中国故事”也逐渐挖掘出更为深广的民族气质和世界内涵。

二、母体文化认知视角下的诗性中国

王一川先生曾经谈到“中国”对于20世纪的中国人具有特殊的蕴含，“它在审美‘平台’上把古代文化主义含义与现代民族国家含义交织在一起，已远不只是一个民族国家意义上的国体术语，而是寄托着有关自己民族的文化和主权的丰富想象力和审美体验的总体象征符号”[③]。作为海外华文作家，更能深刻地体会到跨越空间的中国的地方记忆和文化认同，这种文化记忆已渗透到他们日常生活与思维方式中。诗性中国的形象在海外华人作家文本中尤其

① 乔治·拉伦著，戴从容译：《意识形态与文化身份：现代性和第三世界的在场》，上海教育出版社，2005年版，第194页。

② Homi K. Bhabha.*The Location of Culture*. New York: Routledge, 1994, P20.

③ 王一川：《兴辞诗学片语》，山东友谊出版社，2005年版，第8页。

鲜明，因为空间和时间上的隔离，他们的“故国”不仅是政治意义上的国家，更是文化意义上的美学“中国”。

《甲骨时光》中杨鸣条觉得在遥远的星云上有一个殷商的世界，和这无边的宇宙相比，几千年前的殷商故事就好像昨天刚刚发生过一样。《甲骨时光》中民国时期的“中国故事”是借助古代殷商完成的，杨鸣条一次又一次在与大犬的神交中返回商朝，就像海外华人一次又一次的精神还乡，在东西方文化冲突中返回那块魂牵梦绕的土地。在这种精神的还乡和对话中，一个美学层面的中国形象在对甲骨的寻找中逐渐浮现出来，这是一个中西血脉相通的中国，一个行走的中国，一个在权力更替中的中国，一个饱含情感的中国，一个寻根的中国。陈河以一种考古的姿态，将“甲骨”作为一种中国文化的象征，在现代时空中考察历史事件，最终指向精神原乡。

首先，《甲骨时光》构建了一个中西血脉沟通的中国。小说中的杨鸣条是个封闭的中国人，他是一个从来没有出过国的河南乡下人，但却可以阅读艰深的英文著作。在民国时期，他没有一味崇拜西方文化，而是秉持着站在东方文明立场上看世界的眼光；加拿大人明义士第一个发现安阳是甲骨文出土地，并曾在1917年带领三千河南民工踏上了去欧洲战场的道路；安阳人候新文在1917年的时候被招募到欧洲参加第一次世界大战，加入民工队伍，坐火车去了香港，接着坐轮船到了欧洲，在法国战场上挖战壕、修路桥、埋尸体；而另一个安阳当地人李佑樘是一个开封犹太人后裔，他的姓氏“李”就是从犹太人姓氏Levi变过来的，他是认识希伯来语、会行使割礼仪式的犹太拉比，同时也是一位精美的古董商人，帮助怀特主教在中原收集古董文物，但作为迦南地上的以色列人，在中国一千年了，还回不了家园。小说中西方依然代表了先进文明，但这种先进性却不是以对立的优势姿态存在的，小说着重写出的却是看似闭塞的安阳中东西文化交融的深入与复杂。

其次，《甲骨时光》塑造了一个行走与离散中的中国。行走是一种空间延伸的方式，也是农业文明的中国与土地的一种亲近方式。《甲骨时光》通过行走，展现了一个广袤的土地上延展的中国。傅斯年选中杨鸣条是希望杨鸣条的田野考察和发掘改变中国传统只在书斋做学问的方式。行走意味着探索、考察、征服、猜谜，日本人青木在中学时代就开始做独自在中国土地上行走的幻梦，他有时步行，有时搭乘牛车，有时骑马，穿着最简单的衣裳，像中国古代的武士一样，肩上背着行装行走在华北的土地上。加拿大传教士明义士选择骑马行进中原，他像中国古代的孔子、老子一样慢悠悠地在行走中了解中国古代文化，展开对中国大地的空间认知。小说同时展现了时间上的行走。在历史的长河中，行走带来了世事变迁。小说中帝辛纣王最大的喜好就是不停地在大地上走来走去，也就是通过征伐以宣示自己对土地的主权，尤其是在他的晚年时，他有两次时间很长的长途旅行——征人方。小说还借青木之口讲到，中国历史上常有一些喜欢迁徙的民族，会在短时间内创造出奇迹，云冈石窟就是鲜卑族拓跋氏王朝开凿的，而商朝人的后裔正是用这样一幅壁画来纪念祖先长距离的迁都事件。世事流转，来到现代，小说人物也都是在行走中离散，作者没有太多情感渲染，却在冷峻中写出了时代的变迁。中央史语所在傅斯年的带领下从北京到南京，中日战争爆发后，到了四川宜宾附近的李庄，国共决战后，又渡海去台湾；杨鸣条从李庄回来后去了美国芝加哥大学讲学，后于台北逝世；李济则病逝于台北寓所。那些曾经被考古者们以生命追寻、捍卫的甲骨也逃脱不了离散的命运，青铜盉被偷运往日本京都博物馆，三折画被收藏于安大略省皇家博物馆，明义士的甲骨被收藏在故宫博物院和南京博物院等地。在行走中时代更替，命运颠沛流离，从古至今，从时间到空间的行走，展现出一个具有纵深感和辽阔性的乡土中国形象。

再次，《甲骨时光》试图寻找文化意义上的中国。《甲骨时光》该书是沿着甲骨的密码的提示而进行的一场文化寻根之旅。商纣王帝辛向大犬追问，为什么他是地面上所有人的王，大犬讲了一个王的起源的故事，认为最早的王是守护大树的祭司，但是这个祭司是不断被挑战的，王必须残酷无情，否则就会被别人杀掉，这个细节追溯到了最早的国家的起源。小说在文化视野中进行了中西方的交融与比较。《圣经》就是由故事构成的，杨鸣条也是依靠自己所创造的贞人大犬的神秘直觉走向了甲骨之谜。小说通过甲骨提供的密码，不仅试图寻找殷商的文化密码，还试图探讨中国文明对世界文明的贡献。小说提到明义士在甲骨文中看到了上帝和信仰，甚至发表论文，声称在中国的甲骨文里找到了上帝，提出上帝在西方的基督教之前就在中国人的宗教中存在。他认为在《旧约》中的以色列大卫王之时，在中国的商朝国王占卜的龟甲上已经刻有“上帝”词汇，商朝人崇拜的天神和希伯来的耶和华这一全能的神十分相似，但是中国人从来不承认自己崇拜过一元的神，他认为是灭掉商朝的周朝和后来的孔子篡改了历史。这里体现了作者在文化中寻找中西文明融通的努力，也在跨文化的视角下探索了中国文明和世界文明之间的精神血脉和内在联系。

同时，《甲骨时光》通过远古殷商和民国安阳的互文关系，建构了时代风云变幻中的历史中国。甲骨所代表的记忆密码是文化的，在这个文化的表征下记载的却是依靠武力、权力、智慧推动的政权更迭。就像所有朝代的更替一样，在殷商的权力阶层沉溺于酒池肉林的时候，草原上的姜子牙在授周以"易"，周武王在练习射箭格斗、驾驭战车，和姜太公商量强兵大计，直至牧野之战，殷商城被烧成一片废墟。民国的安阳同样深陷于这种武力与脑力的争夺与矛盾之中。不同的是，介入民国安阳的，不仅有渴望获得财富的地方官员、民间土匪，还有对乱世中的中华文明瑰宝虎视眈眈的外国侵略者。在具有几千年文明历史的古老中国，许多战争、冲突、开采、厮杀都与土地有关，而在安阳城，土地的意义不仅在于疆域，还在于古人埋藏在地下的财富。实质上土地和地图的绘制"不单是权力的描绘、记录或是象征，它就是权力的行使本身"[①]。在安阳土地上测绘地图的各方势力"最终目的不是反映大地真相，而是宣示对大地行使的拥有权、剥削权和解释权"[②]。文中借警察局长朱柏青之口说："控制安阳的最大势力其实还是埋在地下的那些古代文物。就是因为地下的这些东西，安阳才招引了全中国甚至全世界的关注。"[③]这句话准确地说出了安阳的土地背后潜藏的权力争夺和历史语境。中国一直有"重祭祀，崇祖先"的传统，从殷商以来重视墓葬，这也使得土地成为祖先留给后人的一笔宝藏。为了深藏地下的甲骨，安阳成为殖民侵略者、地方势力、考古工作者斗智斗勇的地方，正是在这种激烈的斗争中，我们的文明才被千锤百炼得如此厚重。

《甲骨时光》还通过数条感情线索和古今对应的情感结构为我们呈现了一个东方式的诗性中国。小说的几段爱情描写都回肠荡气，通过超功利的爱情体现了人性的真善美本质。帝辛王让大犬去寻找梦里的女子，大犬在一个叫宛丘的地方找到了她，并被她吸引而爱上了她。这个女子美丽、浪漫、自由，又带着通灵的气质，"她沿着大路走来，在每个房子前面跳舞，敲击着瓦缶，挥舞着羽毛舞具，扭动着身躯"[④]。来自自然的巫女就像一个精灵，他们的爱情也具有诗经般的"天人合一"的和谐美好。为了对巫女的爱，大犬失去了自己的

---

① 董启章：《地图集：一个想象的城市的考古学》，联合文学出版社有限公司，1997年版，第28页。

② 董启章：《地图集：一个想象的城市的考古学》，联合文学出版社有限公司，1997年版，第28页。

③ 陈河：《甲骨时光》，北京十月文艺出版社，2016年版，第140页。

④ 陈河：《甲骨时光》，北京十月文艺出版社，2016年版，第172页。

右手，也为了这份爱，大犬在火山口的悬崖高处默默守望了三千年，一方面他不能舍弃自己贞人史官的职责，另一方面又为自己没能和宛丘巫女一起逃亡而无尽自责。殷商的大犬爱上巫女和民间的杨鸣条爱上梅冰枝形成某种对应关系。杨鸣条和梅冰枝的爱同样具有动人的情感力量。梅冰枝不离不弃地支持杨鸣条寻找甲骨，是他的巨大精神支柱。他们都有对安阳这块土地的深沉的爱，每次在杨鸣条遭遇困难的时候，梅冰枝都倾力相助。不管是带有魔幻色彩的巫女，还是具有现实主义特质的梅冰枝，她们表现出来的温婉、血性、浪漫和忠诚，都给这部小说带来了空灵的诗意。

和国内的当代文学写作不同，由于"去国"的身份，海外华文作家在回望故土时更具有深情的眼光。在距离美学的作用下，他们更容易在自己笔下呈现一个富有情感的美学的中国形象。从晚清陈季同的长篇小说《黄衫客传奇》，到新世纪程抱一的哲理小说《游魂归来时》，都书写了一个饱满、丰盈的美学中国形象。有研究者指出百年华文文学积累已经形成了一个文学的"中产阶级"，"他们钟情于中华文化的传统，也熟悉西方文化的传统。他们坚持文化上的民族主义，但又从容出入于西方文化。他们富有创新锐意，但其实践大多是渐进有序的平稳变革。他们始终坚持对人性的深入开掘，又坚信着人性的向上。他们的艺术视野敏锐多向，而较少操之过急或持之过偏"[①]。陈河在创作中就具有这种自信稳健的心态，他讲述的"中国故事"，连接起历史与现实，贯穿东西方文化，怀揣着庄严的民族情怀与动人的东方情感，具有一种文化自信和文化自觉。

三、纪实与虚构：讲述中国故事的方式

如何书写中国故事，也是如何叙事的问题。但是在海外华文写作中，讨论叙事策略之前，还有一种值得注意的现象，就是大量使用纪实为基础的题材处理方式。何谓"中国故事"？有学者认为是"在经验与情感上触及当代中国的真实与中国人的内心真实"[②]的故事，这里面涉及两个重要的内涵，一是经验和情感上的共鸣，二是生活真实和内心真实。好的中国故事不一定必须描写当代中国人的生活，而是能够在中国人的心中激发起真实的感受和情感的共

① 黄万华：《海外中国：传统的创造性转换》，《华文文学》，2001年，第3期。

② 李云雷：《何谓"中国故事"》，《人民日报》，2014年1月24日。

鸣。如何处理真实性的问题，《甲骨时光》以纪实为基础的虚构写作给我们提供了一个值得借鉴的经验。

事实上，海外华人写作有大量的纪实性作品。在后殖民理论视野中，华裔文学和世界少数族群文学一样，都是以自传或族裔自传（auto-ethnography）的方式从边缘到中心运动的。这种自传倾向于采用纪实的方式，以便得到主流话语的关注和肯定，使得边缘群体和弱势族群能够顺畅地发出自己的声音，也能够在欧美出版市场显现出更多的吸引力，满足西方对神秘东方的想象。西文本身就有纪实写作传统，海外华人作家在书写自身、回望历史、整理民族记忆的时候也大多会使用纪实手法，这是一种陌生环境的文化震荡（culture shock），也是一种自我东方化策略。如张戎的作品《鸿》（*Wild Swans*：*Three Daughters of China*）就是策略性纪实自传的方式，在小说中附有大量证明文本真实性的副文本。周励的《曼哈顿的中国女人》、曹桂林的《北京人在纽约》也是基本基于真事改编的，而且在出版时强调了此书的真实性，以获得更多的关注。

随着多元文化的发展，纪实写作也出现新的趋势，“在当前的文学研究中，以往所提到的二元对立都遭受了质疑和颠覆，如殖民者/被殖民者、第一世界/第三世界，以及西方/东方”[①]。近年来，很多基于纪实的小说写作，其立足点和弱势华裔文学的自我东方化倾向不同，更多是理性和客观的精神使然。如张翎《劳燕》的写作就是基于抗战时期温州的中美合作训练营的史料，薛忆沩《通往天堂的最后那一段路程》也是基于历史上真实的白求恩事件。同样，《甲骨时光》的纪实部分已经不是小说刻意强调的部分，而是作为故事的起点存在，其写作方式延续了陈河写作《米罗山营地》《沙捞越战事》时的纪实作风，以学术的态度参阅了乌邦男《殷墟人群综类》、郭胜强的《董作宾传》、杨宝成的《殷墟文化研究》、李济的《安阳》、董作宾的《殷墟谱》、陈梦家的《殷墟卜辞综述》，还有文中提到的加拿大早期传教士怀特主教的《河南的犹太人》等文献。小说中侯马的古庙、甲骨坑的挖掘、大犬这一传奇人物在史料上的记载、青铜盉的展览等细节都可以和史实一一对应，这种每一个细节都能落实到史料典籍中的写法正是一种“纪实”（documentary writing）手法。“通常以社会生活中的真实事件为写作对象，用实录的材料构造具体的情节和丰富的细节。

① 萨克文·伯科维奇主编，孙宏译：《剑桥美国文学史：散文作品（1940年—1990年）》第七卷，中央编译出版社，2012年版，第4页。

具有文献的可靠性和小说的叙事性。”[1]陈河的小说将大量历史史料穿插在小说的诗性叙述中，尽量真实地复原殷墟考察历史，通过真实的历史人物和事件讲述了一个引发人深切共鸣的“中国故事”。

但是陈河的探索却并没有止步于此，《甲骨时光》从纪实开始，却将重点放在诗性的虚构。纪实是真切的，却又是枯燥的，陈河之前的《沙捞越战事》为人所诟病的一点就是有太多的纪实材料的堆积，《甲骨时光》在对材料的文学化处理上有了很大突破。在纪实的基础上，通过符合逻辑的合理想象唤起一个苍茫辽阔的非现实世界。文字学、考古学、地理、天文、历史与天马行空、神秘瑰丽的幻想结合在一起，气势恢宏，神秘悠远。《甲骨时光》如何在史料的基础上，连缀各种材料，虚构出一个连接古今中外的“中国故事”，并且使这个故事充满诗性的魅力，是值得我们探讨的问题。

首先，《甲骨时光》运用了民族化的鬼魂隐喻的方式。海外华文写作中有“鬼魂”叙事传统，刘索拉《女贞汤》中书写神怪传统和幽灵神迹；汤亭亭《女勇士》的副标题就是“生长在群鬼之中的女孩的回忆”，小说中的“鬼”是男权和种族优势给女孩带来的心理恐惧的隐喻；谭恩美《接骨师之女》中“鬼”是祖先的魂灵和抽象的历史；戴舫的《鬼事三》则通过鬼魂反思现代文明的异化和城市生存的残酷。这些作品写鬼往往具有魔幻现实主义色彩，迎合西方人的东方想象，具有后殖民意味。但同时，海外华文中有一部分“鬼魂叙事”也具有民族气质和现代意味，如程抱一的《游魂归来时》通过义士的形象体现了深沉的生命意识，张翎的《劳燕》通过三个鬼魂的相遇重现了围绕着一个女人的历史真实。《甲骨时光》鬼神虚构的灵感来自传统中国文化，流露出浓厚的中国气质。小说的主角杨鸣条在幻想中无数次回到商朝，会见一个叫“大犬”的占卜者，他“骑着白马，头戴着金冠，肩上披着豹皮”[2]，充满了传奇色彩，二人在精神上有穿越时空的灵魂对话。蓝保光之母在殷商是宛丘巫舞女，她的形象原型来自《诗经》的想象。蓝保光对应的是被称为“两枚仙杏安天下，一条金棍定乾坤”的飞天雷震子，蓝保光手中夏商时代的伪刻刀就是雷震子会造出电闪雷鸣的雷公凿。作者这一构思的灵感来自《封神榜》，依托商灭周兴的历史，将武王伐纣、子牙下山、文王访贤等故事作为《甲骨时光》的历史背景，这种虚构联系着怪力乱神的殷商文明，出人意料又合情合理。

---

① 朱立元：《美学大辞典》（修订本），上海辞书出版社，2012年版，第247页。

② 陈河：《甲骨时光》，北京十月文艺出版社，2016年版，第91页。

值得注意的是，《甲骨时光》中民国与殷商一一对应的人物设计目的不仅是“魔幻”，还具有隐喻意义和结构意义。隐喻意义上，在杨鸣条考察殷商甲骨和大犬占卜的过程中，两人已经产生了情感上的共鸣。小说中杨鸣条的心理描写并不多，看似人物不够丰满，实际上杨鸣条隐秘的内心在大犬身上获得了释放，大犬的形象也因为杨鸣条的灵魂附体而更加丰满。小说里，有这样的描写：“在下半夜的梦里，大犬越来越清晰地出现了，在黑暗的大地上行走着。”[①]大犬在杨鸣条的幻觉中出现，也是促使杨鸣条解开甲骨之谜的精心安排。同时，小说中蓝保光母子的人物设计也正是杨鸣条最后发现真正龟甲的关键所在。蓝保光和蓝母的出现，成为故事逻辑中重要的一环，推动故事前进。蓝保光和他的母亲屡次出现在小说发展的关键节点，杨鸣条来到安阳考察无从下手的时候，蓝保光拿着一半是青铜一半是玉石的雕刻刀出现，带领杨鸣条走进了黑幕重重的安阳的甲骨世界；安阳考古遇到挫折的时候，是蓝保光不断通风报信，才使史语所的考察得以进行下去；而蓝保光带领杨鸣条在七星道观找到日晷后，蓝母又神奇地出现，并且在硫磺泉边变成巫女，民国时期的蓝母和殷商的巫女在此刻合二为一，成为从现实到历史的重要纽带。巫女带着杨鸣条骑着飞马穿越到了历史上有名的牧野之战的现场，看到殷商城燃烧成一片火海，大火中遭受灭顶之灾的城市明亮无比，天空却是黑暗的，在暗夜的天幕上他找到了半人马座 α 比邻星，这正是出现在藏宝图上的寻找存放甲骨祭祀宗庙的关键信息。这一具有浪漫主义气质的描写完整了小说叙事的逻辑链条，带给读者奇异的审美感受。

其次，小说采用了以“藏宝/寻宝”为母题的辐射状叙事结构。“藏宝/寻宝”是具有民族气质和广泛的群众阅读基础的一种讲故事的方式，在中国悠久的文化历程中，所藏之宝正是祖先跨越时空的礼物，连接起文明的血脉。正如本雅明站在机械复制时代用怀旧的感伤回望前工业时代“讲故事的人”，而他们其中的一类人就像是世俗化的编年史家，“从一开始就把论证、解释（explanation）的重负从肩头卸了下来，取而代之的是讲述（interpretation）。讲述不关心特定的事件之间确切的关联，它关心的是如何将事件嵌入到伟大而神秘的世界进程中去。”[②]陈河的《甲骨时光》就是回到故事的本质，试图穿越

---

① 陈河：《甲骨时光》，北京十月文艺出版社，2016年版，第40页。

② 瓦尔特·本雅明著，李茂增，苏仲乐译：《写作与救赎——本雅明文选（增订本）》，中国出版集团东方出版中心，2017年版，第133页。

历史的迷雾，讲述世界进程中一部传奇的城市史诗。值得注意的是，陈河在讲述的策略上一方面借用了中国传统母题，另一方面又具有博尔赫斯式的迷宫式的哲学意味，在民族风格的题材上开创出了具有现代意味的诗性表达。

小说由主人公杨鸣条引出整个故事，从第四章“古寺里的三折画”开始，各方人物就加入了这场寻宝的角逐。这个藏宝图是坐落于山西侯马的一座古庙墙上的壁画，这幅画藏于名山既具有中国传统仙隐文化意蕴，又仿佛“达·芬奇密码”，成为推动故事发展的轴心力量。它一方面是通往三千年前古代殷商的钥匙，另一方面又是民国安阳各方势力争夺的中心。颇有意味的是，这个藏宝图被日本人青木泽雄复制到了一个神秘的充满异国风情的花园里，在一个有着巨大穹隆的房间里，他将藏宝图复制在了屋顶上。又被加拿大人明义士用北戴河的银色细沙建立了一个硕大的沙盘，复原了这一藏宝图演示的殷墟本来的真实样子。这些复制的藏宝图就像是“复数”的文本，以互文的方式隐喻着通往谜底之路的错综复杂。正如青木所说：“这就是安阳的迷宫，一个神秘的梦想，一张迷宫的地图。表面上看，这只是一组根据壁画照相放大片制作的地图，但是它里面包含着许多密码，指示出一个通向三千年前古商王朝的路径。”[①]小说的叙事线索也如同这个神秘的迷宫，以藏宝图为中心，形成橄榄形网状结构，向外辐射出多条线索。一方面是加拿大人明义士，另一方面是怀特主教和李佑樘，同时进发的还有日本人青木。他们怀抱着不同的目的和野心，有的想要保护这一文化瑰宝，临摹图形；有的想要购买壁画，进而掠夺；有的想要给文物拍照。整部小说兵分几路，心怀不同目的的人为同一个目标进发，互相交错又分开，使得故事扣人心弦，环环相扣。围绕着这个藏宝图，既有傅斯年领导的中央研究院考古队的艰难推进，又有当地心怀鬼胎的政府机关、地方势力的虎视眈眈，还有来自全国各地的古董商人，来自加拿大、日本的伺机盗取中国文物的殖民者，最后千头万绪的线索在时空的交错中收归一处，小说结尾甲骨被找到并出土，就如同迷宫找到了出口，由合到分再到合，结构严密，分合有序。

在中国现代小说中运用时空叙事模式的并不在少数，随着现代时空观念的改变，空间成为小说叙事的一个重要维度。对于海外华文写作来说，因其“离散”和“异域”的生存状况，时空叙事成为写作的一个重要层面。《甲骨时光》的独特之处在于，在殷商文化背景中加入历史和幻想因素，将时空叙事推

---

① 陈河：《甲骨时光》，北京十月文艺出版社，2016年版，第211页。

进到了多维的诗性境界，瑰丽而奇崛。在白先勇的《芝加哥之死》中纽约是生存空间；在严歌苓的《扶桑》中唐人街成为东西方文化杂糅的"异质"空间；张翎的《金山》中承载的则是历史与现实空间；陈河的《沙捞越战事》则选择了东南亚战场这一特殊空间将多种国籍和文化的人汇聚一处，成为一个多元文化空间。《甲骨时光》在时空的处理上展现了更为宽广的视野和先锋的叙事手法。由于小说的发生地域在中国安阳，安阳又对应着历史上的殷商，所以小说一开始就在现代的安阳和古代的殷商两个空间平行展开，而两个看似跨越了时间长河的地域又通过杨鸣条和大犬之间的心灵相通而联系。在小说进行到第四章的时候，藏宝图作为一个新的空间意象出现。藏宝图描绘了一个想象中的城市，画面上有黄河、太行山、洹河和《史记·殷本纪》中"酒池肉林"的"鹿台"花苑。沿着洹河向上的宗庙所在地，就是"藏宝图"各方线索指向的核心，也成为现实"寻找甲骨故事"和殷商的"保存甲骨故事"的交汇点和时空坐标点。正如福柯所讲"空间的历史，归根到底是知识—权力—性欲复杂交织的历史"[①]。从殷商走向民国的历史中，在沟通古今两个不同时空的"甲骨时光"中，智慧的争夺、权力的欲望、爱情的忠贞与责任的坚守，历史和社会都在此空间中得到了充分的展现。

值得注意的是，小说以藏宝图为中心，壁画、现实、历史和想象共同形成神奇的多维空间叙事，但作者并没有在这个地方停顿下来，而是又在空间考古中加入了时间维度。现代小说的叙事的空间转向受到自然科学发展的影响，爱因斯坦相对论认为物体处在空间的三维区和时间的一维区共同构成的四维世界，故时间也成为空间的第四维度。《甲骨时光》就以文学的方式展现了这种复杂的时空想象。小说在叙述中形成了壁画的城市空间、民国时期安阳真实的城市空间和天际星云的想象空间，三种空间交叉，同时又加入了时间的维度，共同指向历史的甲骨之谜。在藏宝图里，不仅描绘了想象中的空间考古，而且也记录了先人迁移的时间流逝的历史。在考察埋藏在地下的城市史的地理探秘中，又加入了天文和历史线索，共同建构了变动的城市历史，神秘悠远、气势博大。也正是因为时间的沟通，画面和现实的空间才能联系起来，杨鸣条从历史的维度写作《殷历谱》，陈遵妫利用天文知识确定星座和太阳的位置，蓝保光通过幼时记忆和地理知识找到日晷所在的七星道观，最终在时间和空间的坐标上确定了藏宝图上的中心祭庙的位置，整个小说呈现出具有神秘意

① 汪民安：《文化研究关键词》，江苏人民出版社，2007年版，第49页。

味的时空交错的叙事风格。

事实上，陈河一直是一位善用空间叙述的作家，在很多作品中都有复杂的空间结构。同样发表于2016年的《义乌之囚》中，加拿大、义乌、非洲也形成一种时空上的交缠，义乌小商品市场的迷宫般的结构成为探寻弟弟遇害之谜的空间隐喻。在《黑白电影中的城市》中，米拉塑像和阿尔巴尼亚带着特殊的时代印记成为过去/现在、中国/异国之间的空间隐喻；而在《甲骨时光》中，空间和时间的维度更加复杂，不同于一般时空叙事总是与现代城市语境相连，陈河借用“甲骨”这一古典文化意象和“殷商/民国”的时空穿越，使小说的时空变换更富有民族气派和中国精神。

值得注意的是，作者采用的叙事策略并不是港台华人作家常见的“古典诗词”“穿越和回归”，也不是简单的先锋技巧的演练，而是中国传统故事讲述方式和西方城市文本叙事策略的有机融合。笔者在和作者陈河交谈的过程中，他也肯定了笔者的这种阅读感受，自称在写作中他自觉地化用了西方现代派作家的话语资源，但是这有一个“先锋落地”的过程，他不是空洞炫技，而是贴着小说的内容在写。看似“隐喻”“迷宫”“时空交错”都是一些西方现代主义小说写作的技巧，但作者其实借用西方技巧表达了一种东方观念，借用隐喻表达杨鸣条的内心世界，正是中国人含蓄内敛的情感表达方式；借用迷宫表达殷商和安阳的复杂政治权力格局，正是中国历代复杂的政治更替的表征；借用时空交错的表现方法，是为了浓缩成一个跨越了历史长河的“中国故事”。近年来，在全球化的背景下，在对中国文学太过“西方”和“现代”的反拨中，有研究者已经开始注意到如何在本土叙事传统的基础上讲述“中国故事”。在这个问题上，将中国古典小说传统和西方现代叙事经验进行巧妙融合，是陈河在《甲骨时光》的写作中留给当下文坛的一个有价值的经验。

当然，《甲骨时光》中也依然有一些不足，比如对杨鸣条和梅冰枝的感情处理比较单一，没有脱离“五四”文学中的男性女性之间“启蒙/被启蒙”的传统想象；文中对明义士提出的甲骨文与基督教之间的关系缺乏回应；小说中的人物具有概念化的倾向，不够丰满立体；人物的行为逻辑缺乏更加合理的说明，等等。但是瑕不掩瑜，《甲骨时光》还是在诸多层面都做出了突破。在“2016海外华文文学上海论坛”中，评论家陈思和认为：“与在异域写作相比，更重要的是语言和文化的同质。从这个意义上来说，讨论海外华人文学为中国当代文学提供和增加了什么，是一个有趣的话题。”他指出这一代华文文学的贡献首先是改变了中国人的形象，“敢发财，敢超越，敢争取名利，这是一股精神，也是一种转折”；其次是“充实、强化了当代文学对现实的批判，写了很多国内当代文学未曾触碰的题材，也增加了大量的新题材和新经验”[①]。其实，从《甲骨时光》来看，海外华人写作为中国当代文学提供的不仅是新形象和新题材，还有立足于民族根性的世界眼光带来的价值观的理性与开放、中西对比中建构起来的广阔的“中国形象”、纪实与虚构的题材处理经验、紧贴着生活的“先锋叙事经验”的落地。而这些特点在近几年海外华人作家如严歌苓、张翎、薛忆沩等身上都可以看到或显或隐的表现。我们有理由相信，海外华人写作不仅逐步跨越“伤痕”“离散”写作，进入到身份自觉、叙事自觉的时代，更有可能在未来的一段时间，凭借他们在国际文化语境中形成的宽广视野，经过中西方文化碰撞，重新构思“中国故事”，审视“中国经验”，给中国当代文学带来新的冲击和启示。

（此文原刊于《文学评论》2019年第1期）

① 陈思和：《海外华文作家“回娘家”，他们的作品为当代文学增加了什么》，https://web.shobserver.com/news/detail? id=36345.

《甲骨时光》：寻找“看不见的城市”

著名华裔作家陈河长篇新作《甲骨时光》首发于《江南》杂志2016年第2期，甫一问世即备受各界关注；2016年8月《甲骨时光》由北京十月文艺出版社正式出版。近年来，陈河的创作产量极高，水准一流，尤其在发掘历史的写作方面，视野宽阔，史料扎实，文学架构极具现代性，开拓出了别开生面的文学风景。著名文学评论家李敬泽评价他“在很多方面超出了我们的知识、经验和想象”；著名作家王安忆评价他“写得非常不一样，很蓬勃，是一片眼熟中的一个陌生”；著名作家麦家则在读过《甲骨时光》之后，赞叹“他让艺术的想象力飞上了历史的天空”。作者埋首故纸堆四年多，以考古学家的严谨、诗人的梦境与灵性创造出了一部洋溢着诗性气质的历史小说。小说是照进黑暗历史的一束光线，围绕着殷墟甲骨文物，中国考古学者杨鸣条、暗负国家“使命”而来的日本人青木正雄、加拿大传教士明义士……怀着不同目的的人聚集到一处，追溯着古老的文明，走进了迷宫一样的中国文化的神秘地带。民国学者在动荡的社会和有限的考古条件下，与国外考古学家的赛跑扣人心弦，令人热血沸腾。天文、地理与历史的三维坐标构建了一个神奇的殷商王朝，这个“看不见的城市”如同神秘的召唤，形成了欲罢不能的阅读快感。

一、文体：纪实与虚构

《甲骨时光》是一部纪实与虚构交织的小说。值得称道的是，作者花了四年多时间上穷碧落下黄泉寻找故事的每一条线索，以史学家的精神进行严谨的考证，以学术研究者的态度参阅了岛邦男的《殷墟卜辞综类》、陈梦家的《殷墟卜辞综述》、李济的《安阳》、杨宝成的《殷墟文化研究》、郭胜强的《董作宾传》、华人博士董林福写的博士论文（《信仰和文化的交叉》（Cross Culture and Faith）、董作宾的《殷墟谱》、加拿大早期传教士怀特主教的《河南的犹太人》等，将小说写成了历史。但同时，《甲骨时光》又充满了诗性的气质，在真实中又往往用幻觉、幻想、臆症唤起一个虚幻的烟波浩渺的非现实世界。

《荷马史诗》的创作就是一方面具有墓铭石刻的史诗动机，另一方面又有文学的虚构；《红楼梦》既坦白又隐晦，既有开天辟地的录史意图，又将实在虚去，告诫读者无朝代可考；《水浒传》梁山诸杰可落实在赵宋一朝，又有推衍夸张手法；《三国演义》是帝王实录，同时也有编造和营构。于昊燕在研究老舍的童年经历时指出，“纪实与虚构的距离多人为证，可以对同一事物的叙述进行相互印证，进而进一步接近事物的真相。这个过程也是一个梳理纪实与虚构之间关系的过程。把握纪实与虚构的距离，是从文学证词中进入历史真相的必经途径”[①]。陈河的小说花了很大工夫从不同当事人的角度逐渐接近历史的真相。纪实的部分更具有学者气息，而虚构的部分则充满了诗性。文字学、考古学、地理、天文和历史考古结合在一起，气势恢宏，神秘悠远。

小说纪实的部分有着学者的谨慎与认真。《甲骨时光》中的杨鸣条实有其人，就是第一个发现殷墟甲骨卜辞中记“贞人”之名现象的甲骨学家、古史学家、“甲骨四堂”之一的董作宾（1895—1963）。他原名作仁，字彦堂，又作雁堂，号平庐，祖籍河南温县董杨门，出生于河南南阳。1923—1924年，董作宾在北京大学研究所国学门读研究生。1925年，从北京大学研究所毕业获史学硕士学位，后任教于福州协和大学和河南中州大学。1927年赴广州中山大学任教，并同文学院代院长傅斯年结为知交。之后，入傅斯年创办的历史语言研究所工作。1928年，回到南阳中学任教。同年暑假，他去安阳考察，发现当地村民在殷墟挖掘并出卖甲骨，即向傅斯年建议由中央研究院主持进行系统发掘。同年10月，董作宾首次发掘获得甲骨残片784件，此后又15次参加安阳小屯村殷墟发掘。后他又参加山东城子崖发掘，发现了龙山文化。1928—1946年在中央研究院历史语言研究所工作，曾任研究员；1948年被选为中央研究院院士；1947—1948年任美国芝加哥大学客座教授；1949年以后兼任台湾大学教授；1956—1958年任香港大学、崇基书院、新亚书院和珠海书院研究员、教授；1963年病逝于台湾。

傅斯年派董作宾到河南安阳发掘殷墟文化实有其事。小说中瑞典的安特生博士打算以洛克菲勒基金会的名义，邀请世界上著名的考古专家共同参与，对安阳的殷墟文化遗址进行发掘，其发掘成果按各方投入的资金和人力比例

---

① 于昊燕：《童年经验方程式——贫穷与文学叙述之老舍个案研究》，云南大学出版社，2009年版。

共享。而傅斯年创建历史语言研究所之初就试图推动以中国本国力量为主的田野科学考古,他慧眼识英才,决定派出生于河南安阳的无名小辈杨鸣条来担当此重任。后来成为杨鸣条研究助手的李济也是实有其人,他是中国早期的留学生,哈佛人类学博士,他用英文写作的《安阳》讲述的就是1928年傅斯年领导的中央研究院史语所派出考古队前往安阳发掘的过程和成果。小说里充满神秘色彩的当代伪刻手蓝保光就是在这本书中披露的。在陈河的写作中,蓝保光和他的母亲成为推动杨鸣条研究考察获得进展的重要人物。小说中在山西古庙中收集三幅巨大壁画的史实则来自华人博士董林福写的博士论文《信仰和文化的交叉》(*Cross Culture and Faith*)。这是一种反虚构(non-fiction)的纪实手法,"不虚构故事和事实,直接表现真实人物和事件,有时作者本人也作为一个角色出现在作品中以增加叙事的真实性。作品揭示现实的真相和内在原因"[①]。

"'纪实与虚构'作为'创造'小说世界的方法,在作品中不可能截然分开"[②],一般来说,祖先历史的虚构往往是神采飞扬、令人神往的,而现实的纪实往往是枯燥、琐碎和写实的。纪实用史学的精神还原了历史,再用推理、考古和幻想的方式进行虚构,从而形成小说文学性的部分。英国的培根在《学术的进展》(1605)中指出"文学艺术的虚构特征,他认为文艺由'不为物质法则所局限的想象而产生',它根据人心目中的理想、期望所构造,故不同于'自然'和'真实的历史'。它较之事物原质面貌具有'更宏伟的伟大、更严格的善良、更绝对的变化多彩';能虚构出更伟大、更英勇的行为与事件和'更为公正,更为符合上帝的启示'的结局,因此它是'虚构的历史',其作用在于能够赋予人以'弘远的气度、道德和愉快',因其人的美感"[③]。在虚构部分作家具有诗人一般的想象力,就像《达·芬奇密码》一样,将山西古庙的一幅巨型壁画写成了隐藏着商朝某些密码的巨大谜题。作者通过董作宾在《获麟解》中提到的他怎么样一直追踪一个叫大犬的商王的占卜师,怎样对比研究大犬前后期字刻笔法的变化,从而虚构了商纣王身边的秘书大犬;而宛丘巫舞女的形象则来自《诗经》。虽然甲骨文的年代早于《诗经》,但作家在大量的阅读中深信甲骨文年代的生活一定留存到了《诗经》,《诗经》中有一篇短诗《宛丘》:

---

① 朱立元:《美学大辞典(修订本)》,上海辞书出版社,2014年版,第672页。
② 张新颖:《当代批评的文学方式》,广东人民出版社,2014年版,第38页。
③ 朱立元:《美学大辞典(修订本)》,上海辞书出版社,2014年版,第390页。

子之汤兮，宛丘之上兮。
洵有情兮，而无望兮。

坎其击鼓，宛丘之下。
无冬无夏，值其鹭羽。

坎其击缶，宛丘之道。
无冬无夏，值其鹭翿。

《宛丘》描写了对一位跳舞女子的爱怜，但这种爱怜是一种无望的相思，又含着一种理解，以及对女子无论冬夏舞蹈的一份同情。《陈风》是陈国地区的诗歌，共十篇。相传陈国是周武王封给舜的后代妫满的国家，并把大女儿嫁给了他。陈国的疆土就在今天河南省开封以东到安徽亳县（1986年改为亳州市）一带，这一地区的风俗"妇人尊贵，好祭祀，用史巫"（《汉书·地理志》），诗风"淫声放荡，无所畏忌"（《左传》杜注）。在这首诗的基础上，作者运用虚构和想象，塑造了一个巫女的形象。这个形象空灵神秘，在殷商是一个宛丘巫女，是大犬追寻的爱人，在民国是蓝保光的母亲。在常人眼里她得了麻风病，但是在杨鸣条面前，她却是一个通灵的神秘女子。她不断向杨鸣条讲述着殷商的故事和已留在历史中的大犬，甚至在她临死前，她积蓄自己所有的魔法能量，一次次进入他的梦境和他沟通，带他回到商朝见到了大犬，让他看到日环食时的星座，成为杨鸣条揭开"藏宝图"之谜的最大的帮手。

作者在小说中安排了古今两对对应的人物关系（见下表）：

小说中杨鸣条到达安阳，在"天升号"古董商行购买甲骨片的时候，发现了伪刻逼真的殷商龟甲，找到刻者之后，竟是一个只有不到普通人胸间高的侏儒，这个精灵状的小人就像一只蝙蝠，让人联想起《封神榜》故事里那个拿着锤子、凿子的飞天雷震子，这就是蓝保光。蓝保光和蓝母的出现，让小说在历史的质地上，以一种诗性的姿态飞翔，呈现出奇异神秘的幻想色彩。有一年蓝保光的母亲给了他一把雕刻刀，一半是青铜，一半是玉石，那天夜里他做了一

① 陈河：《甲骨时光》，北京十月文艺出版社，2014年版，第91页。

民国	商朝	形象
杨鸣条	大犬	骑着白马,头戴着金冠,肩上披着有偻豹皮
蓝保光之母	宛丘巫舞女	举着羽毛的项圈,击打着瓦缶,一直在大路上跳舞
蓝保光	飞天雷震子	蓝保光的伪刻刀就是雷震子手里会造出电闪雷鸣的雷公凿

个很长的梦,梦见自己很早以前是一个刻字的人,后来就知道怎么刻字了。而蓝保光的母亲更为神奇,她是一个会法术的萨满教巫师,她得麻风病以前,是方圆百里最好看的女人,整年在路上给人驱魔祈福,她举着羽毛的项圈,击打着瓦缶在大路上跳舞。后来她成了麻风病人,但她的法力并没有消失,她的麻风病越重,身上的魔法力就越强。

当杨鸣条陷入商朝的历史迷雾中时,蓝母以幻觉的方式,带领他来到商朝,回到了牧野之战的现场,看到了商朝的溃败和三折画上出现的明亮的星座,在这里与等待了他三千年的大犬相见。这个神奇的梦境让杨鸣条找到了寻找祭祀宗庙的关键一环——半人马座 α 比邻星,想象与现实奇妙地融合在一起。小说另一个具有神秘主义色彩的虚构情节出现在大犬身上,杨鸣条护送装载着甲骨球的火车开出花园村,在一个小小的车站里,他看到车厢里走出一个黑衣黑帽的人。他掀起遮盖着甲骨球的帆布一看,看到附身在甲骨球上面的那具只有一只手的尸骸骨消失了,而这个黑衣人正走向无边无际的原野。这个地方正是淮阳,历史上属于陈国,古代名字叫作宛丘,也就是《诗经》里的宛丘,大犬第一次见到宛丘巫女的地方。在历史的真实质地上,这些飞扬着激情和诗性的虚构成就了小说的空灵气质。

近些年来,非虚构类写作大受欢迎,从社会学意义来解释,“在虚雾弥漫之中,读者更钟情那些能够写出实感和真相的读物”。但是,过分拘泥于事实,也会使文学滑入另一种困境,“优秀的作品并非亦步亦趋地呈现现实,而当以语言为手段,为我们建构具有精神意涵的‘另一个世界’”[①]。陈河的《甲骨时光》就较好地处理了纪实和虚构的关系,为我们呈现出一段立足于史诗而飞扬着诗性的故事。

① 《文学报·新评判文丛》,第1卷,第一辑,上海书店出版社,2014年版,第172页。

二、叙事结构：交叉小径的花园

在本雅明的城市解读中，古代的都市具有迷宫般的梦幻图景，现代如同迷宫般的人群更是如梦幻境。在本雅明关于城市的写作中，描写莫斯科的《莫斯科日记》、巴黎的《拱廊计划》，人群都是都市迷宫中的迷宫，“狭窄的街道使得城市的空间更加拥挤，密集的人群让行人不得不迂回穿行”。“数量倍增的人群往往构成了都市迷宫中一个流动多变、错综复杂的曲径，它‘抹去了个人的一切痕迹：它是不法之徒的最新藏身之处。——最后，是城市迷宫中最新、最高深莫测的迷宫。”[①]《甲骨时光》的写作也是一个迷宫，这一迷宫是由探险小说一样的猜谜性质的结构形成的，也是由扑朔迷离、各怀心事探寻“藏宝图”的不同人群形成的，正如博尔赫斯“交叉小径”的花园，使得整部小说扣人心弦，充满了阅读、探究和猜谜的乐趣。

帝辛的商朝逐渐腐朽，政变计划正在密谋，然后宛丘跳舞的巫女忽然出现了，一转眼工夫，她又消失了，她走过的大道在向前延伸了几百步之后开始分成了六条岔道，六条岔道每条又分出很多条岔道，就像一个迷宫，大犬像鬼打墙一样在交叉的街路之间打转。最后，大犬终于走出了迷宫，来到了洹河岸边一片空间，美丽的巫女像一颗星星一样隐藏在星空里面。巫女的转瞬即逝救了大犬，因为大犬的离开，他没有被禁卫军抓捕政变集团的突击行动一网打尽。巫女是大犬心灵相通的红颜知己，也是神秘遥远的诱惑。巫女的存在正如甲骨背后隐藏的那个遥远的商朝，无数探险家、古文字学家、考古学家、盗墓贼趋之若鹜，但真正能够到达的，只能是唯一具有宗教热情的殉道者，而这个殉道者，殉的是民族道义，是学术热情。

就像一个迷宫一样，小说也分出了几条线索。明义士骑着白色的山地马沿着武丁王征鬼方的路线去往山西侯马境内一座高地上的破庙，准备测绘壁画的原图，临摹下主要的图形，以备壁画复原之用；同时向着这座破庙进发的还有怀特主教和李佑樘，他们要来商谈购买佛像和壁画的事宜；日本人青木则来给壁画拍照。古庙的壁画是一场宏大叙事，描述的是一幅人类的迁徙图，也是商朝的史诗。这幅画完成于隋朝，据推测是出自商代人的后裔，宗庙礼器

① 上官燕：《游荡者，城市与现代：性理解本雅明》，北京大学出版社，2014年版，第159页。

和历史典籍在家族的内部代代相传,通过这样一幅巨大的壁画,来纪念他们伟大的祖先。但有意思的是,这幅画并非仅仅是一幅史诗画,更是一个藏宝图。在接近画的顶点的部分,有一群密集的建筑,有豪华的车辇、庞大的仪仗,冠盖如云。在一个开放式的宫殿里,正在举行祭祀仪式,钟鼓齐鸣。每一场祭祀都会有占卜记录刻在甲骨上,装订成册保存。画面上存放着甲骨卜辞的库房,是不同力量关注的焦点所在。

这个藏宝图像是一个通往三千年古代商王朝的路径,小说的三股主要寻宝力量如图所示:

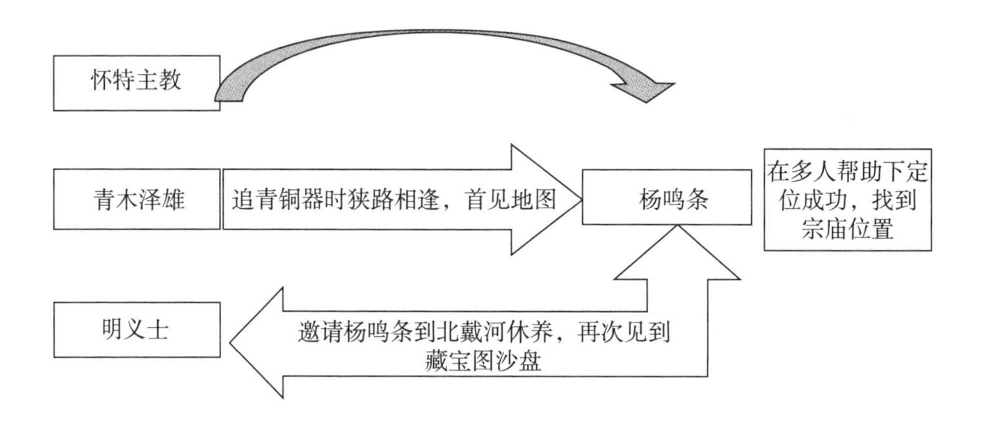

二十世纪二三十年代的民国时期,傅斯年领导中央研究院史语所考古队的工作人员董作宾、李济、梁思永等,在有限的科考条件和动荡的社会局势下,进行艰难的考古和挖掘等科考活动。当时正值军阀混战、外强林立,一方面要警惕那些虎视眈眈、趁火打劫的海外盗宝者,另一方面又要和当地贪婪短视的政府机关、地头蛇、土匪恶霸做斗争。小说中,因为地下的殷商废墟,安阳遍地发掘出的甲骨和青铜器,全国各地的古董商人都守在安阳,如太行山的土匪王二麻,洹河南边的张学献,古董商行盛太行的东家周敬轩。而在他们幕后的是日本东方文化研究所所员青木泽雄,加拿大皇家博物馆收集东方文物的全权代表、河南教区主教怀特,致力于甲骨文收集和研究的加拿大人明义士。几股不同的力量为了一个共同的目的逐渐接近了殷商文化,接近了神秘的藏宝图。整个故事就围绕着藏宝图扣人心弦地展开。最早看到藏宝图的是明义士、青木泽雄和怀特主教,杨鸣条在追寻装有青铜器的文物时,偶遇青木,看到了青木复原的藏宝图。后在多重黑暗势力阻挠下,中央研究院考古队被迫撤离安阳。明义士邀请杨鸣条去北戴河疗养,展示殷墟复原沙盘,杨鸣条在紫金山天文台进行《殷历谱》写作，在陈遵妫的帮助下，确立了星座和太阳的位置，又在蓝保光的帮助下，找到了日晷所在的七星道观。最终通过精确的测量，确定三折画上所画的中心祭庙在洹河北岸。

在这个以藏宝图为中心的叙事图景中，围绕着寻找和猜谜的过程，《甲骨时光》塑造了一批个性鲜明的人物形象。首先是一批像杨鸣条、李济、陈遵妫等这样具有民族责任感，懂得运用现代的学术研究方法，在险恶的社会环境下坚持民族遗产发掘的民国知识分子，他们体现了民国学者的正义感和风骨。除了傅斯年支持的杨鸣条带队的中央研究院考古队外，陈河对国外的文物淘宝者的写作也值得肯定，他没有脸谱化地把这些海外寻宝者写成恶劣的盗贼、令人不齿的侵略者和趁火打劫者，而是从客观的角度描写了他们为了自己的使命和理想走近中国远古文明的学术责任感。小说描写由于当时中国技术落后，海外考古者有国家资本的支持、先进的技术和足以应付探险的身体条件，从而使得考古发掘成为中国人和海外考古者的竞赛；同时还描写了具有侠义情怀的加拿大人明义士，他认为："多年收集和研究甲骨文让我进入了中国伟大文化的最心脏的部分，我相信正是甲骨文让我能够凝视到中国古老的灵魂和思考方法及方式。这就是我的甲骨文事业。我知道你们中国大多数人都认为甲骨文和传教事业毫不相干，但是对我来说，正是它沟通了西方基督教思想和中国人精神之间巨大的鸿沟。"[①] 对不同身份、不同来历、不同背景的考古者的处理，可以看出作者已经脱离了狭隘的民族主义情怀，而是从更为广阔的人类学、考古学的视野认识这一场殷商文明的探寻，体现出更为宏大的历史观和时空观。

三、欲望、空间、权力：寻找城市的史诗

民国的安阳有一个欲望的轴心，就是以"甲骨"为代表的文物倒卖。三千年前的殷商是我们"看不见的城市"，但这个城市存活在我们的记忆和想象中。陈河以自己瑰丽的想象，建构了一个描摹在古庙的壁画中，沉浮在梦境和想象中的逝去的王朝。而远古的殷商和民国的安阳，裹挟它们的却是同一种东西，就是和城市紧密相连的欲望。

卡尔维诺《看不见的城市》之《城市与欲望之五》中描写过这样的情节：

---

① 陈河：《甲骨时光》，北京十月文艺出版社，2014年版，第111页。

"从那里出发,再走上六天七夜,你便能到达佐贝伊德,月光之下的白色城市,那里的街巷相互缠绕,就像线团一样。这一现象解说了城市是怎样建造而成的:不同民族的男子们做了同一个梦,梦中见到一座夜色中的陌生的城市,一个女子,身后披着长发,赤身裸体地奔跑着。大家都在梦中追赶着她。转啊转啊,所有人都失去了她的踪影。醒来后,所有人都去寻找那座城市。没有找到那座城市,那些人却会聚到了一起。于是,大家决定建造一座梦境中的城市。每个人按照自己梦中追寻所经过的路,铺设一段街道,在梦境里失去女子踪影的地方,建造了区别于梦境的空间和墙壁,好让那个女子再也不得脱身。"

这就是佐贝伊德城,为了寻找这个梦中的女子,很多人在这里定居下来。这个梦境延伸到了陈河的梦里。《甲骨时光》中商王帝辛四处征伐,有一天他的军队到了一个温暖的地方,高低起伏的地形上散布城池,遍地绿水青山,小河流淌,果实丰硕。帝辛在距离城池很远的地方扎营休憩。当天半夜他做了梦:"他看见了一个女子在黄昏里跑过一座不知名的城市。他看见了她的背影,披着长头发,裸着后背,她的头上戴着海棠花的花冠,那海棠花会发出令人迷醉的香气。"[①]

就像卡尔维诺的佐贝伊德城,这个赤裸的女子开启了城市的欲望之门,这一欲望既是情欲,也是权力欲。帝辛王让大犬去寻找梦里的女子,他信任能与祖先和神明沟通的贞人大犬,认为只有他才有能力大海捞针一样在一块陌生的土地上找到这个陌生的女子。大犬在一个叫宛丘(诗经里有一首描写流浪舞女的诗就叫《宛丘》)的地方见到了一个几乎赤裸的美丽女子,"她的头发上有很多鲜花。她的左手拿着一个会摇响的瓦缶,右手拿着孔雀毛做成的舞具。她沿着大路走来,在每个房子前面跳舞,敲击着瓦缶,挥舞着羽毛舞具,扭动着身躯。"[②]"巫女跳舞的时候眼睛是看着天空的,完全不知道身边的事。她身上透出的美丽和神秘的感觉让大犬相信,她就是帝辛梦里的那个女子。"[③]大犬被这个神秘的女子吸引,对她充满爱慕之情,和她尽情交欢。这成全了他的欲望,也带给他杀身之祸,帝辛砍掉了他的右手。

西方的城市写作就像一个巨大的文本,不同的读者可以发现不同的意义。在浪漫主义的城市写作中,城市往往被描绘成罪恶之地,通过反抗城市的诗歌

---

① 陈河:《甲骨时光》,北京十月文艺出版社,2014年版,第170页。

② 陈河:《甲骨时光》,北京十月文艺出版社,2014年版,第172页。

③ 陈河:《甲骨时光》,北京十月文艺出版社,2014年版,第172页。

表达对现代的抵抗。维多利亚时代的城市描写开始看到城市的危机，19世纪的颓废主义写作则在黑暗与腐败的城市里发现了“恶之花”。中国的城市写作是在农业社会里成长起来的，欲望更是万恶之源，在道德的重构和价值的审视中，城市成为欲望的符号。在陈河的《甲骨时光》中，殷商的毁灭是因为情欲的滋生，民国安阳的乱象是因为对文物的贪欲。但是在这种欲望的裹挟下，还有大犬、杨鸣条、明义士等这样一些拥有坚定的信念和强大的道德自律的人，为了保护历史而献出自己的全部忠诚。

陈河《甲骨时光》中的城市寻找，不只是通过欲望的指引而实现，同时也是由时间和空间建构起来的。从题目“甲骨时光”，我们就可以看到“时间”是一个重要的维度，而空间更是在小说中形成了地图空间叙事。香港作家董启章就善用地图为空间考古，将其《地图集》称为“一个想象的城市的考古学”[①]。传统空间意象往往带有隐喻性质，如道路之于邂逅、城堡之于回忆、门槛之于危机，陈河小说中的地图意象则直接呈现空间，并在壁画的城市空间、民国时期真实的安阳城市空间和想象的空间中构建三维图景，指向空间的考古和历史的发掘。

小说描写在侯马境内一座古庙的壁画里呈现出了一个想象中的城市。在壁画中有黄河和太行山。画面中一个局部画的是安阳城外的洹河边，布满了宫殿和城墙，有一座巨大的花园一直向前铺展，这个花园就是《史记·殷本纪》里描写的赤身裸体的男女游戏其中的“酒池肉林”的“鹿台”花苑。顺着洹河向上，慢慢远离都城的繁华，表明了祭祀甲骨所在的宗庙位置，成为“藏宝图”最大的秘密，也成为日本人青木、加拿大怀特主教、中央研究院考古队杨鸣条等排除万难、竭力接近的焦点所在。更为神奇的是，在三折画主画的天空上，画着一个引人注目的光圈，光圈的中间是漆黑的，黑色的外沿有一圈耀眼的光芒，表明是日环食现象，在另一侧画出了一个星座，星座和太阳的位置对应地面的山脉和河流。理论上讲，用太阳、星座和大地的坐标指示地面上宫殿祭庙的方位，就可以找到准确的商代宗庙遗址的位置。

这个想象中的城市在杨鸣条的幻觉中达到了幻想的巅峰，蓝母化身白马带着杨鸣条飞行，来到了这座金碧辉煌的城市。此时，历史上有名的牧野之战正在进行，连绵的篝火映红了黎明前的夜空，周武王的军队发起总攻，商朝军队大败崩溃，纣王着玉衣，在鹿台自焚而死。此时，发生了日食，燃烧的城市明

① 董启章：《地图集：一个想象的城市的考古学》，联合文学出版社有限公司，1997年版。

亮无比，天空却是黑色的，三折画中的情景出现了：西边黑暗的天空中有一组极其明亮的星座，星座的右边，正是处于日环食状态的太阳。

杨鸣条在紫金山天文台的陈遵妫的帮助确立了星座和太阳的位置，又在蓝保光的帮助下，找到了日晷所在的七星道观，最终通过精确的测量，确定三折画上所画的中心祭庙在洹河北岸。故事推进到最高潮的部分：1936年6月12日，考古队因为国内抗战形势紧张，在被黑暗势力笼罩的安阳政府逼迫离开安阳之前的最后一个工作日，竟然在H127号坑挖掘到了一个巨大的上面伏着一具尸骨的甲骨球。最终这个想象中的城市通过时间和空间建立起了准确的坐标，在现实中被落实。

一般的城市空间叙事，往往是场景叙述，大多忽略时间这一维度。《甲骨时光》创造性地在解谜过程中引入了时间这一维度，以考古学家的意义，梳理埋藏在地下的城市史，考察地理实体的空间在时间的线性位移中如何发生巨变，在时间的流动中重构变动中的城市历史。以侯马古庙中的"藏宝图"作为欲望的隐喻，在强烈的寻找和探索的欲望中，用故事性的方式回到历史。在地理学的空间基础上，呈现想象空间；在对藏宝的土地的争夺上，呈现出了复杂的权力关系。这个故事名为"甲骨时光"，其实是现在追问过去，这是一个有关时间的故事，也是有关空间的故事。杨鸣条对"藏宝图"从时间到空间上的猜谜，由埋在地下的城市变成多维空间里星云外的城市，这种异托邦的想象，充满了瑰丽的浪漫情怀和对历史的深情致意。

陈河在过去的写作中就一直关注时间与历史，《沙捞越战事》《米罗山营地》都是以真实历史背景为基础的小说，《黑白电影里的城市》描述的是时间的魔术。对民国的安阳及三千年前的殷商这个城市的描写，充满了史诗的意味，是陈河一以贯之对时间和历史关注的一个延伸。这一城市史诗通过对时间、空间的想象形成三维的立体空间，"甲骨"作为时间的骨头、岁月的化石，是连接现代与远古的重要物证。陈河用知识考古学的方式描写了这个看不见的消失在历史中的城市。城市消失了，却留下了自己的骨骼，像一个线索，引导你去猜谜，我们就像游荡在博尔赫斯的交叉小径，解谜的过程也是考验人性和智性的过程。陈河的写作有巫气，有灵气，有诗性，也有智性，如甲骨一样，骨骼清奇，渐入佳境。

（原文刊于《南方文坛》2017年第2期，获得第六届"长江杯"江苏文学评论奖三等奖）

死亡如何虚构——从鲁迅《死后》与余华《第七天》的比较研究谈起

余华《第七天》问世以来，在民间和学术界都引起了关注。民间掀起了批判余华的话语狂欢，主要批评点集中在余华小说中新闻式的罗列，认为其文学想象力和对社会现实的认识能力并没有超过微博、微信的水平。这种批评实质来自普通读者对作家写作内容的期待和思想引导的需求。同时，评论界也对《第七天》表现出热情，但以褒扬居多。2013年，《当代作家评论》专门组织了余华《第七天》作品研讨会，《小说评论》也于2013年第5期刊发一系列评论性文章。讨论的焦点表现出出奇的一致性，都在于探讨《第七天》中真实与虚构的关系，借此讨论在这个"现实倒逼作家"的年代，作家应该如何反映现实。如刘江凯探讨了当代作家普遍面临的尴尬处境：文学的表现力总是和作家生活的现实之间难以相处[①]；吴树桥《文学与当下中国的现实景观——评余华新作〈第七天〉》探讨了小说真实和虚构的关系[②]；翟业军《创世·拟世·慰世——论余华〈第七天〉》认为《第七天》是余华"勾画的一簇微凉之火"：[③]周明全在《以荒诞击穿荒诞——评余华新作〈第七天〉》[④]中探讨了叙事的真实与荒诞之间的关系，并进一步探讨了当下中国作家如何书写现实的问题：《余华评传》的作者洪治纲所著《寻找，是为了见证——论余华的长篇小说〈第七天〉》认

① 刘江凯：《余华的"当代性写作"意义：由〈第七天〉谈起》，《文学评论》，2013年，第6期，第124页。

② 吴树桥：《文学与当下中国的现实景观——评余华〈第七天〉》，《小说评论》2013年，第5期。

③ 翟业军：《创世·拟世·慰世——论余华〈第七天〉》，《东吴学术》，2014年，第5期，第79页。

④ 周明全：《以荒诞击穿荒诞——评余华新作〈第七天〉》，《当代作家评论》，2013年，第6期。

为余华的《第七天》以“寻找”为叙事主线，以死观生，多角度多方位地呈现了当代中国混乱的伦理秩序，折射了余华对“诗性正义”的呼唤[①]。还有部分评论者关注到了《第七天》的叙事创新和余华的创作转型，如张丽军、计昀《“鬼魂书写”的后死亡叙述及其精神限度》从余华的创作历程分析了余华的创作转型，认为“后死亡叙述”的新维度反映了作者对灵魂自我救赎主题的关注[②]。现在，对《第七天》探讨的热度稍减，可以给我们一个宽松理性的话语空间，将《第七天》放在“虚构死亡”的谱系中，探讨下其文学写作的逻辑链条与去向。

余华被认为是当代最具有鲁迅精神基因的作家，余华自己也承认，阅读鲁迅给他的创作带来巨大的影响。2013年，余华推出自己的新作《第七天》，并认为这是自己“迄今为止最为满意的作品”[③]，“他不忍心看偌大的中国被一群说谎的人所编造的劣质小说欺骗”[④]，“只有死人才会不被利益所裹挟，才能有自由出入生活和真相的证件，所以余华选择让一个离世的人一一说出生活的真相”[⑤]。《第七天》由死人的视角开始叙事之旅的写作方式很容易让人联想到鲁迅的《死后》。

值得注意的是，亦有研究者留意到了余华和鲁迅的精神联系，虽然只是对话，缺乏系统的论文，但其观点值得重视。在《当代作家评论》组织的研讨会中，中国人民大学文学院教授程光炜谈到了鲁迅的《野草》《故事新编》和《第七天》的关系。“十几年前《中华读书报》的记者采访几个当代作家，问他们创作中有没有中国现当代文学的传统，回答全部是否认的，只有余华说他有鲁迅这个传统。”[⑥]“后来有一次跟作家李洱聊天，他说当代作家都没有现代文学这个传统，我认为余华这里有鲁迅，他很认同这个看法。”[⑦]“他回到了一个《彷

① 洪治纲:《寻找，是为了见证——论余华的长篇小说〈第七天〉》,《中国现代文学研究丛刊》,2013年,第11期。

② 张丽军,计昀:《“鬼魂书写”的后死亡叙述及其精神限度——论余华新作〈第七天〉》,《北京社会科学》,2015年,第2期。

③ 王刚,余华:《我写的是现实的倒影》,时代人物,2013年,第8期。

④ 王鹏程:《魔幻的鬼影和现实的掠影——评余华的〈第七天〉》,《中国图书评论》,2013年,第9期。

⑤ 赵瑜:《〈第七天〉:一个时代的药渣》,《中华读书报》,2013年7月19日。

⑥ 张清华等:《余华长篇小说〈第七天〉学术研讨会纪要》,《当代作家评论》,2013年,第6期,第98页。

⑦ 张清华等:《余华长篇小说〈第七天〉学术研讨会纪要》,《当代作家评论》,2013年,第6期,第98页。

徨》时期的鲁迅那里，或者说他用自己的方式重写了鲁迅。他重写了《野草》。杨飞可以说就是《野草》里面的主角。鲁迅在《野草》里面写的就是活人与死人的对话，甚至活人和死人之间没有严格的边界，就像《第七天》一样。"[①]"《第七天》重写了鲁迅的《野草》，作家的命运就是重写前辈作家的主题"，"他是在重写中国现代文学那些没有完成的主题。"[②]

曹禧修的《〈第七天〉与鲁迅文学传统》透视鲁迅文学基因在余华汉语写作中的承传与变异关系，[③]从结构叙事、国民性批判和希望与绝望等角度探讨余华小说中的鲁迅基因。"在新潮小说创作甚至在整个当代中国文学中，余华是一个最有代表性的鲁迅精神的继承者和发扬者。"[④]而余华也说："如果我更早几年读鲁迅的话，我的写作可能会是另外一种状态……但是他仍然会对我今后的生活、阅读和写作产生影响，我觉得他时刻都会在情感上和思想上支持我。"[⑤]

鲁迅《死后》和余华《第七天》都是以城市生活为描写对象，都是一种虚构的死亡叙事。它们在"虚构死亡"的文学谱系里处于怎样的逻辑链条，《死后》和《第七天》的叙事策略和哲学指向是什么，它们的"虚构死亡"的叙事方式给现代城市小说写作提供了怎样的文学和精神资源，是值得我们思考的问题。

一、"虚构死亡"的文学谱系

死亡是一个重要的文学母题。"不管怎么讲，死亡总像影子一样跟随着人，并勾连着存在论的所有问题。"[⑥]但每个活着的人都无法亲历死亡，所以死亡往往是一种想象，而这种想象是指向"生"的，活着的人试图通过虚构的死亡向死而生。

---

① 张清华等：《余华长篇小说〈第七天〉学术研讨会纪要》，《当代作家评论》，2013年，第6期，第98页。

② 张清华等：《余华长篇小说〈第七天〉学术研讨会纪要》，《当代作家评论》，2013年，第6期，第98页。

③ 曹禧修：《〈第七天〉与鲁迅文学传统》，《小说评论》，2013年，第6期。

④ 李劼：《论中国当代新潮小说》，《文学评论》，1988年，第5期。

⑤ 吴义勤：《余华研究资料·"我只要写作，就是回家"》，山东文艺出版社，2006年版，第37页。

⑥ 雷戈：《历史与意义》，河北大学出版社，2014年版，第340页。

庄周梦蝶从道家的观点，认为生死变化只是生命周而复始的流转，生死无界，自然更迭，都是天地的自然造化，无须特别介怀；屈原在《天问》中呵问鬼神，要与中国大地一起陷入无边的黑暗动乱之中。随着文学自觉时代的到来，小说创作在魏晋南北朝形成了一个高潮，其中志怪小说非常引人注目。鲁迅在《中国小说史略》中说："中国本信巫，秦汉以来，神仙之说盛行，汉末又大畅巫风，而鬼道愈炽；会小乘佛教亦入中土，渐见流传。凡此，皆张皇鬼神，称道灵异，故自晋迄隋，特多鬼神志怪之书。"这一时期的志怪小说可分为三类：一类是猎奇，如《神异经》《十洲记》；一类是神仙鬼怪之传说，如《搜神记》《列异传》等。宋齐之后，还有大量佛教因果报应的神鬼传说，如《冥祥记》《幽明录》等；第三类是借鬼神谈现实世界，如《汉武故事》《汉武帝内传》，讲述的是野史。《搜神记》写作本意是"发明神道之不诬"，但其《干将莫邪》《李寄斩蛇》《韩凭妻》等都是讽喻现实的。元朝有《录鬼簿》，为戏子立传，写一群已死和未死的剧作家们，让他们"作不死之鬼，得以远传"，清朝有蒲松龄写《聊斋志异》，借助花妖狐魅逃避现实世界。

西方文学中同样有虚构死亡的母题。胡安·鲁尔福《佩德罗·巴拉莫》中描写胡安·普雷西亚在母亲的指引下，去科拉马寻找父亲，但他要找的父亲其实已经不在人世，只有那些未经超度、不得安宁的鬼魂和他对话，在和游荡在各个角落的亡灵的交谈中，勾勒出了父亲的形象。帕慕克《我的名字叫红》第一句就是"我是一个死人"，故事中所有存在物——男人、女人、活人、死人都在叙述，被害者一开始就在滔滔不绝。在具有陌生化效果的死亡虚构的视角下写作，留给读者扑朔迷离的叙事效果。阿尔博姆《你在天堂里遇见的五个人》，开端就是主人公的死亡，以爱迪在天堂的际遇为主线，走完天堂的旅途，现实中的爱迪生命也走到了尽头，而在天堂遇见的这些人，是为了告诉爱迪天堂的意义是为了更好地理解现实中的生命。这也正是"虚构死亡"写作的落脚点，是人间，而不是冥界。

总而言之，文学中的"虚构死亡"主要有两种意味：一是借死亡鬼魅世界，曲折讽喻现实；二是藉由死亡探讨生命哲学，向死而生。梳理"虚构死亡"的文学谱系，可为探讨我们的写作在这个谱系中处于怎样的逻辑链条提供依据，鲁迅的《野草》就充分发挥了虚构死亡的两种传统。在《野草》集中有多篇想象死亡，梦见自己与墓碣对立，解剖灵魂，抉心自食。甚至在《死后》中，作者起笔即已死，用"死后"的冷眼打量人世，窥探现实。所以，《野草》以一本薄薄的散文诗集，却成为鲁迅生命哲学的诗化表征。余华的《第七天》也为"虚构死亡”的母题贡献了新的写作路向，延续了批判现实的讽喻精神。但他有没有将死亡深化到哲学的高度，文中的“死无葬身之地”能否成为余华式的死亡哲学？虚构死亡作为一种叙述手段，城市背景下的鲁迅写作给我们怎样的启示，这是我们值得商榷的问题。

二、空间与框架：虚构死亡的结构

描写死亡必须虚构，而死亡如何表现，其实是非常难的一个挑战。鲁迅和余华虚构的死亡背景都是在城市，而城市本身就是空间性的。从哲学上讲，死亡在时间上是难以表述并无法确证的。“实际上，死亡之所以在时间之中没有可靠的落脚处，则是因为时间本身只能对死亡作这种未来性的悬抛。因为本质上说，时间本身根本没有能力安置死亡。”[①]所以，对死亡的空间性表述可能更接近死亡的本质。“按照一般性的史前规定，死亡原始性地来源于时间，但死亡存在的不可见性与时间性的过去存在之不可见性完全不同。在时间之中，过去之所以看不见，是因为过去仅仅在过去存在。死亡之所以看不见，是由于死亡还没有死，即尚未存在。”[②]鲁迅和余华都用城市空间变化的方式表现了死亡，不过鲁迅并没有过多地想象和描写阴间，而余华不但建构了一个阴间的空间结构，而且对亡灵的死亡路线，有墓地的人和没有墓地的人去往的不同安息之地都做了说明。

鲁迅的《死后》和余华的《第七天》在表现这种死亡的空间结构时，都采用了“框架小说”（frame story）的结构。这在阿尔博姆《你在天堂里遇见的五个人》中非常典型，从爱迪丧生讲起，在天堂里的五个人讲述了五个不同的故事，分别引领他回到童年、参战岁月，亲情，爱情，自我，以五节课的课堂模式来阐释其对人生的认识。所谓的“框架结构”小说，“在结构上可分为‘框架’（即讲故事者的故事）和‘内容’（即所讲的故事）两大部分”[③]。欧洲最早的框架小说可以追溯到《十日谈》，其“框架结构”是指它采用故事会的形式，由讲故事者（大瘟疫中逃难的十名佛罗伦萨青年）和十天所讲述的故事构成。“故事中的人物也常常讲述故事。大框架套小框架，框架套故事，丰富而有序，井然而

① 雷戈：《历史与意义》，河北大学出版社，2014年版，第340页。

② 雷戈：《历史与意义》，河北大学出版社，2014年版，第340页。

③ 林文琛：《欧美文学：批评与重构》，2001年版，四川民族出版社，2001年版，第175页。

活络。这样,框架结构就把众多故事组成一个严谨、协调的叙述系统。”[①]如果进一步探究框架结构的来源,则最早来自古代印度或阿拉伯文学,如著名的阿拉伯故事集《一千零一夜》,但这种结构是比较松散的。薄伽丘的《十日谈》结合了西方小说结构上的有机整饬,将框架小说发展到了相对谨严的结构。鲁迅和余华的“虚构死亡”都有框架结构,余华《第七天》尤为明显。采用框架结构,和“虚构写作”的反思性视角有关,通过框架写作,形成类似具有间离效果的叙事特征。

鲁迅的《死后》,一开篇就劈头一句:“我梦见自己死在道路上”,“我”死在道路上,但“这是那里,我怎么到这里来,怎么死的,这些事我全不明白”[②]。一开始就颠覆了传统小说的真实性,带有强烈的疏离效果,让读者在半信半疑中和作者一起体会死后的世界。接下来,《死后》描写了三个虚设的小故事,一是看客的围观,二是巡警的处置,三是勃古斋旧书铺的跑外的小伙计来兜售旧书。由于是篇散文,框架结构相对简单,但总体上还是可以看到从“死”在道路上到惊醒回到现实世界的外层框架,以“死人”的知觉神经感受死后世界的内层结构,有效地达成了具有全新认识视角的叙事效果。余华的《第七天》最引人注目的是其“七天”的架构。余华《第七天》文体借用《旧约·创世纪》的开篇方式,讲述一个人死后七天的经历,也暗合中国传统殡葬的“头七”习俗。第一章故事的开篇讲杨飞的死。第二天是“爱情”主题,讲杨飞的爱情。第三天是亲情主题,讲杨飞与养父之间回肠荡气的温情。第四天、第五天转移到其他的亡灵身上,描写刘梅和伍超的爱情,寻找养父的叙事。第六天是刘梅的葬礼。第七天是父子相见,一起到达“死无葬身之地”。《第七天》在“创世纪”七日的框架里描写了一个“活人世界”。这个充满着“喧哗与骚动”的活人世界则由社会问题剧、都市爱情剧和亲情伦理剧构成。

余华把自己想要表述的社会内容都盛放在这个七天的框架之中,这种严谨规整的、具有预设性的叙事结构在余华以往的小说写作中是很少出现的。余华谈到自己的这一新作时讲道:“假如要说一部最能代表我全部风格的小说,只能是这一部。”[③]对这部小说的珍爱和七年磨一剑式的反复打磨尝试,可

① 林文琛:《欧美文学:批评与重构》,四川民族出版社,2001年版,第175页。

② 鲁迅:《死后》,载《鲁迅全集》,第2卷,人民文学出版社,2005年版,第214页。

③ 梁宁,余华:《余华〈第七天〉用荒诞的笔触颠覆我们对这个世界的认知》,《大河报》,2013年7月10日。

能有很大一部分精力是放在小说架构的设置之中的。《第七天》的死亡叙述正是形成了这样一种框架，而这种框架具有某种“装饰性”的意义，“我们关注的‘主要’人物和事件，可能就生活在内部游戏的世界中，欣赏者从外部观察这一游戏而不进入其中。我们虚构出，欣赏者观察到，生和死，爱和恨，成功与失败都是虚构的。框架小说插在我们和人物之间的‘情感距离’，使得解释我们的兴趣关注点这一任务，变得愈加复杂了。”[①]作为长篇小说，余华对框架的设置比鲁迅更为圆熟，甚至余华特意以“创世纪”的神话增强“七天”设置的合理性，在架构上收放自如，既可以在表现社会生活中具有延展性，又有“七天”的系统性，使得整部小说在空间和时间上都具有叙述的弹性与张力。

三、“看客”与“局外人”：虚构死亡的角度

作为空间性的死亡，在常理上讲，人间和阴世是不能相通的。要实现两者的自如往返、阴阳贯通，必须要有一个特殊的叙述者。鲁迅在《死后》安排了一个虚设的场景：“我”死去了，运动神经已经消灭，但知觉神经还在。余华《第七天》则安排了一个没有找到安息之地的亡灵作为叙述者。鲁迅设置的叙述者“我”，由于设定是不能动的死尸，所以只能躺着等待世界来和他相遇；而余华笔下的杨飞，却可以在人间和阴间自由游荡，主动去和世界相遇，从而使得小说有条件容纳下更为广大复杂的社会生活。

鲁迅通过“看客”来描写这个时代，而这个时代在鲁迅的哲学表述中是一个“无物之阵”[②]；余华写作的姿态则如同“局外人”，他所理解的死亡的完美终点是“死无葬身之地”。鲁迅的视角是静止的，余华的视角是游动的。他们的视角与表现出来的“死后”世界可列表如下（表见下页）。

杨飞的亡灵在游荡的过程中看到了鼠妹的故事，鼠妹发现男朋友伍超送给她的礼物并不是真的苹果手机，而是一个山寨货，她感觉受到了欺骗，便极端地选择跳楼的方式逼迫男友现身。正因为叙述的视角是杨飞，从而形成一种全知视角，杨飞以局外人的视角看到广场上的“看客”群体，有的人在卖墨

---

① 沃尔顿著，赵新宇等译：《扮假作真的模仿——再现艺术基础》，商务印书馆，2013年版，第373页。

② 鲁迅：《野草·这样的战士》，载《鲁迅全集》，第2卷，人民文学出版社，1981年版，第214页。

	鲁迅	余华
叙述者主体	运动神经废灭	可以四处游荡
感知客观世界的聚焦方式	第一人称视角	灵活变动的全知视角
死亡的空间性	以阳世为主体	阳世/阴间自如地切换
死后的世界	喧嚣的人世	死无葬身之地的安宁

镜,有的人卖快活油,有的人卖窃听器,他们没有对赴死者的关怀与同情,甚至把这样一个具有新闻性的死亡事件当成了牟利的契机。对于刘梅的跳楼,人们热烈讨论的是,她到底应该选择什么样的自杀方式。作为局外人的杨飞,有机会看到普通人因视野所无法看到的真相。商场火灾的亡灵,他们的家人被封口费封锁了真相;在废墟上写作业等待父母归来的郑小敏,不会知道父母已被强拆埋葬而死;世人并不知背负杀妻冤案的亡灵其实是被刑讯逼供,含冤致死;李月珍和27个被视为医疗垃圾的婴儿,经历过的是官员的偷梁换柱;伍超为了给鼠妹买墓地,在黑市里卖掉了自己的肾脏,又因黑市交易的非理性和肮脏断送了自己的性命,而鼠妹与他擦肩而过,根本不知道伍超对她的爱情……

不同的是,鲁迅"死后"的身体是静止的、被动的,"运动神经"已经"废灭","而知觉还在"[①];余华"死后"的世界则是在杨飞的带领下,通过"行走"的方式展现出来的。《第七天》的叙事是通过杨飞的行走建立起来的,杨飞接到殡仪馆的电话,准备去被火化,结果没有墓地的人无法火化,他的亡灵无处安放,只能四处游荡,这种亡灵的行走和飘荡串联起了阴间和阳世的记忆。"我走出自己趋向繁复的记忆,如同走出层峦叠翠的森林,疲惫的思维躺下休息了,身体仍然向前行走,走在无边无际的混沌和无声无息的空虚里。"[②]"我继续游荡在早晨和晚上之间。没有骨灰盒,没有墓地,无法前往安息之地。没有雪花,没有雨水,只看见流动的空气像风那样离去又回来。"[③]"我寻找父亲的行走周而复始,就像钟表上的指针那样走了一圈又一圈,一直走不出钟表。"[④]

① 鲁迅:《野草死后》,载《鲁迅全集》,第2卷,人民文学出版社,1981年版,第209页。
② 余华:《第七天》,新星出版社,2013年版,第108页。
③ 余华:《第七天》,新星出版社,2013年版,第111页。
④ 余华:《第七天》,新星出版社,2013年版,第143页。

有研究者认为这种“寻找”是一种“漫游叙事”，“将大量新闻故事纳入小说从而扩大其对现实的表现能力，刚好满足《第七天》死后漫游形式的需要，它‘冲淡’了余华为读者所熟悉的叙述，将杨飞这样一个叙述者对社会的认识完整展现了出来”[①]，甚至，行走成为杨飞的亡灵唯一的存在方式。通过行走，杨飞寻找到了自我，重新反思了自己的个人命运，自己的婚姻生活，自己和养父的感人至深相依为命的一生；通过行走，杨飞碰到一个个亡灵，这些亡灵连缀起城市中繁复荒诞的日常生活，杨飞还原了他们的死亡真相，也看到一个真实残酷的阳世。从静止的“看客”到游荡在城市各个角落的“局外人”，无疑余华设置的叙述角度更具有体现这个宏观现实世界的便利性，对前辈开启的死亡主题的表现形式有了新的拓展。

四、“无物之阵”与“死无葬身之地”：虚构死亡的深度

虚构死亡的难度不仅在于如何讲述，还在于如何洞察死亡的深度。鲁迅和余华对“死后”世界的虚构有个共同点，也是一切“虚构死亡”写作的共同点，就是死后的世界，其实是活着的人看不到的那一部分人世，是“活人”世界中常人视角难以感知的那一部分。以死写生，最直接的目的是讽喻现实，但是对于一个优秀作家而言，影射并不应该是终点，对死亡的哲学思考才是。

鲁迅和余华都是热烈地关注着“死后”世界的作家。鲁迅的《死后》出自其散文诗集《野草》，而《野草》整部散文诗集有一半的篇幅都写到了死亡，《雪》中写到了雪就是死去的雨的精魂，《死火》中探讨“冻灭”还是“烧完”的死的方法，《失掉的好地狱》就是对死后世界的想象，《墓碣文》中我与我的尸体相对……都和《死后》一起构成了一个瑰丽的死后的世界。余华本身就是当代作家中对“死后”的世界最为感兴趣的一个作家，他在小说中对死亡有大量描写。如精神的绝望，《十八岁出门远行》《四月三日事件》都是正在成长的少年的精神困境，死亡并未出现，但精神的绝望已经发出了死亡的呼啸。更有狂欢化的死亡叙述，如《现实一种》《死亡叙述》《一九八六年》等，直面死亡的过程，描写了死亡正在发生时的巅峰体验。但20世纪90年代开始，余华

---

① 吴树桥：《文学与当下中国的现实景观——评余华新作〈第七天〉》，《小说评论》，2013年，第5期。

的写作就呈现出死亡之下的温情，这种温情到了《第七天》，形成了“死无葬身之地”的乌托邦式写作，死后的世界水在流淌，青草遍地，树木茂盛，树叶都是心脏的模样。

《死后》是实写死亡之后的想象，从“死后”扩展开去。鲁迅历来是不相信死后有天堂的，《伤逝》一篇中，鲁迅就写道：“我愿意真有所谓鬼魂，真有所谓地狱，那么，即使在孽风怒吼之中，我也将寻觅子君，当面说出我的悔恨和悲哀。”[①]即使是和自己所爱的人，鲁迅也从未幻想过天堂。《失掉的好地狱》中鲁迅对地狱的描写是“痛并快乐着”，“在荒寒的野外，地狱的旁边。一切鬼魂们的叫唤无不低微，然有秩序，与火焰的怒吼，油的沸腾，钢叉的震颤相和鸣，造成醉心的大乐，布告三界：地下天平”[②]。人类与魔鬼战斗，占领了地狱，“当鬼魂们一齐欢呼时，人类的整饬地狱使者已临地狱，坐在中央，用了人类的威严，叱咤一切鬼众”[③]；多么瑰丽又可怖的想象。人类到达地狱，也可以“运大谋略，布大网罗，使魔鬼并且不得不从地狱出走”。[④]和鲁迅相比，余华对死后的世界，可谓怯弱。“死后”的世界，依然是活人世界的延续。在殡仪馆的候烧室里，和活人世界一样等级森严、排队取号。但是余华构筑了一个“死无葬身之地”的乌托邦，“那里树叶会向你招手，石头会向你微笑，河水会向你问候。那里没有贫贱也没有富贵，没有悲伤也没有疼痛，没有仇也没有恨……那里人人死而平等”[⑤]。余华给出了乌托邦式“安息”与“群体”抚慰。大家互相慰藉，寻求心理的安稳。“‘这里’的哭泣不是愤怒的绝叫，疼痛的嘶嚎，也不是有余裕、有距离的悲天悯人，而是一种让所有的丧失者都得到安息的虚弱的力量。再次，安息的力量因为谦抑，所以又是温润的，因为无力，所以又是绵长的，兼抑郁无力，让那些死去的人们只能为自己戴上黑纱，他们都是一群自我悼念者，温润与绵长，又让自我悼念者坐到了一起，他们成了‘一棵回到森林的树，一滴回到河流的水，一粒回到泥土的尘埃’，他们不再是一个，而是一群。”[⑥]

---

① 鲁迅：《伤逝》，载《鲁迅全集》，第2卷，人民文学出版社，1981年版，第130页。

② 鲁迅：《失掉的好地狱》，载《鲁迅全集》，第2卷，人民文学出版社，1981年版，第199页。

③ 鲁迅：《失掉的好地狱》，载《鲁迅全集》，第2卷，人民文学出版社，1981年版，第200页。

④ 鲁迅：《失掉的好地狱》，载《鲁迅全集》，第2卷，人民文学出版社，1981年版，第199页。

⑤ 余华：《第七天》，新星出版社，2013年版，第225页。

⑥ 翟业军：《创世·拟世·慰世——论余华〈第七天〉》，《东吴学术》，2014年，第5期，第81页。

鲁迅对死亡的解读，是直面灵魂的。在《墓碣文》中，鲁迅与自己的墓碣相对，这一设定就如杨飞面对殡仪馆打来的电话，但是鲁迅面对自我的死亡是直面淋漓的鲜血，抉心自食，欲知本味，就算是创痛酷烈，也要徐徐食之。而《第七天》里的杨飞则是悲伤哀戚的，翟业军将其称为“疲惫已是源远流长，那么，余华就一定要开启出一种安息的力量，创造出他的第七天，让被疲惫掏空、衰竭的人们得到休憩，就像神曾经做过的那样”[①]。正如对武侠体裁的处理，鲁迅是《铸剑》的刚烈和不屈，而余华则是《鲜血梅花》的茫然与宿命，一方面呈现出人性的光辉，但另一方面，这种源远流长的疲惫和懦弱也削弱了小说的批判精神。

鲁迅曾经翻译过《一个青年的梦》，这是日本“白桦派”的领袖武者小路实笃写于1916年的四幕剧，其激情似火的表达方式和鲁迅一贯蕴藉自审的写作方式差异极大，其说教气质也是鲁迅平日所不齿，但此次鲁迅却一反常态对这一戏剧作品大加赞扬，并流露率性真情，和作品与鲁迅对“人事”的体察和人性探讨产生共鸣是分不开的。戏剧中的青年作家夜间在书堆中读着自己的无用之书，这一开头的意象也和鲁迅先生一贯塑造的自我形象非常吻合。接下来，这个青年作家被一位陌生人带着造访了不同的战所，遇见了战争亡灵、乞丐和少男少女、战争中痛失独子的作家，看到两个军队因为微不足道的小事而群殴……这也正是鲁迅关注的日常世界。虚构死亡的意义不在探索“死后”，而在于向死而生，以死写生。“在所有的人生经历中，没有一件事情在重要性上比死亡更具有压倒性的含义……获得有关死亡的新思路的第一步是认识到不思考死亡会使我们疏远人类生活的重要方面。”[②]在这一点上，鲁迅与余华在同一个坐标点上相遇。但是鲁迅的反抗绝望的具有战斗性的死亡哲学是更为撼动人心的，而余华则在乌托邦式的想象中表现出对现实无力的逃避。

五、指向生的死与指向现实的虚构

如何表现现实，采取有新意的写作策略，对于当代作家来说并不是一个难

---

① 翟业军：《创世·拟世·慰世——论余华〈第七天〉》，《东吴学术》，2014年，第5期，第80页。

② 琳恩·安·德斯佩尔德，艾伯特·李·斯特里克兰著，陈国鹏等译：《最后的舞蹈：邂逅死亡与濒死》第九版，上海人民出版社，2013年版，第6页。

题，但如何在全新的视角下进行深度叙事，在当下的写作语境中更值得讨论和反思。鲁迅身处二十世纪初期，正是中国早期城市社会发育的黄金时期，基于对现实社会深刻的“介入机制”和“反思立场”，鲁迅在深入理解中国社会现实的基础上，对早期的城市社会也记录下了自己的观察和反思。在文本表现、文体选择、市民价值思考等层面都给我们留下了重要的城市思想文化资源。鲁迅的《死后》采用了虚设的梦境结构，故事发生在城市背景下，运用现代性的反讽、隐喻、复调的话语结构，预演了一场精神性的死亡。值得重视的是，鲁迅在观察城市的时候所抱持的精神性视角，也是说鲁迅更关注在城市空间中“人”的精神困境，而不是简单的城市空间的呈现和事件的“装置”性陈列。

鲁迅的“死亡叙事”实质就是一种向内的现代人的精神探索。钱理群在《心灵的探寻》中指出“人，特别是现代中国人的‘生’——他们的生存权利，价值与方式；人，特别是现代中国人的‘死’——他们的死亡方式，意义与死后的命运，构成了鲁迅思想的基本方面；生与死，是鲁迅作品的母题之一”[①]。鲁迅作品中有大量死亡叙事和死亡想象，有《狂人日记》式的隐喻叙事，有《在酒楼上》的哲学讨论，有《起死》式的讽古喻今……竹内好也把“死”作为审视鲁迅的一个基本视角，他说：“鲁迅如何变化并非我所关心，我关心的是鲁迅如何的没有变化，因而关于生平的兴趣也不在于他经历了怎样的发展阶段，而在于他一生唯一的一个时机他获得文学自觉的时机，换言之是获得了关于死的自觉的时机是什么时候的问题。”[②]鲁迅很少从经验角度书写死亡，死亡作为一个在他的作品中反复出现的主题，是对现代人精神性困境的一种隐喻性书写。

鲁迅的死亡叙事是随着中国早期城市化进程的发展而逐渐深入的。在鲁迅的死亡叙事中，《死后》对死亡的轻松幽默的姿态，具有标志性意义。从布罗代尔的长时段思维来看，鲁迅早期对生命的理解还是生物性的，父亲的病与死给他很大影响，他试图从科学医学的角度保障生存；《呐喊·自序》中，他的死亡意识开始发生变化，他意识到体格的健壮并没有精神的强健重要；《野草》阶段，鲁迅开始执拗地通过“向死而生”的方式用想象中的死亡探讨生的意义。此时的鲁迅正如木山英雄指出的“鲁迅确实在生之挣扎中写了这些

---

① 钱理群：《心灵的探寻》，上海文艺出版社，1988年版，第157-185页。

② 竹内好：《鲁迅》，载《近代的超克》，生活·读书·新知三联书店，2005年版，第40页。

死”[①]“为了抵抗彷徨状态，拨开虚妄的实体进入其中，所有的恐怕只剩死这一条路了。死必定会使彷徨的苦痛终结。对抗虚妄所显示的一切均无意义这种事态的力量，可能为同时也敢于凝视下降到生物层次的最简单且最根本的死之事实的人所获得。”[②]而《死后》可以看作《野草》后期鲁迅从虚无的死亡中挣扎出来，重新获得生的意义和力量的重要作品，《死后》的鲁迅不再在生死悖论中无奈地彷徨，而是以轻松笔调戏谑死后场景。“对死亡的肯定就只有那些生命本能足够强大，因而能正视生与死的统一，并将其视为生命本能努力加以追求的未来完美状态的人才能做得到。”[③]也就是说，此时的鲁迅通过一系列死亡叙事，通过向死而生在艰难的灵魂跋涉中，逐渐超越了死亡加诸于革命者内心的虚无和空寂。《死后》之后的鲁迅在三十年代投入了上海的现代都市生活和公共批判。

鲁迅和余华的最大差异在于，鲁迅通过静止的身体揭示的“死后”世界是不安宁的“无物之阵”，充满了喧嚣的看客、寻找做论材料的青蝇、兜售的小伙计……战士依然要竭力斗争，一次次举起自己的投枪；而余华通过“行走”的杨飞，揭示的死后世界却是“死无葬身之地”，而在余华的设定中，这里是和谐、宁静、淳朴、平等的，是受苦受难的灵魂的抚慰之处。在死亡的框架下对具体的死亡题材的处理，鲁迅更倾向于灵魂意义的挖掘，而余华却流于新闻媒体式的现象式表现，如鼠妹的自杀、杨飞的意外爆炸死亡，等等，都是用新闻媒体式的死亡叙述。“无论常规还是异常，新闻媒体中的死亡叙述影响着我们思考和应对死亡的方式。新闻报道可能与如何理解该事件有关，而不是事件本身。”[④]“媒体会‘淹没死亡的人类意义，将死亡的真实报道插在商业和其他庸俗节目之间’，从而使事件进一步失去个性化。然而，幸存者的悲痛或他们生活的瓦解却很少受媒体关注。”[⑤]这也是《第七天》的写作一直遭到网友诟病的

---

① 木山英雄：《〈野草〉主体建构的逻辑及其方法》，载《文学复古与文学革命——木山英雄中国现代文学思想论集》，北京大学出版社，2004年版，第35页。

② 木山英雄：《〈野草〉主体建构的逻辑及其方法》，载《文学复古与文学革命——木山英雄中国现代文学思想论集》，北京大学出版社，2004年版，第35页。

③ 诺尔曼·布朗：《生与死的对抗》，贵州人民出版社，1994年版，第116页。

④ 琳恩·安·德斯佩尔德，艾伯特·李·斯特里克兰著，陈国鹏等译：《最后的舞蹈：邂逅死亡与濒死》第九版，上海人民出版社，2013年版，第7页。

⑤ 琳恩·安·德斯佩尔德，艾伯特·李·斯特里克兰著，陈国鹏等译：《最后的舞蹈：邂逅死亡与濒死》第九版，上海人民出版社，2013年版，第7页。

根本性原因，如果一位作家的写作没有洞察人类灵魂的能力，这种写作和陈列式的橱窗写作又有什么两样呢？

德国政治哲学家卡尔·施密特指出，在政治领域，非常态和例外状态能告诉我们常态的本质和基础，比如战争就通过阶级、民族、宗教、文化、经济领域里冲突的极端化，向人们表明这些范畴在平日隐而不显的政治强度（political intensity）。死亡同样是一种能够将人生逼到角落，制造一种冲突的极端化的叙事角度。作为现代知识分子，特别是逐步介入到纷繁复杂的城市生活中的知识分子，关注现实，不满现状，对公共问题发声，对知识阶层进行进一步反思，在零散纷乱的社会生活中既有"站在十字路口"的全身投入，也有对"都市文明的路"的审慎，这是一个知识分子应有的现实自觉和时代自觉。现代知识分子不能只是存在于都市现场，更要有理想和观念的深度反思。诚如很多评论家指出的，当下中国对于作家而言是个富矿，真实比新闻还要荒诞，每天都在提供着无数鲜活的新闻素材，在现实倒逼作家的时候，如何处理这些丰富复杂的写作材料，是对作家提出的现实挑战。阎连科的《风雅颂》用狂欢式的反讽叙事，莫言的《天堂蒜薹之歌》用多角度的聚焦呈现，贾平凹的《带灯》描写一个叫"带灯"的女乡镇综治办主任，每天处理农民纠纷和上访等鸡毛蒜皮的小事，当下每个作家都在纷繁的日常生活中挣扎。余华从亡灵的角度开始叙述，无疑是一个能生发无限意味的创作视角，但他并没有将这个绝妙的叙述角度用到极致，相反，在写作中却忽略了市民精神问题而成为了事件的陈列。和鲁迅相比，他的温情和犬儒主义，过分关注事实，注重批判社会，却忽视了对灵魂的追问与拷打，是无法引发读者共鸣的一个关键，这也是我们这个时代的写作症候，值得当下的每一位作家共勉。

（此文原刊于《鲁迅研究月刊》，2018年第8期）

为贺兰山立传：讲述西部的“中国故事”

唐荣尧是著名的学者、诗人、记者、主编，他热爱西夏，钟情行走，充满实证精神，和普通端坐书斋的作家不同，田野是他的主战场，行走是他文字的源泉。他被诸多媒体称为“中国第一行走记者”，出版的西夏学研究专著《王族的背影》《王朝湮灭——为西夏帝国叫魂》《西夏史》等引起强烈反响。此外还在《宁夏之书》《青海之书》《内蒙古之书》《中国回族》《人文黄河》《大河远上》《山河深处——对宁夏平原的人文解读》等书中以历史记载和考古调查为依据，生动再现了西夏王朝在经济、政治、军事、文化、宗教等各方面取得的辉煌成就，展示了学术界在西夏研究上的成果，揭示了西夏王朝的兴亡盛衰。近日，唐荣尧的又一力作《贺兰山》将由中国地图出版社出版发行。该书以贺兰山这座地理坐标为中心，以行走为维度，以学术考察为经度，通过亲身走访、典籍查阅、田野调查、人文考察等方式记录了贺兰山厚重的历史和璀璨的文化，从文明、生态、宗教、矿产、战争、特产、生活状态、历史发展等多个角度还原了这一史诗般的山脉，展现了一部“立着的史诗”。

一、空间视角：穿越时空的人文地理

《贺兰山——一部立着的史诗》以山命名，但并不是一部简单的旅游指南，也不是一部艰深的学术著作，而是兼有游记的知识性、学术考察的严肃性和人文情怀的文学性的一部“补天之作”。它填补了中国人书写贺兰山的空白，为我们开启了一段穿越时空的旅程。全书写作历时16年，查阅了近千本文献，跋涉行程达到十万余里，经过了数十次的深度田野考察。这部书展示了贺兰山丰富的面孔，兼具学者的严谨、记者的求实、诗人的情怀和文学的语言，其厚重的知识性与浓郁的文学性令人叹为观止。

虽然很难达到，但是这部书正在竭力实现这样一种可能，既能够“将文本看作一幅地图——通过空间逻辑而不是时间逻辑纽结在一起的具有诸种同存性（simultaneity）关系和同存性意义的地理”，又能够“将历史叙事空间化，赋予持续的时间以一种经久不衰的批判人文地理学的视野”。[①]作为一个探险者，作者寻找着贺兰山的“四极”：向东看到黄河蜿蜒，山与河之间滋润出宁夏平原；向西看去是吉兰泰盐场；向南寻找极点的旅程更加艰难，是宁夏平原上中卫市沙坡头区和中宁县交界的胜金关；向北则是和乌兰布和沙漠握手的巴音敖包，它成了贺兰山长卷的谢幕词。书中附有翔实的地图和图片，以图像的方式展示了贺兰山东麓的冲积扇地区：西麓的草甸，最南端的地貌和失去雄伟之势的北段。

在“被水染绿的黄土”中，从空间的角度描写了从宁夏平原的银川市到阿拉善市的巴彦浩特镇的穿越，从人工绿洲到荒漠之地，从塞上江南到荒漠戈壁，从农耕文化区到游牧文化区，形成了两种截然不同的自然景观。“空间并不是一种‘社会反映’，它就是社会。……因此，各种空间形式，至少在我们星球上的各种空间形式，都可以和所有的其他物体一样，通过人类的行为被创造出来。”[②]从宁夏平原的水利整治问题上可以看到历史文化的烙印和统治阶级的意志。春秋战国时期，宁夏平原上基本还是“羌戎所居”的游牧地区，黄河的功能仅仅体现在供沿河地带人们的生活之需或者划分出游牧者的疆界。“宁夏水利，始于秦代”的说法还看不到确切的历史记载，但是作者在历史社会语境下展开了合理的想象：“修渠的秦人在秦军的保护下，快速而辛劳地完成这条渠的开凿。”[③]秦王朝占领河套地区后，在这里驻戍兵，派官吏，治百姓，为解决官兵的粮食问题，要兴修水利，以此灌溉良田。汉武帝时，全国开发水利之风大盛，在吴忠至内蒙古五原这一段“引河及川谷以溉田”，标志着正史记载的引黄河水灌溉拉开序幕。开凿渠系的过程中，出现了“激河”工程这样的水利史上的创举，还形成了一种戍边和开发相结合的新兴的防御性国防措施——屯田。大批屯田出现，需要水源灌溉，需要水利工程的实施。晋朝，贺兰山东麓迎来了新的一轮以渠系开通为标志的水利建设高潮；北魏期间，宁夏平原地区生产的粮食不仅完全能够自给自足，而且可以外调，黄河的航运也开始起步；唐朝，宁夏平原一度成为整个王朝的临时政治中心。盛世必重农业，

① 爱德华·W.苏贾著，周宪，许钧主编：《后现代地理学——重申批判社会理论中的空间》周宪、许钧主编，商务印书馆，2007年版，前言和后记第1页。

② 爱德华·W.苏贾著，周宪，许钧主编：《后现代地理学——重申批判社会理论中的空间》周宪、许钧主编，商务印书馆，2007年版，第109页。

③ 唐荣尧：《贺兰山——一部立着的史诗》，中国地图出版社，2017年版，第28页。

水利为农业之基，贺兰山下的唐徕渠，是唐朝重视农业水利建设的明证。大白高国的首领李元昊建设了昊王渠，比唐徕渠更接近贺兰山，贺兰山东麓的绿意越来越多。西夏时期，宁夏平原上有68条大小渠道，灌溉着9万顷良田。西夏是中国第一个将灌溉制度写进法律的少数民族王朝。宁夏平原上的水利工程，有力地支撑着西夏帝国的大厦。大元的忽必烈下令郭守敬从北京一路而来疏通废弃的渠系，贺兰山之东成为大元王朝的塞上粮仓。明代的庆靖王驻藩宁夏，更是没忘在贺兰山下开渠拓溉，在明太宗时期赢得了"天下屯田积谷，以宁夏最多"的盛名；明代嘉靖年间，宁夏平原上的18条渠系长度已经达700公里，溉田156万亩，这是历史上宁夏引黄灌溉第一次记载较全面而确切的数字。它们培育着一个中国新的商品粮基地，一个系统、完整且一直发挥着作用的中国古渠博物馆的雏形基本具备。宁夏平原上的水利工程造就了一个富庶的宁夏平原，也极大地稳固了西北。"这些空间形式会表达和履行统治阶级的利益，在一种从历史角度得到界定的社会里，这些空间形式会表达并实施国家的诸种权力关系。"[①]

寻觅贺兰山佛音时，作者留意的并不是鸠摩罗什走过的那条佛教传播之路，而是在甘肃境内黄河边的五佛寺时，沿着一条和黄河东流方向顺行的公路进入宁夏平原。石空大佛寺见证着当地佛教历史；青铜峡大峡谷中由108座喇嘛塔组成的塔群叙说着大白高国留给贺兰山的佛教财富；贺兰山东麓的庙山湖遍布着几十座大小不一的小佛塔，年代不详；继续向北，永宁县李俊镇，一座明代佛塔巍然屹立；银川市内外"黑宝塔"是目前现存的中国最古老的佛塔；银川市内的承天寺塔默默记录着大白高国的风土人情，并有"西夏佛塔活化石"的美誉；贺兰县境内的宏佛塔是藏传佛教的密檐式厚壁空心砖塔，也是宁夏的"比萨斜塔"，这里曾出土过西夏文草书佛经成卷，是目前国内所见西夏文草书书法的佳作，更是现知最长的卷式西夏文文书，卷末的署名为党项人酩布氏，这个姓氏在诸多西夏文著作中未曾出现，它为研究党项姓氏提供了新的线索。顺着贺兰山走向，在其东麓继续往北而行，姚伏田州古塔是唐或西夏时期所创建；贺兰山东麓北段、在石嘴山市大武口区5公里外的北武当则是一所道佛合一的著名寺庙；位于拜寺口的双塔，是宁夏境内目前唯一保留的西夏高塔，塔龄超过900年。

---

① 爱德华·W.苏贾著，周宪，许钧主编：《后现代地理学——重申批判社会理论中的空间》，商务印书馆，2004年版，第109页。

“空间移动背后的空间概念或意向，必须置于历史与社会文化的脉络中了解”[①]，作者对贺兰山的考察不仅注重地理的考察，而且借助时间之镜来进行观察，通过历史的投射，让我们回到社会和历史交织的权力场中，透视空间和时间共同作用的贺兰山历史人文的建构过程。作者借助水利建设这一横截面，从一个独特的视野审视贺兰山的历史，体现出深刻的历史意识和人文情怀。

二、迷宫写作：寻访中的历史之旅

《贺兰山——一部立着的史诗》这本书的写作方式是迷宫式的、探究式的。“书写就是在想象的地域辟出一条新路”[②]，作者唐荣尧有着丰富的电视纪录片写作经验，同时他本身又是一个诗人，兼具探险家的素质和历史学家的学术修养。多重跨界的身份与素养，使他在写作和考察的时候都善于从问题出发。在作者的带领下，读者仿佛在迷宫中穿行，与作者一起去探寻神秘的贺兰山。

通过行走的视角使读者追随着作者的视角，不断设置悬疑与问题，更是增强了阅读的快感和探究的神秘感。在寻访长城的历程中，书中写到历史教科书和有关地图册上没有宁夏石嘴山长城的踪迹，作者将寻找长城当作了踏进贺兰山的一项重要功课。经过探寻后，发现有的长城位于石嘴山市大武口区归德沟内，有的在大武口乡，有的在平罗县境内的大水沟内。这些隐蔽的长城，主要包括沿贺兰山向北、向东至黄河以西的旧北长城、西长城、北长城这三道长城。作者不但寻访到了这些被遗忘的长城的踪迹，而且重新反思了我们的史学观点。正如高建群在他的《胡马北风大漠传》中写道：“站在长城线外，向中原大地瞭望，你会发觉，史学家们所津津乐道的二十四史观点，在这里轰然倒地。从这个角度看，中华民族的五千年文明史，是以另外的一种形态存在着的。这就是每当那以农耕文化为主体的中华文明，走到十字路口，难以为续时，于是，游牧民族的马蹄便越过长城线，呼啸而来，从而给停滞的文明以新的‘胡羯之血’（陈寅恪语）。这大约是中华古国未像世界另外几个文明古国一

① 黄应贵：《总论》，载《空间与文化场域：空间之意象、实践与社会的生产》，台北市汉学研究中心，2009年10月版，第5页。

② 丽贝卡·索尔尼著，刁筱华译：《浪游之歌》，新星出版社，2013年版，第82页。

样，消失在历史路途上的全部奥秘所在。”[1]

在“佛音塔中来”中详尽描写了作者寻访高台寺的过程。从残留的地名谈起，通过实地探访、典籍查找，上穷碧落下黄泉地考察高台寺的前世今生。因为一首蒙古族大妈创作的歌曲《北方的气候》，作者托朋友找了越野车，从巴彦浩特向西进军，经过头道湖、二道湖、三道湖、四道湖，最后抵达沙漠腹地的五道湖——喀斯湖边，寻找到了诗人傲云大妈，并跟着她来到沙漠中的藏传佛教寺院承庆寺和广宗寺。在绕山拜佛的传统和寺庙文化寻宗中，可见历史的厚重与文化的深厚延绵。

作者还写到寻访“石头的传奇之旅”。贺兰石在笔架峰一带是蓝色的国宝，而在贺兰山西侧的阿拉善戈壁滩上则是玛瑙石和戈壁石。作者带着自己的文化使命，追踪阿拉善奇石是如何从一种沉默的物产到红得发紫的文化产品的，对阿拉善石头在21世纪的“奇石三部曲”的过程给予了观察和思考，发掘出了石头背后的文化背景和社会内涵。在“会燃烧的黑色石头”一章中，则回顾了贺兰山煤矿的开掘史，梳理从大白高国开始的煤炭挖掘史，不但推测党项人在北宋中晚期就已经掌握了烧煤取暖的技术，而且通过历史古籍梳理了煤炭挖掘情况，并介绍了新中国成立以后，石嘴山市在煤炭资源基础上的兴起与没落的历史。

第9章“酒神眷顾的夜晚”用诗意的语言描写了宁夏平原上的白酒、啤酒、果酒和葡萄酒生产史。作者同样以探究者的姿态从贺兰山脚下的玉泉营开始寻找现代葡萄酒产业的兴起历史。作者以一个诗人的敏锐从唐代诗人李颀的一首《古从军行》中找到了线索，“年年战骨埋荒外，空见蒲桃入汉家”，多少年轻的生命战死疆场，只徒然见到西域的葡萄移植专家。从这个想象开始，作家在历史、诗文和酒香间游荡，从党项的葡萄酒醇香到贺兰山下的葡萄酒城之梦，写出了一个浪漫的葡萄酒历史之旅。

第10章“神赐一味白与咸”中作者则思考在西夏农业为零、牧业缺乏的茫茫戈壁滩上为什么会设置军司，作者在“盐”上找到了答案。阿拉善盐行销各地，一直是朝廷严格控制、特别关注的一大民生要素。在“驼峰上的白色财富”一章中更是进一步谈到了阿拉善盐运的工具：双峰驼。这些骆驼在盐运古道上就像是航行在旱海上的船只，摆渡在贺兰山的两侧，但是随着现代化盐场和

① 高建群：《胡马北风大漠传》，中国出版社集团，东方出版中心2003版，勒口《本书大要》语。

公路的兴建,骆驼和古道逐渐被人遗忘了。

"追忆一个王朝的盛衰"则从贺兰山东麓的一大片锥形巨型土堆谈起,同那些帝陵一样,大白高国,这个中国历史上最具神秘色彩的帝国,在消亡后留下一个个谜团。"究竟是谁毁灭的大白高国的帝陵呢?遍查史书,我们竟然找不到答案。有不少历史学家和考古学家推测,这些帝陵是被蒙古骑士毁灭的。然而,目前,没有哪一本史料中记载,这些帝陵遭到蒙古军队的损毁。当年征服亚欧的蒙古军队,并没有挖坟掘墓的习俗。"①

作者的写作就如同博尔赫斯"交叉小径的花园",探究不同的考察结果、不同的研究结论,从史料、现场、文献等多方面介入历史,展示贺兰山文化的神秘性与悠久性,这一点在岩画的讲述上尤为突出。贺兰山岩画是西夏的史诗,作者选择了从贺兰山岩画长廊最西南端的大麦地进入,这是在传统思维里无法被学者们纳入贺兰山范畴的地方,但就是在这里作者看到了不同时期创作的岩画,并把这些岩画纳入世界岩画分布图中考察,同时进一步追问大麦地岩画创作主体是谁。关于岩画考察的很多结论,现在依然处于争议中,"考古界有句名言:'唯一能确定的就是不确定!'贺兰山岩画似乎应和了这句话,有关岩画的内容、年限、创作族群等问题,让岩画研究者的诸多观点,陷入一种不可确定中"②。贺兰山岩画的创作时间上限更是研究者心中的谜团,它有着岩画研究中的"哥德巴赫猜想"之称。作者没有刻意寻求答案,而是客观展示了岩画的历史与现状,岩画研究中的谜团本身正是贺兰山的魅力所在。

个体与时代形成了一种巨大的张力,使这些小小的个体牵扯出了时代和历史之谜。作者善于从个体入手,从细节入手,通过讲故事的方式,从小人物身上牵扯出一个大时代。讲述大白高国的灭亡,作者从一个年轻的考古专业学生钟侃讲起。1960年夏天,西北大学的学生钟侃来到了贺兰山东麓的银川市,在宁夏展览馆工作,他和他的同事王菊芳、李俊德、邓乘浩乘坐跃进牌卡车,冒着凛冽的寒风,前往贺兰山下现场考察、查阅文献,在艰苦的条件下进行考古挖掘;1987年,北京大学考古专业毕业的韩小忙来到西夏王陵3号陵的挖掘现场,逐渐揭开了西夏王陵之谜。第18章"王爷在此"更是将历史变迁与个人身世相结合,作者的外公张钦武成了王爷府来自甘肃的驸马,在王爷府可以看到外公的岳丈——阿拉善和硕特旗最后一代王爷达理札雅的儒雅之风,王

① 唐荣尧:《贺兰山——一部立着的史诗》,中国地图出版社,2017年版,第243页。
② 唐荣尧:《贺兰山——一部立着的史诗》,中国地图出版社,2017年版,第181页。

爷的妻子是提倡阿拉善地区女子教育的第一人，并创办了阿拉善第一所现代意义上的女校。“如果将生命视为旅行，它最常被想象为徒步旅行，越过个人历史风景的朝圣之旅。”[①]在这一段落中，个人身世与历史神秘地交融在一起，遥远的历史也有了情感的温度。在“穿越者的背影”一章中，更是以大白高国的元昊、攻伐大白高国失利的成吉思汗、水利开发的郭守敬、在贺兰山下生活了19天的康熙皇帝、俄国职业地理学家兼旅行家科兹洛夫、开展西北方略的蒋介石、穿越中国西北角的《大公报》旅行记者范长江、第一位穿越贺兰山的女飞行员林鹏侠等为个案，描写了与贺兰山有关联的这些个体留给贺兰山的面影，使贺兰山在这些个体的走近与远离中更具有情感意味，充满人文气息。通过这种空间的广阔性，这些个体的内心空间和世界空间成为一种共存，“在这种共存主义中，每个被注入了内心空间的对象都变成了整个空间的中心。对每个对象来说，遥远的就是在场的，边缘和中心具有同样的实存”[②]，小人物与大时代发生了深刻的共鸣与共振。

三、西部的“中国故事”：民族史诗的写作

书写贺兰山，不仅是因为其具有学术价值和科考意义，更重要的是一种民族责任感的驱动。唐荣尧本人曾经谈到由于历史上的特殊原因，对贺兰山的权威研究，一直被一些国外人士或组织机构署名。“就连贺兰山第一次真正意义上的现代考察，都是由俄国人完成的。国内目前没有从人文写作角度立体而完整地书写贺兰山的书，我想用这本书为贺兰山立传，拿回属于它的尊严。”通过文字还原这部“立着的史诗”，是对贺兰山最大的礼敬和回馈。

在这部书中我们可以看到中西方文明的首次碰撞。第1章“科考者的背影”以讲故事的方式开篇。公元1871年5月的一个上午，一位名叫普热瓦尔斯基的俄国人来到中国西部的阿拉善地区，拜见了当地的阿拉善王爷。这个俄国人送给王爷的礼物是一架望远镜，这个代表着现代科技文明的物品带给了王爷无限的震撼，他在镜头里看到了清晰的几十公里以外的贺兰山。俄国著名探险家普热瓦尔斯基给阿拉善王爷带来了西方的科技，也带来了现代科

① 丽贝卡·索尔尼著，刁筱华译：《浪游之歌》，新星出版社，2013年版，第83页。

② 加斯东·巴什拉著，张逸婧译：《空间的诗学》，上海译文出版社，2013年7月，第222页。

考意识。1923年，金陵大学农学院森林系教授陈焕镛到东南大学任教，美国华府国立地理学会派吴立森（F. R. Wulsin）来中国组织甘蒙科学考察团，分人文、动物、植物三个组。承蒙东南大学陈焕镛、胡步曾两位教授的介绍，年轻的植物学家秦仁昌参加了这个考察团的植物组。这个考察团从内蒙古的包头出发，经过大青山、河套平原，折向贺兰山西侧而行，于5月初抵达阿拉善王爷府。直到此时，中国的科考队伍才跟上西方科技文明的脚步，开始了贺兰山的探索之旅。

而西方探险家第一次遇见东方时也是被深深震撼的。俄国探险家看到巴彦浩特最繁华的建筑王爷府的时候，就如同马可·波罗第一次遇见17世纪的中国，其豪华和尊贵让他们顿时肃然起敬和好奇。可惜的是，马可·波罗其实来到过贺兰山西麓，但当时蒙古军队刚刚打败了大白高国，屠城之灾让这里萧瑟荒凉，马可·波罗的日记里仅仅简单提到了贺兰山西侧的阿拉善盛产羊绒。这些俄罗斯探险家在贺兰山第一次认识了马鹿，制成了世界上第一个贺兰山雄鹿标本、、第一个贺兰山岩羊标本，考察了贺兰山的各种植被，也开启了之后俄国探险家一次又一次的贺兰山考察。

这本书还梳理了中国人的贺兰山科考史。1923年秦仁昌，他的发现被美国团队带到了大洋彼岸。秦仁昌离开贺兰山10年后，1933年8月，国立北平研究院植物研究所的夏维英来到贺兰山，采集到近100件植物标本；同年，西安国立西北农林专科学校的教师白荫元，按照夏维英的科考路线，采集到宁夏麦瓶草、贺兰山女蒿、硬叶早熟禾、宁夏沙参、阿拉善鹅观草等6个品种。1950年、1954—1957年，中科院两次组织“黄河中游水土保持”考察，顺带进行了对贺兰山的考察，仅仅发现宁夏绣线菊、软毛翠雀等两个新种。1983—1985年，以中国工程院院士、东北林业大学教授马建章为首的东北林业大学野生资源学院的专家团队来到贺兰山，开启了中国现代意义上的大规模、正式的贺兰山科学考察。这次科考从自然地理方面打开了一扇认知贺兰山动植物的大门。20世纪90年代初期，马建章的博士生、东北林业大学野生动物保护与利用国家级重点学科博士后刘振生的合作导师王小明教授开始在贺兰山中进行动物研究。2003年，刘振生以东北林业大学野生动物保护与利用国家级重点学科副教授的身份来到贺兰山，经过6年考察，完成了《贺兰山脊椎动物志》一书。这是最新一把打开认知贺兰山动物大门的钥匙。今天，通过这本书，通过树立在贺兰山西麓自然保护区沟口的一块块标示牌，可以从另一个层面得到贺兰山的定位：中国六大生物多样性中心之一，中国北方地区唯一的生物多样性中心。

在大书“中国故事”的今天，我们可以看到这部书不仅融合了古今历史，同时展示了令人振奋的西部开发的“中国故事”。在著作的第3章“农垦出的绿洲”中，梳理了贺兰山的农场发展史。宁夏平原上的灵武农场，河西的青铜峡市、银川市和石嘴山市境内的渠口、南梁、京星、沙湖等农场，它们使贺兰山东麓的绿洲农业及现代加工业插上了翅膀。作者通过寻访当年修建的“八一渠”“东干渠”“八一桥”等水利工程，对军人艰苦的“军垦”和知识青年的“青垦”的感人故事的回溯，回顾了宁夏平原的农业开发史。今天南梁农场已经成为中国著名的枸杞种植基地，贺兰山东麓的那片荒凉之地“沙湖”也成为中国5A级的风景名胜区。宁夏农垦，成为宁夏国民经济与社会发展的一个重要组成部分。

贺兰山是厚重的，在它的千年历史中，战争以一种特殊的方式成就了一部别样的文明史，留给了我们一种特别的精神遗产。在第4章“刀光淬硬的战争史”中回顾了贺兰山战火纷飞的历史，正如书中所说：“中国的名山中，没有一座像贺兰山那样几乎一直处于承领战争的状态中。这是一座收藏了刀影与战声的山脉，是一部中国北方战争史中浓墨重彩的大卷，也是一个中国北方决战地中的经典之地。”[①]春秋到秦的这段时间，犬戎占据着贺兰山一带；秦末，由于中原内乱，匈奴成为贺兰山的主人；自匈奴人之后，连绵不断的历代战事让贺兰山少有喘息时机。唐朝，这里被突厥占领，吐蕃王朝的赞普的重点目标也在贺兰山，这里一度成为大唐和吐蕃王朝的界山，不少北方游牧军事力量聚集贺兰山下，贺兰山成了北方少数民族较量与角逐的舞台。唐朝灭亡后，吐蕃、回鹘、党项等少数民族纷纷将自己的征伐足迹留在了这里，最后的胜利者是党项人。元朝，这里是蒙古族的铁蹄所到之处。明朝，出现在这里的则是瓦剌和鞑靼，贺兰山的军事屏障作用，在明王朝达到了巅峰。匈奴、契丹、女真、党项、粟特、回鹘……这些少数民族共同铸就了传奇的贺兰山的军事史。“走过千年历史，贺兰山以硬朗和血骨书写了一部历史之书。一场场战争及其背后的文明冲突、交流，不仅成就了无数的封疆将士，也锻造了当地人骁勇、不服输的地域性格，这大概就是贺兰山这座“军山”留给今日宁夏的一份精神遗产吧。”[②]值得一提的是，正是由于连年战乱，贺兰山也成为边塞诗的生产重地，

---

① 唐荣尧:《贺兰山——一部立着的史诗》，中国地图出版社，2017年版，第54页。

② 唐荣尧:《贺兰山——一部立着的史诗》，中国地图出版社，2017年版，第68页。

唐代诗人王维在《老将行》中写道："贺兰山下阵如云，羽檄交驰日夕闻。"诗歌追忆了唐初的贺兰山血战。卢如弼写道："半夜火来知有敌，一时齐保贺兰山。"贾岛慕名写下了"贺兰山顶草，时动卷旗风"。郎士元的《送李骑曹之灵武》写道："纵猎旗风卷，听笳帐月生。"

贺兰山也是中国佛教文明无法忽视的高地。西夏纯佑皇帝执政时，开始迎请藏传佛教的薪火，贺兰山一带成为藏传佛教和汉传佛教在中国首度相会的地区，一者从河西走廊东端的甘肃省景泰县，沿着腾格里沙漠往东进入宁夏境内；一者从黄河由甘肃进入宁夏的黑山峡，沿着一河湍流奔流入宁夏平原，当这两条线路汇聚在贺兰山西南末梢处时，丝绸之路上的佛韵就开启了贺兰山此侧的佛教之途。

《贺兰山——一部立着的史诗》后记中写道"一山浩荡，两侧风云"，确实如此。虽然中国山脉众多，但是一座山承载着中国与西方文明的碰撞，体现着远古到今天的文明的变迁，诉说着西部大开发的"中国故事"的雄壮之歌的并不多。贺兰山不仅是位于宁夏和内蒙古的交界处作为宁夏平原绿洲和阿拉善荒漠的界山，更在一山浩荡中承载着"两侧风云"的历史和王朝的兴衰，是我国历史、文化、政治、宗教、中外交流、生态发展的象征。

"恰如波曼所言：成为现代的就是发现我们自己身处这样的境况中，它允诺我们自己和这个世界去经历冒险、强大、欢乐、成长和变化，但同时又可能摧毁我们所拥有、所知道和所是的一切。它把我们卷入这样一个巨大的漩涡之中，那儿有永恒的分裂和革新，抗争和矛盾，含混和痛楚。"[①]在中国走向现代化的过程中，对于这些具有重要的历史文化意义和现实价值的地理坐标的书写尤为重要。这部书的意义不仅仅是为一座山立传，更是为我国西部的生态、政治、经济、文化、宗教立传，我们呼唤有更多这样的作品出现，共同讲述时代中的"中国故事"。

---

① 爱德华·W.苏贾著，周宪，许钧主编：《后现代地理学——重申批判社会理论中的空间》，商务印书馆，2004年版，总序第3页。

白色帝国的神秘呼唤
——评《神秘的西夏》

《神秘的西夏》为著名作家、编剧、诗人、多家人文地理类刊物主笔唐荣尧所著，该书以近年来对西夏学的最新研究成果为基础，以西夏王朝从兴起到灭亡的发展过程为历史线索，以同名纪录片为依托，以创作手记的方式，生动翔实地为读者展现了一个短暂又神秘的西夏王朝。

党项人从公元1038—1227年建立了近两百年的西夏文明。这一文明神秘莫测，雄霸一方，尊白为美，视死为荣，拥有自己的文字；尊崇儒学，沿袭唐制，流通宋钱。该书以电视纪录片的脚本为主要内容，用镜头语言、情景再现的方式，呈现了西夏的历史文化，从博物馆历史钩沉，到与西夏学专家学者探讨、实地考察走访，既有文学家的文字记录与建构，又有学者的严谨与考证。

同名纪录片导演金铁木说他们的创作动机是“为一个消失的民族树碑立传；为一个被忽视的王朝寻找尊严；为一个失落的文明找个说法”。由党项羌人建立的西夏王朝，给后人留下了历史的遗憾和无数遐想。鼎盛时期其疆域囊括现在的宁夏全部、甘肃大部、陕西北部、青海东部和内蒙古西部地区，先与北宋、辽对峙，后与南宋、金鼎立，史称“三分天下居其一，雄踞西北两百年”。党项人作为一个民族的历史至少有1500年以上，强大的西夏王朝从1038年称帝建国，到1227年被成吉思汗灭亡，至少存在了将近190年。但这样一个民族和朝代却没有进入“二十四史”。由于不为正统王朝认可，西夏王陵无人保护，无人看管，破坏严重，盗墓惨烈。

相较于中国对西夏王朝的漠视，俄罗斯圣彼得堡的冬宫博物馆专门为西夏开辟了三个展厅，展厅中的文物全部来自西夏的边疆城池——黑城。展厅中展示了绚烂夺目的唐卡、精美的佛像、活字印刷字块。在冬宫博物馆附近的东方文献研究所，保存着8000多件西夏文献，以这些文献为基础，形成了继敦煌学、吐鲁番学之后的又一个显学——西夏学。

2016年，在西夏亡国788年后，重读《神秘的西夏》，看其为一个消失的王朝树碑立传，还原已经消失的历史，探究古西夏在东西方文化交流、贸易往来中发挥的枢纽作用，展示古丝绸之路的变迁，揭示建设"一带一路"的重大现实意义和深远历史意义，具有重大的现实意义。

一、行走与记录

《神秘的西夏》的写作是一种行走，这种行走不是普通意义的走路，而是回到1038年贺兰山脚下那座辉煌帝国历史现场的一种行走，也是在中国乃至俄罗斯大地上对西夏地理人文遗迹的一种考察与寻找，这种行走的艰难与历史的烟尘难觅对于写作者来说也是一种历练。"走路最理想的状态，就是一种将心理、生理与世界镕铸于一炉的状态，仿佛三者终于有了对话的机会，亦仿佛三个音符突然结合成一个和弦。走路使我们能存在于我们的身体与世界中，却不会被身体与世界弄得疲于奔命，使我们可以独立思考，却不会全然迷失于思绪中。"[①]作者正是在行走与考察中通过思考、挖掘与追问建立起了一种人文学者的历史构想与思想记录。

从全书的结构来说，我们首先可以看到地理意义的行走。唐荣尧被誉为"中国第一行走作家"，也是西夏学学者。他对西夏国的发现从一首歌谣开始。"黑头石城漠水边，赤面父冢白河上，高弥药国在彼方……"这首名为《夏圣根赞歌》的古老歌谣吟唱着黑头、赤面、石头城、白色的河，按照赞歌的线索，他们开始了面向历史和土地的艰难的探索。该书记录了整个团队在一年多的拍摄过程中，通过开车、步行的方式，几乎寻遍了党项人的大部分历史足迹，包括今天宁夏回族自治区的省会银川市（当年西夏王朝的都城兴庆府），以及甘肃、内蒙古、四川和云南，几乎走遍了中国的西北地区，还有保存着大量西夏文物的俄罗斯圣彼得堡。

在地理意义的行走之外，这本书还带领我们在历史中行走，还原了一个恢宏又苍凉的帝国两百年的历史。本书从1227年蒙古军队的远征开始，具有史诗般的恢宏与神秘。所向披靡、荣耀一生的成吉思汗是人类战争史上征服足迹最远的人之一，但是在他66岁这年，所有的梦想却止步于六盘山，他带着不甘和仇恨离世。《蒙古秘史》中描述了这样一个场景，成吉思汗命令他的军队

---

① 丽贝卡·索尔尼著，刁筱华译：《浪游之歌》，新星出版社，2013年版，第6页。

对唐兀特“殄灭无遗，以死之，以灭之”。唐兀特是个什么样的军队呢？全部的历史追问正从这里开始。成吉思汗去世50年后，意大利旅行家马可·波罗踏入了元朝大都，自此以后，他的日记里就频繁出现“唐兀特”这个字眼。最后这个西方人找到了答案，唐兀特正是50年前存在过的，横跨草原、河谷、戈壁的“大白高国”，被同时代的宋帝国称为“西夏”的神秘帝国。五个世纪之后，清代金石学者张澍在甘肃清应寺发现了一块刻着奇特文字的石碑，沉睡在历史深处的“唐兀特”通过这块石碑复苏。在60年后，英国著名汉学家伟烈亚力通过居庸关的拱门时，发现了神秘而古怪的西夏文字，并把这种文字的考辨带到了西方汉学界。20世纪初，俄罗斯探险家科兹洛夫翻越一个又一个巨大的沙丘，发现了消失在中国历史上的黑城，并进行了狂热的破坏性的挖掘，他带回的文物给皇家地理学会带来了地震般的震动。20世纪70年代，宁夏考古人员开始了西夏王陵的发掘。接下来，河北保定、内蒙古鄂托克前旗的茫茫草原、河南濮阳县、安徽合肥及桐城一带，乃至川西高原、青藏高原腹地、珠峰中尼交接地带都发现了西夏人的后裔。著名学者余秋雨、诺贝尔奖获得者杨振宁都宣称自己为西夏后裔。

在本雅明的眼里，巴黎这个城市的一景一物皆传递着独特的言语，以空间而非时间叙述着自己。而当我们回到贺兰山脚下探索这个已经消失在历史的烟尘中的帝国时，时间已经失去的记忆，只能通过空间的方式一点一滴重新用拼图的方式拼接起这个帝国过往的荣耀与尊严。行走与考古，历史与文物，消逝的时光埋在尘土飞扬的古城中，只待有人把它唤醒，这本书的意义就在于使行走成为一种阅读，带领我们经由漫步翻阅这个消逝的帝国的前世今生。

二、想象与建构

“行走的历史和思想的历史有相辅相成的一面”①，只有行走并不能唤醒过去时代的记忆，也无法召唤沉没在历史中的时间，行走要与思想相伴。著者唐荣尧通过艰难的考古活动、翻阅史料、现场查考，借助合理的想象为我们逐步构筑起了一个西夏王朝的背影。

全书分为十章，第一章“失落的国度”，第二章“高原的孩子”，第三章“崛起之路”，第四章“大白高国”，第五章“以战求生”，第六章“后宫丽影”，第七

① 丽贝卡·索尔尼著，刁筱华译：《浪游之歌》，新星出版社，2013年版，第6页。

章“文明之光”，第八章“普通人的王朝”，第九章“久远的铭记”，第十章“生生不息”，从追寻开始，以怀念结束。这是一本行走的札记，也是一本非虚构的巨著。通过这本书，我们可以看到一个沙尘埋没的王朝正在一点点揭去其神秘的面纱。

首先，作者通过时间的建构将西夏定位在历史的一个焦点上，凸显出西夏文明的顽强不屈。西夏是一个桀骜不驯、战斗勇猛的民族。两个异质的文明相遇就会展开类似应激反应的殊死搏斗。党项人是高原养育出来的孩子，2000多年前，他们生活在青藏高原东部一带。党项人的气质就如同青藏高原上的野牦牛，孤独且受了伤的野牦牛是最具有攻击性的，无论面前的对手是什么，它都会无视一切地展开攻击，直到力竭而亡。党项人与鲜卑人、吐蕃人、宋帝国、辽帝国、金帝国对抗，任何一个都极其强大，而正是这种野牦牛一般桀骜不驯的气质，使得党项民族一往无前，顽强生存，虽败犹荣。

其次，作者对通过文化的建构将西夏文明置入中华文明的版图，在对比中建立西夏文明的主体身份。西夏是一个重视知识分子、包容和开放的民族。从青藏高原到黄土高原，党项人的生存空间没有江南文明的富庶丰饶，没有中原文明的深沉博大，没有沿海文明的神秘浩荡。从黄土高原到河西走廊，包容开放、重视知识、积极进取的精神使得党项人创造了令人惊叹的文明。宋朝人眼里的普通书生张元，被李元昊看作国器一般重要，后来成为辅佐李元昊称帝的重要谋士；党项人发明了中古时代科技含量最高的军事防护装备冷锻甲；毕昇发明了活字印刷术，但在北宋并没有被推广，党项人率先推广；西夏人从原始崇拜到佛教、道教，是一个多信仰的民族，但在西夏王朝将近两百年的历史中，却没有宗教之间或者教派之间互相攻伐的记录，这一点耐人寻味。

再次，作者用文学家和诗人富有激情的想象描摹出了西夏这一具有英雄浪漫主义气息的民族。借用《宋史》中的记载，该书勾勒出了很多具有浪漫主义气息的历史场景，如李元昊登基，身穿镶有龙纹的白袍，因为白色是党项人认为最圣洁的颜色，从而建立了他的白色帝国——大白高国；如李元昊颁发秃发令，从俄罗斯冬宫博物馆里馆藏的《水月观音图》可看到党项人秃发的形象，用今天的观点来看非常夸张和丑陋，但这正是李元昊确立自己民族身份的远见卓识；书中重现了李元昊和野利仁荣坐在一起谈论文化，谈论文字，谈论如何创造党项人自己的文字；书中也复原了西夏王朝兴建兴庆府这一瑰丽而恢宏的城市的过程；一个有梦想的民族，首先要解决自己的生存问题，西夏注重水利设施建设，使得经济昌盛，民庶安乐。

值得注意的是，作者以开放多元的历史观和性别观向我们展示了独特的女性西夏。西夏是一个尊重女性的充满传奇色彩的国度。当中原王朝的女人在伦理纲常下成为男权附属品时，西夏的女性却拥有恋爱和婚姻自由，如深处后宫的没藏太后可以私养情人，享受情爱的滋养。西夏人尊重女性，甚至保障女性在情爱和婚姻方面的自由，在西厦爱情是两性关系的基础。同时，西夏女性和男性一样骁勇善战。由于西夏人口稀少，兵源不足，鼓励女兵应征入伍，被称为“麻魁”，这是中国历史中首例允许女性合法入伍。更为传奇的是，西夏梁太后率领三十万大军与大宋帝国对峙，围困永乐城，最后永乐城城破兵败，西夏大获全胜，一个女人创造了一个帝国的传奇时代，也拯救了一个民族。更令人惊叹的是，在西夏历史上，有一半时间国家大业是由女性来执掌的，并且执政女性可以金戈铁马、纵横沙场，她们是这个民族的骄傲。

著者唐荣尧说：“历史无情地将这个王朝挤向一个逼仄的，甚至历史的光束一度照不见的死角。”诚然，我们要接近这个已经消亡的城市实在太难了，在书中我们也可以看到很多不确定的想象和推测。历时久远带来的资料的匮乏，墓葬遗址的破坏性挖掘，中国正史中的不着一字和刻意排斥，使得这个王朝变得愈加神秘。正如卡尔维诺在《看不见的城市》中描绘：“城市不会泄露自己的过去，只会把它像手纹一样藏起来，它被写在街巷的角落、窗格的护栏、楼梯的扶手、避雷的天线和旗杆上，每一道印记都是抓挠、锯锉、刻凿、猛击留下的痕迹。”[①]今天的我们只能通过这些掩埋在黄沙中的痕迹，摩挲、探访、挖掘、想象、建构。

正如上文提到的一样，马可·波罗曾经在笔记中无数次记下“唐兀特”，但通向唐兀特的大门像是突然被一种神秘而强大的力量所关闭，我们后人需要用更加艰苦的努力才能回到渺远的历史现场。关于行走的意义，马可·波罗的回答是：“别的地方是一块反面的镜子。旅行者能够看到他自己所拥有的是何等的少，而他所未曾拥有和永远不会拥有的是何等的多。”[②]对于当下的我们而言，西夏王朝正是一面镜子，形成古老/现代、西部/中原、未知/已知的对峙。知识分子政策、尊重女性、民族身份确立、勇猛创新的精神都值得我们揽镜自照，反思自身。

卡尔维诺在描写左拉之城时谈道“为了让人更容易记住，左拉被迫永远

---

① 伊塔洛·卡尔维诺著，张密译：《看不见的城市》，译林出版社，2012年版，第9页。

② 伊塔洛·卡尔维诺著，张密译：《看不见的城市》，译林出版社，2012年版，第27页。

静止不变，于是就萧条了、崩溃了、消失了。大地已经把她忘却了”[1]。也许，党项建立的西夏王朝正是为了让我们记住，所以崩溃了，湮灭了，消失了，也从此获得了永恒，只等着我们今天重新去发现、去反思。我们也有理由期待作者在接下来的著作中带我们探访更为清晰的西夏面影。

（原文刊于《黄河文学》，2016年第6期）

① 伊塔洛·卡尔维诺著，张密译：《看不见的城市》，译林出版社，2012年版，第15页。

明月悠悠照哈佛　史蕴诗心耀后世——论张凤《哈佛问学录》《哈佛缘》的史传散文写作

美籍华人作家张凤被誉为实力派学院作家，在散文写作领域深耕多年，不久前获得侨联文教基金会2016年华文著述奖文艺创作散文类第一名，又被推举为北美华文作家协会副会长。她近年来的系列创作，以哈佛为中心，描写了哈佛大学百年华裔精英的漫漫长路，被评为华文作家书写哈佛第一人，其写作的文体价值和历史意义都令人惊喜。杜维明高度评价《哈佛问学录》"生动刻画了协力使哈佛大学成为'人和'胜境的一批求道者的学思历程"[①]。张凤的作品问世以来，哈佛著名学人杜维明、王德威，北大艺术学院院长王一川，复旦大学教授徐志啸等著名学者纷纷著文推荐，正如杜维明教授所言："她带着深情，怀着厚意，用褒而不贬的热笔替一群在海外为'文化中国'招魂而不知自己魂归何处的智识分子，绘制了一幅具体图像。"[②]但遗憾的是，现有评论多为读后感性质，张凤具有跨界尝试的传记散文的文学价值和史学价值还没有得到充分的认识，亦缺乏系统性讨论。

散文作为非虚构写作的一种，是中国文学中不容忽视的重要文体。古今散文类型主要有政论散文、史传散文、哲理散文、抒情散文等，其中传记散文，承袭史学传统，是值得我们深入探讨的一个文体。"传记对于历史学所具有的重要意义一直在异乎寻常地增长。""即自历史学派的发展开始，直到兰克的时代为止，历史学之间出现的最重大的问题，是有关以多种多样的形式存在的生活和历史学之间的关系的问题。这种关系就是历史学应当当作一个整体而

① 张凤：《哈佛问学录》，重庆出版社，2015年版，第2页。

② 张凤：《哈佛问学录》，重庆出版社，2015年版，第2页。

加以保存的东西。”[1]从现存的中国古典文献来看，先秦就有历史性散文，《左传》《尚书》《春秋三传》《国语》《战国策》等都是历史学叙述，与后来蓬勃兴起的历史学，构成了中国散文艺术最独特的景观；现当代文学史上，亦文亦史的传记散文受到胡适、梁启超等推崇；但当代的史传散文研究是相对匮乏的，张凤的传记散文写作值得重视。

张凤生于台北的近郊淡水，是台湾师大历史学士、密歇根州立大学历史硕士，学历史出身的她具有史家使命感，因此她会为哈佛的学术华人立传，再加上文学修养极高，形成了文史兼通的写作风格。张凤近年来佳作频出，都与哈佛相关。主要作品除《哈佛问学录》《哈佛缘》外，还有《哈佛心影录》《哈佛哈佛》《域外著名华文女作家散文自选集——哈佛采微》《一头栽进哈佛》等。《哈佛问学录》是人物思想传记，王德威教授称其将哈佛华裔学者一网打尽，孙康宜教授赞其为“儒林正史”；《哈佛缘》是张凤的一本散文集，涵盖哈佛历史、知名学者、哈佛生活、个人身世、社会观察等多个侧面。在这两本书中，我们可以看到张凤作为哈佛学人的周密与敬业，可以看到作为一个史学专家的历史责任感，可以看到在哈佛这一以男性为中心的学术场域中的女性力量，可以看到文学与历史的水乳交融，也可以从自传写作中看到张凤史传散文写作的深层动力。

一、史蕴诗心：史料、追忆和档案的佐证

英国20世纪著名的传记文学作家和批评家哈罗德·尼科尔森在他的《英国传记文学的发展》一书中探讨了传记产生的原因：“传记为满足纪念的天性而诞生。”[2]胡适一直倡导传记文学，也劝老一辈的朋友多保留传记的材料，甚至自己记日记的立场也是以备后人研究。在1953年台湾省立师范学院（也即后来张凤就读的台湾师范大学）的演讲中，他认为中国文学最缺乏、最不发达的是传记文学，《史记》《汉书》《后汉书》《三国志》《晋书》等都是传记，但多是短篇，另外中国传记文学的重大缺点是“保存的原料太少，对于被作传的人的人格、状貌、公私生活行为，多不知道；原因是个人的记录日记与公家的

---

① 威廉·狄尔泰著，艾彦译：《历史中的意义》，译林出版社，2014年版，第34-35页。
② 陈兰村：《中国传记文学发展史》，语文出版社，2012年版，第17页。

文件，大部分毁弃散佚了。这是中国历史记载最大的损失”[①]。梁启超不但是一位优秀的传记文学作家，还对传记文学理论进行过研究，提出了明确的文体意识，认为“历史所关注的是群体形态，传记则应把重心放在传主的个体形态上”[②]。《哈佛问学录》是哈佛华裔人物合传，重点将关注点聚焦在哈佛与华人的关系上，论介了哈佛燕京学社75年汉学经纬，赴美教学第一人戈鲲化，纪传第一位华裔美国东亚图书馆馆长——哈佛燕京图书馆首任馆长裘开明，哈佛女校编年特意点明了长期男性场域的哈佛大学中的女校瑞克里夫学院，并挖掘了在哈佛访问、学习过的叶嘉莹、张爱玲等知名华人女性。

首先值得称道的是张凤扎实的史料功夫、审慎的史实考证与历史意识。张凤曾任职哈佛燕京图书馆编目组25年，该图书馆被认为是西方汉学研究的宝库，图书馆的工作为她打下了扎实的资料基础。为了撰写《追怀汉学大师杨联陞院士》，张凤老师在哈佛的燕京图书馆萦心系怀地大找材料，并为白先勇教授、王德威教授、加拿大阿尔伯塔大学教授陈幼石等多名名家搜索资料。为了寻觅张爱玲的哈佛踪迹，张凤“上穷碧落下黄泉”遍寻其在哈佛和女校瑞克里夫学院留下的踪迹，遍访相关人物，又来到哈佛女校瑞克利夫档案部门，查阅到赖雅同张爱玲一道来到哈佛女校，并在哈佛所在地剑桥过世；在原瑞克利夫研究所图书馆查阅到了扉页有张爱玲亲笔签名的《赤地之恋》；寻访曾经访问过张爱玲的殷允芃；考据夏志清、庄信正先生1969年与张爱玲一起参与的东南亚英雄文学研讨会；将张爱玲亲手打字的履历表公之于世，并指出“张爱玲打字换行皆与成规有异，就像她所释放的才气一样，全不受框框禁锢”；并于1995年张爱玲逝世之后，她将其所留哈佛的档案、居住地以及亲笔订正留字的《北地胭脂》和《赤地之恋》首度在中文世界发表；在《绣荷包的缘分——哈佛中国古典小说史家韩南与张爱玲》一文中，详细记录了韩南教授和张爱玲在哈佛的不期而遇，张爱玲在聚会中向韩南教授馈赠绣花荷包（此荷包为李鸿章女儿，她的祖母李菊耦的家传宝物）的经过；也是在这篇文章中披露了韩南教授把绣花荷包、带有签名的《北地胭脂》、后来获赠的《红楼梦魇》带到图书馆托付给张凤，张凤以其历史使命感将这些宝贵藏品妥帖安置的全过程。张凤对历史的检索、记录、收藏之功不可没，所以后来负责瑞克利夫档案的Jane Knowles太太亦把她舒展新意的诠释也要去归档。

---

① 胡适，何卓恩编：《胡适文集治学卷》，长春出版社，2013年版，第19页。

② 陈兰村编：《中国传记文学发展史》，语文出版社，2012年版，第412页。

其次，张凤的传记散文写作秉持非虚构写作的真实性，揭示了文学史生成的真实语境和历史脉络，对我们掌握文学学术史的生成具有重要的资料价值。梁启超极其注重传记的真实，他认为史家的第一件道德就是忠实，特别重视以“口碑实录”的方式搜集史料。“躬亲其役或目睹其事之人，犹有存者。采访而得其口说，此即口碑性质之史料也。”（《中国历史研究法》第四章“说史料”）[①]读“哈佛书写”系列的惊喜之处在于张凤以史家的考证精神，提供了文学史生成的真实历史脉络。张爱玲在华语文学中的地位，应该归功于夏志清的《中国文学史》，但是夏志清是如何发现张爱玲的，张凤在《张爱玲与哈佛》一文中作了披露。在1944年夏的上海，夏、张二人就已经谋面，但当时夏志清专注在西洋文学，对于张爱玲的流行作品，夏先生一直没有兴趣读。直到1952年张爱玲离沪抵港，在香港美国新闻处任职，她的同事邝文美激赏其作品，和先生宋淇二人酷爱文艺，得知夏志清在写小说史，便把港版盗印的《传奇》《流言》等寄给夏志清，使他注意到张爱玲的卓越才情，张爱玲才得以被写进中英文文学史，向世界评介推崇。同时，宋淇先生笔名林以亮，与夏志清之兄夏济安先生是莫逆之交，夏济安先生曾对亲近的高足庄信正博士说过，其近代的三大小说家应该是鲁迅、张爱玲、张恨水，虽然这个评价值得商榷，但这种激赏态度也影响了夏志清的判断。夏志清在1955年离开耶鲁博士后研究工作之前就完成了《现代中国小说史》英文初稿，把张爱玲同“五四”以来享有盛名的作家相提并论。1957年他又发表了《张爱玲的短篇小说》和《评秧歌》，后被兄长夏济安翻译成中文，发表于《文学杂志》，奠定了张爱玲的文学史位置。1966年，经宋淇先生和夏志清先生推荐，张爱玲和“万象”发行人平襟亚的堂侄平鑫涛会谈，皇冠出版社合作出版她的中文著作三十年，从此获得稳定的版权收入，可专事著述而享其成就，使她的文字得以重放异彩。张凤认为夏志清在书中毫不媚俗地对张爱玲、沈从文、钱钟书、张天翼、吴组湘等被当时的主流文学史忽视的文学家进行了崭新定位，系统改变了中国现代文学的生态谱系。

在进行散文写作时，张凤具有非常自觉的史家意识和历史责任感。正如学者王一川指出：“张凤以史家的冷峻、作家的温暖，勾勒了百年来哈佛大学华裔学者的研学史。”[②]在《哈佛缘》第一辑《哈佛，哈佛！》中描画了哈佛校园

---

① 陈兰村:《中国传记文学发展史》,语文出版社,2012年版,第416页。

② 张凤:《哈佛问学录》推荐语,重庆出版社,2015年版。

及学舍、哈佛财政来源、历年知名校友、哈佛学院设置。《学者的梦土》描述了冰心对卫斯理与哈佛的相关回忆；曾在伦敦大学东方学院任中文讲师及在剑桥大学皇家学院研究乔伊斯和福斯特的萧干；在哈佛数度访学的王蒙先生；更有林海音、何凡、梅新等文学人物的交游往还。在《哈佛问学录》中尤其注意追溯早期哈佛的知名学者，如赵元任先生于1910年考取清华庚子赔款留美官费生，曾到哈佛主修哲学获博士学位，亦在哈佛教授过逻辑和语言，除此以外，他还获得数学、理学学士学位，在康乃尔教过物理，的确是“天宽地广做学问”。他的女儿赵如兰教授是哈佛首位跨东亚系和音乐系的教授，父女情深，对赵元任先生的入世思想有很深的理解。赵如兰是哈佛大学第一位中国女教授，其先生卞学鐄教授在美国麻省理工学院任教近四十年，是国际工程力学和航天工程方面备受赞誉的权威。哈佛儒者杜维明，是当代新儒家的第三代代表人物之一，为了儒家传统的现代化，投身公共空间。书中还回忆了故去的哈佛考古人类学名家张光直教授，《未央歌》的作者鹿桥教授，张爱玲与哈佛的关联，受邀来哈佛谈生死的禅佛学专家傅伟勋教授等。除了关注哈佛，张凤对自己涉足多年的华文文学领域也同样具有史家的历史责任感。《哈佛缘》的《亦文亦史》一辑中记录了在泉州举办的中国作协北美华文作家作品研讨会，梳理了华文写作在美国的发展情况；全景记录了世界华文作家协会洛杉矶千禧大会，表达了世界华文文学的传承与展望；北美华文文学的原乡书写与超越定位，对北美华文文学进行了全景扫描和详尽的作家评介，这也是一种自觉的史家意识。

“全部历史所具有的任务，就是把握各种互动系统。通过把各种个体的脉络挑选出来并且加以研究，历史学家就可以更加深刻地洞察历史世界所具有的结构了。”[①]张凤在对哈佛华裔学人的历史叙述中，记人叙事，勾勒出历史中这些哈佛华裔学者的生活状貌和学术思想，并删繁就简，突出他们与哈佛的关联。利用文献实录等方式传达了历史真实，再佐以文学的优美表达，使得历史更加可亲可近，史蕴诗心，达到了历史和文学结合的最佳境界。

二、悠悠月明：女性视角写哈佛

张凤以独特的女性意识和女性视角书写哈佛，观察文化名人，给哈佛和华

① 威廉·狄尔泰著，艾彦译：《历史中的意义》，译林出版社，2014年版，第30页。

人汉学界这个以男性话语为中心的文化场域带来了一种女性的柔美力量。其哈佛的书写从女性文化观和价值观切入，对于哈佛精神的传播，海外汉学的梳理都有重大的意义。张凤善于文学的感性提炼，其文字典雅精确、温文尔雅，在史料的整理和学人的论介中，常以文学性极强的方式表述，娓娓道来，充满情感的力量。同时，由于张凤长期为哈佛中国文化工作坊主持人，与李欧梵、王德威教授等主持了上百场哈佛中国文化工作坊等演讲会；又是北美华文作家协会创会的五位分会长之一，见证25年来北美华文作协的创立发展，曾二度担任海外女作家协会审核委员、北美华文作协纽英伦分会会长等职，与各界文化人物都有频繁的接触机会，不仅由书识人，更能由相处掌握这些文化名人的第一手资料，这使得张凤在写作的时候，不仅仅有严谨的学术立场，更具有文学的感性力量。

由于张凤常以感同身受的方式理解笔下人物，她不仅仅是客观地还原，也会在事实基础上提出自己的看法。在谈到张爱玲的哈佛时光时她指出，张爱玲深居简出，仅与夏志清、庄信正、于梨华、麦卡锡、王祯和等人有往来，正如胡兰成所说："世事经历很少，但这个时代的一切自会来与她交涉。"张凤以她哈佛三十年的体会指出"她以多舛的一生，时刻担心错误的抉择，只对少数未令她失望者信任"[①]。张爱玲的生平一直是研究者热衷探究的对象，也有不少研究者对张爱玲的自私与凉薄颇有微词，张凤老师以史家的考证精神指出，张爱玲与赖雅1956年8月14日婚后到10月两个月，赖雅就中风，康复时尚可为伴，后期更病瘫如风中烛，张爱玲照应了十一年。像她对两任丈夫都坚忍到生离死别不得不分，还承担生活费。推敲她生活行止，绝对尊重自我，讲求心灵自由，又相当情深义重。

在写作首位中国现代文学院士、哈佛东亚语言与文明系的教授李欧梵时，她的着眼之点不仅在于李欧梵的学术成就，还在他"真情动人"的爱情生活。在文中解密李欧梵为何从哈佛来香港科技大学做客座教授，可能竟是因为太太李玉莹身患抑郁症，直到携手归乡才痊愈，真是"忠厚而痴情的感情主义者"。后李欧梵与妻子合著《过平常的日子》，记录他们姻缘前段的甜蜜炽烈和后段抗病的相扶相持，令人动容。而要做出这样的刻画，非柔和感性的女性莫属，也正是张凤的女性视角使我们得以一窥汉学家的侠骨柔肠。

张凤以人物为中心，文史跨界的写作方式亦是亮点。西汉时期司马迁的

---

① 张凤：《哈佛缘》，广西师范大学出版社，2004年版，第193页。

《史记》就首创“本纪”“列传”体裁，以人物为中心展开历史画卷，后世的史传散文和传记文学都深受其影响。张凤在吸取中国传统文学优秀成果的基础上，以女性的敏感细腻、善于体察的内心书写了哈佛历史变动和学术长河中的人物。“任何一个历史性人物的生命历程，都是由各种互动过程组成的系统；在这种系统之中，个体感受到来自这种历史世界的种种刺激，因而是由这些刺激塑造的，然后，这个个体接下来就会对这种历史世界施加各种影响。”[①] 张凤书写的精彩之处在于具有史记精神，为人立传，这得益于她温柔细腻、善于体察人心的女性特质。在和张凤的交谈中，她指出：“没有深层内涵的文学作品大多流于肤浅，而我因为对人有着浓厚的兴趣，选择历史专业是希望加深自己看人待物的历史感……文史哲的人物更加永恒。”正如张凤所说，她对于人物具有浓厚兴趣，这也是她切入历史的独特方式。印象颇深的是，张凤在每次参加研讨会之后，都会将人物一一记录，这是一种负责任的对历史的还原作风。也许是因为张凤多年身处康乃尔、哈佛这样的世界名校，所见皆为大师，她有一种自觉的历史责任感，又由于她多年主持哈佛中国文化工作坊，邀请国内外各界名家演讲，交游丰富，眼界开阔，与诸位大师亦师亦友，可看到他们学术性的一面，也可接触到他们生活化的一面。

张凤以人物为中心的传记书写群体中有民国大师，也有当今汉学名师，亦有新锐学人。王德威指出：“张凤对各个学派及学者都做了专精的研究，再经各位亲阅授权发表，每一篇皆严谨呈现学者的面貌风采，深入浅出，鲜活感人，且极具可读性。”[②] 诸如辗转探寻曾在哈佛访学的张爱玲，“人间四月天”的林徽因，徐志摩，胡适语言与音乐学家赵元任，亲如母女的赵元任女儿赵如兰教授，前去拜访的冰心和萧干，林海音和何凡伯，常春藤盟校百年首位华裔系主任、启发汉学的考古人类学家张光直教授，哈佛燕京学社社长哈佛燕京中国历史及哲学与儒学研究讲座教授杜维明，族裔研究计划主席李欧梵教授，首开现当代中国文学课的王德威讲座教授，还有《未央歌》的作者鹿桥教授，讲述的艺术史汪悦进讲座教授、李惠仪教授和田晓菲教授，到哈佛演讲、常春藤盟校百年首位女性华裔系主任孙康宜教授、李远哲教授、作协主席王蒙等，更值得一提的是，上述人物大都与张凤有过接触，其通过自己的亲身感受展示了哈佛与华裔学人的学术因缘。由于张凤的先生黄绍光博士在哈佛是核磁共振实验

---

① 威廉·狄尔泰著，艾彦译：《历史中的意义》，译林出版社，2014年版，第32页。

② 张凤：《哈佛问学录》，重庆出版社，2015年版，第3页。

室的主任（后升贵重仪器中心的主任），故她不仅可以结交人文社会科学的顶级学者，也与自然科学的著名教授和多位诺贝尔得主们朝夕共处。在长期频繁的接触中，她对这些出色的华裔学者的精神魅力与丰富的内心世界更加了解，从而用自己具有人文情怀的生花妙笔，将这些诺奖得主伟岸的精神群像刻画出来，引人入胜，填补空白。

三、自传叙事："亦文亦史"写作个性的形成

张凤写作还有一个维度，虽然在整体以哈佛华裔学者为中心的散文叙述体系中往往被遮蔽，但却是哈佛叙事的一个重要补充，那就是以个体为中心，围绕哈佛生活的"自传叙事"。自传散文，也是传记散文中重要的一部分，虽然张凤在这一领域笔墨非常克制和谦逊，但这对于理解张凤的写作特点，完善张凤哈佛叙事的逻辑链条具有重要的意义。通过这些描写个人成长历程和生活状况的散文，我们可以寻找到张凤何以开始了她的富有历史和情感的哈佛叙事，她的写作又将走向何处去。

《哈佛缘》是一本散文集，集中包罗万象，可看到张凤史学、文学、事业、生活各个侧面。《美国梦》是个人叙事，描写了父母子女；《漂流游子心》中追溯了父母由四川和江南出发相遇，迁徙漂流，跨海至台，而自己适嫁黄家，成为客家媳妇，客居北美寒带四十年，漂泊无定，由此生成离散漂泊观点，"师法犹太人非裔以全球的漂流为动力，蓬勃发展出上乘的漂流文学，书写心灵的故乡"；《大都会危机》聚焦自己和亲友亲历的"9·11"事件，关注文明冲突和世界秩序的重建；另有篇目关注成长教育中的情绪管理，创建艺文小集，参与大波士顿区中华文化协会，历数自己在海外侨校教学的体验；《冰上之星》中关注挪威冬季奥运；哈佛缘中更有对美国总统竞选、美国梦、哈佛与常春藤等的看去，夫妻关系的讨论，对黛安娜王妃的死亡的看法，对当下影视作品的鉴赏讨论，对顾城杀妻事件的思考，等等，关注面涉及社会生活的方方面面，可让我们感受到张凤的个人生活中亦充满了美国生活的脉搏和学院派的社会责任感。

"我相信：所有我们所说的话语，所有我们所做出的行动和姿态，无论是已经完成的，或者只是个梗概，它们各自与相互之间，都可以理解成一个个非预期的自述之中的离散片段；虽然并非出于本意，也或许就是因为不经意，这些片段却十分真诚可信，与形诸写作、见诸纸面的最细节的生命叙事相比，毫不逊色。""在这世上生活的每个人，都应该为他或她自己的人生，留下书面的

叙事记录。”[①]张凤的私人叙事正是自己的生命叙事，从这些个体生命的点滴叙述中，我们窥见张凤传记散文的形成原因和其文学风格的养成。

在《经理岁月》一文中，张凤写道：“在父母老泪涟涟的送别之后，来到那号称中西部十大校中校园最广阔的密歇根州立大学，才发现几百个中国留学生，真的只有我一个继续深造历史。”[②]当时迫于生存压力，很多台湾留学生一到美国以后就会转系，改读商科，但是张凤钟爱文史，坚持申请到了艾奥瓦大学的全额奖学金，和密歇根州立大学的部分奖学金，最后选择了男友所在的密歇根州立大学。在男友不落言筌的默契和支持下，两人在学业和婚姻道路上并肩而行。后兴趣又由史学转向文学，“亦文亦史”的写作得到前辈们的鼓励，始有了今天的散文名家张凤。

“自传是对于个体对他自己的生命的反思的文字表达。当这种反思被转化成为对于另一个个体的生存状态的理解的时候，自传就会以传记的形式表现出来。”[③]《心灵的河流》最能体现张凤的人格魅力，张凤曾经侍奉老年失忆的母亲长达13年、老病的父亲半年，这期间张凤以中国传统女性的隐忍与孝顺，为父母亲喂食洗漱，伴父母亲走过了异国人生最后的时光。《心灵的河流》中的这个河流，可以是母亲的祖居故地泉州或后来“远去天府故乡的重庆海棠溪，或父系的江南”“父亲一路领着母亲，到六朝金粉的南京，又往十里洋场的上海，再雇船返嘉兴府老家。再经沧海，父母难寻江村浅渚，总算在台北之郊的碧潭湾处，为我们建起小桥流水人家”的家族漂流，水滋养着他们的生命，时时随物婉转，与心徘徊，体验真情和美善，情意与理智遇合，也造就了这一家人的和美与事业的传奇。《母亲与毛衣》一文读来令人落泪，晚年母亲萎缩衰弱，失智失忆，淹滞在床，张凤日夜辗转病房亲侍，其中艰辛自不待言，但言语之间皆是对父母的感恩与深情；《我爱纽约》《我的瑞士朋友》中爱的不是纽约的繁华都市，不是瑞士的风光，而是与纽约、瑞士相关的人与事；《家和万事兴》是对公婆的深情与发自内心的孝爱；《师恩》中追忆了自己历任的老师，学成之后不忘恩师，这是深藏在张凤血液中的中华文化的传统之风。正是年少成长期对史学的执着、对师恩的感念使张凤获得了在史学的道路上坚持

---

① 萨拉马戈著，廖彦博：《谎言的年代：萨拉马戈杂文集》，中信出版社，2014年版，第13页。

② 张凤：《经理岁月》，载《哈佛缘》，广西师范大学出版社，2004年版，第356页。

③ 威廉·狄尔泰著，艾彦译：《历史中的意义》，译林出版社，2014年版，第31页。

前进的力量；中年时期对婚姻和家人的负责，对工作的谨饬认真和对朋友的诚恳，使得张凤获得了家人对其事业的支持和众多学界名人对她的欣赏与鼓励；在写作过程中，亦文亦史的跨界风格，具有女性特质的深情细腻，对社会人生的人文关怀，使她以哈佛为中心的传记散文之路越走越踏实，越走越开阔。

伍尔夫曾经满怀深情地谈道："我们阅读传记和书信，可以将此作为一种方法。我们可以借此使许多往日的窗户里重新亮起灯火，由此看到那些早已死去的名人当初是怎样生活的。"① 当然，在张凤的哈佛系列写作中，不只是纪念已逝世的长辈，更为还活跃在国际舞台上的名家立传。张凤少治历史，学有根底，具有严肃认真的写作态度，修辞立诚的散文格调，这使她的传记散文具有很高的史料价值和文学价值。她的哈佛书写系列，以其工作生活的哈佛为中心，描写了哈佛的历史缘、学者缘、生活缘、社会缘。在这书写系列中，展示出了张凤扎实的史料功夫、严谨的史实考证与历史意识。张凤以独特的女性意识和女性视角书写哈佛，亲炙文化名人，在哈佛和华人汉学界这个以男性话语为中心的文化场域中带来了一种女性的价值立场和感性态度。她以人物为中心的文史跨界的写作方式，刻画了与哈佛有关的一代大师，展示了国际学术舞台的华人力量，正可谓"明月悠悠照哈佛，史蕴诗心耀后世"。而其跨界写作的文学价值和史学价值还未被充分发掘，值得研究者进一步深入讨论。

（原文刊于《名作欣赏》，2017年第2期）

---

① 弗吉尼亚·伍尔夫著，刘文荣译：《伍尔夫读书随笔》，文汇出版社，2014年版，第10页。

多维视角下的“少君现象”学理分析

少君原名钱建军，是一位横跨多领域的传奇人物。他本人出生于军旅之家，性格中具有军人的坚毅气质。在北京大学他学习声学物理专业，理科背景使他很早进入网络文学领域，后赴美攻读经济学专业，获得美国德州州立大学经济学博士学位。毕业后在匹兹堡大学和普林斯顿大学做研究员，此后在美国一家高科技公司任职。在经济领域，他但任过《经济日报》记者，参与过国家“七五”规划报告的调研起草，并参与了国家西部开发战略的规划和决策研究，参与过《中国西部发展的若干问题》《西部报告》等文件和调研报告的起草。在文学领域，他已出版并在网上流传的主要作品有：《奋斗与平等》《愿上帝保佑》《人生自白》《大陆人》《少年偷渡犯》《新移民》等，散文集《凤凰城闲话》《阅读成都》《人在旅途》，诗集《未名湖》等，都在华文社会引起巨大反响，海外华文评论家陈瑞琳称他为新移民“网坛”最具实力的作家、华文网络文学的领军人物。

如今，少君已逐渐淡出文学写作，但他“人不在江湖，江湖依然有他的传说”，对少君网络文学创作的研究与评论依然不少，主要集中在文学领域，研究其文学创作的主题、内容、形式，探讨其话语模式和思想内涵。但笔者在对少君进行研读的时候，却发现对少君的理解不应该只局限在文学内部，少君的写作恰逢一个互联网迅速普及，创意写作、创意文化兴起的大时代，数百年未见之时代变局塑造了少君，也成全了少君。少君的写作与受欢迎不仅仅是一种文学现象，还是一种社会现象、传播现象、文化现象，是一种超前的跨界写作。多种文化身份带来了广阔的文化视野，雅俗共赏的美学风格及市场、民间、跨界创意相结合是“少君现象”的多重内涵。

少君于2005年夏受邀到成都访问，成都一家出版社将《阅读成都》出版后，迅速在当地与上海开展面向海内外的持续近一年的“‘阅读成都’有奖征文活动”，发奖前邀请获奖者免费到成都参加“五一黄金周”旅游活动。接着，2006年又在成都举办了“第二届国际新移民华文作家笔会”，产生了巨大的社会影响和经济效应。在《阅读成都》的写作和出版过程中，我们可以看到市场的参与和媒体的介入，虽然当时还没有“创意写作”概念，但这已经是一个典型介入市场和社会的“创意写作”现象。在中国作家还在耻于谈钱，认为写作就是情怀的时代，少君已经敢于宣称自己通过写作获得大笔版税，这本身就是一种敢为天下先的时代精神。创意写作主要有三大特点，一是与市场的紧密结合，二是全民写作，三是跨界性，这三个特征都在“少君现象”中有较为明显的体现。

一、市场：少君创作的创意导向

1912年美国经济学家熊彼得就提出：“现代经济发展的根本动力不是劳动力和资本，而是创意，创意的关键在于知识信息的生产力、传播和使用。”20世纪20年代末，创意写作（Creative Writing）诞生于美国艾奥瓦大学，后来作为新兴学科在美国及西方国家的高校确立并推广。创意写作学学科的诞生和发展，改变了欧美战后文学发展的格局，也彻底改变了欧美文学教育教学思想体系，为欧美文化创意产业的兴盛和发展奠定了学科基础。创意写作与传统写作的区别就在于其敢于放低身段，主动向市场示好。“创意”一方面是与写作中的创意对接，另一方面与市场“创意”对接，强调文学的生产创意和生产力转化。文学不再是关起门来的自娱自乐，也不再是写作的终端产品，而是可以在文字的基础上通过创意实现文学的生产力价值。创意写作可以把握市场导向，也可以适应当下丰富复杂的市场化需求。“市场，不仅仅是社会生活中一只‘看不见的手’，它也是文学发展中一条鲜明重要的掌纹，这条掌纹未必就是文学的生命线，但是一定隐藏着文学发展的生存机遇，甚至彰显着文学发展的走势与方向。随着整个国家的经济转型，市场化不可避免地全面进入文学艺术创作的天地。”[①]创意写作不仅重视文学本身，同时也重视附着在商品与消费上的创意写作、创意文本、商业策划、创业策划、活动策划、广告写作、软文生产、媒体创意都可以与创意写作相结合，写作的意义与内涵的边界在迅速扩大。

2000年，少君的网络文学写作发生重大转向。他听从佛学大师建议，从商海中急流勇退，从科技重镇达拉斯退隐到沙漠绿洲凤凰城，开始创作城市

① 江冰：《新媒体时代的80后文学》，人民出版社，2014年版，第177页。

散文系列，这批散文集成为第一批成功商业化运作的网络文学畅销书。2000年广州的南方日报出版社推出了少君的网络文集《一只脚在天堂》，同年北京的群众出版社推出了少君的《网络情感》；2001年中国文联出版社连续推出少君的网络文学作品集；2005年成都时代出版社成立了“少君工作室”，专门策划和制作少君的出版物，推出《印象成都》《食色锦里》《约会周庄》《台北素描》等二十多本畅销书。“‘网纸两栖写作’在保持了网络写作的游戏本性的同时，也培养起消费性格，这种双轨并行的特性，展现出处于边际语境中的网络文学在消费文化时代的特性和优越性。”[①]少君的城市旅游散文成为不同城市的文化名片，少君也成为最早被市场选择的网络文学作家之一，同他一起成为网络文学图书出版市场先锋的还有大名鼎鼎的王伯庆、方舟子，他们的城市旅游、生活教育、养生保健类型图书在中国图书出版市场迄今依然是最具有活力和市场号召力的三类图书。

二、民间：少君创作的创意美学

少君虽然属于精英阶层，他早期接触互联网也是因为他的精英身份，但他的小说写作却是一种典型的“平民写作”，这和网络文学的平民化倾向和创意写作的全民化特征都是吻合的。少君的100篇原创网络短篇小说《人生自白》系列，开创了网络“自白体”的先河。少君于1997年1月到1999年2月在美国报纸《达拉斯新闻》上连载一百篇“人生自白”系列小说，后被《新语丝》《世界日报》等北美网络和平面媒体转载，又通过《人民日报》《联合报》《世界华文文学》等两岸媒体与国内读者见面。《人生自白》全部采用口语化的语言风格，采访式文体，旁观者的视角，对话式的结构方式，带有距离感的冷静客观的叙事风格，娓娓道来，让人感觉真实可信，没有距离感，符合平民写作的特点，能够引起各阶层读者的兴味。

从大数据来看，网络文学早期作家多为理工科精英，后逐步趋向平民化，形成“全民写作”特征，写手来源有学生、公司白领、公务员、厨师、教师、军人、农民等各行各业，学历分布参差不齐、构成复杂。年龄上，18～30岁的网络作家是主体，人数超过一半。

这种平民化倾向逐渐成为现代性的一个重要层面，日常生活理论对此有

---

① 蒙星宇：《网络少君》，九州出版社，2011年版，第40页。

深入的研究与剖析，认为现代人开始从天国返回到尘世，返回到生活的现实世界，提倡建立个人在人类社会存在与发展中的本体论地位。列斐伏尔也强调，日常生活是一个平面，而这个平面比其他平面更为突出，因为“人”正是在这里被发现和创造的，个人就是以日常生活为中心不断地塑造自己的世界。当下的世界已经成为一个消费主义的世界，消费主义世界的主要特征就是日常生活的异化。而创意写作作为一种没有门槛的全民化写作，其重要的意义就是通过写作让个体发现自身，对抗“异化”。密尔顿在《失乐园》中说：“对我们日常生活的了解是最大的智慧。”[①]民间化写作是一种个人情感宣泄的出口，“创意写作就是一种‘障碍突破’，与心理学紧密关联，通过外界的引导，用创作潜能激发的方式，通过写作，表现出作者潜意识里的‘白日梦’，用弗洛依德的人格理论来讲，也是达到一种自我平衡的方式。通过对日常生活的记录、反思和发现，可回到生活中去，在生动鲜活的日常生活中寻找意义，避免异化”[②]。少君的写作就具有这种宣泄性、疗愈性特征。在快节奏的商战生活中，在穿梭于不同国家的空间变换中，在日理万机的工作压力中，少君通过写作来释放压力，寻求了解和沟通，从自我发现的基础上延伸到家族、单位、地域、国家、人类经验的书写，通过创意写作让读者重新认识自我、反思自我。少君认为他的写作：“基本特征是宣泄性，不过分讲究文句的修饰，不太考究表达方法。而其中最重要的是：语句构成简单、情节曲折动人和贴近网络生活本身。也许很多文学素养比较好的作家对这类作品不怎么看得起，但是无疑，这种类型的作品是目前最被网络认同的作品。文学最大的社会价值就在于对生活的描述和提炼，然后得到最多数人的认同，并能影响其他人的道德观念、生活观念以及人文思考。”[③]这些特点都是很符合创意写作的平民化特征的，所以其创意写作能够为市场所欢迎。同时，少君的小说写作中所使用的语言方式主要是口语，他用现实生活中动态的语言形成了一种“语言游戏”，正如维特根斯坦所言，“语言游戏”与“生活形式”紧密关联，这使语言的使用和下棋、打牌等活动一样都成为一种游戏。现实生活中动态的语言瓦解了传统纸质写作以艺术语言构建起来的文学诗性精神，阅读时不会给读者带来精英立场的压力，

---

① 查尔斯·泰勒著，韩震等译：《自我的根源：现代认同的形成》，译林出版社，1998年版，第342页。

② 张娟：《多维视野下中国创意写作发展的本土化路径》，《广西科技师范学院学报》，2016年，第6期，第4页。

③ 钱建军：《第X次浪潮——华文网络文学》，《华侨大学学报》，1999年，第4期，第67页。

反而会带来读者疗愈性满足和替代型快感，这种阅读体验类似于当下盛行的爽文。这种创意快餐式文学和传统读起来沉重、负载着思想和哲学内涵的纯文学不同，目的就是让读者在阅读时有愉悦感。

三、跨界融合：少君创意写作的本质特征

少君的作品具有明显的跨界特征。中西文化背景、文理学科底蕴、多元的文化视野和开阔的思维方式，使得少君在写作中跨界创意频出。其跨界既表现在文学创作向媒介溢出，又表现在文本的跨界写作。从《人生自白》《人生笔记》等网络文字被各家中文报刊争相转载继而出版著作的过程中可以看到网络、文本、出版的互动和融合；在《阅读成都》的写作和出版过程中，我们可以看到媒体、出版社、学界、政府的跨界联合，从而使得文学写作行为拓展成为创意活动行为。在写作中，少君的旅游散文写作也是历史、政治、文学、史学相结合，跨界创意，多元文化汇聚。《人生自白》更是展示了他将不同领域融合的超强能力。在《伊丽莎白》中少君以采访一个饱学的理论学者的方式非常专业地探讨了中美关系，分析了美国的全球战略和保守势力的意图，探讨中美两国经常发生误解的主要原因是缺乏了解，在世纪之交反思这个世纪留给我们的遗产和我们应该期待一个什么样的未来。在《铁达尼号迷》中分享中西不同的领悟方式，提出“人类处境”和“自我修行”的思考背后的基督教文化和“人类无限”的理想失落与质疑，提出在20世纪初震撼“理性至上，上帝已死”幻梦的铁达尼号事件，在20世纪末为了寻求“自由”与“负责”而复活，非常有深度。在《经济学家》中则专业分析了当时国际的经济金融形势，并准确地预测了后来发生的美国的金融危机。《美丽的研究》非常独特地从系统论和心理学角度，开创性地把社会分析中的分层方法应用于女留学生的人际关系分析中，找出了几个众人没有注意到的一般性现象的底层规律，横跨心理学、电影学、经济学、统计学、政治学等不同领域，给人带来丰富的资讯量和交叉性的阅读冲击。少君在《北美华文文学中的网络文学》中谈到网络文学的未来，第一个特点就是“立体表达”，其实这就是一种“跨界写作”。“当一个人物在小说里出现时，你可以选择要不要看看人物肖像；当文章中需要回忆镜头时，一段蒙太奇手法的影片在显示器上变幻而出；当文章中提及某段音乐或者描写一个场面时，可以有音乐和现场音效让你的耳朵得到满足；甚至，将来的电脑可以产生三维的立体画面让你亲临冒险现场；甚至，只要你愿意，你可以闻到

应该有的味道、感觉到应该有的季节和气候……”[①]这就是典型的跨界写作，虽然以科学技术为核心的这种跨界写作还没有普及，但跨界写作和跨界联合的确已经成为一个重要的文学现象。正如迈克·费瑟斯通所言：“他们不能简单地归为流行文化或大众文化——同样也不能简单地认为他们属于高雅文化。可以说，这是一个‘跨越边界’的例子，先前封闭的文化形式轻易地穿过了曾一度守护严密的界限，产生出不同寻常的关联与融合。”[②]

虽然少君写作的时候大陆还没有提出“创意写作”概念，但是在当下的中国，我们可以看到创意写作在质疑和反对声中已经逐渐成长成为不容忽视的力量，已经作为一种和市场、民间联结更为紧密的跨界的实用主义文学潮流，被时代和社会呼唤。从创意写作角度来看，“少君现象”正是传统的纯文学生产模式和与市场结合的创意写作生产模式的第一次碰撞，而少君的作品被市场认可正是一种新的文学价值观念的激活。“少君现象”提示我们，创意写作在自己的发展历程中，文学创作行为在经济价值上的自给自足和艺术性的不断加强，正是当下中国创意写作应遵循的发展之路。

（原文刊于《世界华文文学论坛》，2017年第2期）

① 蒙星宇：《网络少君》，九州出版社，2011年版，第202页。

② 迈克·费瑟斯通著，杨渝东译：《消解文化：全球化、后现代主义与认同》，北京大学出版社，2009年1月版，第6页。

一座建筑背后的人世悲欢和历史沧桑
——空间视域下的《丁香公寓》

叶周，资深电视制作人，北美洛杉矶华文作家协会荣誉会长，曾为《洛城作家》主编，在中国内地、香港、澳门和美国发表了数百万字的影视评论、小说和散文。出版有长篇小说《美国爱情》《丁香公寓》，散文集《文脉传承的践行者》《地老天荒》等。在叶周的小说和散文创作中，空间是一个无处不在的存在，如在《肤色》《美国爱情》中以“美国/中国”的空间和文化对比立意，在《丁香公寓》《布达佩斯奇遇》《布拉格之秋》《生命中的一道闪亮》中以空间为中心进行书写，空间的位移、对比和审视成为叶周小说中值得注意的一种形式构型。

“空间批评”的理论基础是西方当代空间理论。在当代西方“空间转向”的趋势中，空间批评突出文学对现实空间的参与性与并置性。1974年，法国马克思主义哲学家亨利·列斐伏尔在《空间的生产》一书中指出空间的社会性，认为空间不是静止的，而是生成的，而且可以反过来与社会和人的行为产生内在的关联，是一个动态的实践过程。在空间中叠加着社会、历史和空间的三重辩证关系。列斐伏尔从宏观层面上强调空间的社会性，把空间和社会生产关系作为空间思考的重心。“空间是带有意图和目的地被生产出来的，是一个产品，空间生产如任何商品生产一样，它是被策略性和政治性地生产出来的。”[①]在列斐伏尔看来，空间不是从观念中想象出来的，而是政治经济的产物，是被生产出来的，所以必然背后充斥着意识形态。对空间的描述、空间的建构方式以及赋予空间不同的含义，不仅是作家创作特色和创作观念的表征，同时也呈现出更为深沉、广阔的政治、文化和意识形态意义。

要走进叶周的文学创作，空间是一个重要的切入口。正如刘俊评论“对

---

① 汪民安:《身体、空间与后现代性》，江苏人民出版社，2006年版，101-102页。

于叶周的小说创作而言，我觉得他的‘自我’特点，就是通过对新时期中国人从‘文革’中走出，又从中国（上海）走向美国的人生轨迹的描画，展示中国人在走出‘文革’、走向世界的过程中，所带有的时空印记和文化心理，并在这个展示过程中，融入自己独特的思考”[①]。“中国/美国”“上海/旧金山”是叶周小说中常见的空间构型，《丁香公寓》更是直接以空间命名，以丁香公寓这一特殊的大楼为中心，通过空间建构的方式，展示出深沉而广阔的历史和时代内涵。叶周在《丁香公寓》中展示出了现实空间、历史空间与身处其中的心理空间，而空间的断裂和空间的流浪背后是一个时代的变迁与风云。

一、丁香公寓的现实空间

上海西区的丁香公寓是当时上海为数不多的西式公寓之一，里面住了不少文化名人和社会贤达。小说中写道："丁香公寓这幢建造于民国初年的西式建筑，楼高八层，外墙呈灰白色。如果从空中俯视，大白楼呈梯形状，正面朝南，两翼直线包抄，使得大楼稳稳地落地站立。前方是一个枝叶繁茂、绿草如茵的花园。站在花园中抬头望楼，三面环抱，只露出头顶上一片天空。楼前的园子宽阔，有深度，站在园子里并不会感到压抑，三面环抱的楼体也并不单调。中间全部是宽阔的落地钢窗，左右两面则有欧式镂空环圆式阳台。这样的建筑格局，在当时的十里洋场当之无愧地体现了建筑师洋为中用的匠心。"[②]

小说中的丁香公寓，就是现实中的枕流公寓。枕流公寓（Brookside Apartment）是位于上海市静安区华山路699号至731号的一幢西班牙式公寓大楼，被列为上海市优秀近代建筑。这里原是英资泰兴银行大班1900年建造的花园住宅，不久便被李鸿章家族购去，业主是李鸿章的第三子李经迈。李经迈在清朝曾出使奥地利，历任江苏、河南、浙江按察使。辛亥革命后寓居上海租界。1920年开始，随着城市人口的快速增长和土地制约的因素，上海开始兴起建高层公寓的风潮。1930年，由美资哈沙德洋行设计，翻建成地上7层的公寓大楼，建筑面积7970平方米，占地面积3944平方米，其中花园面积有2500平方米。大楼平面为曲尺形，主入口朝北。枕流公寓的建筑和装修质量

---

① 刘俊：《从上海到美国——论叶周小说的时空印记和文化心理》http://www.shzuojia.com/zhuanti/2016hwlt/dt-lz.html.

② 叶周：《丁香公寓》，上海文艺出版社，2014年版，第7页。

在20世纪30年代属于高档。“二十世纪三十年代，丁香公寓所在的区域成了法租界。这幢楼当时曾经做过法属跨国公司高级员工的公寓，一直到1949年共产党在全中国取得政权以后，政府将这幢楼收归国有，将它分配给享受国家高级待遇的人士居住，于是这幢楼里住进了许多高级干部、高级知识分子和爱国资本家。丁香公寓这幢历史悠久的西式公寓从此更增添了它的神秘色彩。”①

取名为“枕流”是因为公寓内有2500平方米的花园、草坪和山石水流，地下室还有游泳池。这样的设置在当时公寓楼中是极为少见的。“枕流”二字出自《世说新语》，取“枕石漱流”的含义，希望人生活于此能暂避喧嚣，过上枕石漱流般的生活。另一种说法是“枕流”这词，与“brook side apartment”近义，也与公寓内那占地极大的花园、流水以及地下室中的游泳池相衬，又合李经迈个人心迹，遂得使用。不过最靠谱的说法是当时李经迈登报征名，应征者中有人建议用《世说新语·排调》篇中孙子荆劝说王武子归隐山园的故事“枕流漱石”命名，“枕流”是为洗耳，“漱石”是为磨砺牙齿，比喻居安思危，磨炼意志。这个解释也最接近枕流公寓百年的沧桑命运。

但是，生活在这里的人并没有真的过上这种世外桃源的生活。“文革”期间，抄家、批斗之声打破了枕流公寓的宁静，“造反派”和“红卫兵”不时冲入，家家提心吊胆地生活着，不知灾难何时降临或再次降临在自己的头上。在“后记”中，作者写道：“在这幢公寓里，曾经住过著名演员周璇、乔奇、孙景璐、傅全香，著名导演朱端均，报人徐铸成，画家沈柔坚，工商界人士胡厥文，科学家李国豪，等等。在我的记忆中，我们随父亲叶以群搬进来以前，那室公寓原先住着著名作家周而复，他曾经在那里创作了长篇小说《上海的早晨》。后来他到北京去文化部工作，腾出了房子，父亲才搬进去。作为文学评论家的父亲曾经在家中接待过许多文学界的同事和朋友，如巴金、荒煤、于伶、孔罗荪、柯灵、艾明之和其他文学前辈，也曾在客厅会见过来访的外国作家。”②1966年8月2日清晨，叶以群站在大楼的高处，看到有车随“造反派”停在枕流公寓前准备抓他，就决然从六楼一跃而下，自己抢先结束了生命。

作者谈到每次回国探望母亲，都会在这幢年轻时代生活过的公寓里上上下下地走走看看，现在这幢公寓门上挂上了“上海优秀历史建筑：文化名人

① 叶周：《丁香公寓》，上海文艺出版社，2014年版，第8页。

② 叶周：《丁香公寓》，上海文艺出版社，2014年版，第327页。

楼”的牌子，曾经的住户们的名字也刻在了牌子上，但是里面的故事是无法刻在上面的。“如今前辈们已逐渐离开这个世界，他们在那里生活过的往事却依然历历在目。为了不让这些故事如浮云般消失，我开始小说《丁香公寓》的创作。”①“不管城市如何迅速地发展，作为城市记忆的历史依然有不可低估的史学价值。这些年来上海十分重视对老建筑的保护，实体的建筑被保护了，在建筑里曾经发生过的一件件、一桩桩惊心动魄的故事，更不应该随着生者的离开永远消逝。我的故事是一种记录，也是在心中为往事挂一块文物保护的牌子。”②

小说中郭子的父亲原型是著名文艺评论家叶以群。叶以群（1911—1966），原名叶元灿、叶华蒂，笔名以群，安徽歙县人，文艺理论家。曾留学日本，就读于东京法政大学经济系。1931年回国，参加中国左翼作家联盟，任组织部部长，领导左联活动。1932年加入中国共产党，担任过《北斗》《上海文学》《收获》等杂志的主编或副主编。1932年开始发表作品。1954年加入中国作家协会。叶以群在文艺理论方面造诣极深，著述很多，主编有高校教材《文学的基本原理》；著作有《创作漫谈》《文学的基础知识》《在文艺思想战线上》《鲁迅的文艺思想》等十多种；译作有《苏联文学讲话》《新文学教程》等。新中国成立后，先后担任文化部对外文化联络局副局长，1952年调上海，任华东局和上海中苏友好协会副总干事、上海电影制片厂副厂长、上海市文联副主席、上海市作家协会副主席、上海市文学研究所副所长、《上海文学》和《收获》副主编等职。因受“潘汉年案件”株连，被长时间审查。“文化大革命”初期被迫害，跳楼自杀身亡。叶周编著的《文脉传承的践行者——叶以群百年诞辰纪念文集》记录了“以群与周恩来总理、郭沫若、茅盾、周扬、巴金、于伶、罗荪、靳以、叶子铭等不同阶层人士的文学活动交往，从而呈现了文学发生和发展的内部运行机制和时代文学圈的精神生态，具有重要的史料价值”。③

《丁香公寓》这部小说就是从郭子父亲的意外离世写起，从郭子童年在丁香公寓生活，到青年时北上锻炼，再到中年时离散美国与丁香公寓的旧友重逢，以丁香公寓这座建筑为中心，串联起了生活在丁香公寓的一个特定阶层的具有时代性的历史故事。故事跨度二十年，这二十年，既是主人公郭子成长的

---

① 叶周：《丁香公寓》，上海文艺出版社，2014年版，第328页。

② 叶周：《丁香公寓》，上海文艺出版社，2014年版，第329页。

③ 张丽军：《读叶周〈文脉传承的践行者〉》，《百家评论》，2013年，第3期，第121页。

二十年，也是共和国历史在曲折中前进的二十年，一群和郭子有着类似的命运的小伙伴在时代大潮的裹挟下，失去亲人，被命运捉弄，又顽强地把握着自己的命运，直至最后在大洋彼岸重逢，不但时间跨度大，空间跨度同样巨大。小说有一个突出的特点就是丁香公寓作为主人公成长和出发的地方，成为整个故事的真正内核，不管出走还是归来，丁香公寓都是小说中人物的精神原乡。

二、“出走—归来”的空间位移中的叙事线索

迈克·克朗在《文化地理学》中认为“作为一种文学形式，小说具有内在的地理学属性。小说的世界由位置和背景、场所与边界、视野与地平线组成。小说里的角色、叙述者以及朗读时的听众占据着不同的地理和空间。任何一部小说均可能提供形式不同，甚至相左的地理知识，从对一个地区的感性认识到对某一地区和某一国家的地理知识的系统了解”[①]。在他看来，地理不仅仅是一个地理名词，它还包含了作家对这一地理空间的主观感受和自我理解，作家不仅仅描绘了这些地方，而且创造了这些地方，就如鲁迅的S城，莫言的高密乡。在《丁香公寓》中作者创造了丁香公寓这一空间，通过我童年时期在丁香公寓的生活，青少年时期离开丁香公寓，出走又归来，建构起“丁香公寓/外部世界”“中国/美国”“南方/北方”的空间位移。

《丁香公寓》的开头和结尾形成了“美国/中国”的空间转换，“我”和唐小璇这两个童年玩伴在美国相遇。“出走和回归”“大洋此岸和彼岸”的遥相呼应是叶周小说中的常见构型。小说的另一个空间地点是美国的旧金山，小说开头在旧金山的游民庇护所我和唐小璇相遇。小说结尾，唐小璇和郭子合作了一部关于美国老兵的纪录片，她以真实的自己出演，表现一个献身于慈善事业、积极反战、追求和平的职业女性。在遥远的美国旧金山海湾，“我”的妻子京菁和唐小璇拿出了证明彼此身份的玉佩，两只玉佩交相辉映，姐妹相认，“这是人类社会中美丽的团圆，即便这是个体的团圆，却与民族的团圆，世界的团圆有着同样的意义”[②]。在这个大的空间转换中，我们可以看到丁香公寓在“中/美”文化空间中依然是重要的精神原乡，而且作者并没有把太多笔墨留给外

---

① 迈克·克朗著，杨淑华，宋惠敏译：《文化地理学》，南京大学出版社，2005年版，第39-40页。

② 叶周：《丁香公寓》，上海文艺出版社，2014年版，第324页。

部空间,整个小说的叙事都是紧扣着丁香公寓展开。

丁香公寓的第一次“出走/离开”是在郭子的父亲自杀离世之后。在丁香公寓里,被命运捉弄的不仅有郭子一家。周大建的父亲周毅仁被作为不法资本家打倒,周大建也成了大楼里孩子群中的“牛鬼蛇神”;陈伶之伯伯被抓到北京监狱关了起来;唐小璇的妈妈唐碧云被勒令停止工作,在家里写检查,“红卫兵”甚至剪掉了她的头发,给她剃了阴阳头;一开始风光的“造反派”头子林鹤飞也因为家中起火被撤销了职务。在人人自危的年代,没有谁可以幸免。郭子离开丁香公寓,来到青浦农村下乡学农,在这个广阔的世界里,郭子慢慢寻找到了自己的另一重人生价值。郭子用竹竿把林献彪从粪坑里拉上来,一夜之间郭子成为英勇救人的模范,年级里召开了表彰大会,学校的领导颁发了奖状,郭子还被要求上台发言。经历了这一次命运的浩劫,郭子慢慢成长了,更加坚强也更加理智。

丁香公寓的第二次“出走/离开”是郭子进入青春期之后。在丁香公寓的第二阶段,郭子家原来住了四间房,父亲死后被收走了一半,那两间房空了很久,后来搬进来一个新邻居,丈夫是海员,妻子是纺织女工。在丁香公寓整座楼里都很难找出一个“三代红”,在那个时代,所有具备知识和财富的人都被划入了另类,这一邻居就成了里弄的专政组长,专门整治被打成“黑五类”的人。郭子、林献彪和唐小璇也从儿童时期逐渐进入青春期。唐小璇和林献彪去参加革命,郭子也准备到北方去锻炼。临走之前,郭子和周大建自制了简单的黑白色的风筝,到花园里去放风筝,就像童年里无数次的欢笑和奔跑一样。不一样的是,一阵狂风卷起,风筝在遥远的天空摇晃了一下,随风而去。黑白色的风筝飞走了,他们的少年时光也跟着飞走了。就像临走前从顶楼上垂盖下来的写在床单上的十二个字“十年后再回来还是一条好汉”,带着年少的激情,郭子走向了北上之路,开启了自己新的人生。

丁香公寓的第三次“出走/离开”是郭子进入青年时期,重回丁香公寓。初夏,从北方农村回到上海的郭子,从外貌到精神都有了很大的变化。郭子长高变壮了,脸颊上又新添了一块洗刷不掉的伤疤,这是北方原始森林中的黑熊掌留下的,黑熊掌掀去了他右脸颊上整整一块皮肉,他接近于一个面貌丑陋的人了。此时的丁香公寓已经和离去时的样子大不相同,“不再枝繁叶茂,由于长年没有人打理,草地枯黄,杂草丛生;原先茂密的树林里,会开花的夹竹桃树已经凋零了,无花果树也不再结果。”草木知人心,物候也知人事。住在郭子家隔壁的专政组组长体会到孤家寡人的滋味,已经搬走了。在花园里,郭子认识了一个瘦弱的女孩子李毛毛，她住在郭子家走廊的另一头。这个孤独的女孩在杂草丛生的花园里全力阻止一群蚂蚁蚕食一只筋疲力尽的螳螂。熟悉了以后，郭子给她讲《草原英雄小姐妹》的故事，讲北方农村的狂风暴雪和与大狗熊搏斗的经历。毛毛的母亲在安徽工厂工作，爸爸工作很忙，经常出差。后来郭子惊异地发现，毛毛的父亲就是在火车上遇见的神秘中年男人。

1976年的丁香公寓开始发生新的变化，陈伶之伯伯被正式从秦城监狱释放，被获准恢复公民权利；郭子的父亲也被平反了。此时，距离父亲离开这个世界已经十年了，这个世界和他离开的时候已经不一样了，"门前的树木稀落了许多；洁净的道路几乎成了建筑垃圾场，人行道上堆满了黄沙、石子和建筑废料；陈旧的房子更陈旧了，残缺不全的红瓦灰墙间，布满了形形色色的标语……城市的风景已与爸爸离开时相去甚远，曾经宁静的街道成了一片百废待举的工地"[①]。

郭子童年的小伙伴们也经历着命运的悲欢离合。周大建谈起了恋爱，对象是他在生产组的同事美琴，爱情给他们沉闷的生活带来了生命的新鲜气息。唐小璇当了文艺兵，在文工团参加军区的文艺汇演，深受好评。周大建的爱情由于自己的出身受到美琴父母反对，大建受不了这种打击，跳楼自杀，幸好伤得不重。小秃子有一天经过文化广场，遇到里面起火，他进去救火，为了抢救一尊毛主席雕像，被浓烟窒息死在里面。李毛毛的父亲被公司领导冤枉，被审查两个星期，跳河自杀，毛毛也变成了没有父亲的孩子，跟着奶奶离开了上海。在丁香公寓，郭子见到的一去不返的太多了，"我的父亲，我英俊的容貌，我充满欢乐的幼年，还有路上走过的三个女生……可是现在坐在我对面的这个多愁善感的邻居家的女孩，这个每天都会从我面前走过，每天都会和我说上几句话的毛毛也即将离去，去得很远很远。我心里充满了无法排遣的失落怅惘"[②]。

离开丁香公寓，是成长的宿命，也是成长的必经之路。正如笔者与作者交流时，作者所言："我写这部作品时，开始一直专注于写公寓中的生活。可是后来感觉有些压抑，受不了了，需要寻求一种新的空间才能发泄我的情感，于是我发展了郭子的两次出走，一次是去北大荒，一次是去黄河。只有这样才能够真实表达我心中的激情。"郭子利用假期来到中国西域的黄河边考察，在这条代表中华文明历史的漫长河流边上郭子开启了自己的事业和爱情，遇到了

---

① 叶周：《丁香公寓》，上海文艺出版社，2014年版，第209页。

② 叶周：《丁香公寓》，上海文艺出版社，2014年版，第199页。

少女袁京菁。他们决定合作一部电影，而且这个梦想很快成为现实。郭子被推荐成为一部新戏的副导演，袁京菁则是这部戏的编剧，唐小璇则要在这部电影里演一个配角，更令人唏嘘的是，袁京菁竟然是唐小璇刚出生便失散的孪生姐妹。在电影拍摄过程中，唐小璇因为在摄影棚拍戏的时候受到刺激，精神失控，林献彪在情绪激动的情况下骑摩托车出去被卡车撞飞，受了严重的外伤。最后，这部电影无疾而终，但是每个人都从这一事件中获得了新的成长。

小说的结尾，“我”和袁京菁结婚，唐小璇也赴美专注慈善事业，丁香公寓终于离开了我们的生活，“我意识到自己真正地成长了，这幢寄托了我悲欢离合、喜怒哀乐的古老的建筑，在我的生活中逐渐远去”。但是，丁香公寓并不会真正离开。“出生的家宅在我们心中印刻了各种住宅功能的等级。我们是那座出生家宅的居住功能图，所有其他家宅都不过是一个基本主题的变奏。习惯这个用滥的词无法描述我们的身体与家宅之间的激情关系，我们的身体永远不会忘却这座不能忘却的家宅。”[①]归家，成为一种叙事的空间模式，体现的是一种家与世界的空间结构的位移。失去自己的家园，拼尽一生寻找自己的家园并最终归家，形成了一种反复被书写的叙事母题。而离开的重要性在于，只有通过这种“出走”或者“离开”，才能更好地反思、追忆和书写。人生的流放，是一种和故乡、少年梦想的断裂，必须要通过不断地回归和追寻，才能找到自己的童年之地和梦想之地。从离开的那一刻开始，离开也成为一种隐喻，作家必须要通过一次次的想象和寻找回到自己的童年、自己的少年，重新在文本中建构自己的生命之源。

三、空间隐喻：小说叙事的意义和内涵

丁香公寓不仅是小说重要的叙事线索，在小说中还承担着隐喻功能。丁香公寓的兴衰和居住其中的居民息息相关。丁香公寓是郭子童年生活的地方，也是他一生寻找的精神原乡。丁香公寓里的居民构成和人事关系又呈现出那个时代特殊的政治结构。丁香公寓这一空间书写，不仅是故事推动的空间标志，更在空间意义上呈现出了故事的深度。

首先，丁香公寓在小说中成为一种隐喻，暗示着故事情节的发展和走向。“所有关于世界的意向和观念都混合了个人的体验、学识、想象和记忆。我们

---

① 加斯东·巴什拉著，张逸婧译：《空间的诗学》，上海译文出版社，2009年1月，第14页。

居住的地方，我们游历过的地方，我们经由阅读而在艺术作品中看到的世界，还有幻想和想象的王国，都会带给我们有关自然和人的意象。”[①]国庆前夕，丁香公寓的大槐树忽然被一阵怪风吹倒，周围的植物被压得狼藉一片，就像是一个突如其来的运动的隐喻。大树本身的枝叶依然繁茂，枝杈顶端还有新芽的萌发，但是忽然间被风吹断，就像是丁香公寓忽然被外力中断的历史进程。郭子的父亲出事的那一天，整个丁香公寓都暴露在火辣辣的太阳下，“就听到知了也热得受不了，烦躁地不停叫着。整个花园充斥着知了的叫声”[②]。在失去父亲的孤独岁月里，丁香公寓也看到了“我”的悲伤与无助。在公寓门口的黄沙堆上，“我”一脚踏空，跌坐在沙堆上却只能毫无怨言。孤独的岁月里，“我”失去了很多朋友，只能在幻觉中和父亲对话，靠和父亲的灵魂交流获得力量；在花园游戏的时候被小朋友扔泥巴，被林献彪骂“狗崽子”，被小秃子打破了头。当郭子要离开丁香公寓时，“三月的天气奇冷，从窗户往花园里望去，所有的树叶几乎都在萧瑟中掉光了。我记忆中的三月的花园，一直是异常热闹的。阳光拂照，同伴们和小孩子们追逐奔跑。可是这天，寒流把所有的人都吓阻在大楼里，花园里静寂无人”[③]。在这种不同寻常的寂静中，林献彪和唐小璇出发去部队了，郭子和周大建茫然地站在走廊上眺望，那时上海还没有那么多高房子，站在走廊上可以看见一大片城市，甚至可以望见南京路上的国际饭店，那是永远回不去的过去，而这些年轻人的内心却是茫然的，不知道前途在哪里。

其次，丁香公寓是郭子童年生活的地方，这里有他美好的回忆与梦想，虽然世事变幻无常，但这里永远是他梦想起航的地方，也是他不断回望，渴望记录下来的原乡。小说中的唐小璇，不仅仅是他朦胧的初恋女孩，也是他对美好单纯善良的向往。“出生的家宅不只是一个居住的地方，还是一个幻想的地方。它的每个小房间都是一个充满梦想的住所。”[④]“家宅不再是从实证角度被‘切身’体验，我们也不只是在当前的时刻才承认它的有益之处。真正的幸福拥有一段过去。整个过去通过幻想回到当前，在新的家宅里生活。……因而家宅不只是在历史的流逝过程中，也在我们的历史叙事中日复一日地被体验着。

---

① 丹尼·卡瓦罗拉著，张卫东等译：《文化理论关键词》，江苏人民出版社，2006年版，第182-183页。

② 叶周：《丁香公寓》，上海文艺出版社，2014年版，第30页。

③ 叶周：《丁香公寓》，上海文艺出版社，2014年版，第108页。

④ 加斯东·巴什拉著，张逸婧译：《空间的诗学》，上海译文出版社，2009年1月，第15页。

通过幻想，我们生活中的各种居所共同渗透开来，保存着失去岁月的宝藏。当新的家宅中重新出现过去的家宅回忆时，我们来到了永远不变的童年国度，永远不变就好像无法忆起。”[①]1965年的国际饭店这一空间，唐小璇穿着一套白色的连衣裙，上面隐约可见粉红色的碎花，外面披着一件米黄色的薄羊毛大衣。这是文艺的、富足的、优雅的、无忧无虑的唐小璇。1972年在红都电影院这一代表着过去记忆的地方，郭子仿佛又一次与当年的唐小璇相遇，“唐小璇的裙子旋转起来了，像一朵花，像一团火；我听见了她的笑声，这是已经很久没有听见过的无忧无虑的笑声，清脆、圆润；我还听见了礼花的声音，此起彼伏，连绵不绝……”[②]也就是从国际饭店这一转折点开始，丁香公寓里生活的每一个人的命运轨迹都被时代大潮冲刷，都发生了逆转。之后这一幕在郭子的回忆中不断出现，“从国际饭店鸟瞰人民广场，广场就在正前方，当烟花腾空而起，璀璨绽放时，站在国际饭店客房的窗口可以看见最灿烂、最辉煌的景观”[③]。这一幕场景中有作者的五味杂陈，更有着对历史和命运的反复追问。

更有意味的是，在那个特殊的时代里，丁香公寓就像一个异质空间。福柯认为，“空间在任何形式的公共生活中都极为重要，空间在任何权力的运作中也非常重要”。“空间的命运取决于权力，在某种意义上，权力反过来总是在空间的竞技场中流通和表现，空间是权力的逞能场所，是权力的流通媒介”。[④]在丁香公寓里的权力置换既是时代之殇，也是时代之魅。小说描写了“我”、周大建、唐小璇、林献彪、小秃子等几个小伙伴。小秃子的家在大楼旁边的矮平房里，我们四个则是大楼子弟，丁香公寓成为联系着我们生活和命运的纽带。“我的”父亲是办进步文学杂志的著名文人，唐小璇的妈妈唐碧云是拍进步电影的文艺工作者，林献彪的爸爸林鹤飞是文化局的行政干部，周大建的爸爸是上海有名的资本家，在战争年代资助过困难时期的共产党，新中国成立以后以红色资本家的身份做了市政协的常委，气质则和文艺工作者们截然不同。“文革”开始以后，原来居于显赫社会地位的周大建和唐小璇的爸爸妈妈穿上了工装，戴上了工人帽，成了大院的清洁工。“原本每星期花园的清洁日每家派一个人参加，大部分家庭派出自家的保姆，或是已经退休的老人。从这

① 加斯东·巴什拉著，张逸婧译：《空间的诗学》，上海译文出版社，2009年1月，第4页。
② 叶周：《丁香公寓》，上海文艺出版社，2014年版，第107页。
③ 叶周：《丁香公寓》，上海文艺出版社，2014年版，第9页。
④ 汪民安：《身体、空间与后现代性》，江苏人民出版社，2006年版，110页。

一天开始，这项任务交给了大楼里的牛鬼蛇神——他们曾经居于显赫的社会地位，现在被打倒了，如果爸爸没有死，他也一定是这群人中的一员。”[①]“一个个灰头土脸站在我面前的有留美、留英、留苏归国的专家，还有国家自己培养的，都是栋梁之才。可那些日子他们无所事事，每天站在那儿浪费时间。那些人用罚站羞辱他们的尊严，毁灭他们的智慧。”[②]大楼的权力关系就是社会权力关系的缩影，大楼中不同阶层人物的命运变迁，折射出来的是社会的权力变动。

小说结尾写道：“丁香公寓高大的躯体，看着我们长大，是我们成长的见证。”[③]其实，丁香公寓不仅是个体成长的见证者，更是历史沧桑的见证者。列斐伏尔从宏观层面上强调空间的社会性，把空间和社会生产关系作为空间思考的重心。“空间是带有意图和目的地被生产出来的，是一个产品，空间生产如任何商品生产一样，它是被策略性和政治性地生产出来的。”[④]在列斐伏尔看来，空间不是从观念中想象出来的，而是政治经济的产物，是被生产出来的。可以说，叶周小说《丁香公寓》中的公寓空间也是被生产出来的一种文学空间，它已经脱离了现实中的枕流公寓这一特定的物质空间，体现出作者的空间记忆和对历史的追思情怀，通过一个特定建筑在时代风云的变迁，把人性的复杂、历史的深刻、岁月的沧桑、时代的巨变都赋予了深沉的文学内涵。

（原文刊于《百家评论》，2018年第1期）

① 叶周：《丁香公寓》，上海文艺出版社，2014年版，第69页。

② 叶周：《丁香公寓》，上海文艺出版社，2014年版，第70页。

③ 叶周：《丁香公寓》，上海文艺出版社，2014年版，第325页。

④ 汪民安：《身体、空间与后现代性》，江苏人民出版社，2006年版，101-102页。

郑南川小说中跨文化维度的伦理叙事
——以《窗子里的两个女人》为例

近年来，加拿大华文写作佳作频出，出现了张翎、陈河、曾晓文、孙博、李彦、赵廉等大批优秀作家。他们的创作内容涉猎广泛，艺术上各有旨趣，在加拿大的多元文化背景下，表现出对不同文化伦理的宽容接受和中西文化的交流融合。其中，居住在魁北克法语区的郑南川，因其法语文化背景、浪漫诗人的个性和多元文化精神，在创作中很少流露出身份认同的焦虑和思念故国的伤感，而是以客观理性的笔调，站立在中西文化之间，关注日常生活，探究人性伦理，进一步开拓了海外华文写作的疆域。

郑南川1988年出国，定居加拿大蒙特利尔。他是加拿大华裔作家，加拿大魁北克华人作家协会会长，世界汉学会加拿大学会会长，加拿大华语文学著作出版发行人。个人中英文双语诗歌集有《一只鞋的偶然》，2014年3月出版，入围2015年美国最大的“独立出版人图书奖”，是中国诗歌流派“海外新移民诗歌群”的主要成员。发表作品有中短篇小说集《跑进屋里的男人》（美国南方出版社2015年7月出版）、《窗子里的两个女人》（台湾秀威出版社2016年9月出版），诗歌集《堕落的裤裆》（台湾秀威出版社，2017年9月出版，获得多项小说、散文专业作品奖。之前研究者大多关注郑南川的诗歌创作，但是近年来其小说创作也形成井喷之势，而其小说中表现出的跨越中西的伦理思考和人性探求值得我们关注。

郑南川是一名新移民作家。20世纪后半期以后移民海外的华人，和传统的华人移民有显著不同，他们不再执着于身份认同和差异体认，更注重自己跨越东西方的生命体验和伦理差异。“笔下的人物事件，不再仅仅是我和我个人经历的本身，而是看到了我身边的所有人，他们有着不同的文化背景，不同的历史和区域生活，是一个东西方生活整体下的图景。这是一个奇妙的尝试，因为有了多年的移民生活环境，自己成了新国家的一员，也就开始了一段不同寻常的写作。”[①]《窗子里的两个女人》是一部短篇小说集，很多作品都在对比东西方的伦理观念。作为一位东西方生活各占一半的作家，郑南川拥有一个良好的观察角度，可以用客观的态度考察在东西方文化的渗透下传统伦理观的转型。

伦，《说文》中认为“伦，辈也”，后引申为次序、秩序，也可以说是一种关系；理，《说文》中认为“理，治玉也”，后引申为道理和法则。伦理是人类社会中人与人、人们与社会及国家的关系和行为的秩序规范。伦理（ethics）和道德（morality）是一对近似的概念，黑格尔在概念上对两者做了区分，认为道德强调的是主观意识形态，而伦理则存在于客观的法则之间。康德在《道德形而上学》中对“伦理”和“道德”进一步进行了区分。伦理是自然意义上的诸多关系，而道德则是在诸多伦理关系上人为建立的具有普遍意义和内在约束性的信念规范。“从日常存在中的家庭纽带，到制度化存在中的主体间交往，伦理关系如果进一步追溯，当然还可以深入到经济结构、生产方式等领域……无论是日常的存在，还是制度化存在，作为实然或已然，都具有超越个体选择的一面：家庭中的定位（父子、兄弟等），公共领域中的存在，制度结构中的关系，等等，往往是在未经选择的前提下被给予的，它们在实然、自我规定等意义上，可以看作是一种社会本体。”[②]“伦理叙事”被刘小枫定义为：“讲述个人经历的生命故事，通过个人经历的叙事提供关于生命的感觉问题，营构具体的道德意识和伦理诉求。”[③]郑南川的小说写作并没有刻意探究伦理关系，只是关注自己身边人的生存状态和喜怒哀乐，他不只关注华人移民，也关注本土居民，放在人性的层面讲述一个个日常生活的小故事，表现自己的生命感觉，而这种生命感觉，实质就是对伦理的探求，这些小故事也正是对情爱、家庭、道德等多种伦理关系的文本展现。

一、差异与互渗：中西情爱伦理叙事

郑南川的小说有很多写到了爱情。爱情是每个作家都会涉足的领域，是

---

① 郑南川：《窗子里的两个女人·自序》，台湾秀威出版公司，2017年版，第3页。

② 杨国荣：《伦理与存在——道德哲学研究》，上海人民出版社，2002年版，第13-14页。

③ 刘小枫：《沉重的肉身——现代性伦理的叙事纬语》，华夏出版社，2004年6月版，第4页。

常态生活中的浪漫，是人性中最容易擦出火花的部分。情爱“在中国文化传统中与‘责’‘情’‘性’等伦理要义互相打通，是普泛性道德规约考察的主要范畴之一。情爱是伦理关系中具有情感张力和言说价值的伦理关系。情爱伦理叙事在文学发展的任何时期都没有被遮蔽过。情爱伦理叙事最能体现创作主体的叙事伦理诉求，在不同的情爱叙事模式中蕴含着作家的叙事目的、叙事意旨、道德判断倾向、文化立场选择和美学风格诉求等叙事伦理质素。通过对小说中情爱伦理叙事样态分析，不仅可以洞察作家道德伦理价值倾向所在，透析作家的文化立场、选择，而且它能最大可能地折射出两性关系在文学层面对于现实的指导意义”[①]。

郑南川小说中对自然真挚爱情的追求，往往表现在西方人的情爱关系上。这和西方人的情爱伦理中的个体独立性有很大关系。男女因爱情而结合，不会混杂其他的社会因素。《一个癌症患者和他的爱人》对比了两对爱人，一对是布朗和琳达，他们每天都散步到杂货铺，布朗买一包烟，琳达买一张彩票。后来布朗患了癌症，虽然减少了吸烟的次数，但依然保持着抽烟的习惯。琳达并没有禁止他吸烟，陪他走完了最后的日子，布朗去世以后，琳达有一次买了一包布朗吸的那个牌子的烟，准备去墓园看他，因为尽管吸烟有害健康，但布朗这辈子就是离不开烟，琳达爱的方式就是支持他，让他去做自己喜欢的事情。中国的一对爱人爱的表达则不太一样，阿勤对丈夫表达爱的方式是禁止他抽烟，狠狠地责骂他，特别是布朗被查出患有癌症以后。但阿勤夫妇俩后来也受到这种爱的触动，阿勤主动问丈夫要不要抽烟，而丈夫则主动戒了烟。不管是抽烟，还是戒烟，里面都是深深的爱情。西方爱的表达是让你自由，东方爱的表达则是干涉和控制；西方更为自由开明，东方更为含蓄蕴藉。

同时，郑南川还对同性恋情爱投以关注，“作为外乡人生活在魁北克，自己都不敢相信，如今我已经成为这个新土地的‘粉丝’，而且，油然而生着一个新魁北克人的自豪感”[②]。郑南川所居住的蒙特利尔市，不仅是魁北克省最大城市、加拿大第二大城市，还是世界上最大的双语都会，同时是世界上最大的同性恋大本营，聚集有35万同性恋者，享受着魁北克省同性恋婚姻法的保护。

---

① 张文红：《伦理叙事与叙事伦理——90年代小说的文本实践》，社会科学文献出版社，2006年版，第59页。

② 郑南川：《想起魁北克诗人Jean-Pierre Ferland》，郑南博客http://blog.sina.com.cn/s/blog-63falde30101dole.html.

“西方自20世纪60年代以来的同性恋解放运动和关于同性恋现象的讨论完全改变了同性恋在人们心目中的形象。”[①]郑南川更是对同性恋之间的真挚爱情报以同情和尊重。《墓地里的秘密》中丁华是一个同性恋，他的恋人因艾滋病去世，他的母亲是个华人，但是也给了他理解和尊重。《赤裸的小屋》中来自中国乡村的姜娣在租住的房屋中无意发现一个隔壁的西方女人喜欢在房间赤裸，这种自由开放的生活方式给了她巨大的刺激，让她整个生活的情绪和态度都发生了转变，发现了自己潜藏的同性恋倾向，也更懂得怎么让自己愉快和幸福。

在这些作品中，我们可以看到互为“镜像”的中西方情爱价值的印象和新型情爱伦理的建构。受到传统自我牺牲式价值观影响的“中国式爱情”，渐渐在西方的生活氛围中转向了更加人性化的情爱表达。当爱情和事业物质冲突的时候，中国人往往会选择放弃感情。《窗外的那片风景》中蓝沁生活在一个典型的移民家庭，她在加拿大陪读，丈夫回到中国赚钱，中国人把这种牺牲视为理所应当，但是蓝沁在异国他乡的孤独生活中逐渐患上了严重的抑郁症，为了挽救家庭，丈夫决定留下来，放弃自己的高薪工作，和妻子一起奋斗。《阿珍就这样爱情》中阿珍和黄慧都是来自中国，阿珍对丈夫善解人意，富于温柔，用全身心的爱拥抱对方，她不懂爱情，只知道一门心思对对方好，反而让自己的西方丈夫体会到了真的爱情；黄慧在爱情中处处算计，反而得不到自己想要的幸福，对功利爱情批判的价值倾向非常明显。《“我爱你”》中女儿帮助妈妈找到了爱情和生活的信心。在中国的传统家庭，情感表达是很含蓄的，但是来到西方以后，女儿向妈妈表达爱以缓解妈妈的孤独寂寞，妈妈勇敢地接受男性朋友的爱慕，都体现出一种情感关系的西方化转型。

而所有的情爱叙事以《遗骨的秘密》最为具有艺术性和象征意味。该文采用了历史叙述方式，文森是第四代华人，他的曾祖母是第一代华人，死去以后做出了不同常理的决定，要求把骨灰盒放在家里。文森通过对留在书中的地址探访，发现了祖母和一个西方人之间的爱情故事。而在当年西方人和华人的爱情是被禁止的，最终这个西方人去了美国，六十多岁时才回到魁北克，曾祖母则早早去世，留下骨灰盒希望被爱人带走。最终，子孙们把他们的骨灰葬在了一起，留下了早期华洋接触时的一段浪漫爱情。这个故事具有难得的历史叙事和空间转换意味，体现出了在情爱关系上中西文化沟通的可能性。

---

① 李银河：《同性恋亚文化》，今日中国出版社，1998年版，第417页。

二、困境与思考：中西公德伦理叙事

郑南川的小说中还有很多探讨到了中西方不同的公德伦理和现实选择。康德曾说："我们是有理性的存在物，我们的内心道德律使我们独立于动物性，甚至独立于感性世界，追求崇高的道德理想，摆脱尘世的限制，向往无限的自由世界。这才真正体现了我们作为人类的价值和尊严。"[①]社会公德是为维护正常生活秩序而要求全社会公民共同遵循的公共生活中的行为准则。西方传统社会大致可分为三个时代，即古希腊罗马时代、中世纪、近代资本主义时代，不同的时期要求的伦理思想也不尽相同，资本主义时代的伦理道德以个体为核心，追求自由，维护个体利益，重视法制。中国社会的伦理观念则是在以血缘为中心的宗法制基础上形成的，在社会公德上注重"修身"，进而"治国、平天下"。

在道德伦理上我们首先注意到的是东西方文化差异造成的伦理困境。《为什么不把钥匙还给我》中写到中国老人周雨去儿子家的时候，由于不太熟悉走错了房间，还遗失了钥匙，周雨认为这种情况下邻居应该提供帮助，而邻居却打电话报了警。这种情况让老人无法理解，在加拿大长大的儿子却觉得很正常，这就是两种文化的差异。中国人缺乏私权观念，不认为擅自开动他人的门锁有什么问题，同时中国敬老爱幼的传统，使得老人天生觉得自己应该被帮助。但是在加拿大长大的儿子却已具有西方的价值观念，认为私人领域不可侵犯，父亲的行为虽然于情可以理解，于理的确有错。

当下我国处于社会转型期，从熟人社会向陌生人社会转变，因熟人社会的弱化造成社会公民道德监控减弱，公德问题也随之凸显。小说《我是谋杀者吗?》描写新移民张融在散步时遇见一个醉酒的人，他坐在轿车里，车窗开着一半，沉睡不醒。他觉得自己应该报警打电话，或者通知他的家人，但是作为一个新移民，他的语言不通，并不懂国外的规矩，于是便按照国内的经验，"回避"和离开。结果第二天他得知这个男人醉酒猝死在车里。张融对此事并不负有直接责任，如果他不讲，也没有任何人会知道他曾经路过。在当下中国的现实里，很多事实上事故的责任人都为了逃避责任而选择装聋作哑，逃脱法律和道德的制裁；而事故的受害者，也想尽办法讹上责任人，以免自己陷入受困

---

① 康德：《实践理性批判》，商务印书馆，1999年版，第164页。

的境地。小说中的张融却正好相反，他并没有直接造成男子的死亡，最多只能算是知情不报，而且对方也不认为他应该负责任，但反而在这种宽容的道德氛围里，他的良知不肯饶恕自己，经过一年多的痛苦和心理负担，他准备说出真相，却发现死者遗孀已经搬离此处，无处忏悔使得他最终被送进了精神病院。

另一篇《自首人》探讨了同样的问题。王勇到加拿大五年，开车时撞到了人，当时没人看见，当事人也毫无印象，并认为是自己的问题。无人追究王勇，菲利普一家也不愿意接受帮助。正常的一个具有“私德”的人，可能会为了保全自己而努力脱罪，但是小说中的王勇，在完全可以为自己脱罪，而且被撞的一家人完全不相信他有罪的情况下，为了自己内心的自责和忏悔，走在了走访、寻找证人，证明自己有罪的道路上。

中国传统社会以乡土为基础，私德是处理各种问题的主要道德标准。随着现代化的进程，中西方文化交流的增多，公共领域不断扩张，私德已经无法适应当下复杂的社会现实。这几篇小说敏锐地发现了移民生活中出现的道德问题，并以主人公的道德自律给我们提供了认识问题的不同角度。

三、传统与现代：中西家庭伦理叙事

“所谓治国必先齐其家者，其家不可教而能教人者，无之。故君子不出家而成教于国。”[①]中国传统伦理的核心和基础是家庭，家庭伦理用于处理家庭成员之间的关系，“在传统家庭制度中，父母与子女之间根本没有平等可言，伦理和法律都要求子女无条件服从父母”[②]。“中国传统家庭伦理的差异根植于中西方不同的自然、经济、政治和文化条件，这些社会要素在漫长岁月中的变迁和发展，对中西家庭伦理发生了深刻的影响，形成了中西家庭伦理各自的基本特点。”[③]简单来说，中国注重家庭本位，个人从属于家庭，儿女臣服于家长，个人人格萎缩，而西方社会独立的个体是社会的基本单元，打破了以血缘为基本纽带的人际关系，重视个体权利。在跨文化语境中，越来越多的华人移民家庭开始受到西方文化冲击，日益重视个体的自由和权力，形成全新的家庭关系和更为独立的自我。

---

① 张怀承：《中国的家庭与伦理》，中国人民大学出版社，1993年版，第65页。

② 张怀承：《中国的家庭与伦理》，中国人民大学出版社，1993年版，第240页。

③ 李桂梅：《中西传统家庭伦理的基本特点》，《深圳大学学报》，2008年，第3期。

中国传统的家庭格局中，父母认为自己和子女之间是占有与被占有的关系，他们不惜一切代价为子女付出，也希望子女按照自己的希望生活，以回报自己的牺牲。《“性格病”患者》中父母努力赚钱把儿子送到加拿大读中学，由于生意繁忙，孩子由老人养大，在孩子成长的过程中由于亲情的缺失、中西方文化差异和沟通的不畅，简单的迟到演变成了重要事件，甚至惊动了警察，并被要求一周内到医院接受心理疾病检查和治疗，停学一个学期。这就是“中国式亲子关系”在西方语境中的挫败。《为什么地铁的火车不休假》中杨花来自中国西部农村，和加拿大人有了一个儿子，她逼着儿子读大学、做牙医，结果儿子不从，宣布脱离母子关系，坐地铁离开再也没有回来。这也是一个典型的中国式“望子成龙”的故事，母亲以爱的名义给孩子施加压力，最终失去了自己的儿子。

相反，西方式的亲情伦理更注重理解和关爱。《手背上的“翠花”》中威廉领养的白血病女孩翠花帮助文身店老板马克把他的生意变得日益红火，但是翠花却因病早早离世。后来马克文出的中国字画越来越有名，他文的“翠花”两个字，在中国是东北非常俗气的名字，却被马克解释为“一种漂浮在海面上青绿色的花”。《摇椅》中皮埃尔两岁就失去了父亲，但一个木制的摇椅又让他找回了父亲存在过的证据，感受到了消失已久的爱。《妈妈，让我走吧！》中凯莉是意大利人，孩子由于吸毒无法过正常的生活，非常痛苦，儿子与毒瘾抗争的时候，她选择努力用爱去感化和挽留儿子，但是当儿子最终选择自杀的时候，她又坦然选择了理解和坚强。

值得庆幸的是，在中西方文化的交汇中，原来中国占有式的亲子关系也逐渐开始有了宽容和理解。《跑进屋里的那个男人》中讲述了年轻留学生的故事。夏纬去加西旅行，离家期间忘记锁门，一个男孩登堂入室，在这里住了三周。如果是一般保守警惕的中国女孩，肯定会立刻报警，但是夏纬却接受了这个突然闯入的男生，并且发展出了一段美好的爱情。

四、郑南川跨文化伦理叙事的多元特征

郑南川的小说关注日常生活，在跨文化的视野下关注中西方伦理的不同

表现，其叙事本身构成了“一种生活的可能性，一种实践性的伦理构想”[①]。其伦理反思不仅仅关注外界伦理环境，更注重伦理主体的个性，也就是不同人性的揭示。总体而言，郑南川的跨文化伦理叙事有几大特点：一是草根写作，二是镜像手法，三是正面价值倾向。

首先，郑南川从诗歌到小说创作，都具有草根特征。他关注普通人的生活，对凡人生活具有同情和理解，郑南川直言：“喜欢写一点东西，也就参加了‘作家协会’，只是这个协会是海外的，是一群爱写作的人跑到了一起。既是民间的，也是业余的，中国有个名词叫‘草根’，我们也就自称‘草根派’了。”魁北克华人作协的写作者大多是大陆留学生、访问学者及其家属、港台移民。在写作的过程中有夸张矫饰，而是“把生活中发生过的一切都精确地变现，小心翼翼地避免一切复杂的解释和一切关于动机的议论，而限于使人们和事件在我们的眼前通过”[②]。《一只鞋的偶然》的序中，他把自己的诗歌创作描述为“自然写作”“写的都是打工、读书和街头的事情，是移民新生活的直接感受，特别‘草根’；在文字上，十分通俗，语言简单，没有那么多难读懂的典故引证，等等”[③]。所以，其创作非常真实地表现了生活在加拿大这样一个多元文化的国家中的文化碰撞和伦理选择。

其次，郑南川从中国到加拿大的生活和创作历程，使他的思考一直是有“他者”参照的、镜像式的。“当我叙述那些鲜活的故事时，思维和创作的视角变得有些不同，甚至对很多故事讲得也有些‘另类’，其实，这正是一种‘边缘人’的写作，在写着一种‘夹缝’的文学，开创着一种独特的文学领域，这也是生活的必然。在加拿大提倡的多元文化精神，就是这个国家民族文化构成必然的结果，我们的写作同样是这个国家文学的一部分。”[④]在中西方文化的交叉和碰撞地带，郑南川的写作接受着不同文学的熏陶，也经历着自我的重新认识，他用开放的态度和理性的姿态对海外华人价值伦理进行了体认，同时也记录下了自己身边的加拿大人的生活状态和价值诉求。他站在中西方文化的边缘，以广阔的文化视野、客观的文化胸襟，揭示出变动中的中西方伦理和深幽

---

① 刘小枫：《沉重的肉身——现代性伦理的叙事纬语》，上海人民出版社，1999年版，第3页。

② 莫泊桑：《谈“小说”》，载《外国名作家谈创作》，北京出版社，1980年版，第189页。

③ 郑南川：《一只鞋的偶然·序》，蒙特利尔，魁北克华人作家协会2013年版，第12页。

④ 郑南川：《窗子里的两个女人·自序》，载《窗子里的两个女人》，台湾，2017年版，第3页。

人性。

最后，我们可以欣喜地发现，在郑南川的小说中，永远表现出积极的价值倾向，人与人之间充满了美好的理解和同情。在资本主义大都市里，“物化”意识无处不在，“人与人之间本质关系的虚假客观性被隐藏了，变成了虚无漂渺的东西，既定的事实是‘真’变成了‘假’，‘假’变成了‘真’，在人们的意识中，以‘真’为‘假’，以‘假’为‘真’”[①]，社会生活中人际关系也不免被“物化”，情爱关系、亲情关系、道德选择都不免受到影响。但是，在郑南川的描写加拿大生活的小说中，我们却很少看到这种道德伦理的沦丧、实用主义的蔓延，相反，不管是创业打工、身份认同，还是文化交融，人性都在碰撞和冲击中逐渐蜕变，走向更美好的自我和更和谐的生活。

正如郑南川在自己的创作谈中讲道，当移民开始在新环境下生活时，对于很多“差异”，他们更多地理解为一种不同地域与文化的“现象”，把这些现象有时看成“习惯”，对自身的文化产生一种“自责”，认为是融合主流需要克服的某些“情结”。这种现象背后要解释的移民和他们的生活充满了心理交织的自我“斗争”。当生活在海外十几年或几十年之后，这种“心理”活动变得更加多样化和丰富多彩，作为移民文学，它的思考从创业打工、身份认同、文化交融，人性本质和人类共同性不断地深化，我们的生活实践无处不在，碰撞在冲击情感，故事在文化的氛围中“蜕变”，写作成了一种“心理释放”，小生活和点滴经历就有一场“大”的心理搏斗，写也自然，想也奇妙，文化心理写作成了海外华文文学小说笔墨的又一战场[②]。通过这种文化心理写作，郑南川揭示了不同身份，来自不同国家，具有不同经历背景的新移民在不同境遇下体现出的复杂人性和个体伦理选择，贯穿着中西方不同的价值观念取向，为我们提供了一种人性的考察样本，揭示出了新移民文学的多元内涵。

（原文刊于《学术评论》，2017年第5期）

---

① 卢卡奇著，杜章智，任立，燕宏远译：《历史与阶级意识》，商务印书馆，1999年版，第34页。

② 郑南川：《新移民文学中的文化心理写作》，“华文文学大会”约稿。

第三辑：民国书写中的城市

《天地》视野下的市民文化空间透视

《天地》是上海在沦陷期间发行的一种具有文学色彩的文艺月刊，16开本，每期30余页。创刊于1943年10月，主编冯和仪（苏青）。苏青亲任编辑，并自办天地出版社办理出版发行。该杂志一创办，就取得不俗成绩。创刊号出版于10月10日，出版后马上就需要增添印数（首印3000册，又增印2000册），“至15日始有再版本应市，但不到两天，却又一扫而空，外埠书店闻风来购，经售处无以应命者仍比比皆是”。而读者反映方面，“在出版后短短的二十余天里，编者共计收到信247封，稿123件，皆为陌生读者诸君所投寄，特约稿件及友朋通讯概不计算在内”[①]。《天地》是沦陷时期上海具有代表性的散文专刊之一。当年漫画家文亭为上海女作家画像，张爱玲的形象为“奇装炫人”，而苏青则是“辑务繁忙”，可谓风华一时。1945年抗战胜利，该刊于该年6月出版第21期后停刊。

在上海沦陷区特殊的历史背景下，大批新文学纷纷西进或南下，市民“浮出”水面，成为文学的主要读者群。本文将《天地》置于20世纪40年代市民文化背景上，重点考察《天地》中体现了怎样的市民文化空间，这种市民文化又具有怎样的特征。

一、《天地》中的市民文化空间

1941年12月9日，日本发动太平洋战争，侵沪日军占领先前由英、法、美等国控制的苏州河以南的上海租界区。从这时至1945年8月15日日本投降的3年9个月，是上海的沦陷时期。这一时期，上海先后出版的文学期刊有40余种，其中在1942年、1943年还一度呈现繁荣局面。这些刊物的主编柳雨生、吴易生、朱朴等人，都是有资深编辑经验之人，但是在《天地》杂志的广告上我

---

① 张晓春：《编后记：苏青及其“天地”》，《天地》，上海社会科学院出版社，2004年版，313-316页。

们可以发现，当时吴易生主编的第一流散文月刊《人间》，每册售价也只不过8元，《天地》的定价则为25元。苏青作为初出文坛的女子，并且是初次担纲编辑刊物，就能取得如此骄人的成绩，是非常不简单的。《天地》第6期中，梁文若把《天地》与《古今》并举，认为是上海最好的两刊物之一，并称《古今》代表了时间，《天地》代表了空间。虽然可能有言过其实之嫌，但《天地》大受欢迎的状况可见一斑。苏青作为一个新锐女作家，在当时文学地位并非最高，她主编杂志，经验也并不比那些老一辈报人丰富，何以在当时能够如此受欢迎？很重要的一点就是《天地》市民文化的立场正契合了当时的政治环境与市民心理。

《天地》中体现的是20世纪40年代上海沦陷区的市民文化，这个概念中的时间与空间都是对市民文化造成制约的因素。市民的生活场所是城市，城市是市民文化重要的生态环境。斯宾格勒说："一种文化的每个青春期事实上就是一种新的城市类型和市民精神的青春时期""一切伟大的文化都是市镇文化"[①]。城市在市民文化的形成过程中有着非常重要的作用。上海作为一个缺少历史的移民城市，在近代社会又得以充分发展，城市市民文化色彩相对突出。20世纪20年代中期后，上海完成了从单纯的商贸城市到工商并举的现代化都市的过渡。"大规模的工业生产和频繁的商贸交易促使大都会的成型和人口爆炸，造成城市的超常扩展和经济生活的千姿百态。"[②]作为一个繁华的国际性都市，随着本土商品经济的发展与西洋文化的大举入侵，上海市民社会得以充分发展。作为社会基层并推动上海社会向前发展的市民阶层，他们在历史发展中逐渐形成了自己独特的文化特征。上海在整个"乡土中国"的背景下，提前实现着现代化的转型，并在城市内形成一个稳固的很难受国家制约与时政干扰的市民文化结构。相对于发展缓慢的整个乡土中国来讲，这种社会心理结构是一种异质，这种稳定的社会心理结构也很难被外来入侵所打断。所以当20世纪40年代爆发太平洋战争，整个中华民族处于生死存亡之际的时候，上海市民社会依然在惯性与历史的基础上向前发展。当时上海由于它的特殊地位成为"孤岛"，又一度沦陷。沦陷期间，日伪对文化传播进行了严密的控制，形成了低气压的战争空气。面对生存的巨大威胁，市民阶层却具

---

① 李任中：《忧患意识与城市文化》，载萧朴：《感觉余秋雨》，文汇出版社，1996年版，88-97页。

② 范伯群：《中国近现代通俗文学史》，江苏教育出版社，2000年版，第10页。

有巨大的生命力，他们的日常生活没有因为政局的混乱而中断，反而还能在朝不保夕的生活中寻求到柴米油盐的乐趣，从而形成了以日常生活为主题的，具有鲜明的消费性、世俗性与功利性的市民文化。重视物质，执着现在，以经济利益为出发点，一切以生存为第一要义。《天地》的创办给上海的市民阶层提供了一个文化空间，同时保存了当时这一原生态的市民文化现象。

同时，我们也要看到，当时的杂志多达几十种，但是具有鲜明的市民文化立场的只有《天地》一家。《天地》何以能够把握这一社会需要的契机，我认为与主编苏青的市民文化立场有很大关系。苏青本身就是一个具有市民生存观的作家，以市民身份为荣，不同于一直坚守文化立场的朱朴、柳雨生等编辑。对于当时的期刊来讲，编辑的主导力量非常大。比如《良友》《西风》等杂志，中途换过编辑，不同编辑原则导向下的杂志风格差异就很大。《天地》是苏青一手建立起来的，组稿、编发都是她亲力亲为，所以有鲜明的个人特色。在《发刊词》中苏青写道："《天地》的作者不限于文人，而所登文章也不限于纯文艺作品""执笔者不论是农工商学官也好，是农工商学官的太太也好，只要他们（或她们）肯投稿，便无不欢迎"，提倡"以凡人的眼光去写普通人的日常生活"。此外，苏青还说自己"原是不学无术的人，初不知高深哲理为何物，亦不知圣贤性情为何如也，故只求大家以常人地位说常人的话"。似自谦，亦是实情，苏青本身就是一个家庭主妇，她的理想充其量是："有一个体贴的，负得起经济责任的丈夫，有几个干净的聪明的儿女，再加有公婆妯娌小姑也好，只要能合得来，此外还有朋友，可以自己动手做点心请他们吃，于料理家务之外可以写写文章。"[①] 这一世俗女人的理想，随着婚姻失败而终告破灭，苏青不得不以卖文为生。揭示都市人在战争岁月里物质与精神的困顿感受，是她编辑杂志的最初动因，而这些正是普通市民最为关切的。

苏青的这种世俗立场是她的《天地》为普通市民广泛接受的重要原因。同时，上海沦陷区特殊的时代氛围，给《天地》的受欢迎提供了广泛的社会基础。虽然上海并非战场，但是前线战报与日伪统治的恐怖气氛，时时提醒市民战争的存在，使日常生活的人们具有了强烈的生存危机感。战争对国家民族的命运造成了巨大的威胁，但是生活在沦陷的都市中的市民不能亲身感受战场的气氛，又无法言说政治。在个体生存也遭受显而易见的威胁之时，人们自然而然会重新关注太平岁月中被忽视被遗忘的生活的碎片。正如张爱玲所说：

① 胡兰成：《谈谈苏青》，载《张爱玲与苏青》，安徽文艺出版社，1994年版，218-222页。

“人是生活于一个时代里的，可是这时代却在影子似地沉没下去，人觉得自己是被抛弃了。为要证实自己的存在，抓住一点真实的，最基本的东西。”[①]于是，下层民众特别是都市市民，更容易陷入对世俗生活的流连与迷恋之中，人们试图在对世俗生活的津津乐道的体验中，消解对未来的恐惧。“由于家园沦陷，人们感伤、虚无、失败的情绪，与旧有的都市形态纠结在一处，暴露出都市人文化心理的新动向。”[②]人们较少思考日常生活的精神意义，而是执着于从具体生活中发现俗世生活的乐趣。“在危机之后对日常生活的重新发现，应是主导上海沦陷区市民阅读心态的重要因素。”[③]正因为如此，苏青在自己的杂志中较多传达了市民的物质理想、情感理想和人格理想。

二、《天地》的市民文化特征

《天地》属于小品文类型的杂志，其中设有随感录（即每期开篇的“谈天说地”）、小说、散文小品、书评（主要是读书随笔及文史随笔）、人物志、风俗考、掌故等栏目，主要撰稿人除了张爱玲、苏青等女作者，还有周作人等新文学的老作家，秦瘦鹃、予且等通俗作家，女性文学研究者谭正璧等，更多的就是一些才子型的小品文作家，也是当时华北、华东沦陷区最流行的散文作家，如周越然、周木斋、谢刚主、柳雨生、文载道、纪亢德、纪果庵等，另外还有少数身份特殊的权贵文人如周佛海、周幼海、陈公博、胡兰成、朱朴等。不同于《古今》“古墓般沉寂的旧的文字”，也不同于《万象》“万花筒般比较闹的新潮的文字”[④]，纵览《天地》，主要讲述世俗话题，文风有鲜明的不避俗世、爽直大胆的苏青风格，刊登“生育问题专辑”“衣食住特辑”，大谈市民感兴趣的男人女人、柴米油盐。梁文若在《谈〈天地〉》（第6期）中也说：“《古今》上的文字大多是比较严肃的，《天地》上的文字大多是比较轻松的。各有所长，无分轩轾。”在这些文字中我们可以明显辨认出一些市民文化的特征。

---

① 张爱玲：《自己的文章》，载《张爱玲文集》（第四卷），安徽文艺出版社，1992年版，173-178页。

② 张鸿声：《论40年代的中国都市小说》，《华北水利水电学院学报》（社会科学版），1999年，第2期，54-56页。

③ 张全之，程亚丽：《苏青与四十年代市民文化》，《德州学院学报》（社会科学版），2001年，第3期，38-43页。

④ 谢其章：《张爱玲书影——一个人的杂志史》，《书屋》，2004年，第1期，75-77页。

《天地》从稿件内容到刊物运营都体现出了鲜明的消费性。“无论就其敏感程度和准确程度上来说，大众消费方式的变革都是度量社会变革的寒暑表和风向仪。”[①]上海市民社会的一大特征就是“疯狂狡诈地赚钱，奢华时髦地消费”。从20世纪初开始，新的消费时尚已经风靡上海，“消费已不再被视为仅仅是一种生活资料的消耗和个人的物质享受，而在更大程度上被视为一种实现自我价值的手段”[②]。对于上海市民来说，消费就是一种生活。沦陷区的上海物价飞涨、社会动荡，普通市民根本没有能力保持以前的消费水准。但是即使是在日常生活都受到威胁的情况下，上海市民依然保持着对消费的热爱。李君维在《穿衣论》中写到穿衣对于上海市民来讲，是代表了身份地位的事情，所以他写自己小时候的理想是：“一件清清爽爽的蓝罩袍，一双大中华的跑鞋，夏天有白帆布的短裤，有衬衫，穿得跟同学们一样，好一同嬉戏。”这种物质化的理想在上海市民中是很普遍的。对于教师来说，他们在心态上多少要清高一点，但是在上海“尚钱”的风气之下，他们也毫不避讳地大方追求金钱。识因在《西席叹》中讲到了家庭教师的苦处：“近两年因为生活程度的高涨，普通人家已经无力请位家庭教师，即使请先生，每月报酬最多不过二三百元，又不像学校有食粮配给，这群教书匠纷纷改行，不是跑合，便去拉纤，甚至校中下了课，拉晚去蹬蹬三轮车，谁也不愿作这既费力又不讨好的清苦工作。”在中国别的城市，教师蹬三轮，是很难想象的，古已有之的传统儒家思想使知识分子把尊严看得比物质更加重要，宁可饿死也不会去做苦力。然而在上海这种“重金”的市民文化氛围中，这却是自然而然的事情。在刊物的经营上，苏青办刊更多是出于赢利的目的。《天地》吃透了市民文化消费心理，完全依靠市场规则来运作。从发刊词就可以看出，苏青对于稿件文学方面的诉求并不严格，而是以满足市民精神需求、获得利润为最终目标。苏青颇为精明，一见《天地》第1期畅销，立即于第2期上登出广告：只要预交100元，就可以成为基本订户，可享受每期杂志八折优惠，以此来汇集周转资金。第3期苏青又花样翻新，举行命题征文。第4期（1944年元月号）则推出“新年特大号”，除增加篇幅外，更添铜版纸一页，用以刊登《天地》作家的照片。这些举措都有鲜明的市场导向，充分体现了刊物的消费性。

市民文化的一个重要特征就是世俗性，《天地》中表现的上海市民文化是

---

① 乐正：《近代上海人社会心态（1860—1910）》，上海人民出版社，1991年版，第99页。

② 乐正：《近代上海人社会心态（1860—1910）》，上海人民出版社，1991年版，第99页。

世俗的，而这种世俗正集中体现在“饮食男女”两项。正如张爱玲发表在《天地》第5期的《烬余录》中所说，人性“去掉了一切的浮文，剩下的仿佛只有饮食男女这两项。人类的文明努力要想跳出单纯的兽性生活的圈子，几千年来的努力竟是枉费精神么？事实是如此。”一般市民闲聊，话题总要落到男女才能结束，而闲聊之后的大快朵颐也是必不可少的。苏青特意在《天地》第20期做了“衣食住特辑”来充分讨论这一问题，而且不只在特辑当中，《天地》中处处充斥着这样的描写俗世乐趣的文章。从男人女人（苏青《谈男人》、张爱玲《谈女人》）到生活小趣事（苏红《烧肉记》），从风土人情（赵而昌《大上海的小掌故》）到民间风俗（王橘《野蛮结婚》），无所不包，无所不议。苏青在《谈男人》中讲道：“人人都说这个世界是男人的世界，只有男人在你争我夺，有了财还不够，还要得势，务必使自己高高在上，扬眉吐气。”而讲男人必然离不开女人。然后话锋一转：“其实这些争夺的动机都是为女人而起。”又如13期正人的《从女人谈起》，谈的都是女人的虚荣与弱点，比如“女人最怕老，而又最易老”，因此要隐瞒年龄。17期正人的《疏女经》更是列举了在各种环境中疏远女人的方法，以保证男人不被骗到婚姻里。15期思德《写字间里的女性》选取写字间的女性来调侃，说她们工作能力差，又无心认真上进，工作时间不是捕风捉影，就是织毛线，赚了薪水就置办衣服首饰，工作的目的就是择偶，调侃她们的虚荣与无聊。在上海这个女性化的城市里，这些刚刚走上职场的女性还没有摆脱传统的观念，不管做什么工作，都是一个幌子，她们最重要的任务还是“女结婚员”。俗世的乐趣自然还有吃，《天地》中有苏复医师的《医者谈食》，苏青的《谈宁波人的吃》，苏会祥的《留德时吃的回忆》，更不要说张爱玲在《烬余录》中津津有味地大谈港战以后的吃。关于俗世，还有有心人的《衣食住》，何若的《暂住与久住》，许季木的《买东西》，等等。

在以商品交换为基础的市民社会中，市民文化的特征必然是功利的，《天地》中正体现了这一点。上海的市民文化是以俗世生活为基础的，因为“市民文化是一种商本文化，商品交换的原则与市场运作的规律使市民变得很实际，崇高和神圣在世俗的利益面前变得虚浮缥缈，赢利、赚钱是最实在的、第一位的”[①]。由于对物质的看重，上海市民文化的实质就具有一定的功利性与庸俗性。在《天地》的文章中，就表现为主题上的反崇高与题材的日常琐屑。

在《写字间里的女性》里，对于写字间女性，思德认为：“也许女人是天生

---

① 田中阳：《百年文学与市民文化》，湖南教育出版社，2002年版，第188页。

的低能儿，写字间里就很少看见真正有才能的小姐，纵或偶然发现一位很能干的女性，同事淘里将要窃窃私议的说：‘你看，小姐做事简直像个男人。’命中注定：女子的才能是不如男子的。”这是普通市民对于职业女性的普遍看法。如果是个新文学作家，对于这样的题材往往要呼吁男女平等、个性独立，然而作者在分析了写字间女性的种种状况后，得出结论道：“无论如何，一个职业女性最后的归宿还是逃不了家庭。在社会上混一世的女人究竟是不多见的。娜拉走出了家庭之后，也许还是寻第二个家庭来存身。”由市民的传统认识开始，归结到市民的传统认识，消解了意义深度。从现实的角度考虑问题，正是市民社会现实浅显的特征。在《聪敏与愚拙》中，何之就谈到了市民的生存哲学，面对官员贪污、投机囤积等种种恶劣行径，一些“聪明人”往往慷慨激昂批评现状，但是他的骂不过是一种武器，其实“所不满的是自己不是官吏，无法贪污”。他们“一方面在骂官，一方面在捧官；或者是寓骂于捧，或者是寓捧于骂”。但是“弄巧是足以炫人的，但其危险性正等于玩火”“而藏拙，则似乎从来没有遭受过重大的打击”。这正是市民在现实生活中悟出来的市民生活哲学，具有鲜明的实用特征。对于恋爱，新文学作家习惯于从精神角度来描写，认为恋爱是个性解放的表现，将其与精神的完整联系起来。但是市民作家予且在《我之恋爱观》中却写道：“我以为能谈恋爱的人，该在四十岁以上。这时候有几件东西可以帮他们的忙：一是地位，二是金钱，三是物质环境，四是他本身的经验。我又觉得环境最重要，金钱次之。”已经是赤裸裸的市民恋爱心态。在尚金的市民社会中，金钱的意义是非常大的。许季木在《钱的哲学》中讲到了世人对钱的一般看法：“除了好胃口、人的寿命和笔者此刻尚未想到的其他精神或物质的东西以外，钱差不多全能够买来。”然而一般人还会有一种奇怪的心理：“世人对于小数目是那样的认真，而有时对大数目却如此的疏忽”“有时，穷汉比阔客用钱更豪爽，其原因之一或在此”。在战时的背景下，谈钱、谈节俭，自然都是普通市民喜欢的话题。

三、《天地》市民价值观的女性特征

《天地》的办刊在某种程度上迎合并反映了20世纪40年代上海沦陷区的市民社会，但是通过对这些市民社会的特征进行分析，我们就会发现《天地》杂志中体现的市民社会和同时期文学中表现的市民社会还是有差别的，同二三十年代的市民文学更是大相径庭。后两类市民文学的主要作者都是男性，体现了以男性价值观念、道德判断为主导的市民文学观，而《天地》作为一个由女编辑自主编辑出版的杂志，更多体现了一种女性的市民价值观。

20世纪初是市民文学比较发达的时期，从谴责小说到黑幕小说，从鸳鸯蝴蝶派到礼拜六派，主要的创作者都是男性作家。而新文化运动开始之前，教育还不太普及，大多数女性没有机会读书识字。在这种情况下，市民文学的读者群也是以男性为主，这就形成了男性意识形态的市民小说。关注政治黑幕、反映嫖娼宿妓、讽刺国家大事、描写武侠言情，是这一时期市民文学的主要内容。“他们对于人生也便是抱着这样的游戏态度的。他们对于国家大事乃至小小的琐故，全是以冷嘲的态度出之。他们没有一点的热情，没有一点的同情心。只是迎合着当时社会的一时的下流嗜好，在喋喋的闲谈着，在装小丑，说笑话，在写着大量的黑幕小说，以及鸳鸯蝴蝶派的小说来维持他们的花天酒地的颓废的生活。”[①]三四十年代以海派小说为代表的现代市民文学，也是以男性读者与男性作家为主导，将女性作为消费品或者欣赏对象，描写性爱或者男女情爱，虽然已经开始把女性作为独立的个体来描写她们的情感生活，但女性依然是在男性视角下被观望、被审视的对象。二十世纪四十年代与《天地》同时期的予且、丁谛等市民小说家，是反映市民社会、市民文化的代表，但他们的小说也有鲜明的以男性为中心的印迹。

在这种情况下，《天地》在表现市民文化时的女性视角便分外引人注意。在二十世纪四十年代沦陷区的上海，《天地》曾被时人誉为《古今》的妇人版，可见其中女性意识的强烈。梁文若在《谈〈天地〉》中也曾讲道：“《天地》上尤多女性作家的作品，读起来更觉其亲切有味。”

苏青在创办《天地》伊始，就有意识地强调女性写作，希望有更多的女性作者撰稿。在《发刊词》中她写道：“我还要申述一个愿望，便是提倡女子写作，盖写文章以情感为主，而女子最重情感，此其宜于写作理由一；写文章无时间地点之限制，不妨碍女子的家庭工作，此理由二；写文章最忌虚伪，而女子因社会地位不高，不必多所顾忌，写来自较率真，此理由三；文章乃是笔谈，而女子顶爱道东家长，西家短的，正可在此大谈特谈，此理由四；还有最后也就是最大的一个理由，便是女子的负担较轻，著书非为稻粱谋，因此可以有感便写，无话拉倒，固不必如职业文人般，有勉强为之痛苦也。”分析这里苏青提倡的“女子写作”，非常有趣，没有文学使命感，亦没有妇女解放的神圣责任感。女

---

① 田中阳：《百年文学与市民文化》，湖南教育出版社，2002年版，第188页。

子的主业还应该是家庭工作，写作这项副业之所以适合女性，是因为可以排遣“社会地位不高”的苦闷，又能获得婆婆妈妈式的满足，此外“最大的理由”，居然是“负担较轻，著书非为稻粱谋”，充满了市民情调的现实与机巧。所以，《天地》一度出现了充满市民审美气息的女性话题的热潮，甚至从第11期到第14期的封面，都改为由张爱玲设计：画面上天地相交，天上几片白云，大地上一个女性的仰天卧像，侧面温柔慈悲，如同地母，让人想到张爱玲在《谈女人》中讲到的应该让具有地母特性的女子来管理世界的见解(《天地》第6期)。

《天地》在市民文化的题材选择上就有鲜明的女性特征。比如谈穿衣(东方蝃蝀《穿衣论》、有心人《衣食住》、炎樱《女装，女色》)，谈婚姻、生育与男女关系(竹堂《女人的禁忌》、苏青《谈婚姻及其它》、散淡的人《出妻表》)，谈日常生活(张爱玲《谈跳舞》，胡兰成《瓜子壳》，禾任《买大饼油条有感》)，都是女性感兴趣的日常话题。市民社会中的女性群体生活环境主要是家庭，即使一些女性接受过教育，但真正在社会上抛头露面的还是少数。她们相对闭塞的生活以及人类喜好八卦的天性，造成了她们对大人物和名流的认同以及窥探他人生活的强烈兴趣。苏青在办刊时就体现了这种心理。《天地》不是流行刊物，不会以叫卖明星秘闻花边消息来哗众取宠，作为一个俗中有雅的文学刊物，苏青将上至文坛、政坛的显赫人物，下至崭露头角的作家都网罗进来，如周作人、陈公博、周佛海父子、胡兰成、谭正璧、秦瘦鹃、朱朴、纪果庵、周越然、文载道、柳雨生、徐一士、张爱玲、施济美等。除此以外，还提倡写传记与回忆录，经常编发一些写名人印象的稿子，以满足市民读者对名人生活普遍的“窥私欲”。如在第1期即编发周杨淑慧的《我与佛海》，回忆两人婚恋过程的文字，并加按语道：“过去的事，本来不愿公开，因为冯和仪女士，再三劝说，每月催促，而且指定题目，不便坚拒，只好简单写出。”除此以外，还有谭惟翰的《记予且》、秦瘦鹃的《怀毛富刚——一个中国化的日耳曼学者》、实斋的《闲话陶元德》、班公的《袁俊与陈铨》、周佛海的《忆亡弟》、晓晖的《弘一法师在厦门》、柳雨生的《我的朋友胡适之》、张爱玲的《我看苏青》，等等，既不降低杂志的文学品格和文艺含量，又在女性市民感兴趣的范围之内，闲说趣事，时人论旧，两全其美。

在文章的写作上，《天地》也具有显著的女性特征。在苏青的大力提倡下，《天地》的杂志风格有一种女性的温情与贴心。不同于同时期的比较正统严肃的出版物，它们“对于普通人的喜怒哀乐，往往采取的是居高临下的观照，缺少那种推心置腹的沟通与将心比心的同情”；《天地》却“努力尝试将世俗生活的合理性、艺术化的思想渗透到所刊出的文章当中”[①]。比如撰稿人中最为有名的是苏青与张爱玲，她们本身的个性中都具有鲜明的市民气质，这种气质与她们的女性身份融合起来，创作的文字就有了显著的女性特征。苏青一直是以大胆写作女性话题闻名的。在自己的《天地》中，苏青也正像是给自己创造了一个发表的“天地”，基本期期都有文章，谈言语不通，谈女人，谈孩子，谈婚姻，谈吃，谈消夏，也谈自己的书。正如当代作家王安忆的评价：“苏青的文字，在那报业兴隆的年头，可说是沧海一粟，在长篇正文的边角里，开辟了一个小论坛，谈着些穿衣吃饭，伺夫育儿，带有妇女乐园的意思。她快人快语的，倒也不说风月，只说些过日子的实惠，做人的芯子里的话。”[②]张爱玲也是热爱俗世，又有强烈的女性意识的作家，所以其文章发在《天地》上也是恰如其分。自第2期开始，几乎每期都有张爱玲的文章，像《封锁》《公寓生活记趣》《道路以目》《烬余录》《谈女人》《童言无忌》《谈跳舞》，等等，以散文居多，谈论生活琐事，孜孜不倦地寻找生活里的乐趣，从女性的价值观出发谈天说地。其他作家也在很大程度上都受到整个刊物风格的影响，“很多学富五车、腹笥深厚的文士，似乎都在尽可能地放下架子，写那些比较贴近世俗生活的作品。”即使是男性作家，也尽量在写作时向女性感兴趣的话题靠拢。当东方蝃蝀在《穿衣论》中发表自己对时装的看法与对女性装束的评价时，我们就会发现《天地》的女性特征也同样渗透到了男作家的创作中。

沦陷区的期刊由于很多都有日伪背景，所以很难进入研究者的视野。即使进入，如何对其进行评价也是一个尴尬的论题。但我们应该看到，《天地》虽然在出版上得到过日伪要员的支持，撰稿人中也有一部分人身份特殊，但是总体而言，是由苏青自主编辑出版的具有女性价值观念的体现了市民文化的小品文杂志。在当时日伪粉饰太平，扩大宣传，竭力扶植“和平文学”的情况下，《天地》以商业的目的办刊写稿以求维持生计，以贴近生活的市民立场争取到了相当大的读者群，客观上起到了抵制日伪宣传的作用。同时，《天地》作为一个由女编辑自主编辑的杂志，它在市民文化中体现出了鲜明的女性特征，这在中国现代文学史上也是值得注意的。

（原刊于《南京师范大学学报》2006年第04期，中国人民大学书报资料中心《中国现代、当代文学研究》2006年第11期全文转载。）

---

① 田中阳：《百年文学与市民文化》，湖南教育出版社，2002年版，第37页。

② 王安忆：《寻找苏青》，《上海文论》，1995年第5期，62-65页。

公共空间视野下上海现代市民叙事的空间化特征

一

热拉尔·热奈特说："叙事"最明显、最中心的含义是指"承担叙述一个或一系列事件的叙述陈述，口头或书面的话语"[①]。更具体地说，所谓叙事，就是把一件或若干事情说成"如此这般"，也就是关于某一或者若干事情的一种"说法"。现代市民叙事就是围绕"现代市民"所进行的"如此这般"的"叙述"。我所谓的"现代市民"是指生活在上海这个大都市，具有以人为本、物质理性、生存第一等现代市民价值观的市民。二十世纪三十年代的上海，被誉为"上海资本主义发展的黄金时代"，而经济繁荣的上海都市造就了一批不同于明清时期传统市民，也不同于鸳鸯蝴蝶派等小市民的现代市民。他们与都市的关系更为密切，对都市的感情更为深厚，他们的价值观形成与都市发展有不可分割的关系。现代市民叙事的研究对象，主要包括穆时英、刘呐鸥、叶灵凤、施蛰存、苏青、予且、张爱玲等作家所创作的反映现代市民生活与价值观的现代市民叙事文学。

现代市民的形成与上海这个大都市的发展是密切相关的，现代市民叙事策略也相应受到都市生活的影响。而其最大的影响在于都市生活不再仅仅是写作的背景，而成了小说叙事策略中的重要一环。它起到了塑造人物性格、推动情节前进、影响叙事视角的作用。在现代市民叙事中，最常见的介入叙事策略的都市生活内容主要包括以下三方面内容：一是公共空间，比如在穆时英、刘呐鸥等擅长描写中产阶级市民小说的作家笔下经常出现的舞厅、南京路、百货公司、街道，等等；二是日常生活物品，比如在张爱玲笔下经常出现的电车、

---

① 热拉尔·热奈特:《叙事话语·新叙事话语》,中国社会科学出版社,1990年版,第6页。

镜子、电梯等；三是以电影、杂志代表的传媒空间。在三四十年代大众文化发达的上海，大众娱乐深入人心，也深刻影响到了文学创作。限于篇幅，本文主要探讨公共空间与二十世纪三十年代以穆时英、刘呐鸥、叶灵凤、施蛰存等作家为代表的现代市民叙事策略的关系。

提到公共空间，很容易使人联想到哈贝马斯所讲的公共领域（public sphere）这样一种社会和政治空间。事实上，本文主要关注的是在三十年代上海现代市民叙事文本中呈现出来的实实在在的"物质空间"，即城市中人们日常使用的看得见摸得着的公共空间。它应该是"公共空间"（public space）和公共生活（public life）的结合。研究这样一个空间，除了探究其本身的物质意义外，还探究其对二十世纪三十年代现代市民小说叙事策略的改变起到了何种作用，进而探究它对二十世纪三十年代现代市民深层价值秩序的影响。

二

二十世纪三十年代现代市民叙事的一个突出特征就是公共空间在文本中的大量出现。茅盾所讲的"百货商店的跳舞场电影院咖啡馆的娱乐的消费的上海"[①]以一种前所未有的空间化特征呈现出来，并在叙事中具有巨大的意义。它不同于传统市民叙事注重情节的线形风格，也不同于40年代现代市民叙事的日常化倾向，具有独特的叙事学意义。

首先，公共空间的使用，起到了推动情节发展、塑造人物性格的强大叙事功能。在叙事文本中，作家往往用一些标志性的现代建筑来起到起承转合的功用。文本中最常见的是公园、舞厅、酒吧、饭店、跑马场、街道等。

市民生活的基本场所是都市。而都市生活最大的特征就是公共空间在生活中的比重增大，人与人的关系更富于流动性和偶然性，也更有利于激发出人个性的多种潜能。早期市民小说中频频出现"法国公园"这个地方。林微音《春似的秋》《秋似的春》等连续性短篇借女主人公白露仙的信，叙述在法国公园如何拾到男主人公斯滨的手抄诗稿，引起情感波澜[②]。从这个时候开始，市民叙事就呈现出与传统叙事不同的开放型特征，带来了故事情节发展的多种可能性。后来，这个象征物逐渐被舞厅、酒吧、饭店所取代。刘呐鸥唯一的

---

① 茅盾：《都市文学》，《申报月刊》，第2卷，1933年，第5期。

② 两篇均在《舞》，新月书店，1931年，11月版。

短篇小说集《都市风景线》的封面上有“scene”这个单词，从某种程度暗示了公共空间在这些小说中所起的重要作用。里面的八篇小说涉及上海生活的众多场景：舞厅、火车、电影院、街道、花店、跑马场、永安百货公司，等等；穆时英的小说《骆驼·尼采主义者与女人》中，男性主人公闲逛了一个又一个都市游乐场所：回力球场、舞厅、独唱、酒吧、Beaute exotique和Café Napoli，最后在咖啡馆邂逅了女主人公；而叶灵凤小说中的主人公经常出入于Feilington、国泰电影院、新亚饭店、沙利文咖啡馆和上海的外文书店。和鲁迅等五四小说家刻意用“S城”等代号标注地名，唯恐对地点的强调会干扰情节行进相反，现代市民小说家近乎炫耀地用地名作为情节转折依据，不断提示主人公行为场景的转换，以此推动故事发展，塑造人物性格。

除了上面提到的种种娱乐休闲场所，街道，作为这些公共场所的连接地，也是文本中一个重要的公共空间。现代市民叙事文本中街道的出场颇为频繁。有的是无名的，更多是被读者熟知的、真实的，如南京路、福州路、霞飞路、静安寺大街，等等。它不再像古典小说中那样，作为小说情节的发生地点和场景而依附于故事存在，而是具有了强化小说主题、塑造人物性格的叙述意义。街道在文本中取得了独立存在的价值，它不仅是故事的发生地点或者背景，同时也具有强大的叙述功能。传统叙述中，行走在街道上，是为了走向某个预期地点去完成预期目标；而在现代市民小说作家笔下，走在大街上本身就是目的。主人公没有目的、没有方向地任意走在某条任意选择的街道上，等待着意外的邂逅或者奇遇。这实质是以外界的刺激来激发主体能动性。这些文本中的街道本身是没有主动性的，但街道上任意发生的某件事情，都可能推动故事的发展。

为了进一步分析公共空间在情节发展、人物塑造中的作用，选取穆时英的《红色的女猎神》来做一个个案分析。《红色的女猎神》文中共涉及三处公共空间：跑狗场、酒吧和宾馆。故事的开始是在跑狗场，“看台沉到黑暗里边。一只电兔，悄没声地，浮在铁轨上面，撇开了四蹄，冲击了出去。平坦的跑道上泛溢着明快的，弧灯的光。”男主人公偶遇了一个身着红衣的近代型女性。这种相遇的方式在以农耕文明为基础的乡土中国是不可想象的，但是在上海30年代这个市民社会中就具有了典型性。因为赌狗而结识，也是现代城市生活中女性走向社交舞台的结果。接着男子和她在马路上散步、到酒吧喝酒，由于这些交际场所的公共性，就造成了两种可能的结果，一是每个人之间都是陌生人，任何人都可以隐瞒自己的身份，所以这种恋爱有可能导致无法预知的结果，从而更具刺激性；二是他们的感情没有任何来自社会家庭的阻碍和功利的考虑，使他们的个性追求得以最大程度地张扬。所以，女子任性、野蛮、不羁、顽皮的个性在情节发展中获得最大张扬，深深打动了男子，而美丽的女子竟然是土匪首领，这个意外的结果反而激起了男子更大的热情，对天性中自我意识与冒险精神的赞美也获得了极度张扬。可见，都市空间的公共性对于主人公的个性形成、情爱选择都起到了重要的作用，并最终推动了整个情节的发展。

其次，公共空间的出现改变了市民的生存环境，也影响了市民作家的叙事视野。在现代市民叙事中集中表现为两种叙述特征：一是跳跃性的散点扫描式，一是短视与瞬间追求。

现代都市最引人注目的就是变幻莫测的现代化街景，它给人走马灯式的跳跃性体验，同时也使现代市民小说文本呈现出散点扫描式的叙述格局，当时的市民叙事文本擅长浮光掠影的全景描写，这种写法李今和张鸿声都命名为"巡礼式"，认为就像穆时英惯常使用的用汽车浏览城市街景一样，走马观花浏览都市，以印象式的浅层体验结构全文。对比和列举是他们最常用的手法。

现代市民较之乡民，生活在一个更加复杂的环境。灯红酒绿、人潮涌动本身就是现代市民生存环境的特征。基于这种现实情形，在写作时，现代市民作家不约而同采取了列举式的全景式扫描笔法。分析文本，我们会发现在现代市民小说中描写了各式各样的街：晴朗的街、阴雨的街，午后娴静的街、夜晚神秘的街，喧嚣的街、寂静的街，"散发着尘埃、嘴沫、眼泪和马粪的臭味"的街"蓝的街、紫的街……强烈的色调装饰化装着的都市啊！霓虹灯跳跃着——五色的光潮，变化着的光潮……"（穆时英《夜总会里的五个人》）街道上真正具有生命力的还是大批市民：大街上走着卖票的女尼，走着穿土黄色制服的外国兵，带着个半东方种的女人。（刘呐鸥《两个时间的不感症者》）妓女、绑匪、白俄浪人、穿燕尾服的英国绅士、带金表穿皮鞋的中西结合的商人……这些碎片构筑了一个包罗万象的又具有强烈对比意味的市民生存图景。反映在一些具体文本中，如穆时英的《上海的狐步舞》，打破了事件按时间顺序和因果律的法则，彻底摒弃了传统小说的故事或情节线索的因素，将一些互不相干的时间和人物串在一起，跳跃性很大，就是受这种叙事视野的影响。

同时，公共空间对所有人敞开，它对市民的身份、职业、年龄、经济状况没有限制，所以，在文本中文人、乞丐和妓女经常会同时出现在同一场景中。在穆时英《PIERROT》对街道的描写中，我们可以深刻领会到这一点。现代市民作家在散点扫描的同时，很自然采用了对比手法。穆时英的《街景》就对生活在街头巷尾的下层社会民众的生存状况进行了对比式描写。这篇小说以一个老乞丐三十多年的人生故事为主线。三十年前，他做着上海梦来到这个现代都市。为了赚钱，他不辞劳苦，提着篮子在大街小巷卖花生米，希望有朝一日发财了，可以接父母来上海玩。然而上海是造在地狱上的天堂。上海一天一天改变了模样，马路变阔了，屋子长高了，他的头发也变白了。都市男女们在纵情声色，老乞丐却一无所有、行囊空空，梦想着回家，最后却葬身车轮之下。然而在发生悲剧的同时，这又是一条“明朗的太阳光浸透了这静寂的，秋天的街”，有着野宴的男女和温柔的修女，刚从办公处回来的打字女郎和放学回去吃点心的小学生，一切并行不悖。这种手法被穆时英频繁采用，他最著名的《夜总会里的五个人》也是在一个全景描写中撷取其中几个人物作为“点”，进行对比描写，贫与富、哀与乐、暴死与逸生、地狱与天堂，形成有层次、有对比的全景扫描。

城市的空间结构影响身处其中的市民思维方式，城市高楼林立的空间建筑既改写了地平线也造成了视线中断。一个典型的具有意味的表现形式是“一个孤独者从阳台或窗户那里俯视街道”。这种空间透视的局限性就在于主体只存在单向视觉。这种注视城市的方式使得个体得到的城市图景是没有深度的平面景观，从而很难领悟这种景观背后的深刻含义。这也是当时的市民叙事文本中体现出短视与追求瞬间快感的重要原因。

市民生活在现代都市中，最常使用的观察方式有鸟瞰、漫步与仰视。从市民叙事文本中，我们可以找到众多例子，以验证作家的视野受到城市建筑影响。他们通过高耸的建筑物获得了可以俯视都市的位置，文本中经常把拥挤在都市中的人群写成“一簇蚂蚁似的生物”；同时，他们的视线又不断受到建筑物的阻隔。“游倦了的白云两大片，流着光闪闪的汗珠，停留在对面高层建筑物造成的连山的头上。远远地眺望着这些都市的墙围，而在眼下俯瞰着一片旷大的青草原的一座高架台，这会早已被赌心热狂了的人们滚成蚁巢一般了。”（刘呐鸥《两个时间的不感症者》）穆时英《上海的狐步舞》则是用俯视的方式描写高楼下人的渺小。“街旁，一片空地里，竖起了金字塔似的高木架，粗壮的木腿插在泥里，顶上装了盏弧灯，倒照下来，照到底下每一条横木板上的人。”不管是用哪种观察方式，建筑的胁迫挤压到人的思考空间，这种都市空间带来的巨大压迫感与阻隔感使得虚无时时入侵，从而使众多文本专注于瞬间流逝的景物与情感。刘呐鸥《两个时间的不感症者》中跑马场的边界就是“都市的墙围”，陌生男女在拥挤的人群里相遇、散步、跳舞，看不到两人的过去，也看不到两人的未来，然后迅速分开。女子甚至宣称："我还未曾跟一个gentleman一块儿过过三个钟头以上呢。"快速升温又转瞬结束的爱情就如同在几分钟决定胜负的跑马比赛，快感只在于瞬间投入的高峰状态。

再次，公共空间在现代生活中的比重日益增大，也带来了市民叙事修辞方式的改变，城市空间自身的表意功能得到最大限度的强调。

现代市民叙事中频繁出现公共空间，也使得公共空间逐渐成为一种表意符号，直接承担叙事功能。当代法国著名文化理论家博度（pierre Bourdieu）曾说，"社会空间"是"一种抽象的符号表征"。作为小说情节发生的故事背景，城市空间本身就具有"言说"自己的意义，城市的弄堂、街衢、石库门、百货公司、舞厅等空间也从而获得了一种特殊的话语模式，给予作品丰富的意义。陈晓兰认为"作家自觉不自觉地沉湎于一种象征性地绘制上海地图的行为中"，在对公共空间强调的同时，"根据一个人的线路图和他的停靠地表现人物，某些地方总是与某些行为联系在一起，并通过这些地点暗示人物的道德倾向和生活方式。而作家对这些地方也表现出明确的情感取向和价值判断意味。正是在这种作家、人物与其所处空间的融会、交流中，作家的态度、人物的形象和上海的特性被展现出来，空间也被赋予了一种明确的政治、道德意义，因而被政治化、伦理化"[①]。作为一个鲜明的例证，二十世纪三十年代现代市民小说往往形成模式化叙事。跑马场是用来邂逅的，这里的女子是热情开放的；大街是用来增进感情的；酒吧是让人意乱情迷的；旅馆是用来发泄欲望的，这个充满不稳定性的场所又是让主人公在激情之后一拍两散的。现代都市的空间功能逐渐趋向专业化，也使得不同的地点注定发生不同的情节，而出现在某一特定场所的肯定是具有某种共同个性特质的人群。曾虚白在《偶像的神秘》中用调侃语气描写了不同公共空间的表意价值与巨大功用："同样是一个女人，当她在大世界的街角傻站、转悠，便只能招来一些揩油的臭男人，一旦换了行头，住进饭店，使男人看得见却摸不着，她便能受社会之宠，转眼间身价百倍。"[②]

至此，我们可以理解，为什么现代市民叙事文本中津津乐道于种种物质消费景观。它们的意义就在于出现在某一场所的人群往往具有共性，消费同一

---

① 陈晓兰：《文学中的巴黎与上海——以左拉和茅盾为例》，广西师范大学出版社，2006年版，第162页。

② 曾虚白：《偶像的神秘》，载《德妹》，真善美书店，1928年9月版。

种商品的人群通常也会有共同特征。对物质的描述实质上暗示了主人公的个性特征与生活状况。如叶灵凤笔下的街景："无线电播放着美国或其他国家的消息，书店里陈列着外国书籍，橱窗里陈列着：'堪察加的大蟹、鲑鱼，加利富尼亚的蕃茄、青豆，德国灌肠，英国火腿，青的，绿的，红的，紫的'"。（叶灵凤《流行性感冒》），实质上传达着生活欧化的文人偏好。而穆时英的《黑牡丹》则用爵士乐，狐步舞，混合酒，秋季的流行色，八汽缸的跑车，埃及烟等奢侈品来标志舞女黑牡丹的空虚物化的生活。

三

综上所述，我们可以看到现代市民叙事呈现出一种与传统市民叙事截然不同的空间化特征。传统市民叙事注重情节和人物塑造，以事件的因果线索来结构全文，追求完整的叙事框架；而现代市民叙事以公共空间作为结点推动事件发展，采用散点透视方法，不追求完整框架，呈现出对瞬间与片段的迷恋。这种全新的叙事方式是如何产生的，当然情况非常复杂，其中有西方城市文学资源的影响，也有传媒如电影、杂志的渗透，但有一点较少被人论述，就是公共空间的改变对市民深层价值秩序的改造。二十世纪三十年代的现代市民叙事以一种空间化特征标志了现代市民新的思维模式的诞生，也标志着现代市民深层价值观的转变。

法国结构主义理论家罗兰·巴特在研究城市符号系统时说："城市是一种话语，一种真正的交际语言。"即"城市空间作为一种话语模式，与生活在其中的社会主体进行交流，并影响或造就社会主体本身的心理格式"[①]。公共空间的改变是二十世纪三十年代市民语境的最大特征。随着公共空间的城市化进程，现代市民的心理格式逐渐被影响，形成注重自我、趋时求新、注重物质的价值观念，这也是市民叙事策略发生改变的深层原因。

首先，公共交往空间扩大，反而在某种程度上保护了个人私密空间，更加强调了个体独立价值，从而使得作家不再扮演启蒙者角色，而是从自我感受和个体经验角度出发反映现代市民普遍的情感和心态。芝加哥学派的帕克曾说："个人的流动——交通和通讯发展，除带来各种不明显而却十分深刻的变

---

① 方成，蒋道超：《德莱塞小说中的城市空间透视及其意识形态》，《名作欣赏（学术版）》，2006年版，第6期，88-92页。

化以外，还带来一种我称之为‘个人的流动’。这种流动使得人们互相接触的机会大大增加，但却又使这种接触变得更短促，更肤浅。大城市中人之相当大一部分，包括那些在公寓楼房里或住宅中安了家的人，都好像进入了一个大旅店，彼此相聚而不相识。这实际上就是以偶然的、临时的接触关系，代替了小型社区中较亲密的、稳定的人际关系。"[①]我们可以看到，现代市民叙事策略中以公共空间的移动推动故事情节发展与个性塑造，就是受这种个人体验的影响。作家不再是一个全知全能的命运审判者，甚至连他自己都不知道下一刻将发生什么，只是在城市环境的改变中随波逐流。作家也不再扮演启蒙者或者上帝的角色，而是忠实反映普通市民的情感心态。他们叙事的角度，不管是俯瞰、仰视还是浏览，都是从个体生命体验城市生活的角度出发，忠实反映现代市民在都市生活中体验视角的转换。

其次，飞速发展的城市建设带给现代市民某种“震撼”体验，同时也造就了现代市民趋时求新的价值观念。他们更善于接受和认同新兴事物，在叙事策略中也体现出对新型城市空间的敏感与把握。据此，我们可以解释何以三十年代的市民叙事如此热衷于描写现代都市生活，反映在我们看来甚至有点超前的现代市民心态。震惊体验是作家从日常生活中获得的带有审美技艺型、生命体验性的一种文学经验。三十年代上海一举发展成为“整个亚洲最繁华的国际化大都会”[②]。对于大部分脑子里还残存着乡土中国经验的上海都市市民来说，对城市的震撼体验就是城市的空间结构给予他们的震撼。陌生的环境，明亮的霓虹，耸立的高楼，穿梭而过的车流，灯红酒绿的舞厅，喧嚣的赌场……这种空间的建筑以“语言”的形式形成了主体对于城市的基本看法，构建了主体对于城市的基本理解。“震撼体验”质疑和动摇了日常生活的逻辑、规则和秩序，乃至最终造成日常生活本身的断裂。这种现代意味的空间形式瓦解了传统中国人的空间感，穆时英、刘呐鸥等现代市民作家迅速把握到新都市脉搏，热烈投入都市新生活。他们迅速寻找新的文学形式来反映一个新的时代，不管是放弃线性叙述、进行空间叙事，还是散点描述、视角多变，都是他们为努力适应新都市文化做出的改变。

再次，都市空间的不断延展与对社会文学各方面的巨大影响，使得现代市民作家快速把握到了物质对于文学的意义。这里的“物质”是马克思唯物

---

① R. E.帕克等著，宋俊岭等译：《城市社会学》，华夏出版社，1987年版，第42页。

② 白鲁恂：《中国民族主义与现代化》，《二十一世纪》，1992年2月号。

主义中的抽象“物质”，是以经济为基础的，与意识形态相对应的。现代市民叙事中的人际交往，完全不同于乡村社会那种靠血缘、邻里等传统关系，而是以流动的个人身份介入流动性的公共空间。体现出都市人的某些特质：“一是人际间接触的表面性、短暂性、局部性与匿名性；二是人物成分复杂而流动性增强，感情淡漠；三是密集的人群互不相识，作为交换媒介的金钱成为人们交往的衡量标准，更容易见出弥漫于都市社会的拜金主义。”[①]在这种情况下，“其后果之一，就是特别强调城市居民生活态度的外部的和物质方面的价值”[②]。表现在文本中，作家也倾向于表现物质对市民精神的影响，进而以物质性的公共空间作为叙事的某种方法与推动力。之前的文学不管是“五四”文学还是“左翼”写作，都是以意识形态先行的，自上而下的，具有启蒙意义的，但某种程度上也造成了与中国实际社会形态的脱节。三十年代现代市民作家则是在都市物质形态改变的基础上，真实反映当时上海都市现实的写作。它是自下而上的、逐步渗透的，所以穆时英、刘呐鸥、叶灵凤等人的作品往往刊登在《良友》《妇人画报》等发行量很大的杂志中，赢得了巨大的读者群。同时，他们在叙事策略上，也毫不掩饰城市空间、物质生活对他们思想与文字的影响，甚至以某一类物质的描述来暗示这一群体的人物个性。在林微音的《花厅夫人》中，女性的成长过程则成为一系列的城市标志性、符号性空间：“小朱古力店”、国泰电影院、福禄寿饭店、永安公司、福芝饭店、圣爱娜、沧州饭店、open air 泳场、惠而康饭店，每移动一个空间就意味着进入一个新的阶层，城市以它的空间诱惑促使着市民精神的形成。

都市是市民生活的主要环境。都市生活又具有不同层次，包括公共空间、传媒空间、日常生活空间等多方面内容。丹纳在《艺术哲学》中强调：“精神文明的产物和动植物界的产物一样，只能用各自的环境来解释。”[③]他认为艺术作品的产生和特征不仅取决于时代精神，也取决于“周围的风俗”。外部环境对文学的影响不可小觑。市民叙事是一种反映普通市民生存状态与思想感情的文学，和“五四”文学、左翼文学、自由主义文学等具有强烈意识形态色彩的文学相比，它更重物质，也更加贴近生活，是来自市民，又以市民为读者对象的

① 张鸿声：《新感觉派小说的文化意义》，《华中师范大学学报（人文社会学科版）》，1999年，第4期。

② 伊恩·P.瓦特著，高原，董红钧译：《小说的兴起——笛福、理查逊、菲尔丁研究》，生活·读书·新知三联书店，1992年版，第200页。

③ 丹纳著，傅雷译：《艺术哲学》，人民文学出版社，1963年版，第9，32页。

文学。从这个意义来讲,从市民生存的空间角度去分析市民叙事的特征,可以有效地揭示市民叙事的独特性,并找到这种独特性的来源。但从公共空间角度切入,只是其中一个途径,在都市生活与市民叙事之间,还有很大的意义空间值得开拓。

(原刊于《山东大学学报》,2010/03)

二十世纪三四十年代上海现代市民小说中的“都市漫游者”叙事研究

所谓“都市漫游者”，也即波德莱尔曾经提到的“巴黎漫游者”。这个概念最初来自波德莱尔的《现代生活的画家》，他将漫游者描述成一位十九世纪漫步街头、四处光顾的艺术家兼哲学家，在都市的瞬息变化中寻求永恒的美感。现代城市改变了都市市民的空间结构，也改变了市民对生活的认知和感受方式。随着都市文化多元化的趋势，“都市漫游者”也呈现出多元化的诠释维度。它可以是一种文学主题，在文学的叙事中，通过对“漫游者”形象本身或者“漫游者”观察到的都市进行描述，也可以在漫游者的主题与视角中实现对都市时空的重新认识，呈现对城市的全新理解；更可以是一种叙事策略，在写作中通过漫游者的视角实现新的文学技巧的突破。

二十世纪三四十年代的上海现代市民，也和波德莱尔一样，在都市的怀抱里漫游，审视着这个日新月异的新的空间体，在一定意义上，他们也是一个“漫游者”，带着最初的现代性体验。本文就试图从主题、技巧、生成等方面来描述三四十年代上海现代市民“都市漫游者”的叙事景观。

一、作为文学主题：三四十年代上海现代市民小说中的都市漫游者形象

与十九世纪巴黎惊人相似的是，二十世纪上半叶的上海也同样经历着十九世纪巴黎所经历过的都市现代化进程。如果以“都市漫游者”为中心做一个类型研究的话，三四十年代上海现代市民小说可分为四种类型：凝视、相遇、侦探、思考。

（一）凝视

R.威廉斯说："对现代城市新特征的感觉从一开始就与一个男人漫步独行于街头的形象相关。"[①]三四十年代的上海现代市民作家们漫步在街头，体验自己怎样被人流簇拥，同时又怎样去凝视（Gaze）。而他们凝视的街道中最经典的三个形象，正如波德莱尔所说，就是文人、乞丐和妓女。

三四十年代上海现代市民小说中的男主人公经常以作家、大学教师、学生等这样的知识分子形象出现。而乞丐与妓女是都市街头最常见的街景。不过，这里的妓女并不一定是以出卖自己的肉体为生的、卑贱的女性。相反，他们笔下的女性往往具有极其性感的外表，招摇于街头，狩猎着男人也等着被男人狩猎，一旦从男人手中获得自己想要的东西便全身而退，她们既具有妓女的游走觅食的特征，又具有妓女没有的情感独立性与操控性。而她们这种貌似独立的性格却也是男性叙述者赋予她们的，穆时英、刘呐鸥、叶灵凤等人的小说中最常见的就是对街道中行走的女性的凝视。他们笔下的女性是物化的、机械式的。他们的很多作品中都有都市的性感尤物。她们外形奔放，具有典型的西方女性特征，如刘呐鸥《风景》中的女子就是具有"男孩式的断发和那欧化痕迹显明的短裾的衣衫"的"近代都会的所产"的女性。但是这些女性往往没有鲜活的内心，只是图式化的存在，更像是"都市漫游者"的欲望投射物。与这些物化的女性相对应，他们笔下的"漫游者"也同样是缺乏灵魂的、脸谱式的，像个永不停歇的跳舞机，在城市的街道不停旋转，但是没有内心，也没有真实的情感。施蛰存在对街道上的女性"凝视"的同时，也开始关注周遭世界，到了张爱玲，则成为一个真正的"凝视者"，她不动声色地冷眼旁观着街道上形形色色的人群，自己却置身事外。

（二）相遇

詹克斯概括都市漫游者"能在空间和人群中以一种使他能够取得有利视野的黏着性（Viscosity）移动"。正如本雅明所说，人群中总有一些热情的观察者，像是不自愿的侦探，或者速写作家，记下一闪而过的灵光，把它们固定成永久。波德莱尔的作品《给一位交臂而过的妇女》正是对这种相遇交会的记录。

穆时英、刘呐鸥等新感觉派作家所反复书写的男主人公往往有着知识分子的多愁善感，具有城市背景，漫步在城市的大街小巷，不断地邂逅女子，与之

① 陈旭光主编：《快餐馆里的冷风景》，北京大学出版社，1994年版，第260页。

交谈，发生感情，然后迅速分手告别。他们漫游的步伐构成了作品叙述的动力。他们在相遇中往往是缺乏主体性的，在电影般的戏剧化情节中被女性的石榴裙所俘虏。到了施蛰存，在两性关系中，他的男主人公往往是主动发起进攻的，在处理感情的过程中，具有现代人的特点，热情直接同时又有理性的节制。这类形象就具有典型的漫游者特征。到了张爱玲，在《红玫瑰与白玫瑰》中英国留学回来的振保所经历的相遇没有波德莱尔的“惊鸿一瞥”，也没有施蛰存的胸有成竹，更多的是耻辱与不适，一方面是偶然，一方面是偶然中自己透露出来的傻气。但他们相同的是都有偶然与随性，似乎是漫无目的，实质却是对未知的都市探索的好奇心。这种“漫游者”的激情到了安分守己的中年，振保就再也没有过了。

（三）侦探

“在人人都像密谋者的恐怖时期，人人都处于扮演侦探角色的情形中。游荡给人提供了这样做的最好机会。”[①] 本雅明笔下的十九世纪巴黎的恐怖气氛与二十世纪三四十年代的上海颇为相似。不过都市漫游者并非为了揭发“密谋者”，只是想探求一个具有吸引力的神秘女子的真实身份而不自觉地扮演了侦探的角色。漫游者注视着人群，试图将这个神秘的人从人群中分离出来，最后通过一个意外的细节侦破案件。这种揭开谜底的过程，在中国式的叙事体验中叫“聊斋式的叙事元素”，而在西方则是十九世纪巴黎街头漫游者的典型特征。

《鬼恋》中男主人公就是“都市漫游者”中典型的“文人”形象，在一个冬夜遇到一个全身黑衣的女子，她身上的种种奇特的异于常人的特质引起了“我”的兴趣。由相遇的震撼到迷恋，到侦探般的苦苦寻找，开放的街道永远都不缺乏发生这种奇遇的可能性，而现代市民求新求奇的本性又会使得他们对这种欲求而不得、充满神秘与诱惑力的爱情无力抗拒，飞蛾扑火。施蛰存《闵行秋日纪事》作品中的“我”有着明显的知识修养，途中与一个美丽而神秘的女子攀谈，觉得这个拿着大包裹的单身女子处处透着诡异。后来在镇上他又遇见了她，暗暗跟踪，发现她好像在做非法的勾当。一天晚上他又跟踪她，却差点被子弹打中。后来才从朋友的仆人口中得知，她常常到上海去私带鸦

① 瓦尔特·本雅明著，张旭东等译：《发达资本主义时代的抒情诗人》，生活·读书·新知三联书店，2007年版，第59页。

片和吗啡，再派人用小船偷带到小镇贩卖。吴福辉曾指出，《闵行秋日纪事》叙事的色彩神秘，扑朔迷离，这也始终是他小说的一个重要特点。

广而言之，“都市漫游者”带来的“侦探”的可能性，实质上是都市社会的流动性、陌生化带来的。在稳定的农业社会，人口结构相对单纯稳定，很少有神秘的陌生人出现，也不存在两个陌生人之间的相互试探，相互探究。

（四）思考

张爱玲小说中的人物的漫游体验，如波德莱尔所说，他们是“居于世界中心，却又躲着这个世界”的人，他们对城市的感觉既投入又游离，他们不能离开城市，但同时又在城市自觉边缘化。

小说《留情》就是在“凝视”中融入思考，并且浑然天成。敦凤和米先生一起出门去见朋友，张爱玲用漫游者的眼光分别描写了两人所见街景和所思所想。张爱玲另一部分小说则是对波德莱尔“相遇”的震撼体验的颠覆。小说《封锁》的主人公是城市中最普通的人，小说中的街道成为他们情感爆发、真伪对立、理智与感情交错的纽带。当封锁的摇铃声“切断了时间与空间”后，在这突然形成的非常态的空间领域中，小说人物在一系列的巧合下逐渐将自己真的情愫与思虑释放出来。但是当封锁结束，整个上海在封锁的街道上做了一个不近情理的梦，都市漫游者最好还是离开这个自由放纵的可以做梦的空间，回到自己的现实生活中去。

张爱玲值得称道的一点，就在于她恰当地处理了观察者与人群之间的关系。她就如同站在赫德路的一个小小的阳台上，冷眼旁观眼底的这些人和事。对人生的投入，使她热衷于“凝视”，但是清醒的内心又使她拉开了与“人群”的距离，始终保持旁观者的立场与冷静的头脑。“云端里看厮杀似的”是何等热闹，落在张爱玲笔下，却是超脱的淡然与平静，了解一切而又悲悯一切。

二、作为写作方式：以都市漫游者为中心的叙事方式

都市的兴起带来物质空间的改变，物质空间的改变带来体验方式的转变，从而给作家带来新的写作灵感与写作方式。主要表现在以街道漫游者为中心的叙事视角，叙事时间的错综复杂，叙事结构的符号化与开放性。

首先，三四十年代上海现代市民作家自觉以街道为观察基点，用散点透视的方法描绘街道的漫游体验。弗莱伯格（Anne Friedberg）曾以漫游者特有

的目光——“移动的凝视”与福柯的“全景敞视式”的凝视加以比较，指出前者是后者的反转。它强调的不是抑制与质询形式，而是移动性和流动的主观性[①]。事实上，这两者都是“都市漫游者”在叙事时会采用的典型视角。

以穆时英为代表的三十年代作家酷爱描写街道与街道上正在发生的悲欢离合。刘呐鸥《都市风景线》，穆时英《街景》，施蛰存《汽车路》《在巴黎大戏院》……通过这些标题，我们就可以想象到一个以街道为观察方式的正在呈现的上海。以街道漫游者为中心的叙事视角还表现在都市漫游者漫步在林立的高楼中间，用不同角度观察都市，这也应用在了他们的写作中，俯视、平视、仰视，角度多变。传统小说习惯于用从容舒缓的叙述方式来表达宁静恬淡的乡村风光，而三四十年代现代市民小说家，则是用机械的速度来描写城市风光。

漫游和观察，事实上也就是一个进入城市内部结构、窥探和发现城市秘密的过程。值得我们注意的是，在漫游过程中所采用的颇富主观色彩的叙述视角。“叙事视点不是作为一部传达情节给读者的附属物后加上的，相反，在绝大多数现代叙事作品中，正是叙事视点创造了兴趣、冲突、悬念乃至情节本身。”[②]从这个意义上讲，与“街道漫游者”的形象相伴而生的主观化叙事视角更有力地在形式上支持了对“漫游者”心态的表达。

其次，“漫游者”的叙事时间错综复杂。在《发达资本主义时代的抒情诗人》中，本雅明用以与“同质的，空无的”钟表时间相对抗的，正是属于非意愿性记忆的时间。传统的叙事时间是经验性的，重视反映、记录过去或现在正在发生的事情，时间观念是线性的，具有规律性和经验性，重视因果与完整，时间具有现实意义，基本是写实的写法。漫游性叙事却正好相反，它是跳跃性的、混合性的，并不一定要具有现实基础，也不一定符合日常生活的规律，有时甚至会脱离现实，进入历史或者梦境，具有比较强的现代意识。三四十年代的现代市民小说创作叙事时间经常被分割，用大幅度的蒙太奇手法加以剪辑处理，省却其中用于交代和穿线的叙述，各个不同的叙事时间靠分镜头来组合。这种连接依赖的是跳跃的情感与感觉，而非传统的线性因果关系。施蛰存《梅雨之夕》写下班回家的“我”邂逅一位避雨的美貌姑娘，主动送她回家，并且一路上对她心猿意马。妻子、酒店女子、初恋少女、雨中姑娘几个形象的蒙太奇

---

① 罗岗、顾铮主编：《视觉文化读本》，广西师范大学出版社，2003年版，第328页。

② 华莱士·马丁：《当代叙事学》，北京大学出版社，1990年版，第150页。

叠化，可见鲜明的时空漫步特征。

除此以外，在时空的感受上，现代市民小说表现为叙事中的虚实相生，在张爱玲的作品中尤其明显。《倾城之恋》中男女主角在饭店旁边的一堵灰墙前感叹的一段描写，叙事中并没有时空的穿越，也没有叙述顺序的打乱，男女主人公依然在场，故事还在继续，但是"流苏也就靠在墙上，一眼看上去，那堵墙极高极高，望不见边。墙是冷而粗糙，死的颜色。她的脸，托在墙上，反衬着，也变了样——红嘴唇、水眼睛、有血、有肉、有思想的一张脸"，好像进入了跟现实甚至跟自己的境遇都没有关联的境界，就仿佛忽然在叙述中迷失了，前一刻还跟小说里的人物或者散文里的叙述者在一起，下一刻已经不知身在何处。这一种忽然地跳脱或者走失，是张爱玲写作中非常高超的一部分。张爱玲的这种疏离，实际源于对生活观察的细致和对正在消逝的画面那种不倦的热情。她在投入人群之中的专注以及游离于现实之外的超然等方面，跟"巴黎游荡者"之间有精神上的关联。

最后，都市漫游者叙事还具有叙事的符号化与开放性的特征。"人们在街道上是匿名的，既没有背景，也没有历史。在街上，人丧失了他的深度。人的存在性构成是他的面孔和身体。光线只是在他的表面闪耀。人，只是作为视觉对象和景观的人，是纯粹观看和被观看的人，是没有身份的人，是街道上所有人的陌生人。"[①] 在他们的小说中，频频出现的女性"尤物"形象也是一种显而易见的符号，她们都具有现代作风，都是摩登女性，更是一种色欲的化身。不仅仅女性成为一个符号，在三四十年代上海现代市民小说中，城市也成为一种符号。众所周知，在现代主义文学中，城市与其说是一个客观的实在，不如说是一个隐喻。穆时英、刘呐鸥等人笔下的都市，虽然也有写实的地名和建筑，有对城市细节的描绘，但这些城市在外观上都是类似的，和东京、巴黎没有本质上的区别。在他们的写作中，城市其实已经在某种意义上成为一种寓言体，把它当作一个必要的背景舞台或者内心世界的外在化（Externalize），赋予抽象的情思以具体对应物，抒发都市给予个人的心理体验。张爱玲最擅长描写的上海与香港的双城记，同样是这样一种符号式的象征。

对应"都市漫游者"在漫游过程中的随性与开放，他们的叙事中也表现出显著的开放性。"街道是不设防的，敞开的，流动的，并且十分广阔"，街道的这种四通八达的特性带给人一种更为广阔的、开放的体验，在小说的叙事中，

① 汪民安：《身体、空间与后现代性》，江苏人民出版社，2015年版，第147页。

我们也看到一种更为开放的、自由的文体。有研究者评论张爱玲的《传奇》，认为“文字技巧很好，结构松，大致顾到一段，不能顾到全体”[①]。虽然批评者是以批评的态度，但我们也可以看出这其实是三四十年代上海现代市民小说共同的特征。就算是结构很严密的《封锁》，开头和结尾也同样的充满开放感。电车铃声的虚线正构成了对过去和未来的无线延伸。如果说穆时英、刘呐鸥等人的小说符号化是具体到每一个叙事环节的话，张爱玲小说的符号化处理更像是一个寓言。

三、“都市漫游者”与现代市民价值观

三四十年代上海现代市民小说这种“都市漫游者”主题的出现，与相伴而生的叙事方式的改变，一方面与西方波德莱尔的“都市漫游者”形象遥相呼应，另一方面也提示我们应对当时文学的发生环境重新考察，寻找他们在二十世纪三四十年代的上海与十九世纪的波德莱尔在“都市漫游者”形象的写作上不期而遇的原因。其中有一点不容忽视，就是现代市民生存方式的改变对其深层价值秩序的影响。经济的发展、城市的兴起，带来了街道的繁荣，现代市民走上街头，开始将这种街道漫游的体验付诸笔端，更进一步无形中改造了他们的思维方式与认知方式。

漫游在何种条件下得以成为可能？本雅明的漫游者开始于资本主义工业时代“拱门街”的发明。上海在不到一百年的时间里，从一个没落的边远的渔村变成远东最大的都市，政治、经济、生活方式都发生了巨大的变迁。城市主体建筑从平面的延伸的中国式村落改变为西方式的向上林立的高楼大厦，街道不断延展，多元化族群混居，逐步形成了米歇尔·福柯（Michel Foucault）所说的“异位性（Heterotopias）”空间，它是含混的、分层的、不明晰的，用传统的适用于乡村和城镇的同质性空间的“彻底阅读（Perfect Reading）”方式解读已经成为不可能的任务。加速前进的都市化进程引发了社会结构的改变，这种改变又逐步蚕食着、异化着现代市民的心理结构。三四十年代上海现代市民小说作家也自觉以街道为观察视角，并且从某种意义来讲，三四十年代的现代市民作家是非常迷恋城市的漫游感，并热衷于在二十世纪三十年代上海这个

---

① 谷正槐：《〈传奇〉辑评茶会记》，载《张爱玲与苏青》，安徽：安徽文艺出版社，1994年版，第28页。

"魔都"闲逛的。西洋化的高楼与中国化的延伸到巷尾的店铺并置，琳琅满目的橱窗，匆匆而过的黄包车与疾驰而过的汽车……这种现代化的都市空间，总是激起他们无限的创造性与感情。正如施蛰存所说："这种新意识是与社会环境、民族传统息息相关的：社会环境变化快，而民族传统不容易变。我跟穆时英等人的小说，正是反映一九二八至一九三七年的上海社会。"① 从施蛰存的写作体验中我们可以看到，他们的文学创作来源于物质世界的改变。汪应果认为："一般说来，各个社会形态的文化都可以包括下列三个同心圆层次：最外层是器物层，中间是制度层，内核是观念层。而对人的意识起绝大作用的就在于中层和内核。"② 在这里，他提到了器物层，貌似最形而下，却是一切转变的基础。正是物质的改变冲击了人的内心观念，都市生活带来的现代体验，特别是漫游者的观看体验不仅丰富了作家的器物层知识，还改变其思维方式、速度感和时空观。漫游式的观察，实质上也是进入一个城市的内部结构、窥探和发现城市秘密的过程。

其次，市民与日常生活具有天然的亲和力，也使得他们热衷于观察街道，以都市漫游者的身份走上街头，观察世界，这是他们的生存方式，也是他们的价值所在。三四十年代的现代市民小说发现了以街道为中心的日常生活，他们沉溺于街道日常情景的琐屑细节，关注饮食男女的世俗话题。街道与日常生活是紧密相关的，街道是世俗性的，它远离庙堂和圣殿。因此清晰的世俗生活就鲜活地在张爱玲、予且、苏青等人笔下出现，而暧昧热烈的时尚生活则在穆时英、刘呐鸥、叶灵凤、施蛰存等人笔下蔓延。街道上演着一幕幕日常话剧，或者说街道就是生活本身。虽然在历史发展中经常会有革命、变革、动荡等非常态的事件发生，但从深广的历史维度来看，非常态的生活和政治化、精英化的生活总是暂时和局部的，更为恒久的还是平凡而琐碎的日常生活。"都市漫游者"们首先具备了市民的身份，他们脱离了土地，才有可能在商业的街道漫游，他们关注的不是炮火和战争，不是精英和政变，而是街道上行走的人群、个人的去留、商业的文明。他们关注那些文人、乞丐和妓女，"无论是十九世纪的巴黎，还是二十世纪三四十年代的上海，以及今天的北京和纽约，街道的形象和两边的建筑物在变化，但是街道的这三个经典人物形象却一直长存着"（汪民安）。这些在传统的眼光里看上去太过于卑微、普通的人物形象却是最

① 施蛰存：《沙上的脚迹》，辽宁教育出版社，1995年版，第166页。

② 汪应果：《艰巨的啮合》，学苑出版社，1999年版，第171页。

早感受到现代都市生活中带给他们的自由与改变的。

最后，从个体角度来讲，街道以其本身的特性激发了个性主义的张扬，发现了个体的能量。传统中国是一个典型的宗法制等级社会，在这样的社会中，国家与统治者的权力是至高无上的，集体利益被强化，而个体存在的价值常常被忽视，甚至被挤压。随着城市兴起、经济发展，传统被固定在土地上的中国人开始有了移动的可能性，现代大都市对工商业的迫切需求增加了个人在商品的制造与流通中越来越多的交流机会。同时，现代工商业对于精细技术的要求使得个人力量开始逐步凸显，生活在现代都市的人开始懂得肯定人性，高扬自我意识，赞美独立自主。而我们谈到的都市漫游者形象更进一步，他们是都市的自由人。他们不属于任何一块土地，流动是他们的生活。正如汪民安所说“街道是所有人的共同背景，但却是每个个体的异质性背景：街道使人从一个熟悉的语境中挣脱出来，并且甩掉了庸常的制度和纪律”[①]。他们从一条街走向另一条街，在漫游中创造自己的经济价值，在漫游中感受自己也在观察都市。他们不服务于任何机构、任何组织、任何人，他们是自己的主人，要对自己负责，也拥有把握自己命运的权力，街道以其本身的特性激发了个性主义的张扬，发现了个体的能量。

正如本雅明所说：“大城市并不在那些由他造就的人群中的人身上得到表现，相反，却是在那些穿过城市，迷失在自己的思绪中的人那里被揭示出来。”[②]对于现代市民作家来说，城市与写作者之间的关系是互相成就的。城市的发展造就了新型的市民生活书写者，改变了他们的思维方式与价值观念。同时这些漫游于城市，迷失在自己思绪中的书写者也以他们文字的力量传达着对城市的理解。

（原刊于《南京师范大学文学院学报》，2012/03）

① 汪民安：《身体空间与后现代性》，江苏人民出版社，2006年版，第117页。

② 瓦尔特·本雅明著，张旭东等译：《发达资本主义时代的抒情诗人》，生活·读书·新知三联书店，2007年版，第6页。

张爱玲小说的“厌女症”研究

厌女症的理论谱系

“厌女症(misogyny)是女性主义理论的一个重要术语，指父权制社会长期以来根深蒂固的对女性的诋毁、诽谤和虐待，也可以理解成是任何社会以明显的形式表现出来的对女性毫无道理的恐惧和痛恨。”[①]在文学上往往表现为“指歪曲、贬低妇女形象，把一切罪过都归诸女人的情绪或主题”[②]。

早期的“厌女症”一般把关注的重心放在男性的“厌女症”上。“厌女症”的历史源远流长，现在学术界通常认为厌女症起源于父权制的兴起(公元前2000年)。“有证据显示，早期的母权或母系社会非常尊重妇女。有观点认为，父权制的兴起，及其内在固有的厌女症，是与军事征服打乱了农业和更和平的社会密不可分的。厌女症的历史源头是在推翻早期女神崇拜社会的过程中，这在不同文化的古代神话中得到体现，这些神话反映了对女性力量和权威的恐惧和嫉妒，为男性接管女性在农业、制陶、土地所有权、家庭管理等方面的职责提供了合理化解释。”[③]

对“厌女症”的形成原因做一梳理，就会发现“厌女症的成因很复杂，以下五种说法比较普遍。弗洛伊德派认为男性因阉割焦虑的影响而憎恨女性。按照行为主义者挫折/进攻理论的揭示，进化过程中不断出现的觉醒和挫折感使男性将怒气置换到作为性对象的女性身上。精神依赖理论认为男性对女性有依赖心理，同时渴望回归，两者都表现了明显的被动性，所以憎恨女性就成

---

① 汪民安主编:《文化研究关键词》，江苏人民出版社，2007年版，第428页。

② 王先霈，王又平主编:《文学批评术语词典》，上海文艺出版社，1999年版，第609页。

③ 谢丽斯·克拉马雷，戴尔·斯彭德，“国际妇女百科全书”课题组译:《路特里奇国际妇女百科全书精选本(下卷)》，高等教育出版社，2007年版，第695页。

了必然反应。另有人认为，男性因自己的愿望和理想无法满足，注定会失望和幻灭，因此将女性作为替罪羊为自己开脱。女性主义者则认为厌女症的成因是父权制”[①]。

“厌女症”的文学书写与文本表现早就引起了文学研究者的注意。“‘厌女症’作为一种男权的权力话语，用语言和文本的方式对女性进行大肆贬低和降格。女性被描述成愚蠢、只求官能满足、情感幼稚、喜怒无常、不能节制、喜好性事、精于欺骗、狡诈、易堕落等。”[②]琼·史密斯认为厌女症是“广泛存在于文学、艺术和种种意识形态表现形式中的‘病症’，表现为对女性化、女性倾向以及一切与女性相关的事物和意义的厌恶”[③]。凯特·米利特在《性政治》中对男性作家的厌女症进行了批判，朱迪斯·费特利（Judith Fetterly）的《抵制的读者：对美国小说的女性主义评析》（*The Resisting Reader: A Feminist Approach to American Fiction*）对很多男性作家作品中潜意识的性别歧视也进行了剖析[④]。凯瑟琳·M.罗杰斯（Katherine M. Rogers）在《麻烦的伴侣：文学中的厌女症史》（*The Troublesome Helpmate: A History of Misogyny in Literature*）中对厌女症的原因进行了分析，她指出了三种原因：一、厌弃女性或者对身为女性有负罪感；二、反对颂扬妇女的理想化行为；三、父权情感，希望妇女从属于男性。她认为最后一种原因是最重要的，因为它广泛而牢固地存在于社会之中[⑤]。

以上对“厌女症”的研究主要是针对男性的厌女症，但是真正懂得女性的，应该是女性本身，而不是男性。“关于‘女人是什么、应该是什么、希望她是什么’的幻想。这与‘东方主义’极为相通。爱德华·萨义德将‘东方主义’定义为‘支配、重构和压服东方的西方模式’‘关于何为东方的西方知识体系’，所以，无论读了多少西方人写的关于东方的书，懂得的只是西方人头脑

---

① 汪民安主编：《文化研究关键词》，江苏人民出版社，2007年版，第429页。

② 南宫梅芳：《圣经中的女性——〈创世记〉的文本与潜文本》，社会科学文献出版社，2012年版，第164页。

③ Smith Joan: Misogynies: Reflections on Myths and Malice[M].New York: Fawcette Columbine, 1989, p5.

④ 方亚中，程锡麟著：《什么是女性主义批评》，上海外语教育出版社，2011年版，第106页。

⑤ 方亚中，程锡麟著：《什么是女性主义批评》，上海外语教育出版社，2011年版，第106页。

中的东方幻想而不是真正的东方。”（萨义德Said，1978《东方主义》）[①]所以，真正的厌女症研究应该切入女性的视角。

值得注意的是，在女性作家张爱玲笔下有诸多“厌女症”表现。女性作家的“厌女症”研究浮出地表是现代性别理论研究的重大突破。对研究张爱玲小说的“厌女症”现象有重大启发的是美国研究酷儿理论的学者伊芙·塞吉维克的《男人之间》，它首次提出了女性身上也存在“厌女症”[②]，厌女症这种心理症状，在男性和女性身上都存在，而且女性自身的厌女症会更为严重，因为女性的厌女症其实是一种自我厌恶。厌女症（misogyny）另一个译法为“女性蔑视”，在性别二元制的性别秩序里，深植于核心位置的，就是厌女症。“厌女症的表现形式在男女身上并不对称。在男人身上表现为‘女性蔑视’，在女人身上则表现为‘自我厌恶’。”[③]

中国现代文学时期，女性写作的代表有冰心、丁玲、萧红、张爱玲等，在这样一个写作谱系中，张爱玲对女性世界的冷酷观察与犀利描写是非常引人注意的。“张爱玲为女性文学掀开了女性心狱充满疮痍的一页，她真实地掀开了黑夜里女性生活的残酷画面。在中国女性作家里，没有一个人像张爱玲那样以对女性的深切的同情和关注去孜孜于女性凄惨、悲凉的命运的写生。”[④]张爱玲的小说不同于冰心对女性圣母式的描写，也不同于丁玲小说中塑造的强有力的现代女性形象，更不同于笼罩在男性阴影下的萧红的柔弱坚韧的女性写作，而是看到了女性的卑鄙自私，揭示了女性自身的罪恶根性。正如中国本土女性意识研究指出的那样：“所谓‘女性意识’首先是强烈的性别意识，其次为平等意识，再次为独立意识，即对男权中心的反抗与挑战；最后是自审意识，即女性在反抗男性文化霸权的同时也应关注自身的发展与完善。”[⑤]张爱玲的女性意识走向了最深层的自审意识。

---

① 上野千鹤子著，王兰译：《厌女：日本的女性嫌恶》，上海三联书店，2015年1月版，第8页。

② 伊芙·科索夫斯基·塞吉维克著，郭劼译：《男人之间：英国文学与男性同性社会性欲望》，上海三联书店，2011年版。

③ 上野千鹤子著，王兰译：《厌女：日本的女性嫌恶》，上海三联书店，2015年1月版，第1页。

④ 于青：《女奴时代的谢幕——张爱玲传奇的思想论》，中国华侨出版社，2007年1月版，第34页。

⑤ 降红艳：《“女性文学”还是“性别”文学》，《云南社会科学》，2002年，第5期。

正如波伏娃在《第二性》中明确指出“女人并不是生就的，而宁可说是逐渐形成的”，“决定这种介于男性和阉人之间的、所谓具有女性气质的人的，是整个的文明”[①]。波伏娃概括了女性的共性，她们“沉迷于内在性”“她乖张，她世故和小心眼，她对事实或精确度缺乏判断力，她没有道德意识，她是可鄙的功利主义者，她虚伪、做作、贪图私利”[②]。张爱玲在她的小说创作中，以犀利的笔触揭示了女性之“厌女症”，本文将从同性之间、母女之间、母子之间、父女之间的关系入手，分析不同性别关系中的厌女症表现，揭示女性之“恶”与女性之“痛”。

一、红玫瑰与白玫瑰：圣女与娼妓的“厌女症”

在父权制的文化中，“厌女症”的女性妖魔化历史从《圣经》就已经开始。夏娃勾引亚当，人类失去乐园，夏娃就是具有蛊惑意义的“妖女”始祖；海妖塞壬(Siren)诱惑海上航行的水手；希腊神话中的美狄亚杀死亲生儿子只为报复丈夫；潘多拉打开盒子，从而打开人类的欲望之门，带给人类无数的灾难与不幸。男性对女性的话语霸权往往表现在将具有诱惑力的女性建构成为“妖女”或者“狐狸精”形象，“苏珊·格巴和桑德拉·吉尔伯特将男性文本中的女性形象分为两种：天使和妖妇。天使是男性审美理想的体现，妖妇则表达了她们的‘厌女症’心理”[③]。

叔本华、奥托·魏宁格(Otto Weininger)等是近代性别二元制的思想领袖，同时也是性的双重标准的发明者。近代社会，逐渐形成了以貌似平等的夫妻契约制为中心的家庭制度，但同时，这一时期也是娼妓制度产业化发展的时期，家庭制度和娼妓制度的同时兴起，是极为讽刺的。米歇尔·福柯(Foucault，1976)在《性史》里就用充满讽刺意味的笔法指出英国维多利亚女王统治下的19世纪初，一夫一妻制度和娼妓制度同时确立。这种“圣女”与“娼妓”的双重女性形象在文学中也有大量表现。

张爱玲小说中有一部分是在小说中设置两个角色，一个是“圣女”，一个

---

① 西蒙娜·德·波伏娃著，陶铁柱译：《第二性》，中国书籍出版社，1998年版，第309页。

② 西蒙娜·德·波伏娃著，陶铁柱译：《第二性》，中国书籍出版社，1998年版，第673页。

③ Gilbert Sandra M.& Gubar Susan，The Mad Woman in the Attic：The Woman Writer and the Nineteenth Century Literary Imagination，New Haven：Yale University Press，1979，P67.

是"娼妓",她们相互对照,在为同一个男人的决斗中,往往是"圣女"这个角色赢得最后的胜利,这也正体现了张爱玲世俗主义的婚姻观:男性会选择娼妓来玩爱情游戏,但选择圣女走进婚姻。

小说	圣女	娼妓
《倾城之恋》	白流苏	萨黑荑妮公主
《红玫瑰与白玫瑰》	烟鹂	娇蕊
《留情》	敦凤	杨太太
《创世纪》	潆珠	
《连环套》		霓喜
《鸿鸾禧》	玉清	
《花凋》	川嫦	

值得注意的是,在张爱玲小说中虽然有"圣女"和"娼妓"这种看起来是二元对立的两种女性形象,但是仔细分辨,却会发现,这些女性的形象都具有深刻的复杂性。"圣女"或者"娼妓"只是她们对外部社会,或者说对男性社会建构起来的样子,真实的自己实际上是具有两重性的。《红玫瑰与白玫瑰》中佟振保与红玫瑰的爱情从娼妓式的情热开始,但是发展到一定程度,红玫瑰便想要家庭,希望用合法婚姻的方式把情爱合理化,而佟振保却认为合乎社会规范要求的妻子无须美貌,也不需要性魅力,他选择了毫无魅力但是安全的白玫瑰,但是白玫瑰却在毫无热情的婚姻生活中出轨,出轨对象是一个看起来毫无魅力的裁缝。《倾城之恋》中白流苏看似是一个喜欢"低头"的具有东方的含蓄与古典美的女子,但她在跳舞场中的表现和之后与范柳原步步为营的爱情游戏却说明她并不是一个单纯的"圣女",而是以纯洁无知的外表掩饰自己内心的精明与算计。

张爱玲还有一部分小说描写的是女性由娼妓到圣女,或者从圣女向娼妓的转变,或者说,在女性的身体上包含着圣女和娼妓两种倾向。男性社会企图把女性分为圣女和娼妓两类,圣女用来膜拜和爱,娼妓用来满足身体的性欲,但女性却试图把"圣女"和"娼妓"收回自己的身体,以迎合双重价值标准的男性世界。这种"圣女"与"娼妓"形象的来回游走,正是"厌女症"的女性自我嫌弃的表现。

《金锁记》	曹七巧	与小叔子偷情但未果（极力压抑的情欲）
《沉香屑·第一炉香》	葛薇龙	由纯洁的女学生转变为在爱前卑微的娼妓
《色戒》	王佳芝	由具有特务身份的娼妓转变为为爱献身的圣女
《殷宝滟送花楼会》	殷宝滟	由第三者转变为惨淡离开的牺牲者
《封锁》	翠远	外表是圣女，内心也有等待被唤醒的情欲
《红玫瑰与白玫瑰》	娇蕊，烟鹂	娇蕊想结婚，烟鹂偷情

圣女是一种传统的淑女，或者贤妻良母的形象。她们具有灵魂的纯洁和虔诚，圣女的形象是被想象出来的，也是被男性世界建构的。杰梅茵·格里尔认为这种女性形象具有“滞定型”“是所有男人，以及所有女人追求的性对象”“她的根本特质是被阉割的特质”“她的意义是靠身边的男人所赋予，一个她所绝对依赖的男人”[1]。张爱玲的《封锁》中的翠远、《沉香屑·第一炉香》中的葛薇龙、《倾城之恋》中的白流苏都看起来具有圣女的某种潜质，但细细玩味，却发现张爱玲以苍凉的笔触告诉我们，这个世界并没有所谓圣女，这些圣女的角色其实只是女性下意识按照男性的喜好扮演出来的。“人类共性中最为持久不变的就是性别角色的扮演。”[2]翠远只是没有合适的人唤醒她，也没有合适的人让她放纵；白流苏不过是个假装的圣女，她把自己建构成范柳原喜欢的样子，伪装是她在爱情的战场上以退为进的策略。正如张爱玲所说：“女人的确是小性儿，矫情，作伪，眼光如豆，狐媚子（正经女人虽然痛恨荡妇，其实若有机会扮个妖妇的话，没有一个不跃跃欲试的）。”[3]绝对的圣女，如《沉香屑·第二炉香》中的靡丽笙是纯洁到无知的少女，最后只能走向毁灭的道路，《创世纪》《多少恨》《花凋》中隐忍的“圣女”角色也都是悲剧结局。

圣女和娼妓形象，一方面是男性对女性想象的建构，另一方面，也是女性的一种自我选择，从这两种形象在女性身体中的倾向同一性来看，其实从娼妓

---

① 杰梅茵·格雷尔著，欧阳昱译：《女太监》，百花文艺出版社，2002年版，第48-98页。

② 马特·里德利著，刘茉，褚一明译：《性别的历史》，重庆出版社，2015年版，第245页。

③ 张爱玲：《谈女人》，载《张爱玲文集》（第四卷），安徽文艺出版社，1992年版，第72页。

到圣女，或者从圣女到娼妓的转化也表现为女性的一种“自我厌弃”，正如《留情》中敦凤经由杨太太的介绍成为米太太，便看不起依然周旋于男性之间的杨太太，而杨太太则瞧不起敦凤“做小”的姨太太样。小说中写到敦凤、杨太太和米先生“三个人坐在一间渐渐黑下去的房间里，她（敦凤）又翻尸倒骨把她那一点不成形的三角恋爱的回忆重温了一遍。她是胜利的。虽然算不得什么胜利，终究是胜利”。敦凤顺利嫁了大自己23岁的商界要员米先生，在杨太太面前便是俨然有了婚姻保障的胜利者姿态，而杨太太则看不上敦凤一脸姨太太相，在他们面前出去买点心，也不忘“花摇柳颤”卖弄风情。只是两个女人在这里明争暗斗，作为争夺对象的米先生此时心里想的却是自己的结发之妻正在病危状态，“对于这世界的爱不是爱而是痛惜”①。女性自我身份的转移正是由于“厌女症”带来的女性的自我嫌弃。而这种自我嫌弃，正是由男性的性的双重标准带来的。

日本学者上野千鹤子指出：“所谓性的双重标准，是指面向男人的性道德与面向女人的性道德不一样……男人的好色被肯定……而女人则以对性的无知纯洁为善……结果就是，性的双重标准将女人分为两个集团。即，‘圣女’与‘荡妇’、‘妻子·母亲’与‘娼妓’、‘结婚对象’与‘玩弄对象’、‘外行女人’（性行业以外的女人——上野千鹤子注）与‘内行女人’等常见的二分法。”②男性的自我评价可以在男人的世界里完成，女性却必须得到男人的认可。“男人喜欢在男人世界里的霸权争斗中以自己的实力得到其他男人的承认、评价和赞赏。”③“与之相对应的情形，在女人世界里不会发生。女人世界里的霸权争斗，不会只在女人的世界里完结，一定会有男人的评价介入，将女人隔断。至少，男人认可的女人与女人认可的女人，评价标准不是一致的。”“女人有两种价值。自己获取的价值和他人（男人）给予的价值。在女人的世界里，后一种价值似乎高于前一种。”④男性喜欢和娼妓调情，却和圣女结婚。女性为了符合男性审美，竭力把自己打扮成“圣女”形象，但真正的圣女命运往往是悲

① 张爱玲：《留情》，载《张爱玲文集》（第一卷），安徽文艺出版社，1992年版，第211页。

② 上野千鹤子著，王兰译：《厌女：日本的女性嫌恶》，上海三联书店，2015年1月版，第34页。

③ 上野千鹤子著，王兰译：《厌女：日本的女性嫌恶》，上海三联书店，2015年1月版，第15页。

④ 上野千鹤子著，王兰译：《厌女：日本的女性嫌恶》，上海三联书店，2015年1月版，第125页。

剧的，也违背女性本性。为了获得男性欢心，又要适时表现出娼妓特质，正如《倾城之恋》的白流苏。女性在性的双重标准面前，分裂了自己，异化了自己，也失去了自己。

二、紧张的母女关系：母女之间的厌女症

在张爱玲之前，中国现代小说很少正视母女关系中的阴暗面。小说中的母女关系，最为经典的就是冰心式的善与爱的书写，母爱被认为是圣洁无私的。但是张爱玲对此很不以为然，她认为："母爱这大题目，像一切大题目一样，上面做了太多的滥调文章。其实有些感情是，如果时时把它戏剧化，就光剩下戏剧了，母爱尤其是。""自我牺牲的母爱是美德，可是这种美德是我们的兽祖先遗传袭来的，我们的家畜也同样具有的——我们似乎不能引以为傲。"[①]张爱玲表现的真实到残酷的母女之间的"厌女症"，具有令人震惊的真实。

弗洛伊德以后的心理学一向只谈父子关系而忽略母女关系，女性主义登场之后，这种研究状况大大改善。海伦·多伊奇（Helene Deutsch）、梅兰妮·克莱因（Melanie Klein）等弗洛伊德学派的女性心理学者们，试图建立弗洛伊德未完成的母女关系伦理体系。南希·乔多罗（Nancy Chodorow）认为"厌母"起源于婴儿对于母亲分离的怨恨，这是由于婴儿最初的抚育者是母亲。上野千鹤子认为"弗洛伊德记述了'儿子如何成为父亲、女儿如何成为母亲'的成长故事。在父权制度下，这个问题可以换写为，'儿子如何成为厌女症的父亲、女儿如何成为厌女症的母亲？'[②]"日本的竹村和子在《关于爱》（2002）中认为，"婴儿不分男女都把母亲作为最初的爱恋对象，但女孩子却不能像男孩那样通过与父亲的同化把母亲作为欲望的对象，这种爱恋对象的丧失，是一种上游，也阻碍了自我欲望的意识和实现"[③]。从精神分析的角度来看，母女之间的"厌女症"实质是女性的自我厌恶。女性在成长的过程中，身体的发育与性器官的社会意义，逐渐让女性意识到自己不仅仅是以"纯粹理性"的意义存

---

① 张爱玲：《张爱玲文集》（第四卷），安徽文艺出版社，1992年版，第95页。

② 上野千鹤子著，王兰译：《厌女：日本的女性嫌恶》，上海三联书店，2015年1月版，第112页。

③ 上野千鹤子著，王兰译：《厌女：日本的女性嫌恶》，上海三联书店，2015年1月版，第127-128页。

在，而且是一种“器官”性的存在，女性的自我蔑视和自我屈辱感往往由此产生。“她们束缚在陷阱里的锁链正是她们自己的心灵和精神上的锁链。这是由错误的思想，未被正确解释的事实，不完全的真理和不真实的选择构成的锁链。”[①]值得注意的是母女之间的“厌女症”，其特性在于不仅仅存在女性厌恶，同时还夹杂着同性之间的嫉妒与较量。

张爱玲的小说中，描述了形形色色的母女之间的厌女症。如下表所示：

小说	主人公	母女关系	厌女症类型
《金锁记》	曹七巧　长安	曹七巧破坏女儿长安的幸福	嫉妒与防范
《沉香屑·第二炉香》	蜜秋儿太太和两个女儿	蜜秋儿太太故意不告诉女儿性的真相，破坏女儿婚姻	嫉妒与防范
《创世纪》	紫薇、全少奶奶、潆珠	紫薇的反对、全少奶奶的隔膜	嫉妒与防范
《心经》	许小寒和妈妈 绫卿和自己的母嫂	妈妈故意纵容许小寒的恋父情结，以留住丈夫 绫卿母嫂的嫉恨	出于利益牺牲女儿
《花凋》	川嫦和母亲	母亲怕暴露自己的私房钱，不肯出钱为身患绝症的女儿治病	出于利益牺牲女儿
《琉璃瓦》	姚太太	为了丈夫“职业上的发展”，把女儿们当作女结婚员，往婚姻的火坑里推	出于利益牺牲女儿
《十八春》	顾太太和女儿曼桢、曼璐	当世钧去找曼桢时，顾太太本来可以说出实情，但收了曼璐给的钞票，她隐瞒了实情	出于利益牺牲女儿
《倾城之恋》	白流苏	白流苏被母亲和白公馆嫌弃	出于利益牺牲女儿

张爱玲小说中的母女之间的“厌女症”可谓触目惊心。这种母女之间的

① 贝蒂·弗里丹著，程锡麟译：《女性的奥秘》，北方文艺出版社，1999年，第30页。

紧张关系可分为两种类型：

一是母女同性之间的嫉妒与防范，如《心经》中的女学生绫卿不愿意回到自己家中，原因是回家后要面对母嫂的嫉恨："(她们)都是好人，但是她们是寡妇，没有人，没有钱，又没受过教育。我呢，至少我有个前途。她们恨我哪，虽然她们并不知道。"

《创世纪》中描写祖母对潆珠的嫌弃："就知道挡事，看你样子也像个大人——门板似的，在哪都挡事。""根本潆珠活在世上她就不赞成。"《沉香屑·第二炉香》中蜜秋儿太太有两个美貌的女儿，但她在潜意识里嫉妒她们的美貌和即将拥有完美的性爱，从而在家庭教育中给予空白的性教育，使得两个女儿顺利走入婚姻，却又由于无法接受正常的性行为，旋即离婚，甚至逼死她的女婿，使两个女儿和她一样拥有悲剧的命运。这种女性之间的相互厌恶已经到了惊悚的地步。

二是母亲为了自己生存下去，为了维护个人利益而牺牲女儿。如《倾城之恋》中，白流苏的丈夫是个败家子，流苏忍受不了他的吃喝嫖赌，大胆和他离婚，回到娘家，兄嫂不但没有给她依靠，反而败光了她的积蓄，丈夫死后还逼她回去奔丧。流苏寻求母亲的支持，母亲却因为要依靠兄嫂，反而劝流苏回到婆家，过继一个小孩为亡夫守寡过日子。《十八春》中曼璐出卖自己的亲妹妹曼桢。曼璐在年轻时候做暗娼养活全家人，妹妹曼桢却用她的血汗钱受过良好教育，有体面工作，最后姐姐对妹妹的暴行里多少有不平衡情绪带来的报复性补偿。她为了留住祝鸿才，而监禁曼桢，此时母亲不但不阻止姐姐的恶行，反而收了曼璐的钱，向曼桢的男朋友世钧隐瞒事实真相。《沉香屑·第一炉香》中葛薇龙的姑母是一个富有的寡妇，葛薇龙去投靠她，她实际上也就是葛薇龙的监护人，类似于母女关系。她金钱无数，拥有豪华的港岛半山豪宅，但依然需要男人的爱来证明自己。自己年老色衰，就不惜用葛薇龙当诱饵，勾引年轻男性，在游园会中，她"嘴里衔着杯中的麦管子，眼睛里衔着对面的卢兆麟"。日本学者信田佐与子有本书名为《以爱的名义的支配》(1988)，母亲的期待往往是"你的人生属于我，作为我的分身，实现我的梦想蓝图才是女儿的职责……女儿当然会对母亲的期待感到压抑，母亲一方将'爱''自我牺牲'强加于人，性质恶劣"[①]。在张爱玲的小说中，母亲的"厌女症"已经不是简单

---

① 上野千鹤子著，王兰译：《厌女：日本的女性嫌恶》，上海三联书店，2015年1月版，第125页。

地把对自我的期待强行压制于女儿之身，而是在遇到生存的实际考量时，把女儿当作可牺牲的对象，来成全自己的私欲，并有可能在女儿成长的过程中，把女儿当作潜在的竞争对象，出于嫉妒和防范之心做出伤害女儿之事。

波伏娃在《第二性》中认为“女人是在做母亲时，实现她的生理命运的；这是她的自然‘使命’，因为她的整个机体结构，都是为了适应物种永存。”[①]而女性作为母亲的角色和她本身的独立性是相抵牾的，怀孕使得女性的独立性被物化，女性成为生育工具，从而失去自己的本体自由。张爱玲作为一名女性，对于女性自身的这种屈辱感和工具感有更为深刻的体悟，同时她出身于贵族家庭，旁观着时代巨变、命运无常，感受着人情冷暖。隐秘的人性悲剧，使得她对于传统大家庭夹缝中生存的女性们有更为深刻的了解。为了维持表面的体面和婚姻的保障，为了延续自己屈辱的生存，张爱玲小说中的母亲们不惜牺牲比自己更弱小的女儿，以压制更卑微的女性的方式来换得自己的苟且偷生，令人叹惋。“只要母亲依然充当父权制的代理人，女儿与母亲的关系就不可能和谐；反之，如果母亲想忠实于自己的欲望，女儿又会目睹她受到父权社会的严厉制裁。将母女关系作为一个重要主题来思考，是从女性主义开始。我们从中懂得，母女关系绝非顺畅如意。”[②]

三、不成器的儿子：母亲的厌女症

上一节分析的是母女之间的“厌女症”，那么在母子之间又会产生怎样的性别危机呢？张爱玲的不少小说中也涉及了这一问题。女性在整体父权体制下被放逐于中心之外，且呈现出沉默、焦虑、匮乏的特征，为了抗衡这种被压制的失败感，作为家庭妇女的女性只有两个机会：一是投身于家务劳动，在日常的家务琐碎中创造意义；一是培养出比自己更为懦弱的儿子，获得向男权社会复仇的快感。

张爱玲小说中有一个无处不在的太太团体，她们存在于每一部小说中，有时候是主角，更多时候这些太太们只是配角，她们追随在自己的丈夫身后，日复一日嗑瓜子、打麻将、微蹙着眉头、感觉现状危机四伏又无能为力，在单调乏

---

① 西蒙娜·德·波伏娃著，陶铁柱译：《第二性》，中国书籍出版社，1998年版，第550页。

② 上野千鹤子著，王兰译：《厌女：日本的女性嫌恶》，上海三联书店，2015年1月版，第148页。

味的家务劳动和社交活动中延续自己的生命。那些年轻的女孩子天然的使命也只是当"女结婚员"，一步步走上太太团的道路。正如波伏娃认为："原封不动地保持和延续世界，现在似乎既不可取，也不可能。男性被动员起来去行动，他的使命是生产、战斗、创造和进取，是向整个宇宙和无限未来超越。但是传统的婚姻并不想让女人和他一起超越，它把她限制在内在性当中，将她禁锢于自己的圈子里。于是她只能打算建立稳定的平衡生活，在这种生活中，现在作为过去的延续，避免了明天的威胁。"①

《留情》《鸿鸾禧》里的太太就是安于婚姻生活，把婚姻当成自己的宿命，日复一日的家务劳动甚至成了自己的安身立命之处。《鸿鸾禧》中娄太太就是这样被压制得一无是处："他们父子总是父子。娄太太觉得孤凄，娄家一家大小，漂亮、要强的，她心爱的人，她丈夫、她孩子，联了帮时时刻刻想尽办法试验她，一次一次重新发现她的不够，她丈夫一直从穷的时候就爱面子，好应酬，把她放在各种为难的情形下，一次又一次发现她的不够。后来家道兴隆，照说应当过两天顺心的日子了，没想到场面一大，他更发现她的不够。"

娄太太只能专心为媳妇绣花鞋，藏在家务中，借此遮蔽无处不在的性别焦虑，自觉成为家庭中男女性别关系的他者。"虽然做鞋的时候一样是紧皱着眉毛，满脸的不得已，似乎一家人都看出了破绽，知道她在这里得到某种愉快，就都熬不得她。"②

这些太太们想尽办法让自己留在婚姻里，"各种习俗反映了妇女只因为身在婚姻中才被认为有价值。女性因为独立行为或者任何违背婚约的行为而受到惩罚，而且往往是死刑，妇女在婚姻之外的社会活动常常受到控制和禁止。"③而这些太太们往往都是全职太太，没有自己的职业，也没有自己的人

---

① 西蒙娜·德·波伏娃著，陶铁柱译：《第二性》，中国书籍出版社，1998年版，第551页。

② 张爱玲：《鸿鸾禧》，载《张爱玲文集》（第一卷），安徽文艺出版社，1992年版，第217页。

③ 谢丽斯·克拉马雷，戴尔·斯彭德主编：《路特里奇国际妇女百科全书 精选本（下卷）》，高等教育出版社，2007年版，第696页。

生，而女性往往具有“相依共生”型的人格，形成一种“固着的关系”[①]，婚姻生活中，她们的丈夫往往在外面寻找着新的猎物，或者专注于自己的事业追求，这些太太们是无所依靠的一个群体，她们的情感缺乏投注的对象，“对女人而言，那种强迫式的依赖则通常和家庭角色相关，这个角色甚至已经成了一种恋物——例如，仪式性地投入家务工作或子女的需求”[②]。凯瑟琳·拉布兹（Kathryn A Rabuzzi）《神圣和女性化：走向家务神学》（1982）中甚至把充满着家务这种日常生活的家庭看作女性文化持续的场所，如果把家庭比作宗教信仰的场所，家庭主妇就是祭司，“神喻”就在家务劳动中产生，家务劳动本身就可以创造意义。

作为家庭妇女的女性除了在家务劳动中释放自己的压抑与匮乏，还有另外一种可能的欲望发泄渠道：当女性成为母亲的时候，在家庭中就具有了某种隐秘的主导力量，而在一个男性话语霸权主导的家庭中，女性受困于性别的差异和压迫，反过来又将自己的屈辱施加于儿子身上，从而塑造出懦弱的儿子，以满足自己隐秘的作为现实补偿的征服欲。

《茉莉香片》中的聂传庆就是一个典型的女性厌恶症者，而这种女性厌恶正是来自对亲生母亲的懦弱和后母的纵容的报复。小说中描写聂传庆的外貌：“他穿了一件蓝绸子夹袍，捧着一叠书，侧着身子坐着，头抵在玻璃窗上，蒙古型的鹅蛋脸，淡眉毛，吊梢眼，衬着后面粉霞缎一般的花光，很有几分女性美。”聂传庆具有一种“女性化的男性气质”（feminized masculinity），鹅蛋脸、淡眉毛、吊梢眼都具有女性式的柔媚特征，从生理性别角度来看，聂传庆的生物性别（sex）是男性，但是他的社会性别（gender）却更像是女性。“女性中性化及男性女性化都波及截然二分的社会性别角色定位，西方称之为男性气质（masculinity）与女性气质（feminity），中国则是阴阳二分。传统对男性气质的定义是孔武有力、充满力量，古罗马历史学家西塞罗认为其核心是勇气，女性

① 相依共生的本质（The nature of co-dependence）是指为了维持本体的安全感，需要借助另外一个人或者一群人来定义她（或者他）自己的需要；唯有在针对他人的需要而奉献牺牲的时候，他或她才能感觉到自信。如果这个关系的本身就是上瘾的对象，就是“固着的关系”（fixated relationship）（参见纪登思（Anthony Giddens）著，周素凤译：《亲密关系的转变——现代社会的性、爱、欲》，巨流图书股份有限公司，2010年版，第92-93页。

② 纪登思（Anthony Giddens）著，周素凤译：《亲密关系的转变——现代社会的性、爱、欲》，巨流图书股份有限公司，2010年版，第94页。

气质则与生育及直觉相关联，趋向柔弱和感性。”[①]荣格把男性身上的女性化特征称为阿尼玛（Anima），“阿尼玛是集体无意识的一种，通过遗传方式在男人的无意识中留存了女人的一个集体意象，借助于此他得以体会到女人的本性”[②]。

朱迪·巴特勒在《性别的麻烦：女性主义和性别身份颠覆》中认为：“社会性别对生物性别有一种模仿性关系，一次社会性别反映了生物性别，或者说社会性别受制于生物性别。当社会性别的建构身份在理论上表述为完全独立于生物性别时，社会性别本身就变为天马行空的人为产物了。”[③]可见，聂传庆的社会性别可以超越生物性别而存在，表现出女性化的懦弱特征。这种女性特征是如何形成的？小说中交代了聂传庆的父亲和后母：

“他顶恨在公共汽车上碰见熟人，因为车子轰隆轰隆开着，他实在没法听见他们说话。他的耳朵有点聋，是给他父亲打的。”可见父亲的暴力是他懦弱的根源，他总有一天也会成长为父亲，“总有一天……那时候是他的天下了，可是他已经被作践得不像人。奇异的胜利！”甚至“他深恶痛绝那存在他自身内的聂介臣。他有办法可以逃避他的父亲，但是他自己是永远寸步不离地跟在身边的”。他的亲生母亲是“绣在屏风上的鸟”，他的后母只会让他烧大烟，“选择成为小男人正是一种女性歇斯底里的表现形式，这是因为歇斯底里允许女性以父权符码去模拟自身的欲望，这是她们拯救自身欲望的唯一途径”[④]。

小说的结尾，聂传庆以毒打言丹朱的方式释放自己的自卑，发泄自己的怒气。“《人类的思考模式》一书的作者利亚姆·赫德森（Liam Hudson）和伯娜丁·贾科（Bernadine Jacont）认为：“男人心中有一个‘创伤’，在男人小的时候经历过一次危机，即离开母爱让自己成为真正的男子汉。这会使男人精通抽象推理，但也容易感觉迟钝、厌恶女人并且变态。”[⑤]离开了母亲呵护的男人不得不独自长大，掩饰自己的无助与自卑，而这一切也正是“厌女症”的成因——他们把生活中的怨气发泄在比自己更弱的女性身上。“心理分析学派从心理学的角度分析男性厌恶女性的原因。弗洛伊德在《女性性欲》一文中

① 曹顺庆，赵毅衡主编：《符号与传媒》，四川大学出版社，2013年版，第69页。

② 曹顺庆，赵毅衡主编：《符号与传媒》，四川大学出版社，2013年版，第71页。

③ 周宪：《文化研究关键词》，北京师范大学出版社，2007年版，第166页。

④ 林幸谦：《女性主体的祭奠》，广西师范大学出版社，2003年版，第31页。

⑤ 马特·里德利著，刘茉、褚一明译：《性别的历史》，重庆出版集团重庆出版社，2015年版，第225页。

剖析男性对女性产生厌恶情绪的根源，认同这同恋母情结遭到抑制有关。女性主义心理分析学家认为，因为社会分配女性养育孩子，所以厌女症，或恨女人，就植根于婴儿对母亲原初的怒气中了。”[1]

《金锁记》里的曹七巧是婚姻关系中的叛逆者，她丈夫的无能使她变得更为强悍，成为另一种类型的异化。作为一家之主的曹七巧，通过出卖自己的婚姻获得了家庭经济的掌控权，但她没有来自异性的正常的情爱，这一形象一直笼罩在失败的挫折感中，唯一的复仇机会就是把儿子培养成为比自己更为懦弱的人。在《金锁记》中曹七巧不遗余力地打击长白的自信心："谁说她看上你来着？还不是看上你的钱！看上你！就凭你？三分像人，七分像鬼——""你趁早给我出去罢！贼头贼脑的，一点丈夫气也没有，让别人笑你，你不难为情，我还难为情呢！"

曹七巧自己没有享受过婚姻的情欲幸福，也不愿让儿子幸福。长白的婚事一年年耽搁下去，实在推不下去，娶了袁芝寿，她选择的媳妇是"平板的脸与胸"，最没有性的吸引力的。婚后，她指使长白烧鸦片烟，嘲讽儿媳妇，直到把芝寿和绢姑娘逼死。"对儿子来说，父亲成为母亲以之为耻的'没出息的父亲'，母亲则因除了伺候那个父亲以外别无出路而成为'不满的母亲'。可是，儿子因预知自己早晚会成为那个父亲的命运而不能彻底厌恶父亲，他通过与'没出息的父亲'同化而成为'不成器的儿子'。儿子又因为不能回应将'不满的母亲'从困境中解救出来的期待而在内心深深自责。同时，儿子还悄悄意识到，保持'不成器的儿子'的状态，却又正好暗合了希望儿子不脱离自己支配圈的母亲隐秘的期待。"[2]长白是个不成器的男人，他只在妓院里走走，在花街柳巷解决自己的欲望，他出卖妻子芝寿的床第之私密，把妻子仅仅当作泄欲工具，他和母亲一起逼死了芝寿和绢姑娘，正是因为他在母亲面前的懦弱。他在父母的关系上，看到了自己必然会成为"没出息的父亲"的命运，他在强势的母亲面前自觉地成为一个"厌女症"患者，成为母亲家庭权力的同谋者。

在张爱玲的小说中，描写了一批这样的男性群像，和聂传庆和长白相比，他们也许没有这么极端与残忍。但他们或者对妻子态度冷漠，或者把女性仅

---

① 汪民安主编：《文化研究关键词》，江苏人民出版社，2007年版，第430页。

② 上野千鹤子：《近代家族的成立与终结》，岩波书店1994年版，第199-200页。可参见上野千鹤子：《厌女：日本的女性嫌恶》，译者，王兰，上海三联书店，2015年1月版，第113页。

仅作为泄欲和生育的工具，他们无法给予身边的女性真正的爱，即使是自己的女儿。他们“永远追寻那种难以捉摸的完整感（sense of completion），当然，它影响男性也影响女性，只是影响的方式不同。对许多男人而言，这是永不止息的追求，以克服那缺憾不足的情绪，因为当他们幼年被迫放弃母亲时，这种缺憾的感觉已然深深地伤害了他们”[①]。他们都是天生的厌女症患者，也是爱无能者。

四、父亲的诱惑者：女儿的厌女症

张爱玲的小说不但探讨母女、母子关系，同时也探讨了父女关系，而这个话题必然指向父女的乱伦之恋。无论东方还是西方，女儿都是扮演“厄勒克特拉”的角色。这个情结中包含了“洛丽塔情结”“皮格马利翁情结”。将厌女症教给女儿的是母亲，将厌女症植入头脑的是母亲的丈夫，母亲是父亲的厌女症的代理人。

南西·乔多罗（Nancy Chodorow）指出，“自我身份的确立建立在与母亲分裂的基础上。与弗洛伊德强调俄狄浦斯情结对自主自我形成的重要性不同，乔多罗把自我身份的形成时期推进到前俄狄浦斯阶段，关注自我的形成与母亲的关联。在前俄狄浦斯阶段，男婴和母亲之间的关系充满着性因素。与之相比，由于女婴和母亲都是女性，对社会性别和自我观念的感受大体一致，母女关系被乔多罗称为‘延长的依存关系’（prolonged symbiosis）和‘自恋式的过分认同’（narcissistic over-identification），然而，在俄狄浦斯阶段，随着女性的成长，她开始渴望父亲所象征的一切，即作为主体的‘我’所具有的特征——自主、独立。于是母女之间的依存关系被削弱，但最初的母女关系从未被割断过。”[②]

女儿的厌女症首先指向母亲，“女儿拥有不同于母亲的特权。第一，她可以以母亲为反面教材而拒绝成为母亲那样；第二，她可以成为‘父亲的诱惑者’，挤入父母之间，从而获得优越于母亲的地位。在争夺强者父亲的宠爱的

---

① 纪登思（Anthony Giddens）著，周素凤译：《亲密关系的转变——现代社会的性、爱、欲》，巨流图书股份有限公司，2010年版，第181页。

② See Nancy Chodorow. The Reproduction of Mothering：Psychoanalysis and Sociology of Gender .Berkely University of California Press，1978.

竞争中，战胜作为对手的母亲，女儿就可以更加轻视母亲了”[①]。

归根结底，女儿的“厌女症”还是指向自身的。“父亲与女儿的关系，不仅仅只是支配与服从的关系，而是具有两面性。作为孩子，女儿是绝对的弱者，比儿子更弱的弱者；但儿子与父亲存在竞争对抗的关系，而女儿却成为父亲的‘诱惑者’。更准确地说，是被父亲制造成‘诱惑者’。对于父亲，女儿既是自己的分身，是最爱的异性，但同时她的身体又是被严禁接触的。所以，女儿对父亲是伴随禁忌的充满魅惑的对象。”[②]在性别意识的形成过程中，“性活动有可能会被那股‘空虚’感缠着不放，永远追寻那种难以捉摸的完整感（sense of completion），当然，它影响男性也影响女性，只是影响的方式不同……对女人而言，比较显著的就是她们的‘追寻爱情故事’，追求那渴望却不可得的父亲。无论如何，两者都是对爱的渴望”[③]。对于父亲的爱的渴望，来源于女儿自身的匮乏感，也来自对父母婚姻生活中母亲的示范性的失望。为了寻求爱的完整和安全，女儿把父亲的爱强化到无以复加的地步，甚至要将母亲取而代之。

如《心经》中的小寒。《心经》题目为佛教一部二百五十字的经典，又称为《般若波罗蜜多心经》，意思是“以智慧认识心性，引渡到彼岸世界”。《心经》中许小寒对父亲许峰仪的父女乱伦之爱，与其说是弗洛伊德精神分析学说中的“厄莱克特拉情结”（electra complex），不如说是许小寒借对父亲的爱表达对母亲命运的反抗，许小寒觉得她“犯了罪，她将父母之间的爱慢吞吞地杀死了，一块一块割碎了——爱的凌迟”。许小寒对父亲的爱也是一种引渡的力量，目的是超越母亲代表的普通家庭妇女的悲剧命运。

《心经》中更为可悲的是许太太对许小寒父女乱伦之恋的默许甚至推波助澜。

> 许太太低声道：“我一直不知道……我有点知道，可是我不敢相信——一直到今天，你逼着我相信……”

---

① 上野千鹤子著，王兰译：《厌女：日本的女性嫌恶》，上海三联书店，2015年1月版，第135页。

② 上野千鹤子著，王兰译：《厌女：日本的女性嫌恶》，上海三联书店，2015年1月版，第137页。

③ 纪登思（Anthony Giddens）著，周素凤译：《亲密关系的转变——现代社会的性、爱、欲》，巨流图书股份有限公司，2010年版，第181页。

小寒道："你早不管！你……你装着不知道！"

许太太早就知道不伦之恋的存在，她没有女性的魅力，无法赢回丈夫许峰仪的心，只求他不要有婚外恋情，不惜用自己的女儿做祭品。小寒对母亲的厌恶原因一方面是潜意识把母亲当作情敌，另一方面也是对自己将来变成母亲这样的人的反抗与恐惧。

"少女既要取代母亲，又要反抗、跨越母亲所扮演的传统角色，不免有仇母、弑母心结。总的说来，婆娘般的母亲，总是对艺术少女、阅读少女造成限制和阻碍，而情妇般的母亲则会和欲望少女、物质少女竞争所爱。"[①]小寒与父亲之间的这场乱伦之恋实质是指向对母亲式的女性生存方式的厌恶，对自身性别命运的恐惧。

另一方面这一不伦恋的根源还是指向畸形的厌女症，母亲对自己的厌恶，对同性的婚姻入侵者的厌恶，在母亲的潜意识里，丈夫和别的女人在一起，还不如和自己的女儿暧昧，至少丈夫还在家中。波伏娃指出："'抓住'丈夫是一门艺术，'控制'他则属于一种职业——而且是一种需要有相当大的能力才可能胜任的职业。"[②]葛薇龙、白流苏、姚家姐妹……张爱玲笔下的女性都具有这种"女结婚员"的特征，因为"婚姻是她得到供养的唯一方式，也是证明她生存之正当性的唯一理由"[③]。为了维持自己的婚姻，许太太不惜默认这种乱伦的父女之爱，女性被婚姻异化的程度可谓触目惊心。"从经济学的观点来看，妓女的地位和已婚女人的地位是一样的。"马罗在《成年人》中说，"靠卖淫出卖自己的女人和靠婚姻出卖自己的女人，她们之间唯一的区别，是价格的不同和履行契约时间长短的不同"[④]。许太太在婚姻中得不到自己丈夫的爱，自我贬抑到形同妓女的地位，就像《沉香屑·第一炉香》中的葛薇龙，虽然和乔琪结婚，但却把自己放在妓女的位置上，为爱卑微到委曲求全的地步。许太太的卑微更甚，为了留着自己的婚姻，不惜牺牲自己的女儿，眼睁睁看着父女乱伦，令人心惊。

---

① 杨泽：《阅读张爱玲》，广西师范大学出版社，2003年版，第12页。

② 西蒙娜·德·波伏娃著，陶铁柱译：《第二性》，中国书籍出版社，1998年版，第533页。

③ 西蒙娜·德·波伏娃著，陶铁柱译：《第二性》，中国书籍出版社，1998年版，第489页。

④ 西蒙娜·德·波伏娃著，陶铁柱译：《第二性》，中国书籍出版社，1998年版，第629页。

五、张爱玲小说"厌女症"的产生溯源

从民国女性写作史来看，冰心、苏雪林、凌叔华、林徽因、冯沅君都信奉爱的哲学，庐隐、丁玲、萧红都是从男性启蒙立场来看女性，张爱玲的女性意识不属于任何一个流派，自成一家。"厌女症"写作对"女性"可以说是一种自揭其短，但在这种血淋淋的自我揭露中，可以表现出一种从容自在的女性独立精神，正是因其勇敢无畏，才会自揭其短，从心所欲，绝不粉饰。而更有意味的是，对张爱玲的阅读谱系和写作经验进行梳理，会发现她的"厌女症"写作可成为很多女性主义理论研究的经典案例，但她本人对女性的质疑却并非来自任何理论，而是出自个人对性别关系的敏锐观察和真切的女性体验，可以说是一种女性天性的体己洞察。这种来自自我生活经验的写作模式就是一种典型的女性写作特质。

首先，从精神分析学角度看，张爱玲的早期经历形成的内敛个性，更易看到性别关系波澜不惊的表面下的惊涛骇浪。幼年时期父母不和使得她在成长过程中孤僻内向、敏感乖戾，甚至有反社会的倾向。"家庭的破裂，早期情感性剥夺，社会的歧视，被父母抛弃等遭遇造成儿童心理上的伤害，使儿童在社会化过程中发生多种困难。目前不少研究即把这种社会因素看作为精神病态及其他行为异常的主要原因。"[①]张爱玲上中学时，她的国文老师汪宏声先生说："爱玲因为家庭的某种不幸，使她成为一个十分沉默的人，不说话、懒惰、不交朋友、不活动，精神长期萎靡不振。"[②]贵族大家庭的生活给了她丰富的人生体验和无尽的写作源泉。如长篇小说《连环套》取材于女友炎樱告诉她的关于麦唐纳太太和其女友宓妮的故事，《创世纪》里的紫薇取材自她的祖母。同时，童年时期的不幸也使得她性格冷漠孤僻、沉默寡言、自尊心极强，表现出社会生活的疏离和内心世界的丰富复杂，更能够细腻地感悟到女性在社会和历史中的绝望和悲哀的处境。正如胡兰成在《民国女子》中评说张爱玲"是这样破坏佳话，所以写得好文章"。

其次，张爱玲具有平视生活的底层立场。就如她一再宣称的，她喜欢表现的是平实的日常人生，而不是辉煌的革命时代。和鲁迅相比较，会发现鲁迅

---

① 陈仲庚，张雨新：《人格心理学》，辽宁人民出版社，1986年版，第435页。

② 张爱玲：《苏青与张爱玲对谈录》，安徽文艺出版社，1994年版，第66页。

亦有厌女症，但男性对女性的“厌女症”是比较常见的：一方面鲁迅并不擅长表现和理解女性；另一方面，鲁迅的启蒙立场和张爱玲的底层立场截然不同。对于普通民众的日常生活，鲁迅是一种启蒙知识的冷峻的俯视，张爱玲则是一种怀有慈悲心的平视。正是由于这种平视的姿态，使得张爱玲的写作在根本上具有解构性。她站在女性立场上拒绝接受由男性构造出来的女性神话，在她的作品里还原现实，解构女性。男性从自己的审美角度塑造了种种女神形象，张爱玲笔下的女性却都是容貌平凡的，她打破男性的贞洁神话、母爱神话、美满婚姻神话，她的笔触尖刻而又锐利。对于母爱的歌颂，她写道：“普通一般提倡母爱的都是做儿子而不做母亲的男人，而女人，如果也标榜母爱的话，那是她自己明白她本身是不足重的，男人只尊重她这一点，所以不得不加以夸张，浑身是母亲了。”[①]鲁迅提出“娜拉出走会怎样”，张爱玲也做出了自己的回答，《五四遗事》中的密斯范从端庄整洁的知识女性沦为懒惰平庸的家庭主妇，甚至默认一夫多妻，回到了传统的老路。《创世纪》中的匡潆珠走出家庭谋生谋爱，最后仓皇狼狈、受骗羞辱后不得不回家。在《自己的文章》中，她说：“他们虽然不过是软弱的凡人，不及英雄有力，但正是这些凡人比英雄更能代表这时代的总量。”[②]“有一天我们的文明，不论是升华还是浮华，都要成为过去。如果我最常用的字是‘荒凉’，那是因为思想背景里有惘惘的威胁。”[③]张爱玲把人生戏剧性的成分掠去，展示的是最真实的本质——甚至是痛苦难堪的。

再次，张爱玲的写作对象主要是都市语境下的沪港“洋场世界”。在物质理性的城市生活中，经济地位对女性命运产生了决定性的影响。在优雅得体的生活背景下，实质上女性生活在由经济和社会地位决定生存法则的冷酷世界。考察历史上的婚姻制度，明代的财产继承儿子是优于女儿的，到了清代，“独子兼祧”，一个男子可以同时继承两家宗祧，一直到南京国民政府才确认女性也和男性一样有平等的继承权。但事实上，女性的生存危机和情感危机仍受到经济的威胁，在早期市民社会这种生存的焦虑更是愈演愈烈。随着外国资本的进入和经济方式的改变，沪港女性生存空间处处充斥着物质沾染过

---

① 张爱玲：《谈跳舞》，载《张爱玲散文全编》，浙江文艺出版社，1992年版，第201页。

② 张爱玲：《自己的文章》，载《名家散文精选》，中国文联出版社，2001年5月第2版，第95页。

③ 张爱玲：《〈传奇〉再版的话》，来凤仪编，载《张爱玲散文全编》，浙江文艺出版社，1992年6月版，第186页。

的痕迹。卑微的社会地位、无力养活自己的尴尬、生存的焦虑，都是女性必须要面对的现实问题。《沉香屑·第一炉香》中的梁太太就是现代物质女性的代表，她嫁给广东富商当太太，然后一心一意等他死，终于获得翻盘机会，利用年轻女子的色相巩固、扩大自己的交际圈，谋生的同时也用卑鄙又可怜的方式来谋爱。《琉璃瓦》中的女儿出嫁完全是出于经济最优化原则的待价而沽，《封锁》里的吴翠远发愤读书，二十多岁就在大学教书，如果是男人应该是绩优股，但是她是一个女性，因为她没有找到一个有钱的女婿，人生依然被归结是失败的。

张爱玲说："小说里有恋爱，哭泣，真的人生里是没有的。"因为"我们的时代，本来不是罗曼蒂克的"[①]。18世纪工业文明盛行的英国被称为"理性的时代"，在那里浪漫和感伤不再流行，理性统治生活，所以出现了奥斯丁的《傲慢与偏见》，女性之间的互相嫉妒、倾轧，母子、母女乃至父女之间的畸形关系，从本质上来看，都与女性的社会地位低下、生存状况窘迫有直接的关系。所以，张爱玲冷静地说："以美好的身体悦人，是世界上最古老的职业，也是极普通的妇女职业，为了谋生而结婚的女人全可以归到这一项下。"[②]但是和奥斯丁不同的是，奥斯丁是一个典型的市民小说家，她描写厌女症中的女性和凉薄的婚姻，持有的是实用主义的价值观，用积极乐观的心态适应物质理性的现代社会，认为女性的尊严和幸福并非与生俱来，而是在行动中历练得来的，女性要积极掌控自己的命运。而张爱玲从悲哀的女性洞察中走向的不是市民社会的实用主义，而是虚无主义的哲理命题。女性在复杂的社会关系中挣扎，没有人能够自主操控自己的命运，在变数和无常面前，任何试图力挽狂澜的决心和勇气都是自不量力的徒劳。《太太万岁》中的陈思珍处心积虑敷衍一家人，忙忙碌碌，力挽狂澜，但即使这样，家里并没有人领她的情，她是丧失自我世界的女性，"厌女症"的背后是彻底的灰心与虚无。

总而言之，从冰心到庐隐、丁玲、萧红，再到张爱玲，中国现代女性写作走着一条逐渐深化的道路。在张爱玲的女性写作中，规避了政治历史社会的宏大叙事，把视角更为真实地指向两性生活，她忠于生活经验，毫不掩饰、毫无避讳地写出了两性关系的魔性、黑暗性与丑恶性。中国"女性有关女性的写作

① 张爱玲：《我看苏青》，《天地》，1945年4月，第19期。

② 张爱玲：《谈女人》，载《张爱玲文集》（第四卷），安徽文艺出版社，1992年版，第77页。

是她们与母亲内在关系象征性的再现，在某种程度上是再造自身”[①]。张爱玲从女性的视角重新解读了女性之间、母女之间、母子之间、父女之间的伦理关系，揭示出了令人触目惊心的“厌女症”的各种表现。相较于更具有普遍性的男性角度的“厌女症”，这种女性视角的厌女症格外的触目惊心。G.墨雷在《哈姆雷特和俄瑞斯忒斯》中指出：“天才的戏剧家自然地表现出潜藏在原始萌芽中的戏剧潜力，于是写出同样类型的戏剧杰作。这样的杰作之所以能跨越时代，就在于它们能唤醒几千年来沉睡在人们心灵深处的情绪潜流。”

张爱玲小说中描写的各种“厌女症”的场景，性别话语的建构，可以看作是一种现象学的描述，我们可以运用梅洛·庞蒂的“自由场域”指出张爱玲“厌女症”书写的意义。自由的主体同时也背负着过去，指向现在，并以适当的方式启示着性别建构的未来。“女性主义者的普遍认识是，在父权制统治下，只有男性具备了自我知识，只有两性结盟，厌女症的危害才能得到真正的缓解。对于女性主义者和整个社会来说，摆脱厌女症可谓任重而道远。”[②]张爱玲的“厌女症”写作的意义正在于此，她揭示了之前文学史上尚无表现的女性的经验世界，把隐匿在政治话语和男性话语背后的女性主体推向历史前台，以惊人的真实描摹了女性厌女症的种种表征，从而给我们认识和摆脱“厌女症”，提供了认识的途径和摆脱的可能性。

（原文刊于“The Research of Misogyny in the Novel of Eileen Chang”，《东亚学术杂志》*Journal of East Asian*，2017年第7期。）

---

① 平路：《伤逝的周期——张爱玲作品与经验的母女关系》，载《阅读张爱玲》，广西师范大学出版社，2003年版，第137页。

② 汪民安主编：《文化研究关键词 》，江苏人民出版社，2007年版，第431页。

王安忆小说的“地母精神”与现代市民价值观

一、王安忆小说中的“地母精神”

地母，几乎是世界一切民族中都曾有过的神祇。“地母观念的出现，是人类在早期土地有灵意识基础上的人格化。”[①]我国古代的文献《周易》中就有“乾，天也，故称乎父；坤，地也，故称乎母”的解释。何谓“地母”？“希腊的神祇大多是住在地上，地母受到降雨的天神尤拉纳斯拥抱受孕，于是生儿育女。子嗣中最著名的一位是普罗米修斯，盗火种给人类，还传授许多技艺，因此冒犯了主神宙斯，受到惩罚。这新一代的神祇中亦有一个与地母同样职能的女神，得墨忒耳，她的名字是谷物之神，也是母亲大地的意思。她的女儿帕耳塞福涅被冥王劫走，她四处寻找，终于找见。她求情于冥府，准许帕耳塞福涅每年在地上生活九个月。这就是土地每年春、夏、秋三季活跃生产，冬季三个月陷于沉寂的原因。这些在希腊神祇族群中占高级位置的女神，都具有生育、丰产与呵护的强大能量，她们使得世界富饶，肥沃，人丁兴旺，欣欣向荣。”[②]

“地母”精神的内核是什么？我们在张爱玲的《谈女人》中可以窥到端倪。张爱玲认为女人可以治国平天下，因为“高度的文明，高度的训练与压抑，的确足以斫伤元气。女人常常被斥为野蛮，原始性。人类驯服了飞禽走兽，独独不能彻底驯服女人。几千年来女人始终处于教化之外，焉知她们不在那里培

---

① 杜正乾：《论史前时期“地母”观念的形成及其信仰》，《农业考古》，2006年版，第4期，第109页。

② 王安忆：《地母的精神》，《文汇报》，2003年版，第2期，第17页。

养元气，徐图大举”[1]？“在任何文化阶段中，女人还是女人。男子偏于某一方面的发展，而女人是最普遍的，基本的，代表四季循环，土地，生老病死，饮食繁殖。女人把人类飞越太空的灵智拴在踏实的根桩上。”[2]王安忆也说“她们都有丰肥的人生，苦辛甜酸，均成养料，植种出‘地母的根芽’”[3]。

王安忆对张爱玲的“地母精神”推崇备至。由此我们会发现，《大神勃朗》中这个身体壮硕、长相丑陋、说话粗鄙的女性地母所代表的精神，与王安忆的文学观念与女性观念具有极大的一致性。地母作为女性的精神象征，有三大特点：一是肯定女性在人类生存与发展上的伟大意义。“女人是普遍的，基本的，代表四季循环，土地，生老病死，饮食繁殖。”[4]大风大浪、革命战争、创业变革固然重要，但是女性所代表的生老病死、饮食繁衍和四季轮回却具有恒常性，世事变迁，人生永驻。它使得人类脚踏实地，无处逃逸。二是女性对生活热烈直接的态度。作为女性的地母，像大地母亲一样爱她的生民和万物，她对世界上诸多受难的芸芸众生说：“只有爱”“爱你们一大堆人，爱死你们”。她的爱是慈悲博大的。“超人是男性的，神却带有女性的成分，超人是进取的，是一种生存的目标。神是广大的同情，慈悲，了解，安息。”[5]超人与地母的区别，大概正是男性与女性的区别。三是物质性，地母形象所蕴含的人类最基本的生死轮回、饮食男女，实质也正是世界的物质性。

纵观王安忆的创作，我们会发现，王安忆不但在散文中明确表达她对地母精神的认同，而且这种地母精神已经深入其血液，并反映在她的作品之中。王安忆热衷于描写女性，男性在她的文学图景中往往退居幕后，成为女性生活的背景。不管是《荒山之恋》《流水十三章》《米尼》，还是《香港的情与爱》《长恨歌》等作品，关注的都是这种具有地母气质的女性。首先，王安忆的小说具有“重女抑男”的倾向，其笔下的女性往往不是倾国倾城的美女，却具有彪悍泼辣的生命力，正如“地母”一般鲜活而具有野性。如《妹头》《富萍》《上种红菱下种藕》和《桃之夭夭》等小说中都有着类似“地母”的俗世变相，这些以妹头、富萍等代表的上海女性们“麻缠在俗事俗务中间，却透出勃勃然的生气。她们的精力一律格外充沛，而且很奋勇，一点不惧怕人生，一股脑地投进

---

① 张爱玲：《谈女人》，载《张爱玲文集》（第四卷），安徽文艺出版社，1991年版，64-72页。

② 张爱玲：《谈女人》，载《张爱玲文集》（第四卷），安徽文艺出版社，1991年版，64-72页。

③ 王安忆：《地母的精神》，《文汇报》，2003年版，第2期，第17页。

④ 张爱玲：《谈女人》，载《张爱玲文集》（第四卷），安徽文艺出版社，1991年版，64-72页。

⑤ 张爱玲：《谈女人》，载《张爱玲文集》（第四卷），安徽文艺出版社，1991年版，64-72页。

去。经过偌长岁月，都有了阅历，吃过各样苦，但没有受过侮辱，所以，精神就很挺拔，还很天真”[①]。《流逝》中的欧阳端丽，是王安忆最初塑造的一个饱满丰厚的女性形象。面对家庭不幸，丈夫拿不出男人气概，欧阳端丽这个昔日的千金小姐一改对丈夫的依赖，显示出主妇的魄力。《富萍》是个用她气头上的话说“有娘生，没娘养”的倔强的孤儿，平凡得有些困窘的现状并没有让她轻易妥协，面对婚姻，她小心地推测、揣摩、权衡，当获得她自己想要的生活（虽然在我们看来，依然是很卑微）后，她辛勤操持，她的丈夫、婆母在生活上都依赖她，她成为家庭里名副其实的主人，这一点让她非常骄傲。《妹头》开篇就是一个女孩的泼辣形象。虽然她外表很女性，非常重视修饰自己，然而一开场她便气势凌厉地和出租车司机维权，在人行道这种公共空间，面对常年在街上跑生活的司机，她毫无惧色、有理有据，虽然声音又高又急，但一个字也不含糊，清楚而犀利。这个像只“小鹿”一样的女孩就是妹头，王安忆作品里有众多“妹头们”，她们外表清秀，精于装饰，“聪明，能干，有风度，又有人缘”，甚至有点“皮厚”，所谓“皮厚”，并非寡廉鲜耻，而是有承受力，在关键时刻能豁得出去。她们都风格粗粝、工于心计，在现实生活中游刃有余。而她笔下本应该作为世界统治者的男性往往是懦弱的、缺席的，从形体到心灵都比较模糊孱弱。在《神圣祭坛》中，项五一先生自吟自诵道：“从现在起，要做一个好侏儒。”《“文革”轶事》中志国被胡迪著戏称为贾宝玉，他表面对脸蛋的自信却无法掩饰其潜在的自卑。《荒山之恋》中的大提琴手具有女性般纤弱的气质，面对金谷巷女孩的挑逗毫无抵抗之力。正如张爱玲所说“神是广大的同情，慈悲，了解，安息，像大部分所谓知识分子一样，我也是很愿意相信宗教而不能够相信，如果有这么一天我获得了信仰，大约信的就是奥涅尔《大神勃朗》一剧中的地母娘娘”[②]。王安忆笔下的女性就带有这种地母精神，就如她在散文《死生契阔，与子相悦》中所说：“这，就是上海的布尔乔亚。这，就是布尔乔亚的上海。它在这些美丽的女人身上，体现得尤为鲜明。这些女人，既可与你同享福，又可与你共患难。祸福同享，甘苦同当，矢志不渝。”[③]

王安忆在小说中将生存放在首位，给那些沉迷于家务与日常生活的女性

---

① 王安忆:《地母的精神》,《文汇报》,2003年版,第2期,第17页。

② 张爱玲:《谈女人》,载《张爱玲文集》(第四卷),安徽文艺出版社,1991年版,第64-72页。

③ 王安忆:《死生契阔,与子相悦》,载《寻找上海》,学林出版社,2001年版,第61页。

平反。王安忆借评论王昭君提出自己明确的看法："王昭君不嫁人，倒是清静美人，最终不就还是个白头宫女。出了嫁，自然就有姑舅，那就要处理和解决，缠进家务事中。用不着雄心大略，可却是世故人情，有着做人的志趣和温暖的。大美人盘旋在俚俗琐事中间，真有点'地母'的形容呢！[①]《流逝》和《富萍》中都提到，女人在家务劳动中找到了自己的价值所在。欧阳端丽辞掉阿姨，包下所有家务，精打细算过日子，却觉得"比以往任何时候更爱家庭，家庭里的每一个成员——她觉得自己是他们的保护人，很骄傲，很幸福"。在王安忆笔下，虽然每个人阶层不同，但他们为获得自己微小的幸福而付出的种种努力都值得肯定。在《新加坡人》中一个有钱的单身男人来上海寻找情人，他所要的却并非人们习惯上所认为的代表欲望的青春和肉体，而是找个会煮饭的女人，与她居家过日子，以"烧饭"为伴。在王安忆笔下，对稳妥的日常生活的朴素追求战胜了浮华欲望，预示着王安忆在价值取向上与充斥文坛的欲望叙事的本质区别。《富萍》中展示了一段下层百姓的生活：北方南下干部与苏浙沪干部家庭生活的区别；靠运垃圾与粪水为生的人的明争暗斗和层层盘剥；放高利贷过日子的寡妇的男人般的机智与心眼；小市民的小聪明、小伎俩、小花招及由环境磨炼出的生存智慧与经验……逼真、贴切、准确。《妹头》中"这规矩不是深宅大院里的教养，也不是小户人家的带有压迫性质的戒约，而是这样弄堂里的中等人家，综合了仪表、审美、做人、持家、谋生、处世等方面的经验和成规"。《桃之夭夭》中坚强从容、闪耀着"地母"光辉的郁晓秋自己生了个女孩，她有点失望，继而欢欣，"这分明是她等着的"，她必定是想到了女人要经历的诸多难和窘，但女人身上的韧性与热情也将一代代传递下去。在男性宏大的国家民族视野中，女性以生存为本位的日常叙事通常是不值一提的，但绵密不尽的日常生活也有十面埋伏，炊烟尽处也会有硝烟四起，王安忆从《流逝》以来，一直对城市日常生活孜孜不倦地进行描述。她以女性的独特体验，建构日常叙事，张扬普通女性的生存价值。

王安忆的小说关注物质细节，其笔下女性也具有物质理性。"女人纵有千般不是，女人的精神里面却有一点'地母'的根芽。可爱的女人实在是真可爱。在某种范围内，可爱的人品与风韵是可以用人工培养出来的，世界各国不同样的淑女教育全是以此为目标。"[②]王安忆笔下的女性虽然往往泼辣彪悍，

---

① 王安忆：《地母的精神》，《文汇报》，2003年版，第2期，第17页。

② 王安忆：《地母的精神》，《文汇报》，2003年版，第2期，第17页。

在生活中不屈不挠,却从不忘修饰自己的外表。从某种意义上讲,女性外表的精致与妩媚也是一种对世界的尊重,甚而至于是一种武器。如《妹头》的妈妈就对她精心装扮,根据她的脸型,把额前的散发烫蓬松了,领受着小伙伴们的艳羡和欣赏,正是这种心机和受宠使得妹头从小就懂得世俗世界的规则,在和女伴与男人的交往中,一直保持着主导的地位。《富萍》中富萍离开李天华另嫁并不是因为嫌弃李天华穷困,她后来嫁的人更贫寒,而且还是个残疾人,深刻原因还是由于她留恋城市中"每天都有新印象,或者是旧的印象有更新"的生活。城市中真正的奢华物质她无缘享受,她也无意享受,只需有一条熟悉的街,每天带给她新鲜和冲击即可。《长恨歌》中,在新中国成立后王琦瑶回到上海,寄居平安里,外面的世界天翻地覆,在弄堂深处、小巷一角,王琦瑶却和几个朋友依偎在小酒精炉旁,葱烤鲫鱼、蛏子炒蛋、擂沙汤圆,借助物质的满足感抵御越来越深重的历史虚无感。正如张爱玲的笔下总是散发着虚无的气息,这种虚无正是对理想的宏大世界的回避。王安忆同样不相信那些虚无的信念和理想,她只是在踏踏实实的日常生活中,借助这些物质细节,表现女性在历史长河、政治动荡中的选择:她们无力改变这个大世界,却可以靠身边的贴身物质改变自己所属的小世界,这是她们适应世界的方式,也是她们本身的世界观。对于这些小儿女来说,她们的战场不在国家、民族、社会这些大环境,而在厨房一角、在出街的服饰、在弄堂口的小菜场,在丈夫孩子的一日三餐……王安忆推崇的女性道德往往不是以世俗功名为成功标准,而是具有物质生活的智慧,是俗世生活的伟人。在她的小说中,代表了家国理想、社会地位的李主任(《长恨歌》)、小白(《妹头》)等男性价值退居幕后,被她大书特书的反而是在日常生活、衣食住行中的游刃有余和兢兢业业。正如作家自己所言:"这都是些真正的老实人,收着手脚,也收着心,无论物质还是精神,都只顾一小点空间就够用了。在上海弄堂的屋顶下,密密匝匝地存着许多这样的节约的生涯。"[①]

二、"地母精神"与现代市民价值观

众所周知,中国古代的女性观、价值观是截然不同的。由于受漫长的封建社会农业文明的影响,女性长期在家操劳,在经济上缺乏自主权,其家庭劳动

① 王安忆:《长恨歌》,作家出版社,1995年版,第321页。

及养育繁衍产生的价值被认为理所应当，而被严重忽视；在政治上缺乏话语权，形成“男尊女卑”观念，在“男主外，女主内”的劳动分配中，以男性追求功名为主流价值系统，女性在生存发展上所做出的基础性贡献却被视若浮云，女性作为“个人”的价值被抽离。随着经济发展，城市化进程加快，“种种闲言碎语登堂入室，女性和城市走向现实的前台”[①]。王安忆所秉持的“地母精神”中对女性的认知却有了本质性的飞跃，女性不再是男性世界微弱的回声，也不再一定要以女性之躯做男性之事才能获得世人尊重，相反，女性本体的自然属性和社会属性都获得了极大的尊重。这种变化由何而来呢？城市发展所催生的现代市民价值观与女性本质有不可分割的联系，城市和女性具有天然的契合和亲和力。现代市民价值观主要包括三方面的内容，它是以人为本的，在经济属性上表现为物质理性，在政治属性上表现为“生”本位。其中，现代市民价值观的以“人”为本，主要针对的是普通平民，作为弱势群体传统女性在现代市民社会获得了更多的自我确认；“生”本位关注的是与国家民族等宏大叙事无关的个体日常生活。物质理性主要表达的是切实生活的物质理想，与女性的物质喜好密切相连。这种消解了意义深度、回避了崇高的精神向度，从某种程度来讲，是更具有女性特质的一种表现。可以说，现代市民价值观是一种具有女性化倾向的价值观，是现代都市发展的产物。

现代城市女性的生存优势与“以人为本”的现代市民价值观是契合的。现代城市使得女性有机会确立自身，形成“以人为本”的观念。现代城市在促进个性独立方面对女性的建设意义远远超过了男性。近代工商业的发展打破了农业社会以性别差异为标准的社会分工。在城市里，现代工商业、社会服务业兴盛，依靠智力与交际获得的经济利益大于依靠体力、注重物质、追逐变化。重型的依靠体力的经济关系逐渐被轻型的依靠智力的经济关系代替，女性以交际的便利与智力的优势轻而易举在现代市民生活中如鱼得水，特别是与生俱来的柔软性，使她在适应瞬息万变的生活中比刚强的男性更富有成效。同时，“城市是现代工业成果的载体之一，经济发展，女性受教育程度提高，就业机会增多——这些直接体现在城市的发展中，也正是女性主体意识觉醒的客观条件”[②]。从农业社会到工业社会，女性逐渐摆脱了农业社会对体魄和生理

---

① 南帆：《王安忆研究资料》，山东文艺出版社，2006年版，第179-184页。

② 李娜：《亲和与悖离——论当代女性文学中女性与城市的关系》，《湘潭大学社会科学学报》，2000年版，第2期，61-63页。

因素的限制,可以充分发挥女性的灵魂和智慧。可以说,城市打破了传统农业社会以性别差异为标准的社会分工,城市从根本上解放了女人,也成全了女人。女人千百年被遮蔽的个体追求与自我认同被城市生活大大激发,这也是现代市民“以人为本”观念的一个重大突破。王安忆在《男人与女人 女人与城市》中曾经认为女人更适合城市。在城市生活中,主要是智力活动,女人有柔韧的身体和聪慧的头脑,女性与城市之间比男性更有亲和力。所以,在《上海的女性》中她曾说:“要说上海,最好的代表是女性。”[①]《妹头》中的“妹头”作为一个平凡的“淮海路上的女孩”,就是这样一个代表,从备受宠爱的小女孩到为人妻、为人母,再转为商场女强人,最终移民到布宜诺斯艾利斯。就算最窘迫的日子她也能凭着自己奇异的智慧用有限的资源为自己巧办嫁妆、设计新房、相夫教子、转战商场,游刃有余。而丈夫知识分子小白在她泼辣、生猛的行事作风映衬下,却是非常的苍白无力。

女性“地母”特质与“生本位”市民价值观在某种意义上也取得了共鸣。从男女的个性差异来看,女性的个性特质与现代市民价值观天然契合。男性作家具有强烈的国家民族的社会责任感,女性则更关注生活细节与日常生活。波伏娃曾一针见血地指出:女人的处境如同模子一样创造出了女人的“特性”。“女人的特性”,主要指女人“沉迷于内在性”。波伏娃在《第二性》中提到这些所谓的特性,认为这是女性在特定的社会、经济和历史处境的整体制约下而形成的女性气质[②]。而这种女性特质一旦形成,便具有相对稳定性。传统观念认为男性为“天”,女性为“地”。男性要管理社会、建立体制、关注苍生、建功立业;女性则要处理家政、安抚男性、养育子女、安排生活。在这种先验的社会分工中,女性思维逐渐变得细腻敏感、注重细节、关注个人感受、懂得享受生活、善于营造和谐的人际关系与个人空间,是内向式的关注家庭、社区等个人生活空间的“小”思维,与市民生活对日常、个体、物质的关注不谋而合;而男性思维粗犷豪放,关注宏观和整体,更善于处理理性的复杂的社会问题,是外向式的关注国家、民族等公共社会空间的“大”思维。男性思维对于国家、民族、社会的天然关注与市民生活的琐碎是截然相反的,所以在王安忆的小说领域内,男性往往表现出一种弱势地位。《流逝》中的丈夫表面潇洒,但当真正的灾难来临时,却临阵脱逃,和他商量任何事情都无用,而欧阳端丽却在这

---

① 王安忆:《上海的女性》,载《寻找上海》,学林出版社,2001年版,第86页。

② 西蒙娜·德·波伏娃著,陶铁柱译:《第二性》,中国书籍出版社,2004年版。

种普通的日子里表现出了自己柔韧绵长的特质，变得不辞劳苦、行事果敢。《小城之恋》中的她曾深陷于情欲的折磨而一度想要去死，但当肚子里有了生命时，却忽然平静下来，自承后果，带着两个孩子，勤勤恳恳过日子，达到了对男人和本我的超越。

女性的物质认同与现代市民价值观的物质理性相互契合。女性与物质的天然关系，使得物质理性的现代市民价值观在她们身上得到了最为集中的体现。在柏拉图的宇宙发生论中，女人代表着向物质性的堕落，柏拉图所创构的二元对立思维模式——灵魂/食欲、男性/女性、理性/激情的等级制的宇宙发生论，男人居于本体论的金字塔顶端，女人是男人可怜又可鄙的复制品。生命有其伟大和壮观之处，但都以物质性的饮食男女为依托，“去掉一切浮文，剩下的仿佛只有饮食男女这两项。人类的文明努力要跳出单纯的兽性的圈子，几千年来的努力竟是枉费精神么？事实是如此。”[①]这是张爱玲在《烬余录》中的感慨。男人是不食人间烟火的“去物质化”的理性身体，女人则代表了肉身和欲望。女性的生活范围、生存需求等都决定了她们对物质的贴近性与喜爱性。王安忆的小说中孜孜以求着精细的物质体验，在《流逝》中她会关注欧阳端丽做的红烧蛋的可爱之处；在《长恨歌》中，她关心爱丽丝公寓的华美布置，平安里的悠闲生活，下午茶的准备，围炉夜话的细节；在《富萍》中奶奶的箱底、吕凤仙的账簿等她都做细致入微的描写。男性在打拼事业的时候无暇关注身边这些琐碎的细节，但女性就生活在这种种细节之中，可以说，男性创造了城市的物质繁荣，女性却是在享受这种繁荣。城市的物质性生存使女性获得精神的归属感，也获得了确认自身的自信。从这个角度来讲，女性对城市物质性生存本质更容易产生真切认同，这种物质理性价值观也在某种程度上呈现出一种女性气质。

三、文学史反观：从张爱玲到王安忆的地母精神

张爱玲和王安忆经常被研究者放在一起论述，她们一个站在现代文学的边缘，一个站在当代文学的鼎盛期，书写着自己时代的女性，却不约而同表现出镜像式的一致性。张爱玲对描写地母娘娘的奥尼尔的戏剧《大神勃朗》表

① 张爱玲：《烬余录》，载《张爱玲文集》（第四卷），安徽文艺出版社，1991年版，第62页。

达出强烈的感情，甚至“读了又读，读到三四遍还使人辛酸泪落”[①]。王安忆则在散文《地母的精神》中对张爱玲的“地母精神”以及众多“地母”的人间俗世变相加以生发与赞美，或者也可以理解为，王安忆是通过这种方式向几十年前的张爱玲致敬。

对文学史略加梳理，我们就会发现，虽然“地母精神”的提法只出现于张爱玲与王安忆笔下，但是现当代文学中女强男弱的叙事模式由来已久，如王德威所说：“早在1892年，韩邦庆就以《海上花列传》打造了上海/女性的想象基础；之后，30年代的左翼作家茅盾，曾以烟视媚行的女性喻上海，写成了《子夜》有名的开场白；新感觉派作家更塑造了艳异妖娆的‘尤物’意象来附会上海的摩登魅力；而鸳鸯蝴蝶派的遗老遗少，则在上海刚刚现代化之际，就开始缅怀旧时风月了。”[②]穆时英、刘呐鸥等人虽然被誉为“都市之子”，创作了大量市民小说的作品，但在作品中却呈现出“女强男弱”的女性化特征。这些女性情感热烈，如女神勃朗一样，具有丰满的乳房、健康的皮肤，她说“只有爱”“爱你们一大堆人，爱死你们”，在热烈与新鲜中却又带着同情、慈悲和了解。这种状况到四十年代更为明显，张爱玲且不用说，其好友苏青在《结婚十年》《续结婚十年》中对于生存真实的描写与关注，对于女性日常生活的压迫与悲哀表现出广大的理解与同情。新时期张洁、宗璞的写作虽然具有女性的细腻与文风，却在潜意识里依然用男性的眼光思考和审视世界。到铁凝的《玫瑰门》，开始有意识地解构男性中心文化，建立母亲谱系，进行男人缺席的书写，她对于男人主体叙事的主流叙事传统进行的颠覆也具有某种意义上的“地母精神”。

张爱玲、王安忆等作家笔下的“地母气质”体现了它的文化身份和性别倾向。这种“女性”特征与主流地位的民族/国家叙事所呈现的某种“男性”特征相对立，形成了两种文学观的对比：一种是关注平民百姓的非主流的女性化话语，一种是感时忧国以启蒙救国为中心的男性主流话语。王安忆小说的地母特征与它的现代市民价值观息息相关，是一种建立在物质理性、生本位、以人为本价值观基础上的女性倾向，同时由这些现代市民的深层价值秩序所决定。所以，现代市民小说的女性特征是特异的，也是标志现代市民小说文化身份的。这种“地母精神”和“五四”的妇女解放话语是截然不同的，它自觉疏离

---

① 张爱玲：《谈女人》，载《张爱玲文集》（第四卷），安徽文艺出版社，1991年版，64-72页。

② 王德威：《海派作家又见传人》，《读书》，1996年版，第6期，第41页。

男女平等、女性自立等乌托邦幻想，忠实于女性自身经验，贴近女性真实生活，体现了现代市民小说一贯的价值选择。“地母精神”以自觉的“女性化”倾向，构建了一种与主流话语截然不同的个性言说。正如女性本身在社会相对于男性的弱势地位，日常生活话语相对于启蒙中心话语的弱势地位，对于“地母精神”的关注和研究还非常之少，但是，它对于传统以男性作家和男性眼光为主导的“家国叙事”无异起到了补充和反拨的意义。

（原刊于《求是学刊》，2012/03）

旁观者心态与张爱玲小说的叙事策略

20世纪初期，中国的社会与文学都经历着激烈的动荡，处在时代冲突之中的新文学作家往往以投入的态度进行文学创作，记录下血与火的时代、个体内心的断裂与新生。然而张爱玲却以一种孤绝的姿态，对世事保持局外人的冷眼旁观的态度。通过对她的旁观者心态的考察，我们会发现虽然她总是与世态人生保持距离，但她的心灵却深深扎根于脚下这片不断沉沦的土地，并且由于旁观者心态带来的冷静与理性，她得以超越这片土地，达到人性、历史、哲学等方面的深度。

一、旁观者心态的本质及其动因

通过对张爱玲的文本与个人生活经历的考察，我们会发现张爱玲外表让人感觉冷漠薄情、骄傲张扬、世故早熟，实际上却是自卑避世、脆弱敏感、单纯早慧。她这种内向型人格下的旁观者心态，使她不自觉地把真实的自己隐藏起来，给后人理解她造成了一定的困难，以至于很少有人发现她冷漠外表下对人生的热爱，在尖刻讽刺下的最广大的慈悲。

夏志清在《中国现代小说史》中曾经评论张爱玲："对于普通人的错误弱点，张爱玲有极大的容忍。她从不拉起清教徒的长脸来责人为善，她的同情心是无所不包的。"[①]这个评价是比较中肯的。张爱玲表面冷漠刻薄，实际上她对世界的看法中有很大的包容与同情。她的道德观是"以爱作基础的，是开放的，是指向万事万物的""她能理解广大的人生，且对人生的理解是深刻的，触及本质的。"[②]一个作家不可能在毫无同情心的状态下进行创作，并且创造出感人至深的文学形象。对于张爱玲来说，她冷静的旁观者姿态正好使她与

---

① 夏志清：《中国现代小说史》，友联出版社，1979年版，第355页。

② 刘锋杰：《想象张爱玲》，安徽教育出版社，2004年版，第233页。

世界保持一个合适的距离，可以不受主观的干扰，为人类寻找到真正的精神之途。所以说，张爱玲“原本是一位充满了同情与理解的作家，在冷面之下潜藏热心”[①]。

这样一个具有温情的女作家为何会采取旁观者的心态来认识世界，分析她的旁观者心态生成动因将有助于我们更好地理解她。

首先，张爱玲早慧而非早熟的心态是她对人世产生旁观心态的心理基础。张爱玲是个早慧的人，但早慧并不等于早熟，张爱玲对真正的社会生活接触很少。她的心智成长很快，大部分要得益于文学作品的阅读和对她本人所在的大家族复杂的人情世故的体察。年轻的张爱玲23岁就写出了震撼人心的告诉大家人间无爱的作品，这些都来源于她对生活的二手感悟。她并不是社会的真正参与者而只是一个旁观者，她以一个天才的感悟力把生活的算盘打到精刮，但这并没有赋予她真正的处理日常生活的能力，她是以旁观者的姿态，一个天才少女的敏锐洞察力在看俗事闲情，因为自己并未身在其中，痛亦不是那种痛法，喜亦不是那种喜法，所以才会有那么冷酷的观照与明白，可以把笔下的人物写到如此乖张的地步。又因为自己能抽身事外，反而使她的思想超越了一己悲欢，能够体会到人类普遍的悲哀。

其次，童年爱的缺失与成年后感情的不完整也影响了她对人世的投入态度，从而使她抽离现实，冷静赏玩所谓的亲情爱情。分析一个作家的写作心态，一般都要回溯到童年时期。早年的身世往往会影响一个人人格心理的发展，进而影响到她对外部世界的感受和体验。“作家的丰富性体验，特别是童年时代对爱的温暖的体验，成为人格发展的重要因素。”[②]张爱玲不但童年缺少爱，成长过程中也缺少爱的灌溉，她生命中最亲近的几个人都是自私冷漠的性格，让她对人生缺少亲身参与创造的感受。不幸的家庭使她敏感早慧，对外部的人和事物积累起了强烈的否定性情绪，没有得到正常发展的人格心理使她对外部世界永远充满隔膜。爱情也许是拯救女人的第二次机会，然而和胡兰成的恋爱并没有坚定她对人生温暖的信心，反而使她更深地堕入无爱的深渊。人与人的交往带给张爱玲的欢乐记忆并不多，反而更多的是伤害与苦难。人一生的感情支柱不外乎亲情、友情和爱情，张爱玲却在感情中所得甚少。这种特殊的成长经历使她没有被人生温情的表象所遮蔽，有机会认识到感情的虚

---

① 刘锋杰：《想象张爱玲》，安徽教育出版社，2004年版，第81页。

② 王克俭：《文学创作心理学》，中央民族大学出版社，1997年版，第142页。

无与人性的黑暗。幸福的人往往是平庸的人，成长过程中接踵而来的不幸某种程度上是给她揭示了人生的真实意义。

再次，旧时代的陷落与新时代的疏离，使张爱玲缺少归属感，无法定位的尴尬使她更多以一个时代旁观者的姿态讲述故事。“作家的丰富性体验对人格的影响，还通过促动其人格的自我扩展而表现出来。”[①]正常的人格发展应该在成人之后把自我扩展到自身之外，特别是杰出的作家大都富有强烈的社会责任感和历史使命感。但是张爱玲对社会是漠不关心的。张爱玲生活在一个尴尬的时代。旧的时代如同影子一般沉没下去，新的时代才刚刚开始。张爱玲对两个时代都不能全身心拥抱，对两种时代都保持冷静的旁观者姿态，虽然她也曾经努力过。无法融进新时代，又拒绝旧时代，张爱玲的作品才会呈现一种与时代无关的孤绝气息，这种与当下的隔膜，反而使得她能够领悟一切时代的共性的悲欢，也在无形中揭示出了那个转型时代的微妙特征。

二、有意味的形式——旁观者心态下的叙述技巧

张爱玲的旁观者心态使她形成了独特的写作风格，她的文字凛冽又准确，客观而深刻。张爱玲独特的叙述方式主要表现在三个方面：一是叙述者在文本中的身份和位置——隐身（第三人称）叙事者；二是封闭的文本结构，在冷静的剖析与无情的结尾后面隐藏着悲天悯人的情怀；三是有节制的抒情，在蓄势待发的感情中有更深的震撼力量。

“五四”新文学以来，很多作家都倾向于把第一人称叙述者的内心感受作为表现中心，特别是郁达夫、郭沫若、丁玲等新文学作家，把文学作品当作作家的自叙传，以便于更直接地抒发感情。与他们相比，张爱玲更偏爱冷静、客观地叙事。因为第三人称叙事能够抑制作家自传倾向的诱惑，防止过度投入主观情感，所以作家使用第三人称叙事，可以更客观地审视人物、理解人物。如《沉香屑——第一炉香》的开篇写道：

> 在这里听克荔门婷的故事，我有一种不应当的感觉，仿佛云端里看厮杀似的，有些残酷，但是无论如何，请你点上你的香，少少地撮上一些沉香屑，因为克荔门婷的故事是比较短的。

---

① 王克俭：《文学创作心理学》，中央民族大学出版社，1997年版，第146页。

这段话就典型地提示了张爱玲的叙事姿态。内心的炽热使她热衷于“看”，但是旁观者姿态使她拉开了与“看”的对象的距离。她既不参与故事，也不进入角色，而是远距离地审视故事中的人物与事件，以保持旁观者的立场与清醒的头脑。“云端里看厮杀似的”是何等的热闹，落在张爱玲的笔下，却是超脱的淡然与平静，因为一切与己无关。叙述人永远的全知视角，叙述人的地位如同上帝，了解一切而又悲悯一切。即使在叙述者现身的作品里，叙述者也只是一个讲故事的人，或者是一个听故事的人，绝对不会进入整个故事。

另外值得注意的一点就是，和现代作家喜欢使用开放性结尾迥然不同，张爱玲喜欢用封闭式的结尾。她小说的故事结局大都是悲剧性的，故事结尾往往是“一级一级走向没有光的所在”。在文本中，往往表现在小说形式是一个圆形的、封闭的文本，故事结束的时候又回到开始的状态，预示着世界的循环往复，无从逃避。比如在《金锁记》中：

> 三十年前的月亮早已沉去，三十年前的人也死了，然而三十年前的故事还没完——完不了。

把故事拉回到30年前，消解了时间的力量，使得故事成为一种永恒的寓言的存在，其再次发生的可能性加强了悲剧力量。

作为一个“外冷内热”的作家，张爱玲把自己对世界的广大的同情都压抑在内心，以一种非常有节制的抒情方式表达出来。如：

> 七巧挪了挪头底下的荷叶边小洋枕，凑上脸去揉擦了一下，那一面的一滴眼泪她就懒怠去揩拭，由它挂在腮上，渐渐自己干了。（《金锁记》）

> 流苏并不觉得她在历史的地位有什么微妙之点，她只是笑吟吟地站起来，将蚊香盘踢到桌子底下去。（《倾城之恋》）

首先我们要肯定的是张爱玲是有情可抒的。她内心汹涌的广大的爱与同情蓄势待发，然而在旁观者心态下，她又是含蓄坚忍的，把将要喷涌而出的感情用理智压制回去。张爱玲对笔下的人物充满了爱与同情，然而在有距离的审视下，她将这种感情隐忍不发，这种有节制的抒情意犹未尽，更给人极深的震动。曹七巧一生戴着黄金的枷锁，害了自己也害了子女，阅读的过程中带给读者的本是无尽的恨意，然而她也是值得同情的。在年老的一刻，她也会想起自己纯真的时光，甚至流出一滴眼泪，这滴眼泪是作者原谅了她一切的疯狂与恶毒，也让读者把对她的恨转变成同情。个体无法看透自身的悲剧，作者看透了却又把自己的洞察隐藏起来，更有一种深刻的悲剧力量。

三、超越与深度——旁观者心态叙事下的意义

尽管张爱玲只是一个热衷于上海市民男女情爱的狭隘题材的女性作家，但是她作品中思想的深刻性与超前性却使越来越多的研究者侧目。可以说，她是“具有将世俗化的日常生活转变成相当神圣化的日常生活之创造魔力的作家”[①]。在旁观者心态的影响下，她对人生有了比常人更为透彻的理解，从而在人性、历史与哲学等方面都有颇具深度的探索。

在人性层面上，张爱玲的旁观者心态使她很难融入社会生活与他人的世界，缺乏社会体验与人情温暖的她日渐退回到自己内心。她经常用一种自我审视、自我观望的心态来打量自己。这种自审的心态使她形成向内的视角，从而才会对世故人情、心理隐秘有最贴切的体悟，也使她的创作具有了人性的深度。张爱玲在审视自己的同时也在审视别人。“她努力以一种清醒到近乎冷酷的态度来俯视芸芸众生，喧嚣乱世。虽沉湎其中，却又能从中自拔出来，保持客观化的距离，促生出叙述的高度，从而更富内蕴地展示了特定历史时代与文化困境中普遍的病态人生，完成对人性病弱的揭露和社会文化的批判。”[②]在此之前，很少有作家会如此深入到都会小人物的内心世界，发掘人性的阴暗与不完整，这要归功于张爱玲的自审心态与旁观姿态。张爱玲本身具有敏锐的体察力，对外部世界的漠然与忽视使她更专注于自己的内心世界，能发现内心世界中更深层次的不为人知的隐秘苦痛与琐屑悲哀，并推及他人。张爱玲的旁观心理使她对人性的揭露不留情面，对人生的大爱又使她有勇气把人性

---

① 刘锋杰：《想象张爱玲》，安徽教育出版社，2004年版，第81页。

② 陈丽贞：《从张爱玲自恋自审创作倾向看其悲剧生命意识》，《武陵学刊》，1998年版，第1期，第36页。

发掘到别人很难到达的深度。和鲁迅一样，她孜孜不倦地描写病态社会里病态的人性，这种永恒的人性的价值已经超越了她所处的时代。

在历史层面上，张爱玲的旁观者姿态反而使她更准确地传达出转型时期中国的特色。张爱玲的时代正处于中国历史上的一个特殊时期：传统正向现代转型，东西方文化刚好遭遇。她冷静的态度对于变动中的文明是最适合的。张爱玲早期教育曾经受到过五四新文化的滋养，创作的鼎盛期又主要生活于上海——这座堪称中国近现代各种文化立体交叉点的城市。身为一个旧式家庭走出来的接受过新式教育的女作家，她自身就是时代转型的一面镜子。作为一个时代的“失落者”，她没有投靠新时代，也没有挽留旧时代，而是不动声色地与现实拉开距离，并用审视的目光描写转型期挣扎的遗老遗少。张爱玲并没有刻意去描写转型时代的迷惘的一代，但是她自身就是具有矛盾性的一个个体。她热爱中国传统文化，津津乐道于昆曲与京剧，然而却是以“洋人看京剧”的眼光在看这种传统；她喜欢读旧小说与小报文学，然而在教会学校与香港读书的经历使她在写作时已经具有了现代人的观念。张爱玲没有像穆时英、刘呐鸥等新感觉派作家一样，当西方文明传入中国的时候热烈拥抱这种新生事物，也没有因循守旧，正是由于她这种有点距离的旁观姿态，反而真实反映了传统与现代、东方与西方文化交会之时的复杂面貌。

在哲学层面上，张爱玲作品中以旁观姿态表现出来的对现实世界的超越与对生存意义的追求，体现出一种对意义本身进行怀疑的存在主义思考的特征。这种对主客体关系和“中心世界”保持一定距离的冷眼审视，对现实存在的超越和抽象，正是从现实主义走向现代主义乃至后现代主义的特征，表现出了不同于一般作家的深刻与超前。同时，旁观者心态也导致了张爱玲强烈的虚无意识。由于对现实人生的隔膜，张爱玲对待人生的策略是以空对空，所以她的虚无感要比常人来得更敏锐、更强烈。这种虚无意识在她的创作中显露无遗。所以我们才会在张爱玲的作品中发现另外一个特异的现象，她非常执着于生活的细节，她毫不讳言自己对物质生活的喜爱，在战后的香港她满街寻找冰激凌和唇膏，作品中的川嫦把物质生活也当作自己理想的一部分，而葛薇龙更是在衣橱的诱惑下一步步走向堕落。在写作中她对细节的准确把握，对现代物质文明意象与心灵的糅合都让人叹为观止，她用这种对世俗生活的执着来抗拒虚无。人生缺乏大处的依靠与终极理想，她便将人生切割为小小的目标与实在的细节。而时代与人生正像轰隆行驶的列车，在宏大的时代的背影下，她如同乘客一般走马观花，看到的都是脆弱的灵魂，也没有什么坚强和希望给她救赎，所以张爱玲才会不停地言说“荒凉”。这种荒凉让我们想起波特莱尔《荒原》中反复出现的“荒凉”意象。张爱玲在男女情爱、贵族家庭的狭小题材范围内发掘到人性的黑暗、生命的荒凉与虚无，这种现代性是令人惊叹的。

文学家眼中的世界，是一个心理世界。在格式塔心理学派的鲁道夫·阿恩海姆看来，“起关键作用的是艺术家的心灵”[①]。张爱玲的旁观者心态对她创作的意义是不容忽视的。从某种意义来讲，旁观者姿态害了张爱玲，她复杂的内心与刻意的掩盖造成了大量读者对她行文做人的误解。对于这个内宇宙如此丰富的作家而言，只有进入她的心理世界，才能理解她内心的大爱与炽热；旁观者心态也成就了张爱玲，正是由于这种独特的观察世界的方式，使张爱玲在创作中达到了常人难以到达的高度。她对人性的深刻揭露，她对历史转型时期人们微妙心态的揭示，她行文与思想中的现代气质都使她成为中国现代文学史上一个绕不过去的存在。

（原刊于《求是学刊》，2006/01）

---

① 鲁枢元：《创作心理研究》，黄河文艺出版社，1985年版，第4页。

张爱玲小说中"灰姑娘"式现代市民想象的解构

"灰姑娘"原型代表了人类的一种普遍社会原理，美国民俗学家詹姆森在《中国的灰姑娘故事》一文中说道："灰姑娘故事的确是个好故事，因为它是一剂良药，是一剂精神和社会的良药。"传统研究往往在性别立场上解释灰姑娘原型的含义，认为灰姑娘代表了女性在男权文化背景下突围并实现自我成长的幻想。实质上，推而广之，这种灰姑娘的幻想无处不在，不仅存在于女性身上，也存在于男性身上，是具有一种白日梦特征的理想特质。

张爱玲是一个善于写"传奇"的作家。张爱玲的很多小说都隐藏着一个传奇的构架，也即是以"灰姑娘"为母题的一种现代市民想象。这里的"灰姑娘"不仅代指平民少女获得白马王子的爱情梦想，还指普通市民的恋爱梦想、金钱梦想、神圣价值等一切具有现代市民白日梦特质的传奇式幻想。张爱玲通过对这种灰姑娘想象的解构，从更为深刻也更具超越性的层面上揭示了现代市民价值观。这些想象的幻灭，正缘于对现代市民价值观的清醒认识。

一、张爱玲对现代市民想象的解构类型

张爱玲的现代市民想象充满了颠覆性的构思。张爱玲小说中的人物生活在一个"礼崩乐坏"的时代，无论是前朝遗老还是职业女性都被"惘惘的威胁"笼罩着，谋生之外还谋爱，对于金钱、爱情、权力有着身不由己的欲望和追求，在张爱玲冷酷而客观的透视下，一切"灰姑娘"般不切实际的幻想都面临破碎的结局。张爱玲懂得人生的真实，所以不相信神话，这正是一个现代市民清醒的人生观和价值观。

（一）现代市民爱情理想的解构

张爱玲往往把爱情放在和现实、物质对立的框架中，在现实的考量下，爱

情不可避免地走向虚无。在一系列对爱情理想的解构中，凸显了张爱玲物质理性和生本位的现代市民价值观。现代市民小说热衷于描写男女情爱关系，30年代穆时英等人的现代市民小说就是以描写男女邂逅的激情为主，张爱玲也不例外。不同的是，在她的爱情文本中，往往描写各种不同的感情梦想的幻灭。一是以《倾城之恋》为代表的“灰姑娘”梦想的解构，二是以《鸿鸾禧》为代表的世俗婚姻算计的表现，三是以《红玫瑰与白玫瑰》《封锁》为代表的感情与理智调和的梦想破灭，四是以《花凋》《郁金香》等为代表的现实生活中所谓浪漫爱情感觉的虚妄。种种爱情理想的幻灭，都指向物质理性和生本位的现代市民价值选择。

以《倾城之恋》为代表的“灰姑娘”梦想的解构是一种物质理性价值观的彰显。《倾城之恋》是一个灰姑娘获得理想的白马王子的爱情。形式上完美的结局却是建立在百年不遇的一场战争上。支点的偶然性与脆弱性暗示了文章的童话结构。现实生活是没有童话的，连张爱玲自己也说，真实的人生是没有恋爱和哭泣的，只是小说里才有。张爱玲讲述一个童话来慰藉人心，却让人感觉到更深的幻灭。白流苏是个接近三十岁的离婚女人，范柳原是个三十三岁的富有华侨。白流苏已是残花败柳，范柳原则是市民眼中的“标准夫婿”。在旁人眼里，无异于一场灰姑娘的仙履奇缘，但是如果我们细致分析情节进程，就会发现叙事中不合情理的“童话”解构。从情场浪子对白流苏的钟情，到风情万种的印度公主的陪衬，再到战争的忽然发生，每一个环节都建立在戏剧性与不可能之上。这种传奇婚姻在现实生活中发生的可能性可以说是微乎其微。正是一个又一个“传奇”成就了最后的“倾城之恋”。这种因果关系的脆弱性，不管作者，还是读者，都是心知肚明的。所以，张爱玲在最后说：“到处都是传奇，可不见得有这么圆满的收场。”张爱玲以满足市民幻想的心情写作了这样一个圆满的故事，但这个故事却有着显而易见的不可能。灰姑娘只是出现在小说中，张爱玲用一种隐蔽的方式对市民想象进行了拆解，显示了她一贯的市民理性。获得爱情的方式是不可信的，是脆弱的，更深一层的解构在于，连所谓的爱情，也是并不存在的。张爱玲用世俗的眼光把爱情想象从圣坛拉下，进行了无情的颠覆和嘲讽。

以《红玫瑰与白玫瑰》《封锁》为代表的感情与理智调和的梦想的破灭则体现出一种物质理性价值观。《红玫瑰与白玫瑰》《封锁》代表了另外一种市民想象：将理想与现实协调，既拥有现实的成就又享受情感的完美理想。张爱玲借用高超笔墨，揭示了这种理想的不可能。《红玫瑰与白玫瑰》中的振保就试图做这样一个“最合理想的中国现代人物”。他真才实学，凭借个人奋斗做到很高职位，他孝敬母亲，提拔兄弟，热情仗义，他“下了决心要创造一个‘对’的世界，随身带着”。但可惜的是，他终究不是圣人，爱上一个如同红玫瑰一般热烈的孩子气的女人娇蕊，而且还是朋友的妻子。他们彼此相爱，娇蕊甚至为他离婚，但他终于还是以惊人的毅力拒绝了娇蕊，因为她不适合当妻子。振保选择的妻子是符合市民理想的，和佟家门当户对、家世清白，烟鹂形容秀丽、个性淡泊、兢兢业业、缺乏欲望。虽然两人因为情感的空缺都一度出轨，但很快都“改过自新，又变了个好人”。佟振保懂得在现代社会立足，赢得一定的尊重和地位，就必须要有一位社会认可的好妻子，建立一个社会认可的好家庭。因此，他把情妇和妻子两种女人分得很清楚，毫不含糊。对情妇，他是一个浪子；对家庭，他又是一个十足的好人。在佟振保的世界里，算计多，感情少；理智多，感性少；规划多，冲动少。他是十足的具有物质理想、讲究生存第一的现代市民。

以《花凋》《郁金香》为代表的对小资生活、浪漫爱情的解构，体现了“生本位”的市民价值观。这类文章揭示了现实生活中所谓浪漫爱情感觉的虚妄，体现了日常生活的庸常性、世俗性。《花凋》是可以和穆时英的《公墓》对照阅读的，都是一个美丽的女子因疾而亡，也因此中断了一场美丽爱情的故事。这是市民想象中最具有杀伤力最有悲剧感，也最赚人眼泪的一种叙事构架。女主人公必是超凡脱俗、聪明美丽，生的病也往往是肺病——脸泛桃花，即使走在死的路上，也可以很优雅。眼睁睁看着她离开这个世界，才更让人深切痛惜。穆时英的《公墓》便是这样一种典型的适合市民阅读口味的伤感叙事。玲姑娘“老穿淡紫的，稍微瘦着点儿”“有时是结着轻愁的丁香，有时是愉快的，在明朗的太阳光底下嘻嘻地笑着的白鸽”。她爱死于西湖疗养院的母亲，也爱上海寂寞的父亲；在香港的房子里，从窗户望出去，可以看到在细雨中蛇似的蜿蜒的道路，还有一个英俊的痴情的年轻人恋着她，每晚都为她的健康祈祷。她生的时候不缺少爱与诗意，死后也一样有父亲、年轻人等很多生者怀念。这个凄婉的故事移植到张爱玲笔下，却变了味道。川嫦也死于肺病，她的墓碑也像玲子的一样美，甚至更美满。碑阴还撰制了新式的行述：“川嫦是一个稀有的美丽的女孩子”“爱音乐，爱静，爱父母”“知道你的人没有一个不爱你的”。事实上，却全然不是这回事。首先，川嫦虽然美，但并不出众，她上面还有几个绝色的姐姐，又因为她不太聪明，在修饰方面很少发展的余地，所以她只能算是没点灯的灯塔。其次，川嫦的家外强中干，看似一幢洋房，经常坐汽车、看电影，呼奴使婢一大家子人，却连孩子们睡觉的床都没有，工资发不下来，小姐们也没钱置办新衣服。“郑家的财政系统是最使人捉摸不定的东西”。再次，没有一个人真的爱川嫦。母亲给川嫦找男朋友是为了满足自己罗曼蒂克的爱的幻想，为了不泄露自己的私房钱不愿意花钱给川嫦买药。父亲甚至计较她一天两只苹果，更不要说花钱治病。章云藩看她有病，很快又找了新的女朋友，和她还是截然不同的类型。川嫦整个病的过程也没有玲子那么唯美。玲子如同紫丁香一般的淡雅纤弱、结着淡淡的忧伤。而川嫦“连一件像样的睡衣都没有，穿上她母亲的白布褂子，许久没洗澡，褥单也没换过”，还有病人的气味。正如张爱玲一开始所说：“的确，她是美丽的，她喜欢静，她是生肺病死的，她的死是大家同声惋惜的，可是……全然不是那回事。”

在张爱玲的市民想象中，没有真性情的不计后果的爱。“性博士”张竞生说：“人类本性，爱之，必爱到其极点；恨之，必恨到其尽头。这些才是真爱与真恨。爱之而有所不尽，恨之而有所忌惮，这些不透彻的爱与恨乃是社会人的普遍性，而不是人类的本性。”[①]张爱玲却说：“无条件的爱是可钦佩的——唯一的危险就是：迟早理想要撞着了现实，每每使他们倒抽一口凉气，把心渐渐冷了。”[②]真正的爱在现代市民社会中是不可能实现的，张爱玲这一悲哀的预言体现了现代市民物质理性价值观的胜利。

（二）市民金钱理想的破灭

张爱玲通过金钱理想的幻灭传达了她“生”本位的观念。她坚持人生是平实日常的，事物具有自身发展的客观规律，企图打破这种客观规律的传奇性人生是不可能获得好结果的。同时，张爱玲的市民小说也肯定了这种为生存的个人努力，她特别擅长描写以婚姻为跳板的市民理想。通过市民金钱理想的幻灭，表现了她对人生不存幻想的物质理性和世俗情怀。

《金锁记》就是一个平民女子通过婚姻进入贵族家庭成为少奶奶，并获得大量金钱的市民理想解构的故事。曹七巧为了超越她自身身份的婚姻付出了青春，戴上了黄金枷锁，以人性层面来讲，她是一个可悲的受害者，但是，从市民价值观角度来讲，她又是一个成功者。代表市民价值眼光的就是曹七巧的哥哥和嫂子。他们明知道二少爷是骨痨，还是贪图钱财把她送入姜家。对于

---

① 张竞生：《美的人生观》，载《张竞生文集》上卷，广州出版社，1998年版，第115页。

② 张爱玲：《洋人看京戏及其他》，载《张爱玲文集》（第四卷），安徽文艺出版社，1992年版，第21页。

曹七巧来讲，她也是一个深深浸润这种市民价值观的普通女子。做姑娘的时候，她年轻、漂亮、泼辣，喜欢她的有肉店里的朝禄，他哥哥的结拜弟兄丁玉根、张少泉，还有沈裁缝的儿子。她并非没有选择，而是在爱情与金钱中选择了后者。从后者来讲，曹七巧是成功的。她以太太而不是姨太太的身份进入姜家，为她将来分得财产打下良好基础。在这一环节上，姜家二少爷的骨痨是必不可少的促成条件。假如不是这种先天性残疾，曹七巧这种身份的女子根本没有机会进入姜家家门。在市民社会中，任何选择、任何结果都具有利益上的均衡。曹七巧获得超越自己地位的婚姻关系，就必然付出没有婚姻实质的代价。在这条通往黄金枷锁的道路上，曹七巧幸运地生下了一儿一女，又熬到丈夫和婆婆过世，九老太爷主持分了家。曹七巧以前“戴着黄金的枷锁，可是连金子的边都啃不到，这以后就不同了”。只是她在这条路上走得太过极端，终于为了钱断送了儿女的幸福。小说的结尾，曹七巧回忆起自己年轻的时候，如果那时候选择的不是金钱——她终于流出一滴眼泪。张爱玲用这种极端且惆怅的笔墨描写了市民金钱理想的破灭。

《沉香屑·第一炉香》中梁太太是一个彻底的物质主义者，年轻时候兄弟们给找的人家不要，非要嫁给粤东富商梁季腾做第四房姨太太，为此和家人闹翻，嫁过来就一心一意等梁季腾死。终于到自己有钱了，人也老了。“她永远不能填满她心里的饥荒。她需要爱——许多人的爱。”为了得到这些人，她牺牲年轻女孩子来笼络自己的爱人。但是，她得到的爱又都是不完全的、虚假的、逢场作戏的，就算她最忠实的崇拜者司徒协也不断打年轻姑娘的主意，以至于在薇龙的感受中，梁太太鬼气森森的宅第即使变成坟，她也不会惊讶。梁太太和曹七巧一样，牺牲自己的年轻换来了物质上的胜利，但她们却在精神与情欲上受到了更深的压抑，最后不但害了自己，还拉了身边的人来做陪衬。《金锁记》和《沉香屑·第一炉香》一个从施害者角度，一个从被害者角度，共同讲述了现代市民在金钱胜利的同时在精神上遭受更大的戕害的故事，给市民的物质想象敲了一记警钟。

（三）神圣价值的幻灭

张爱玲的现代市民小说中对神圣的意义和价值的解构，也是“生本位”价值观的突出表现。“五四”革命是一场启蒙革命，它带来的个性解放、自由恋爱、婚姻自主潮流被历史赋予神圣的光环。但是，在张爱玲笔下，真实的人生却只有自私与不堪。《五四遗事》是张爱玲到美国以后，发表于1957年夏济安主编的《文学杂志》上的小学，英文副题叫：“A short story set in Time Love Came to China”，直译为“当恋爱来到中国时的一个故事”。五四宣传西方文化，传播个性解放、恋爱自由精神，但是故事却相当有反讽意味。罗诗人与密斯范相爱，需要先办离婚。“这是当时一段男子们的通病。差不多人人都是还没听到过‘恋爱’这名词就已经结婚生子。”罗诗人通过艰苦奋斗，离了两次婚，终于与密斯范成功结合，在西湖边的理想地点住下准备开始过理想生活。然而这位新女性婚后完全又懒又邋遢，脾气又暴。罗诗人在亲友的撮合下又先后把休弃的两位太太接回家来，没人理会他的苦衷，大家反而打趣：“至少你们不用另外找搭子，关起门来就是一桌麻将。”在张爱玲笔下，脱掉了神圣的衣冠，真实的人生是如此不堪。革命只是为自己算计的外衣，遇到切实的个人利益，还是人人自扫门前雪。“五四”到来，使人们争取到了婚姻自主，但这不见得就争取到了爱情。爱情是什么？用鲁迅的话来说，“不知道有谁知”[①]。《伤逝》中的子君在自由恋爱同居以后便沉溺于养小油鸡、喂“阿随”的趣味中。在张爱玲的笔下，这些新女性争取到的也只是靠男人吃饭的“女结婚员”。除此以外，还有《色戒》对革命行为的解构，《等》对医生、军官等中等阶层市民生活的解构。张爱玲笔下的日常生活空间逼仄窄小，生在其中的人每天都津津乐道于经营小圈子的人际关系，没有理想，没有追求，把平庸的生活当作意义本身。

二、张爱玲解构现代市民想象的文学意义

张爱玲的现代市民小说达到了相对成熟的境界。从题材、角度上对现代市民小说做出了提升，从人性层面和日常现代性追求上对五四启蒙小说做出了发展。张爱玲的市民小说将二十世纪上半叶的现代市民小说推向了新的高度。

张爱玲对现代市民白日梦的解构，对日常生活叙事的关注，预示着现代市民小说已经摆脱了三十年代的狂热与赞颂的风潮，进入了更为清醒、更为现实的成熟阶段。一方面，张爱玲的题材范围从城市公共空间回到了现代市民的日常生活空间，对现代市民日常生活的关注深化了现代市民小说日常现代性的追求。张爱玲对上海的文化想象，是构建在重新塑造的都市空间——公寓、电车、内室、电影院等的基础之上的。这些日常生活场景和都市化物质形态是

---

① 鲁迅：《随感录·四十》，载《鲁迅全集》（第1卷），人民文学出版社，1981年版，第321页。

作者市民价值观念的根本载体。穆时英等作家的公共空间从一个广阔的抽象的空间概念变成了张爱玲笔下实体的物质。张爱玲的市民小说往往发生在电车、街道或公寓。这种变化是具有深刻的社会心理基础的。随着工业文明的发展，城市生活节奏和步伐与乡村生活有了很大不同，现代市民形成了私人生活和公共空间等截然不同的生活领域。欧洲十八世纪和上海三十年代的情况非常相似："家庭的私密性生活和大街上以及'社交界'的公共生活已经被分割为完全不同的领域。人们所扮演的公共角色和'他人'之间设置了一个谨慎的距离并且因此提高了人们的社交能力。"四十年代的上海，正如十九世纪的欧洲，"公共领域渐渐被人们视为'可怕的空间'：这是一个被异化了的空间，缺乏精神和道德的美好的特点"。大家开始纷纷逃避公共领域，"私密化的家庭成为社会生活的基石、人生的意义与本真性的避难所"。人们希望在这个"社会的私密性景观"中体验世界并得到心理的安慰，这主要是因为公共领域的生活有太多的内容不能够给人们任何心理补偿。在人们的经验中，公共领域的生活是非人性化、空虚和危险的，充满了"陌生人"，这些陌生人因为他们的陌生性所以是不可知的，因此也就具有潜在的威胁①。回归到日常生活空间，也是现代市民要回归到真实内心的必然选择。对日常生活空间的关注，更有利于表现现代市民小说的"以人为本"的价值追求。孟悦曾指出："张爱玲笔下的内室，客厅，公寓，旅馆和街道菜场，等等，则为中国'半现代'的普通社会——具体说是普通市民百姓的社会，提供了寓言式的活动空间。"②张爱玲借助日常生活本身的开放性，为日常生活打开了一个错综复杂的意义空间。张爱玲善于在庸常人生寻找趣味，体现出对世俗社会的认同，与对平凡人生的津津乐道。她把现代市民小说的题材领域从城市公共空间拓展到日常生活领域，并在写作中取得了超越同代人的成就。她的努力使现代市民小说进入了更为深入、更为成熟的发展阶段，现代市民价值观也得到了更好的展示。

另一方面，市民小说往往是一种平面的缺乏深度的叙事。苏青、予且等人基于"街道水平"的公共空间市民叙事就是投入的、平面的。由于身处其中，反而难解其中味。穆时英等人的现代市民小说则是根据阅读、杂志、电影、生

---

① 恩特维斯特尔著，郜元宝等译：《时髦的身体——时尚、衣着和现代社会理论》，广西师范大学出版社，2005年版，第149页。

② 孟悦：《中国文学"现代性"与张爱玲》，载王晓明主编：《批评空间的开创：二十世纪中国文学研究》，东方出版中心，1998年版，第345页。

活等多种文学资源塑造出来的一种具有片面性的市民形象和市民生活状况，与现实的市民生活还有一定距离，是现代市民转型期的特定产物。张爱玲的“市民想象”中的“市民”已经经历了城市经济发展的黄金时期，是从思想到生活方式都已经被现代市民价值观深深浸染的回归到家庭的普通市民。现代市民生活空间不断拓展，普通市民得以有机会接触到豪华的饭店、舞厅、购物中心，了解到上流社会的生活。这些可望而不可即的生活不断催生普通市民的世俗欲望，给他们提供了滋生幻想的温床，从而形成了各种各样的关于金钱、爱情、欲望等的市民想象。这些理想与现代市民以人为本、物质理想、生本位的价值观念紧密相关，不具有崇高性也不具有精神性，只是基于生存的世俗算计。张爱玲的市民小说和穆时英等人的现代市民形象建构不同，也和苏青、予且放弃想象的平实市民小说迥异，她深切洞悉现代市民的心理，又站在更高的高度认识其市民理想的卑微与难以实现，她对这种世俗的“市民想象”给予了不留情面的拆解。这种解构手法使她的作品获得了超越时代的生命力。她的批判意识彰显了她对市民价值观的深刻理解，使她和普通的市民小说拉开了距离，表现出一种的思想深度。她努力以一种清醒到近乎冷酷的态度来俯视芸芸众生，喧嚣乱世。虽沉湎其中，却又能从中自拔出来，保持客观化的距离，提升叙述的高度，从而更富内蕴地展示了特定历史时代与文化困境中普遍的市民心态。在此之前，很少有市民小说能够呈现出解构的姿态，对现代市民的生存困境提出清醒的批评。张爱玲不但做到了这一点，而且给予了深刻的悲悯与同情。

在人性层面上，张爱玲具有对个体人生价值的深切认同，将现代市民“以人为本”的价值追求赋予了更为深沉的道德含义，把五四以来的“个人主义”推向更为自我、更为世俗的层面。张爱玲探索灵魂的深度使得现代市民价值观在人性的层面得以广泛呈现。她“以人为本”的价值观首先表现在对人的欲望和要求的关注上。张爱玲充分尊重个人生活，继承了五四的个人主义传统又发展了这种传统。用刘锋杰的话来说：“张爱玲代表的是个人生活主义，张爱玲的个人主义在由个人而为主义时，个人没有被主义所彻底征服与消解，这时的个人意识在成为一种价值时，仍然保持了个人生活的丰富性与自由性。它显示了两个特色：不是自我中心主义的，在价值观上体现了开放性；不是脱离日常生活的，它体现了世俗化、琐碎化的民间特色。”[①]非自我中心中就包含着一种对他人的悲悯，体现了对平民世俗生活深沉的感动。张爱玲的非自我中心，是一种类似于基督的超脱的悲悯情怀，将“以人为本”赋予更为深沉的道德涵义。张爱玲善于描写现代市民的自私、卑劣、小气、争斗。在这种充满悲悯的描写中，体现出她对真实人性的包容与同情。正是出于对真实人性的深刻理解，张爱玲的小说中，再坏的人物都有令人同情的地方，再恶毒的行为作者都不进行道德评价。夏志清在《中国现代小说史》中曾经评论张爱玲：“对于普通人的错误弱点，张爱玲有极大的容忍。她从不拉起清教徒的长脸来责人为善，她的同情心是无所不包的。”[②]这个评价是比较中肯的。张爱玲表面冷漠凉薄，实际上她对世界的看法中有很大的包容与同情。她的道德观是“以爱作基础的，是开放的，是指向万事万物的”“她能理解广大的人生，且对人生的理解是深刻的，触及本质的”[③]。张爱玲清楚地知道神圣与完美只是骗人的，人生是充满缺憾与卑琐的。然而，她在冷酷地传递自己的“生本位”观念的同时，又包藏了一颗具有深深悲悯的大爱之心。所以，尽管张爱玲冷酷地解构了那么多市民幻梦，打破广大读者在惨淡人生中的传奇想象，但她的这种解构不是来源于冷漠、旁观、讽刺，而是来自对广大平民的热情、投入与爱恋。张爱玲对人类充满了悲悯之意，她的“从上面看”的视角也正体现于此。这种“从上面看”不是居高临下的俯视，不是倨傲的一瞥，而是充满慈悲与怜悯之意的，是想要普度众生的大爱。张爱玲的道德选择是：看透了这个世界，然后爱它。这种深沉的大爱给她“以人为本”的追求赋予了某种神圣的色彩。

和“五四”的启蒙现代性相比，张爱玲的现代市民小说张扬了日常现代性的可能性，为我国文学现代性进程提供了新的范本。“五四”以来的中国现代文学一直崇尚英雄和超人，歌颂革命与暴力，文学被赋予鼓励人生、指导人生、改造人生的启蒙重任。主流文学往往轻物质重道德，忽视日常生活，关注精神立场，呈现出理想主义和英雄主义的审美基调。作为一种目的性很强的工具文学，它容易形成对个体凡俗人生与日常经验的忽视和拒绝，把“个人”人为地象征化、符号化和工具化，造成文学性的偏离和萎缩。从“五四”启蒙小说

---

① 刘锋杰：《论张爱玲的现代性及其生成方式》，《文学评论》，2004年版，第6期，第120页。

② 夏志清：《中国现代小说史》，友联出版社，1979年版，第355页。

③ 姚玳玫：《想像女性——海派小说（1892—1949）的叙事》，中国社会科学出版社，2004年版，第233页。

到三十年代现代市民小说再到张爱玲，文学叙事的立场从“宏大”转到“日常”的公共空间又回到“日常”的生活空间，着眼点越来越细微，对于普通个体的生存状况、个体经验、现实冲动、苦难焦虑、世俗欲念等的表现越来越深入。特别在张爱玲笔下，现代市民回到了他们真正的个人生活，日常生活被赋予了神圣的重大的意义。《倾城之恋》中一场各怀心事的爱情可以与战争相并列，被认为是这个时代的传奇；《金锁记》中为了被压抑的金钱和情欲而形成的破坏欲可以被原谅；《琉璃瓦》中恋爱与寻找一个完美的世俗婚姻就是一家人生活的全部意义。点蚊香、雨中坐车、吃冰激凌、乘电梯……这些普通而琐屑的日常生活细节经常被赋予一生一世的意味。城市与社会成为遥远的布景，这些普通市民忠实于自己的内心，辗转在世俗的争斗与算计中，沉浸在日常的喜怒哀乐里。日常生活的意义被重新发掘，甚至被无限放大。维特根斯坦认为：“命令、询问、叙述、聊天同走路、吃、喝、行为、玩耍一样，是我们自然历史的一部分。”[①]马克思主义美学家卢卡契在《审美特性》一书中指出：“人在日常生活中的态度是第一性的”，“人们的日常态度既是每个人活动的起点，也是每个人活动的终点”[②]，提醒人们关注日常生活“作为人的行动中的认识的源泉和归宿的本质性”[③]。文学日常性品格的魅力日益引起研究者的重视。这种价值取向本质是对人生庸常经验和世俗诉求的提升。它消解文学艺术的神圣性和理想性，使日常生活从国家政治和伦理道德中分离出来，使私人领域具有了存在的合理性，肯定和宣扬了当下的世俗生活和从中而滋生的价值观念。它对日常生活的重视和世俗欲念的肯定，与启蒙现代性一起显示了中国文学走向现代性的不同方式。

（原刊于《中国海洋大学学报》，2010/01）

---

① 维特根斯坦：《哲学研究》，商务印书馆，2013年版，第19页。

② 卢卡契著，徐恒醇译：《审美特性》（第一卷），中国社会科学出版社，1986年版，第1页。

③ 卢卡契著，徐恒醇译：《审美特性》（第一卷），中国社会科学出版社，1986年版，第35页。

雅俗互渗：二十世纪三四十年代上海现代市民小说的美学价值

现代市民小说是以现代市民为描写对象，在评判标准上反映并且肯定现代市民价值观的小说创作。本文探讨的主要是二十世纪三四十年代上海现代市民小说，代表作家为穆时英、刘呐鸥、施蛰存、张爱玲、徐訏、无名氏等。

市民文学习惯上被认为是不登大雅之堂的俗文学，但是，随着市民概念的更新，市民小说内涵与外延的重组，传统的雅俗定论变得形迹可疑。在现代市民角度下，一些习惯上认为是雅文学、精英文学的作品划入了市民文学阵营，而一些习惯上认为是通俗文学的作品却因其低俗性和小市民性被市民文学阵营清除出去。现代市民小说的美学格调逐渐变得雅俗难分，而雅俗的最终目的都指向“以人为本”的价值追求。本文将着重分析三四十年代上海现代市民小说的雅俗互渗与大众化追求，并指出现代市民价值观在其背后的驱动力。

一、三四十年代上海现代市民小说的雅俗共享特征

传统的文学观认为市民小说是通俗文学，并且这个通俗的含义倾向于“俗”。事实上，市民小说与通俗文学的概念都需要清理。市民小说并不完全都是通俗文学，也包括具有新的精神内涵的先锋文学。市民小说本质具有通俗性，但这里的通俗意在流行，而非品味上的低俗。雅俗没有明显的界线，用雅俗来划分文学是不科学的。市民小说既可以有俗文学，也可以有雅文学。

首先，现代市民小说文本的雅俗共享性。穆时英、张爱玲等人的现代市民小说经常在通俗层面与精英层面的相互指涉中呈现出意义的不确定性，在故事与内涵之间延宕出丰富的意义，也形成了文学雅俗界线上的模糊性。

现代市民小说具有新旧杂糅的叙事特质。张爱玲结合了鸳鸯蝴蝶派小说技巧与西方小说叙事方式的“杂糅”型文体正是现代市民价值观的表现。张

爱玲的市民小说故事开端与传统旧小说极为相似，之后全知叙事的“我”隐退，故事结束后又悄然出现，与开端的全知叙述呼应。同时她又在文中加入了与西方现代小说接轨的限制视角。《沉香屑·第一炉香》中全知的“我”退场后，马上由薇龙的目光代替了叙述者的视角，打量梁府场景。叙述者不停游走在各种视角之间，混合、交叉运用自如。徐訏、无名氏的小说，都习惯采用传统的才子佳人的叙事模式，但在写作中又广泛采用第一人称，在无名氏的小说文本中，更是有双重叙事者出现，表明现代市民小说介于雅俗之间的叙事手法已经相当熟练。现代市民小说改变了传统小说才子佳人大团圆结构的俗套，把曲折多变的情节与现代小说情节结构的开放性结合起来，在一定程度上与五四新文学的审美趣味相符合。现代市民作家没有高高在上的雅俗观念，只是把自己放在一个俗人的位置，根据自己的喜好选择创作的题材与方法。所以，鸳鸯蝴蝶派小说创作的套路、西方现代小说的技巧，他们都毫无成见地拿来使用。

在意象的采用上，现代市民小说作家充分继承了中国传统通俗小说的意象象征的表现技巧，又积极借鉴西方现代主义的意象象征方式。如张爱玲经常使用“月亮”“鸟”等传统意象，但同时又有大量现代性的象征和意象出现。如徐訏《风萧萧》中三个美艳绝伦的女性是男性的理想和象征，分别象征着银色的星光、火红的太阳和皎洁的月光。“我”在三者之间不断寻找，这个目标“灯”正是爱、美、理想的象征，从而具有了现代主义的意味。

在语言上，现代市民小说既有日常生活的大众化特点，又具有文人雅趣，这在一些沟通雅俗的女作家那里分外明显。苏青的市民小说中随处可见日常生活的琐碎细节，率性而谈，行文流利，浅白而不流于俚俗，容易与市民读者产生共鸣。张爱玲作为一个不避世俗的作家，对语言的通俗性更为重视，但同时又借鉴新文学，显示出驾驭语言的高超技巧。徐訏则如同一个哲人书写奇幻风流的大众故事，采用纯正的汉语白话文，贴近大众日常生活的口语，平实流畅、通俗易懂，时而又以典雅的书面语插入议论，提升作品的艺术价值。

其次，现代市民作家的雅俗共享性。现代市民作家一般都具有写作雅文学的实力，却自觉降低姿态，向广大市民的阅读市场靠拢。他们往往同时进行雅俗文学的创作，自由出入于通俗与高雅的不同文学领域，表现出游刃有余的文学才华。进行通俗小说的创作，追求作品现实生命力，是他们自觉的文学选择，也是适应市场的现代市民价值观的表现。

张资平在创造社初期，写作了大量批判旧的家庭制度和教育制度的文章，但同时，他也进行着通俗小说创作。特别是1928年之后，他源源不断地写作长篇性爱小说，被苏雪林讽刺为“通俗小说家”。叶灵凤是中国心理分析小说的先驱之一，也是19世纪末英国唯美及颓废主义文学家王尔德的崇拜者，但他也进行大众写作。1933年前后，他在《时事新报》上连载《时代姑娘》《未完成的忏悔录》。1935年在《小晨报》上登载的长篇小说《永久的女性》，已经完全是“大众小说”的特色。穆时英既有《上海的狐步舞》等这样具有形式的先锋性的市民小说，又有从传统中汲取营养、营造浓厚古典抒情气息的《玲子》《烟》等。

张爱玲等人创作不避小报，也是缘于物质理性的现代市民价值观。只要发表，只要有读者、有市场，在什么地方发表并不重要。张爱玲的《沉香屑·第一炉香》发表在鸳鸯蝴蝶派杂志《紫罗兰》上，《创世纪》发表在《杂志》，《华丽缘》《多少恨》发表在《大家》创刊号，《十八春》和《小艾》发表在《亦报》，《郁金香》发表在典型的上海小报《小日报》，这些刊物或者是通俗刊物，或者是小报。在张爱玲的概念中，小报并不低俗。她从不讳言自己对小报文人的爱好，也从不讳言自己只是个俗人，她甚至刻意回避和所谓的纯文学、雅文学扯上关系。在《我看苏青》一文中，张爱玲表示：“如果必须把女作者特别分一栏来评论的话，那么，把我同冰心、白薇她们来比较，我实在不能引以为荣，只有和苏青相提并论我是心甘情愿的。”[①]可见她们的同气相投。冰心、白薇的作品都可以说是雅的，而苏青是俗的。张爱玲以这种方式宣布了自己对俗文学的爱好。在张爱玲的价值观里，“俗”是值得肯定的，世俗化、物质化、商业化都是正常的，她对于日常生活与世俗情怀有一种天然的认同感。

予且是圣约翰大学的学生，但他并没有因为自己接受过高等教育而看不起通俗创作，反而经常在《万象》《杂志》《小说月报》（顾冷观主编）上连载小说，《大众》连续两三年都将其短篇小说放在首篇位置。无名氏也是一位具有高雅小说家的文学才华但是自觉选择通俗作品领域以获得市场肯定的作家。司马长风认为无名氏“用一种新的媚俗手法来夺取广大的读者”。徐訏则在一个通俗故事的外衣里，思考一些关乎精神的问题，让每个人的“心灵有一种陶醉与升华的快乐”“从一件小事里看到一个永恒的真理”[②]。

现代市民小说的雅俗共享性的根源在于现代市民价值观本身就雅俗同

① 张爱玲：《张爱玲文集》，安徽文艺出版社，1992年版，第225页。

② 徐訏：《风萧萧》，怀正文化社版，1946年版，第470页。

构。现代市民价值观指向大众趣味，而精英价值观指向文人趣味。大众趣味与文人趣味具有同等的价值，区别仅仅在于一个指向日常现代性、世俗现代性，而另一个指向启蒙现代性、审美现代性。他们分别满足了读者不同的精神需求，都应该获得社会的认可和尊重。

现代市民价值观以广大市民"以人为本"思想的觉醒为中心，将个体的物质欲望与世俗追求合理化，并在这种观念的指导下，将文学作为一种迎合广大市民阅读趣味，反映广大市民价值观念的工具，形成了注重表现日常生活与世俗欲望的现代市民小说，展现了一种彰显日常价值观的市民理念。汤哲声认为中国现代雅俗文学应以文化标准加以辨别。从文化人性的角度看，20世纪的雅文学表现更多的是社会人性，俗文学更多的则是自然人性。[①]值得指出的是，并非自然人性就是低人一等的。从世俗化潮流的立场来讲，对自然人性的表现，对神圣精神的消解，正是中国文学的发展方向。现代市民价值观秉持的立场就是认同自然人性，肯定凡俗人生的意义，这一点往往被认为是"俗"的追求，其实是不确切的。大众文化使得"每个人一般的文化偏好都潜在地像传统精英们的偏好一样有价值，一样值得受尊重并应当实现"[②]。现代市民价值观彰显的是一种日常现代性。其作为一种生活化的现代性，是一切现代性思想的基础和出路。不管是三十年代穆时英等人的都市市民小说，还是四十年代张爱玲、苏青、予且等人的日常市民小说，他们都不是以一种精英知识分子的批判或启蒙态度介入现实生活，把日常市民生活上升到国家、民族、启蒙、两性的高度来看，而是反映当时的日常生活状况，流露出对普通生活的现实关怀与解决现实矛盾的努力。

二、三四十年代上海现代市民小说的大众性

现代市民小说的通俗性主要在于它的大众性。这种大众性并没有艺术水平高下的分别，而是从读者接受角度来讲，证明了市民小说的广泛的覆盖面和可读性。

大众通俗文学（popular literature）的"通俗"，本意即是"通俗的"，也含有

---

① 汤哲声：《20世纪中国文学的雅俗之辨与雅俗合流》，《学术月刊》，2006年第3期，第105页。

② 叶志良：《大众文化》，上海文艺出版社，2003年版，第38页。

"大众的、流行的"意义。现代通俗文学中的"通俗"强调的实质是大众性，是它的功能性，而并非指涉艺术水平的高下。但我们传统的文艺理论往往直接把通俗文学等同于艺术水平低下、缺乏审美品位与思想内涵的文学，这是一种片面的看法。李俊国在都市文学研究中也指出了这个问题："工业文化色彩，都市社会特质与大众传媒作用，既是现代通俗文学的生存背景，也是通俗文学现代文化精神与审美品格的价值参照。所以，我们不同意将传统文学中的'通俗'性，替代我们亟待评说的通俗文学的现代性。事实上，不少的通俗文学理论与批评文字早已混淆了这两者间的符码意义。这不仅造成对通俗文学理论研讨的意义混乱，而且助长了中国通俗文学品性的低俗气与陈旧性。"[①]

郑振铎在《中国俗文学史》中说："何谓'俗文学'？'俗文学'就是通俗的文学，就是民间的文学，也就是大众的文学。换句话说，俗文学就是不登大雅之堂，不为学士大夫所重视，而流行于民间，成为大众所嗜好、所喜悦的东西。"[②]郑振铎把俗文学说成是与文人学士对立的不登大雅之堂的文学，其实与文学产生的社会条件有密切的关系。古代教育发展水平比较低下，除了少数人可以熟读经书、吟诗作画之外，大部分平民没有机会接受良好的教育，适应他们阅读水平的浅易平直的文学就成为不登大雅之堂的文学，并且也因其民间性与低俗性，被打上"通俗"的标签。但是随着生产力水平的发展，广大市民教育水平、阅读水平的提高，这种不登大雅之堂的文学日益不能满足他们的需求。方志远也有同样的看法："在城市流行的通俗文学都被视为市民小说。市民的主体是那些没有政治权力、生活较为贫困或不甚富裕、社会地位较低的城市平民。"但事实上"市民小说不完全等同于通俗文学。因为在市民小说中，还应包括部分文人文学"[③]。真正能够获得现代市民认可的作品是能反映现代市民的个人追求、情感取向、利益选择的作品，即只要能符合现代市民的精神需求，获得市场效益，都是现代市民小说，雅俗已经不再是重要的分野。

三四十年代上海现代市民小说更适合说是一种大众文学，而不能说是一种通俗文学。大众性，是指现代市民小说拥有广大的读者群，并且它本身的职能也是适应广大市民读者的审美需求与阅读口味。在这一点上，它和通俗文学是相似的。但和通俗文学的不同之处在于，通俗文学在精神和技巧上都是

---

① 李俊国:《中国现代都市小说研究》，中国社会科学出版社，2004年版，第205页。

② 郑振铎:《中国俗文学史（上）》，上海书店，1987年版，第4页。

③ 方志远:《明代城市与市民文学》，中华书局，2004年版，第17页。

指向传统的,是滞后的,具有旧的道德观。现代市民小说在精神上则是全新的,它秉持商业社会原则,坚持物质理性,尊重日常生活,崇尚以人为本。这种全新的价值观并非一种先验的或者嫁接的文学理论,而是现代市民在城市生活中逐步自发形成的。在技巧上,出于物质理性的趋时求新,现代市民小说往往采用一些先锋性的叙事技巧,比如穆时英、张爱玲、徐訏、无名氏等人对西方现代派的吸收。在作品的精神意蕴上,传统理解的通俗文学只有一个精神层次,就是它在文本表层表现出来的精神层次。现代市民小说则表现出丰富的审美层面。鲁迅曾经说过:"俗文之兴,当兴二端,一为娱心,二为劝善。"[①]传统通俗文学的"娱心",就是指文本的娱乐功能,"劝善",则是通俗文学的传统道德取向。现代市民小说与传统通俗文学的"娱心"功能是一致的,为了适应读者的审美要求,满足读者的好奇心理,现代市民小说往往向俗文学习,设计传奇化的情节,或者形成某种模式化的叙述格局,采用童话结构和华丽语言让读者在轻松浪漫的气氛中进入阅读语境。"劝善",则在现代市民小说中体现全新的价值观取向,它以消解理性权威的方式,在放逐各种形而上学思考的同时,肯定了人生意义的平凡性与世俗欲望的追求。在张爱玲、徐訏、无名氏等人的文本中还表现出来个体追求与生命思考的哲学色彩。读者对一个文本可能是出于不同形式层面的体悟与接受,现代市民小说由于其层次的丰富性,满足了不同层次读者的阅读需求。

三、现代市民价值观的内驱力

三四十年代上海现代市民小说兼顾雅俗,同时满足艺术追求与市场需求,在左翼小说不断寻求"大众化"的过程中,现代市民小说却从来没有被此问题困扰过。在风生水起的三四十年代文坛,安稳守住了自己的一方天地,建立起了一种相对稳定的叙事系统。究其原因,就在于现代市民价值观以人为本、物质理性、以现实生活为本位的内在驱动使得现代市民小说能够适应市场、适应人心。

文学"大众化"是一个在中国现代文学史上一直为人们所关心,但是没有完全处理好的问题。左翼小说提倡大众化是出于政治启蒙的目的,现代市民小说通俗化是基于市场考虑。但是由于左翼大众启蒙的启蒙者与对象脱节,

① 鲁迅:《第十二篇·鲁迅全集》(宋之话本),人民文学出版社,1981年版,第110页。

无法得到广大读者的回应，针对普通劳苦大众的左翼小说却只能在有限的知识分子圈子里流行；与之相反，三四十年代上海现代市民小说在以人为本的价值取向引导下，表现出顽强的生命力与良好的群众基础。其不避雅俗的品格使它可以采取灵活的写作手段，吸收古典的、现代的、通俗的、审美的各种文学营养，并在写作中坚持生本位的立场，形成了真正符合现代市民阅读品味的文学。

现代市民价值观是市民概念的核心。现代市民价值观是市民的精神立场，也是区别传统“乡民”和现代“市民”的重要标志，包括以“人”为本、物质理性、生本位三方面的内容。其中，以“人”为本是市民精神的核心。它不同于“五四”时期以思想启蒙为目的的自觉性的人本追求，也不同于新式文人以反封建为旨归的个性解放，而是建立在工商业文明基础之上的，由经济关系的改变带来生产生活方式的改变，进而在精神上追求个体独立性的一种自发的人性革命。文学大众化思潮的接受者应该主要是普通大众，但是在现代中国，普通大众却并不能成为真正的文学接受者。“五四”新文学革命虽然以最快捷的“欧化”方式使得中国新文学获得了现代身份，但同时它也远离了中国最广大的下层民众。在西方，“近代文学之繁荣，似乎不能不归功于资本主义之发展和教育之普及。因为资本主义之发展，文学之欣赏增加了大量的群众”①。因此，西方的文学与读者是彼此协调进入现代社会的，但是中国并没有经过资本主义充分发展的阶段，社会上绝大多数民众仍然处于文盲状态。因此，当中国文学由传统转向现代时，就发生了文学与普通大众彼此分离的现象。“就中国新文学的传统而言，它并没有彻底地……解决好与读者大众的关系问题，政治解放和文化启蒙的需要，使中国新文学一直以非文学的因素为最高目标，启蒙而不是生活本身，成为作家们创作的基本原则。因此，在普通大众阅读和新文学追求之间存在着很宽的裂隙。”②

现代市民价值观中“物质理性”的本质要求强烈的“读者意识”。在当时的中国人口中农民占绝大多数，市民占有的比例并不大，然而真正能读文识字的也只有市民阶层，他们的人数虽少，却是文学作品的主要读者群。这一读者群，被新文学作家认为是“小资产阶级”“封建意识的小市民”“游离不定的

① 施蛰存：《施蛰存七十年文选》，上海文艺出版社，1996年版，第406页。

② 贺仲明：《中国心像——20世纪末作家文化心态考察》，中央编译出版社，2002年版，第221页。

小市民以及一般闲者"[①]。现代市民小说的物质属性使它在产生之初,就以市场为导向,以广大市民读者为衣食父母,表现广大市民的思想感情与价值选择。现代市民作家对于物质至上观念的认同是与他们写作本身的经济目的紧密相连的。"文人在上海,上海社会的支持生活的困难自然不得不影响到文人,于是在上海的文人,也像其他各种人一样,要钱。再一层,在上海的文人不容易找副业(也许应该说'正业'),不但教授没份,甚至再起码的事情都不容易找,于是在上海的文人更急迫地要钱。这结果自然是多产,迅速地著书,一完稿便急于送出,没有闲暇搁在抽斗里横一遍竖一遍地修改。这种不幸的情形诚然是有,但我不觉得这是可耻的事情。"[②]这种强烈的为市场服务、顺应市民阅读需求的意识也使得现代市民小说能够更好地反映现代市民的情感状态与价值选择,正如郑振铎所说,它们的"第一个特质是大众。它是出生于民间,为民众所写作,且为民众而共存的"[③]。

在二十世纪现代文学发展史中,我们可以看到"五四"文学、"左翼"文学出于"大众化"的考虑向现代市民小说位移。由于我国城市发展的不充分与文学对社会功能的刻意强调,现代市民小说在很长时间以内都处于边缘地位。但现代市民小说却一直有一个自发形成的巨大的读者市场,并且延绵不绝。而一直占据主流位置的五四启蒙文学与左翼小说,却由于与大众生活的隔膜,在实际发展中遭受冷遇,所以主流文学也有几次向现代市民小说的靠拢与悄然的转型。首先,从1928年"革命文学"之争开始,由于无产阶级价值观的强劲介入,使"五四"新文学作家的社会启蒙主体身份发生了彻底变化,他们不再是现代意识的启蒙者,而是作为现代政治革命意识的被启蒙者而存在。当作家创作不再是依照自己内在的生命激情与精神追求,而是为外部社会、文学时尚所左右时,"精英文学"也开始逐渐向市民小说靠拢,并且在写作中,流露出左翼面孔下的潜隐的现代市民精神。其次,1942年,上海文坛发生了有关"通俗文学"的讨论,中国现代文学界围绕文艺大众化、文艺的民族形式所发生的论争再次表明了通俗化问题的重要性。赵树理的通俗叙事的出现,也是启蒙文艺大众化的一种表现。

"雅俗共享"已经成为当代文学发展的一个定势,雅是文学对现实生活的

---

① 沈雁冰:《封建的小市民文艺》,《东方杂志》,1932年,第30卷3号。

② 魏京伯:《海派与京派产生的背景》,《鲁迅风》,1939年,第16期。

③ 郑振铎:《中国俗文学史(上)》,上海书店,1987年版,第4页。

提升与引导；俗是以人为本，关注民生，贴合读者内心的人本主义追求。只雅不俗，无法真正使文学的双脚踏上现实生活的坚实大地；只俗不雅，无法给辗转于红尘中的芸芸众生以灵魂的提升。时代性、世俗性、大众性、可读性相结合，正是文学发展的一条可行之路。在这一点上，三四十年代上海现代市民小说是值得我们研究并借鉴的文学案例。

（原文刊于《南通大学学报》，2011年第10期）

后 记
全球化时代，城市如何安顿我们？

写下这篇《后记》的时候，正是武汉新冠肺炎肆虐之时。每日幽闭在家中，刷着各地的消息。于世界，感觉着忧虑与不安；于自己，却是一段难得的沉入内心的时光，得以清理一下长期无暇顾及的文字债。

事实上，每日宅在家中，正是我在高校工作以来的生活常态。没有课的日子，我的生活基本都是自律且规律的：看书、写论文、备课和简单的餐食。正如巴什拉所说："家宅庇佑着梦想，家宅保护着梦想者，家宅让我们能够在安详中做梦。并非只有思想和经验才能证明人的价值。有些代表人的内心深处的价值是属于梦想的。"家宅中的书房对于一个写作者来说，更是庇佑内心价值的空间。当我在文字中流连的时候，时间的飞逝是悬置的，那些留在记忆中的空间，是经历了柏格森时间意义上的"延绵"之后的时光的化石。

防疫期间，无法出门，却也不觉无趣，逐句校对书稿，感谢这些文字，记录了我的思考轨迹和学术道路。我的研究兴趣主要在两方面：鲁迅与城市。从硕士阶段梳理鲁迅的《野草》学术研究史开始，我的鲁迅研究基本没有停止过。在东南大学开设的"鲁迅经典作品导读"seminar研讨课和"现当代经典作品导读"两门课使我对经典有一个反复阅读、反复思考的过程，我近年来发表的有关鲁迅思想研究和文本重释的成果，基本都是结合课上的讨论和课后的阅读而产生的。感谢选修这些课的同学们，我和你们一起成长。

我的另外一个研究兴趣是城市。城市是我们生活的安身立命之地。从民国时期的上海都市，到全球化时代海外作家笔下的都市，文学以感性的方式记录了中国的城市化进程。正像意大利小说家卡尔维诺所说："城市就像梦想一样，是由渴望和恐惧组成的。"在中国大踏步走向都市化的今天，城市是我们每个人都无法回避的地方，也是我们梦想的起点和落脚点。

近年来，我通过学术交流走过了世界各地很多城市，在行走和对比中感受不同城市的生存方式和人性状态。走路使我们存在于自己的身体与世界中。行走也是一种阅读，我相信“观世界”，才能建立“世界观”。学术看似是“无我”的，但其实在研究过程中，也是通过理解别人、理解世界而认识自我。我在文字中构筑的是一个“纸上城市”，但是我更关注的是城市背后鲜活的人心。封闭居家的日子里，吃饭、看电影、听音乐……这些普通而琐屑的日常生活仿佛被赋予一生一世的意味，但是别忘记，“外面的进行着的夜，无穷的远方，无数的人们，都和我有关”（鲁迅）。

作为逐步介入纷繁复杂的都市生活的知识分子，应该怎样安放自身？或者应该如鲁迅所指出的，既要有“站在十字路口”的全身投入，也要有对“都市文明之路”的审慎思考。这是一个都市知识分子应有的现实自觉和时代使命。恰如波曼所言：“成为现代，就是发现我们自己身处这样的境况中，它允诺我们自己和这个世界去经历冒险、强大、欢乐、成长和变化，但同时又可能摧毁我们所拥有、所知道和所是的一切。它把我们卷入这样一个巨大的漩涡之中，那儿有永恒地分裂和革新、抗争和矛盾、含混和痛楚。”就像今天的都市，每天都有瞬息万变的现实，我们切身感受着这段时间因为突发的疫情而出现的种种乱象。我们的责任就应该直面灾难的恐惧，反思部分社会秩序的治理，洞察人们内心产生的深切的道德回响。

我们生活在城市之中，文学引领我们回到自身，回到起源，让我们意识到自己是谁，我们的根基是什么，我们在世界中的位置在哪里。书写城市，是一个不尽的话题。

张　娟

2020年春 于南京